Razão e Sensibilidade

Jane Austen

PandorgA

Editora Pandorga
1ª Edição 2024

Diretora Editorial Silvia Vasconcelos
Coordenação Editorial Equipe Pandorga
Capa Rafaela Villela
Projeto gráfico e Diagramação Rafaela Villela, Gabriela Maciel e Livros Design
Tradução Mauricio Araripe
Revisão Bruna Tinti

Dados Internacionais de Catalogação na Publicação (CIP) de acordo com ISBD

A933r Austen, Jane

Razão e Sensibilidade / Jane Austen ; traduzido por Mauricio Araripe; ilustrado por Hugh Thomson. - Cotia, SP : Pandorga, 2024
384 p. : il. ; 14cm x 21cm.

Tradução de: Sense & Sensibility
Inclui índice.
ISBN: 978-65-5579-242-3

1. Literatura inglesa. 2. Romance. I. Araripe, Mauricio. II. Thomson, Hugh. III. Título.

2023-823 CDD 2440
CDU 821.111-31

Elaborado por Vagner Rodolfo da Silva - CRB-8/9410

Índices para catálogo sistemático:
1. Literatura inglesa : Romance 823
2. Literatura inglesa : Romance 821.111-31

CAPÍTULO I

A família de Dashwood há muito se estabelecera em Sussex. Seu patrimônio era extenso, e sua residência ficava em Norland Park, no centro da propriedade onde, por muitas gerações, haviam morado de maneira tão respeitável a ponto de conquistar generalizada boa opinião de seus conhecidos nas redondezas. O falecido dono da propriedade fora um homem solteiro que alcançara uma idade bem avançada, e que, ao longo de muitos anos da sua vida, tivera como constante companheira e governanta a sua irmã. Mas a morte dela, que ocorreu dez anos antes da dele, produziu uma grande alteração no seu lar, pois, para compensar essa perda, ele convidou e recebeu em sua casa a família do seu sobrinho, o Sr. Henry Dashwood, herdeiro legal da propriedade de Norland e a pessoa para quem ele pretendia deixá-la. Na companhia do seu sobrinho, da esposa dele e dos filhos do casal, os dias do velho cavalheiro foram confortavelmente passados. Sua afeição por todos eles aumentou. A constante atenção do Sr. e da Sra. Henry Dashwood às suas vontades, que se originavam não apenas por mero interesse, mas pela bondade do coração, lhe proporcionou todos os níveis de sólido conforto que a sua idade lhe permitia receber, e a animação das crianças acrescentava satisfação à sua existência.

De um casamento anterior, o Sr. Henry Dashwood tinha um filho. Da esposa atual vieram três filhas. O filho, um jovem sólido e respeitável, era amplamente amparado pela fortuna da mãe, que havia sido grande, revertida para ele ao atingir a maioridade. Com o próprio casamento, ocorrido pouco depois, ele aumentou ainda mais a sua fortuna. Sendo assim, para ele, a herança da propriedade de Norland não era tão importante quanto para as irmãs, pois a fortuna delas, independentemente do que pudesse lhes vir da herança da propriedade pelo pai, poderia ser muito pequena. A mãe nada tinha, e o pai, apenas sete mil libras ao seu dispor, pois o quinhão restante da fortuna da primeira esposa também estava destinado ao filho dela, e apenas em vida ele poderia usufruir do montante.

O cavalheiro idoso faleceu, seu testamento foi lido, e, como quase todos os outros testamentos, esse proporcionou tanto decepção quanto prazer. Ele não foi injusto nem ingrato, a ponto de não deixar a propriedade para o sobrinho, mas o fez sob termos que destruíram metade do valor da herança. O Sr. Dashwood a desejara mais para o bem da esposa e das filhas do que para si mesmo ou para o filho. Contudo, para o seu filho, e para o filho do seu filho, um menino de 4 anos de idade, a herança ficou de tal forma assegurada, que não restou ao Sr. Dashwood nenhum poder para agir em favor das que lhe eram mais caras e que mais necessitavam de fundos, fosse em relação à propriedade em si ou à venda de parte de seus valiosos bosques. O espólio todo estava vinculado ao neto que, nas ocasionais visitas a Norland, na companhia dos pais, soubera cativar as afeições do tio por atrativos que, de modo algum, são raros em crianças de 2 ou 3 anos de idade: uma articulação imperfeita, um desejo sincero de conseguir as coisas do seu jeito, muitos truques astutos e um bocado de barulho, os quais acabaram por valer mais do que todas as atenções que, durante anos, o homem mais velho recebera da esposa do sobrinho e das filhas dela. Todavia, ele não quis ser indelicado e, como sinal de sua afeição pelas três moças, deixou mil libras para cada uma.

A decepção do Sr. Dashwood foi, a princípio, severa, mas seu temperamento era alegre e otimista. E, muito naturalmente, ele contava viver por muitos anos ainda, em que, levando uma existência regrada, poderia amealhar para elas uma quantia considerável com a produção das terras, já em si vasta e passível de gerar ainda mais rendimentos. Mas a fortuna, que viera tão tardiamente, foi sua por apenas doze meses, pois não sobreviveu ao tio mais do que isso, e dez mil libras, incluindo as últimas disposições testamentárias, foi tudo o que deixou para a viúva e para as filhas.

O filho foi chamado assim que sua saúde começou a periclitar, e, para ele, o Sr. Dashwood recomendou, com todas as forças e a urgência permitidas pela doença, os interesses da madrasta e das irmãs.

O Sr. John Dashwood não tinha sentimentos muito fortes pelo restante da família, mas se deixou comover pela recomendação de tal natureza, em tal momento, e prometeu fazer tudo em seu poder para ampará-las. Tal garantia foi um alívio para o pai, e coube ao Sr. John Dashwood considerar prudentemente o que estava ao seu alcance fazer por elas.

Ele não era um jovem de má vontade, a menos que queira considerar assim uma pessoa um tanto quanto fria e egoísta. De um modo geral, era digno de respeito, pois se conduzia com propriedade no desempenho de seus costumeiros deveres. Caso tivesse desposado uma mulher mais cordial, ter-se-ia tornado ainda mais respeitável do que era. Poderia até ter se tornado ele mesmo mais cordial, pois se casara bem jovem e gostava muito da esposa. Todavia, a Sra. John Dashwood não passava de uma caricatura do marido, possuindo uma natureza ainda mais tacanha e egoísta do que a dele.

Quando ele fez a promessa para o pai, nos seus pensamentos considerou aumentar as fortunas individuais das irmãs em mil libras para cada uma. Na ocasião, ele realmente se sentiu à altura da proposta. A perspectiva de quatro mil por ano acrescidos à sua atual renda, além da metade restante da fortuna de sua própria mãe, lhe aqueceu o coração e o fez se sentir capaz da generosidade. "Claro que poderia lhes dar três mil libras. Seria um belo gesto de generosidade! Seria o suficiente para lhes deixar a vida tranquila. Três mil libras. Poderia dispor de tal quantia sem muita inconveniência." Pensou nisso o dia todo, por muitos dias consecutivos, e não mudou de ideia.

Mal concluído o funeral do sogro, a Sra. John Dashwood, sem sequer alertar a madrasta do marido sobre suas intenções, chegou a Norland Park acompanhada do filho e de seus criados. Não havia como contestar o direito dela de vir. A partir do instante da morte do pai dele, a casa pertencia ao marido dela, mas a indelicadeza de sua conduta foi gritante e, para uma mulher na situação da Sra. Dashwood, altamente inconveniente. Entretanto, no seu íntimo, havia um senso de honra tão acentuado, uma generosidade tão romântica, que qualquer ofensa semelhante, infligida ou sofrida por quem quer que fosse, era para ela uma fonte de irreparável desgosto. A Sra. John Dashwood jamais estivera entre as favoritas dos membros da família do marido, mas ela jamais tivera a oportunidade, até o presente momento, de lhes demonstrar a pouca atenção à conveniência dos outros com que era capaz de agir.

A Sra. Dashwood sentiu tão profundamente o comportamento descortês, e desprezou com tanta intensidade a esposa do enteado por isso, que, quando esta chegou, ela teria deixado para sempre a casa senão pela súplica da filha mais velha, que a levou primeiro a refletir sobre a etiqueta de ir embora; depois, o seu próprio amor pelas filhas a fez ficar e, pelo bem delas, evitar um estremecimento das relações com o irmão das meninas.

Elinor, a filha mais velha, cujo conselho era tão valorizado, possuía uma extensão de compreensão e uma frieza de julgamento que, apesar dos seus parcos 19 anos de idade, a qualificavam para ser conselheira da mãe e lhe permitiam com frequência contrabalancear, para a vantagem de todas elas, a impetuosidade da Sra. Dashwood, que, de modo geral, poderia ter levado a imprudências. Ela era boa de coração, afetuosa e de intensos sentimentos, contudo sabia como administrá-los. Era um conhecimento que a mãe ainda não adquirira, e que uma das irmãs estava decidida a jamais aprender.

Os talentos de Marianne, de muitas maneiras, se equiparavam aos de Elinor. Ela era sensível e inteligente, mas ávida em tudo. Suas tristezas e alegrias não conheciam moderação. Era generosa, afável, interessante... Era tudo, menos prudente. A semelhança entre ela e a mãe era digna de nota.

Elinor via com preocupação os excessos da sensibilidade da irmã, mas a Sra. Dashwood os valorizava e apreciava. Agora, ante a intensidade de sua angústia, elas encorajavam uma à outra. A agonia do luto que as dominou de início era voluntariamente renovada, buscada, sendo repetidamente recriada. Elas se entregaram por completo à tristeza, buscando aumentar seus infortúnios a cada reflexão que pudesse levar a isso, e se recusando a sequer admitir qualquer consolação futura. Elinor também se sentia profundamente aflita, mas ainda era capaz de resistir, de encontrar ânimo renovado em si mesma. Era capaz de deliberar com o irmão, de receber a cunhada chegando sem avisar, de tratá-la com a devida atenção e ainda tinha forças para inspirar o mesmo ânimo na mãe, encorajando-a a semelhante indulgência.

Margaret, a outra irmã, era uma moça bem-humorada e bem-disposta, mas, como já absorvera muito do romantismo de Marianne, sem ter muito do seu bom senso, não conseguia, aos 13 anos de idade, se equiparar às irmãs em um período mais avançado de suas vidas.

II

A Sra. John Dashwood estava agora instalada como a senhora de Norland, enquanto as cunhadas e a mãe delas foram relegadas à condição de visitantes. Contudo, como tal, eram tratadas por ela com discreta civilidade, e pelo marido com o máximo de gentileza que era capaz de dedicar a qualquer um que não ele mesmo, a esposa e o filho. Ele realmente insistiu, com um certo zelo, para que elas considerassem Norland o seu lar, e, como parecia não haver outro plano viável para a Sra. Dashwood além de permanecer ali até poder se acomodar em alguma outra casa na vizinhança, o convite foi aceito.

A permanência em um lugar onde tudo a lembrava de uma felicidade passada era exatamente o que melhor lhe satisfazia o espírito. Em momentos de alegria, nenhum outro temperamento parecia ser mais alegre do que o dela nem possuir em mais elevado grau aquela calorosa expectativa de felicidade, que já é em si a própria felicidade. Todavia, na tristeza ela também se deixava levar pela imaginação para além das possibilidades de consolo, da mesma forma como se permitia arrebatar pelo prazer nos momentos de júbilo.

A Sra. John Dashwood, de modo algum, aprovava o que o marido pretendia fazer pelas irmãs. Tirar três mil libras da fortuna do filhinho adorado seria depauperá-lo de maneira alarmante. Ela implorou para que ele reconsiderasse a questão. Como ele poderia justificar para si mesmo privar o filho, o seu único filho, de tamanha quantia? E que possível expectativa de direito as Srtas. Dashwood, que eram apenas meias-irmãs do marido, o que para ela era o mesmo que não ter nenhum vínculo familiar, poderiam ter em relação à generosidade dele para receberem tamanha quantia? Era bem sabido que não deveria haver a menor afeição entre os filhos de casamentos diferentes de qualquer homem. E por que ele deveria arruinar a si mesmo, e ao pobrezinho do Harry, entregando todo o seu dinheiro para as meias-irmãs?

— Foi o último pedido que meu pai me fez — retrucou o marido —, que eu deveria ajudar a viúva e as filhas.

— Ouso dizer que ele não fazia ideia do que estava pedindo, que há grande possibilidade de que não estivesse no seu juízo perfeito na ocasião. Tivesse estado, ele jamais teria pensado em lhe pedir para abrir mão de metade da fortuna do seu próprio filho.

— Ele não estabeleceu nenhuma quantia em particular, minha querida Fanny. Ele apenas me pediu, em termos gerais, para assisti-las, para deixar a situação delas mais tranquila do que ele próprio pôde deixar. Talvez tenha sido melhor que ele tivesse deixado isso a meu critério. Ele não podia achar que eu fosse negligenciá-las. Todavia, como ele exigiu uma promessa, eu não poderia fazer outra coisa que não concordar. Pelo menos, foi o que eu pensei na ocasião. A promessa, sendo assim, foi dada e deverá ser cumprida. Algo deve ser feito por elas quando deixarem Norland e se estabelecerem em um novo lar.

— Ora, então que algo seja feito por elas. Mas esse algo não precisa ser três mil libras. Considere — ela acrescentou — que, uma vez dado o dinheiro, este jamais retornará. Suas irmãs se casarão e irão embora para sempre. Se, de fato, ele pudesse ser restituído ao nosso pobre menininho...

— Ora, com certeza — disse o marido, solenemente — isso faria uma grande diferença. Chegará o dia em que Harry lamentará ter sido privado de tamanha quantia. Caso ele venha a ter uma família numerosa, por exemplo, seria um acréscimo deveras conveniente.

— Com certeza, seria.

— Talvez, então, fosse melhor para todos os envolvidos que a quantia fosse reduzida pela metade. Quinhentas libras serão um acréscimo prodigioso às fortunas delas.

— Ah, além de qualquer expectativa! Que irmão no planeta faria sequer a metade pelas irmãs, mesmo pelas irmãs de verdade? Elas são apenas suas meias-irmãs! Mas você possui um espírito tão generoso.

— Não quero fazer nenhuma crueldade — ele retrucou. — Em tais circunstâncias, é preferível fazer demais a fazer de menos. Ninguém, no mínimo, poderia achar que não fiz o suficiente por elas. Mesmo elas não poderiam esperar mais.

— Não há como saber o que elas poderiam esperar — disse a dama —, mas não cabe a nós pensar nas expectativas delas. A questão é: o quanto você pode se dar ao luxo de fazer?

— Com certeza, e acho que posso me dar ao luxo de dispensar quinhentas libras para cada uma delas. Como está, sem qualquer acréscimo meu, cada uma disporá de três mil libras após a morte da mãe delas. Uma fortuna assaz confortável para qualquer jovem mulher.

— Sem dúvida que é. E me ocorre que talvez elas não desejem qualquer acréscimo. Elas terão dez mil libras para dividir entre si. Se elas se casarem, com certeza ficarão bem de vida; e, se não se casarem, poderão viver todas com bastante conforto com os rendimentos de dez mil libras.

— Isso é verdade. E, sendo assim, eu não sei se, para todos, não seria mais aconselhável fazer algo pela mãe delas ainda em vida do que fazer por elas. Algo como uma anuidade, eu digo. Minhas irmãs se beneficiariam tanto quanto ela. Cem libras por ano as deixarão perfeitamente confortáveis.

Todavia, a esposa hesitou em dar consentimento ao plano do marido.

— Decerto — ela disse — é melhor do que nos privarmos de 1.500 libras a uma. Contudo, por outro lado, se a Sra. Dashwood viver mais de quinze anos, estaremos logrados.

— Quinze anos! Cara Fanny, não creio que ela viva o suficiente para receber metade dessa quantia.

— Também acho que não. Porém, se observar com atenção, verá que as pessoas vivem para sempre quando há uma anuidade a ser recebida. E não nos esqueçamos de que ela é muito vigorosa e saudável, e que mal chegou à casa dos 40. Uma anuidade é uma questão muito séria. É uma dívida que retorna todos os anos, e não há como se livrar dela. Você não faz ideia do que está fazendo. Eu sei de muitos problemas provocados por anuidades, pois minha mãe estava obrigada a realizar pagamentos para três antigos empregados já aposentados, por disposição testamentária do meu pai, e você nem imagina o transtorno que isso era para ela. Tais anuidades eram para ser pagas duas vezes por ano, e então havia toda a dificuldade de fazer o dinheiro chegar até eles, e depois ela soube que um deles falecera, mas isso acabou não sendo verdade. Foi um constante suplício para a minha mãe. Com tais obrigações perpétuas, ela dizia que era como se o seu próprio dinheiro não lhe pertencesse. O gesto do meu pai fora injusto, pois, de outra forma, o dinheiro estaria inteiramente à disposição de minha mãe, sem restrições de qualquer natureza. Passei a ter verdadeira aversão por anuidades, tanto que estou certa de que, por nada neste mundo, eu me permitiria estar sujeita ao pagamento de uma.

— É com certeza uma coisa desagradável — retrucou o Sr. Dashwood — ter esse tipo de obrigação anual drenando os nossos rendimentos. Como a sua mãe acertadamente declarou, nossa fortuna acaba por não ser nossa. Estar sujeito ao pagamento de uma determinada soma em períodos regulares não é nada agradável. Priva-nos inteiramente da independência.

— Sem dúvida, e ao final de tudo você não receberá qualquer agradecimento. Elas se considerarão no direito, e você não estará fazendo mais do que a sua obrigação, e isso não resultará em gratidão. No seu lugar, eu faria apenas aquilo que tenho vontade de fazer: não me comprometeria a dar-lhes estipêndios anuais. Haverá anos em que poderemos ter dificuldades em economizar cem, ou até mesmo cinquenta libras, tendo em vista as nossas próprias despesas.

— Creio que você tem razão, meu amor. É melhor que não haja qualquer anuidade, neste caso. O que eu puder lhes dar ocasionalmente será de maior valia do que um rendimento anual, pois, quando se sentissem seguras de ter uma renda anual maior, elas com certeza iriam querer melhorar o seu padrão de vida, e não estariam um níquel que fosse mais ricas ao chegar ao final do ano. Será, com certeza, melhor desta maneira. Um presente de cinquenta libras, ocasionalmente, evitará que lhes falte dinheiro; e irá, eu suponho, estar de acordo com a promessa que fiz para o meu pai.

— Certamente irá. Na realidade, para falar a verdade, estou plenamente convencida de que seu pai não tinha a intenção de que você desse nenhum dinheiro para elas. A assistência de que ele estava falando, ouso dizer, era apenas aquela que pudesse ser razoavelmente esperada de você, como encontrar uma pequena casa confortável para elas, ajudá-las com a mudança e lhes enviar presentes de pesca e caça, coisas do gênero, sempre que estiver na devida temporada. Aposto que ele não pretendia mais do que isso; na verdade, seria muito estranho e despropositado se pretendesse. Entretanto, meu caro Sr. Dashwood, considere como a sua madrasta e as filhas poderão viver excessivamente tranquilas com os juros de sete mil libras, além das três mil pertencentes a cada uma das moças, que renderão cinquenta libras anuais a cada uma, e é claro que, com isso, poderão pagar a mãe por hospedagem. Juntando tudo, as quatro terão cerca de quinhentas libras por ano, e o que mais poderiam querer quatro mulheres? Suas despesas são tão reduzidas! A manutenção da casa não há de ser grande coisa. Não terão carruagem nem cavalos, e pouquíssimos criados serão necessários. Decerto não receberão visitas, de modo que não terão gastos de outra natureza! Pense bem na vida ótima que poderão levar. Quinhentas libras por ano! Decerto não consigo imaginar como elas gastarão metade disso, e é um absurdo você pensar em lhes dar mais. Elas, com certeza, serão mais capazes de lhe dar alguma coisa.

— Pela minha honra — exclamou o Sr. Dashwood —, acredito que esteja coberta de razão. Meu pai com certeza não teve qualquer outra intenção ao me fazer o pedido. Eu entendo com clareza agora, e cumprirei ao pé da letra a minha promessa com tais gestos de assistência e gentileza como os que você descreveu. Quando a minha madrasta se realocar para outra casa, prontamente oferecerei os meus serviços para ajudar a acomodá-la. Alguns presentes no que se refere à mobília também poderão ser aceitáveis.

— Certamente — retrucou a Sra. John Dashwood. — Todavia, uma coisa deve ser considerada. Quando seu pai e a madrasta se mudaram para Norland, embora a mobília de Stanhill tenha sido vendida, toda a louça, a prataria e as roupas de cama e mesa foram poupadas e agora estão com a sua madrasta. Sendo assim, a casa dela estará quase que em plenas condições assim que ela se mudar.

— Isso é algo para se levar em consideração, sem dúvida. Uma herança de valor, com certeza! E, no entanto, parte da louça seria um bom acréscimo ao que temos aqui.

— Verdade, e o jogo de café da manhã é muito mais bonito do que o que pertence a esta casa. Na minha opinião, bonito demais para qualquer lugar em que elas possam vir a morar. Mas, seja como for, seu pai pensou apenas nelas. E eu devo dizer isso. Você não deve nenhuma gratidão especial a ele nem atenção aos seus desejos, pois sabemos muito bem que, se pudesse, ele teria deixado quase tudo no mundo para elas.

O argumento provou ser irresistível. Deu às intenções do Sr. John Dashwood o que pudesse estar lhe faltando para chegar a uma decisão. Enfim, resolveu que seria absolutamente desnecessário, senão altamente indecoroso, fazer algo mais pela viúva e pelas filhas do seu pai do que os atos de boa vizinhança sugeridos pela esposa.

III

A Sra. Dashwood permaneceu em Norland por vários meses, mas não devido a qualquer aversão a mudar-se, quando a visão de cada um daqueles recantos bem-amados já não lhe suscitava a emoção intensa do início. Muito pelo contrário. Tão logo começou a recobrar o ânimo, e seu espírito provou ser capaz de se dedicar a algo que não à exacerbação de sua dor pelas lembranças melancólicas, viu-se ansiosa para partir e infatigável na procura de uma moradia adequada nas redondezas de Norland, já que não havia possibilidade de se mudar para longe do local adorado. Todavia, não encontrou nenhum lugar que, ao mesmo tempo, lhe atendesse às noções de conforto e tranquilidade, e que satisfizesse a prudência da filha mais velha, cujo julgamento mais firme rejeitara várias casas como sendo demasiadamente grandes para a renda delas, moradias que a mãe teria aprovado.

A Sra. Dashwood fora informada pelo marido da promessa solene feita pelo seu filho em favor delas, o que o confortou nos seus últimos dias de vida. Assim como o marido, ela não duvidara da sinceridade da promessa e, pelo bem das filhas, a recebera com satisfação, pois, por si mesma, estava convencida de que uma provisão muito menor do que sete mil libras seria suficiente para sustentá-la com fartura. Pelo bem do irmão delas, pelo bem do coração dele, ela se regozijava e se repreendia por ter sido injusta com ele antes, acreditando que o enteado fosse incapaz de generosidade. Seu comportamento atencioso para com ela mesma e para com as irmãs a convenceu de que o bem-estar delas era importante para ele, e por um bom tempo ela contou firmemente com a liberalidade de suas intenções.

O desdém que tivera pela nora, bem no início da relação delas, foi reforçado ao conhecer melhor o caráter desta, o que foi facilitado durante metade de um ano morando na companhia dela e da família. A despeito das considerações de gentileza ou de afeição materna de sua parte, teria sido impossível para as duas damas conviverem juntas durante tanto tempo, não fosse uma circunstância particular que ocorrera para conceder mais probabilidade, segundo a avaliação da Sra. Dashwood, à permanência das filhas em Norland.

Tal circunstância foi a crescente afinidade entre a sua filha mais velha e o irmão da Sra. John Dashwood, um jovem fino e atencioso que fora apresentado a elas pouco depois de a irmã se instalar em Norland, e que desde então passara boa parte do seu tempo ali.

Certas mães teriam encorajado o namoro por motivo de interesse. Afinal, Edward Ferrars era o filho mais velho de um homem que deixara grande fortuna ao morrer. Outras poderiam ter reprimido a intimidade por conta de prudência, pois, exceto por uma quantia insignificante, toda a sua fortuna dependia do testamento da mãe. Mas a Sra. Dashwood não se deixou influenciar por nenhuma das duas considerações. Para ela, era suficiente que ele parecesse bondoso e que amasse a sua filha, e que Elinor parcialmente reciprocasse o sentimento. Era contrário a tudo em que ela acreditava, que diferenças de fortunas pudessem separar qualquer casal que se sentisse atraído por semelhanças de temperamento. E era impossível para ela compreender que o mérito de Elinor não fosse reconhecido por todos que a conhecessem.

Edward Ferrars não caiu nas suas boas graças devido a qualquer traço peculiar de sua pessoa ou por suas atitudes. Não era atraente, e suas maneiras exigiam algum tempo de convívio para se revelarem agradáveis. Era por demais reservado; todavia, quando a sua timidez natural era superada, o seu comportamento dava todos os indícios de um coração com generosidade e afeto. Era dotado de boa inteligência, respaldada por uma educação de qualidade. Mas não lhe sobejavam capacidade e disposição que correspondessem aos anseios da mãe e da irmã em vê-lo distinguir-se como... algo que nem mesmo elas sabiam. Queriam que ele se destacasse no mundo de alguma maneira. A mãe queria interessá-lo em questões políticas, colocá-lo no Parlamento ou vê-lo ligado a alguns dos grandes homens da atualidade. A Sra. John Dashwood desejava o mesmo, contudo, enquanto uma dessas bençãos superiores não aconteciam, sua ambição teria sido aplacada só de vê-lo sendo conduzido em uma caleça. Todavia, Edward não tinha muita inclinação para grandes homens nem para veículos. Toda a sua ambição se concentrava nas aspirações domésticas de uma vida confortável e reservada. Por sorte, tinha um irmão mais novo que se mostrava mais promissor.

Edward passara muitas semanas na casa sem ter atraído a atenção da Sra. Dashwood, àquela época imersa na aflição que a tornava insensível a tudo que a rodeava. Viu apenas que ele era um jovem tranquilo e discreto, e gostou dele. Ele não lhe perturbava a infelicidade com conversas inoportunas. A primeira vez que prestou mais atenção nele e passou a aceitá-lo foi graças a uma observação que Elinor por acaso fez um dia, sobre a diferença entre ele e a irmã. O contraste era tão acentuado que forçosamente serviu para recomendá-lo à mãe.

— Para mim já basta dizer que ele é diferente de Fanny e pronto — afirmou. — Equivale a dizer que é simpático. Já gosto dele só por isso.

— Acho que vai apreciá-lo ainda mais — Elinor replicou — quando o conhecer melhor.

— Apreciá-lo — a mãe retrucou com um sorriso. — Desconheço sentimentos de aprovação aquém do amor.

— Poderia estimá-lo.

— Ainda não consigo distinguir estima de amor.

A Sra. Dashwood passou então a se esforçar para conhecê-lo melhor. Suas maneiras irresistíveis logo venceram as reservas dele. Ela rapidamente se deu conta de todos os seus méritos, e a persistência de sua atenção para com Elinor pode ter ajudado a sua perspicácia, mas ela se sentiu verdadeiramente segura do valor dele. E, mesmo aqueles modos calmos, que militavam contra as suas ideias estabelecidas de como um jovem deve se portar, passaram a ser desinteressantes a partir do ponto em que percebeu a ternura do seu coração e a afeição do seu temperamento.

Assim que percebeu o primeiro sintoma de amor no seu comportamento para com Elinor, passou a dar como certo um compromisso mais sério e a ver o casamento como uma inevitabilidade que rapidamente se aproximava.

— Em alguns meses, minha querida Marianne — ela disse —, Elinor provavelmente estará encaminhada na vida. Sentiremos a sua falta, mas ela há de ser feliz.

— Ah, mamãe! O que faremos sem ela?

— Meu amor, não será uma grande separação. Moraremos separadas apenas por poucos quilômetros, e nos veremos todos os dias de nossas vidas. Você ganhará um irmão, um irmão verdadeiramente afetuoso. Tenho o mais alto apreço pelos sentimentos de Edward. Mas você parece triste, Marianne. Por acaso desaprova a escolha da sua irmã?

— Talvez — admitiu Marianne — eu deva considerá-la com certa surpresa. Edward é muito cortês, e tenho muita ternura por ele. Contudo, ele não é a espécie de jovem... Digo, falta-lhe alguma coisa... Sua figura não chama a atenção. Não possui qualquer um dos encantos que eu esperaria encontrar no homem capaz de atrair seriamente a minha irmã. Falta nos seus olhos aquele espírito, aquela chama que denuncia virtude e inteligência. E, além de tudo isso, mamãe, receio que lhe falte bom gosto. Parece quase não se interessar por música, e embora ele admire muito os desenhos de Elinor, não é a admiração de um homem que compreenda o seu verdadeiro valor. É evidente, a despeito da frequente atenção que lhe dispensa enquanto ela desenha, que ele nada entende a respeito do assunto. É a admiração de um amante, não de um conhecedor. Para me satisfazer, seria necessária a união de ambos os personagens. Eu não me sentiria feliz com um homem cujas preferências em todas as frentes não coincidissem com as minhas. Ele precisaria compartilhar de todos os meus sentimentos, dos mesmos livros, as mesmas músicas teriam de nos fascinar. Ah, mamãe, como foi desanimada, insípida, a leitura que Edward nos fez na noite passada! Tive profunda pena da minha irmã. No entanto, ela soube suportá-lo com tal compostura que mal pareceu notá-lo. Foi necessário grande esforço para permanecer sentada ali, escutando aqueles versos magníficos que frequentemente despertam o meu mais vivo entusiasmo, declamados com imperturbável serenidade, com tamanha indiferença!

— Ele deve, sem dúvida, dar mais valor à prosa simples e elegante. Foi o que pensei no momento, mas você tinha de lhe dar Cowper para ler.

— Não, mamãe, se nem Cowper é capaz de animá-lo...! Mas devemos permitir diferenças de gosto. Elinor não tem os meus sentimentos e, sendo assim, talvez esses detalhes não sejam importantes para ela, e pode ser feliz com ele. Mas, se eu o amasse, teria partido o meu coração escutá-lo lendo com tão pouco sentimento. Mamãe, quanto mais conheço do mundo, mais me convenço de que jamais encontrarei um homem que eu possa realmente amar. Sou tão exigente! Ele deve ter todas as virtudes de Edward, mas sua pessoa e maneiras deveriam ornamentar sua bondade com todos os encantos possíveis.

— Não se esqueça, minha querida, de que ainda nem completou 17 anos de idade. Ainda é cedo demais na vida para se entregar ao desespero, renunciando à tamanha felicidade. Por que deveria ser menos afortunada do que a sua mãe? Em apenas uma circunstância, minha Marianne, que o seu destino seja diferente do dela!

IV

— É uma grande pena, Elinor — disse Marianne —, que Edward não tenha bom gosto para desenho.

— Não tenha bom gosto para desenho? — indagou Elinor. — Por que acha isso? É verdade que ele mesmo não desenha, mas ele deriva grande prazer do trabalho de outros artistas, e eu lhe asseguro que ele, de modo algum, é deficiente no quesito bom gosto, embora tenham lhe faltado oportunidades para aprimorá-lo. Caso tivesse aprendido a desenhar, tenho certeza de que teria se saído assaz bem. Ele confia tão pouco no seu próprio julgamento em tais questões, que sempre reluta em oferecer sua opinião no tocante a qualquer obra alheia. Apesar disso, esteja certa de que ele possui uma capacidade inata e uma simplicidade de gosto que, de modo geral, o orientam muito bem.

Marianne teve receio de ofender a irmã e preferiu se calar acerca do tópico, mas a espécie de apreço que ele tinha pela arte do desenho, como descrito por Elinor, estava longe daquele deleite arrebatador que, na opinião dela, poderia ser considerado bom gosto. No entanto, sorrindo no seu íntimo ante o equívoco da irmã, não deixou de admirá-la pela cega parcialidade com que defendia Edward.

— Eu espero, Marianne — Elinor prosseguiu —, que não continue a considerá-lo destituído de bom gosto em geral. Na realidade, acho seguro afirmar que não é esse o caso, considerando que o seu comportamento para com ele é perfeitamente cordial. E, fosse mesmo essa a sua opinião, estou certa de que jamais poderia ser cortês para com ele.

Marianne não soube como responder. Jamais, de modo algum, magoaria a irmã. No entanto, também não concordava em falar o que ia contra o que acreditava. Após algum tempo, ela disse:

— Não fique ofendida, Elinor, se meu louvor por ele não se equipara à sua percepção dos méritos de Edward. Eu não tive as mesmas inúmeras oportunidades de avaliar as mais ínfimas propensões do seu espírito, suas inclinações e preferências, como você teve, mas tenho em altíssima estima a bondade e a inteligência dele. Eu o considero em tudo digno e obsequioso.

— Tenho certeza — Elinor respondeu com um sorriso — de que os melhores amigos dele não poderiam se queixar de uma recomendação como essa. Não vejo como você poderia se expressar de maneira mais entusiasmada.

Marianne ficou feliz de ver que a irmã se contentava com tanta facilidade.

— Quanto à inteligência e bondade dele — Elinor continuou —, ninguém pode, eu acho, ter dúvidas, quem quer que já tenha tido a oportunidade de travar uma conversa franca com ele. A excelência de sua compreensão e de seus princípios pode ser oculta apenas pela timidez, que com demasiada frequência o mantém em silêncio. Você o conhece o suficiente para fazer justiça ao valor dele. Todavia, quanto às ínfimas propensões, como as chamou, você conhece, por força das circunstâncias, menos do que eu. Acontece de passarmos tempo juntos, ao passo que você tem sido quase inteiramente monopolizada por mamãe. Posso assim conhecê-lo melhor, estudar seus sentimentos e escutar suas opiniões sobre literatura e em questão de preferências. E, levando tudo em conta, arrisco-me a declarar que é um homem bem-informado, que aprecia muito os livros, com imaginação ativa, capacidade de observação justa e correta, é de bom gosto refinado e puro. Seus dotes, sob todos os aspectos, se aprimoram com o convívio, assim como acontece com as suas maneiras e o seu porte. À primeira vista, seu jeito não é muito cativante, e a sua figura não é exatamente o que poderia ser chamada de atraente, até a notavelmente bondosa expressão do seu olhar e a amabilidade geral do seu semblante serem notadas. Agora, já o conheço tão bem que chego a achá-lo quase vistoso. O que me diz no tocante a isso, Marianne?

— Se não é o caso agora, eu muito em breve o verei como vistoso, Elinor. Quando me disser para amá-lo como a um irmão, eu não enxergarei mais as imperfeições do seu rosto, como já acontece com o seu coração.

Elinor estremeceu ante a declaração e lamentou o entusiasmo que deixou transparecer ao falar a respeito de Edward. Sentiu que o colocara em um pedestal por demais alto. Acreditava que a admiração fosse mútua, mas exigia maior certeza para fundamentar a convicção de Marianne sobre o compromisso dos dois. Sabia que tudo aquilo que Marianne e a mãe conjecturavam em determinado instante acreditavam ser realidade no seguinte; que, para elas, desejar era o mesmo que esperar, e esperar era o mesmo que contar com alguma coisa. Ela procurou explicar para a irmã a realidade da situação.

— Eu não tento negar — disse — que o tenho na mais alta consideração, que o admiro, que gosto dele.

Marianne, nesse ponto, explodiu de indignação.

— Consideração? Admiração? Você não tem coração, Elinor? Pior, parece ter vergonha dos seus sentimentos. Use tais palavras novamente, e eu a deixarei aqui falando sozinha!

Elinor não conteve o riso.

— Peço desculpas — falou —, e saiba que não tive a intenção de ofendê-la, falando de maneira tão fria sobre os meus próprios sentimentos. Pode acreditar que são mais intensos do que eu admiti. Em suma, estão à altura dos méritos de Edward, e a suposição, a esperança de que ele tenha afeição por mim é justificável, e digo isso sem cometer qualquer imprudência ou insensatez. Mas você não deve imaginar nada além disso. De modo algum estou segura de seu interesse por mim. Há momentos em que tenho dúvidas da extensão de suas atenções, e até que os sentimentos dele sejam plenamente conhecidos, não deve se surpreender que eu procure evitar quaisquer exageros ao acreditar ou classificar como sendo mais do que realmente são. No meu íntimo, tenho pouca, ou quase nenhuma, dúvida quanto à sua preferência. Mas há outras questões a serem consideradas além da predileção de Edward. Ele está muito longe de ser independente. Não sabemos como realmente a mãe dele é. Todavia, a julgar pelas menções ocasionais de Fanny sobre sua conduta e opiniões, nada leva a crer que seja uma pessoa afável, e, ou muito me engano, o próprio Edward já se deu conta de que encontrará muitos obstáculos no seu caminho se desejar desposar uma mulher sem grande fortuna, ou que não desfrute de uma alta posição social.

Marianne ficou pasma ao perceber o quanto a sua imaginação e a de sua mãe haviam se sobrepujado à realidade.

— E não estão oficialmente comprometidos! — afirmou. — Contudo, decerto logo estarão, não é? Bom, vejo duas vantagens nessa demora. Não a perderemos tão cedo, e Edward terá uma oportunidade maior de aperfeiçoar aquela preferência natural pela sua inclinação favorita, condição indispensável para a felicidade futura de ambos. Ah, e como seria bom se ele fosse estimulado pelo seu talento a ponto de aprender a desenhar!

Elinor oferecera a sua opinião sincera à irmã. Não podia considerar o compromisso com Edward em um estágio tão favorável quanto o suposto por Marianne. Por vezes, havia um arrefecimento de ânimo por parte de Edward que, se não denotava indiferença, pelo menos surgia como algo nada promissor. Dúvida quanto aos sentimentos dela, se é que alguma vez ele teve, não deveria gerar mais do que apreensão. Era inconcebível que resultasse naquele alienamento que frequentemente o assaltava. Um motivo mais razoável poderia ser encontrado na situação de dependência que lhe impedia a livre manifestação do seu afeto. Sabia que, sem que Edward se submetesse à visão dela para o seu engrandecimento, a mãe dele não movia uma palha para tornar a sua vida presente mais fácil, e nem lhe dava qualquer certeza quanto ao próprio futuro. Sabendo disso, era impossível para Elinor se sentir à vontade no tocante à questão. Ao contrário da mãe e da irmã, estava longe de confiar na certeza do interesse que Edward parecia ter por ela. Não, quanto mais tempo passavam juntos, mais dúvida ela parecia ter quanto à natureza do interesse dele e, ocasionalmente, por alguns dolorosos instantes, acreditava não passar de amizade.

Todavia, fossem quais fossem os seus limites, eram suficientes para incomodar a irmã dele, que, tão logo se deu conta da situação, passou a tratá-la com rispidez. Na primeira oportunidade que teve, afrontou a mãe de Elinor, falando com certa exasperação das expectativas que a família tinha para o rapaz, na determinação de sua mãe, a Sra. Ferrer, de que ambos os filhos fizessem bons casamentos, e do perigo que corria qualquer outra moça que tentasse fisgar o irmão. Fez isso de tal forma que a Sra. Dashwood não pôde se fingir de desentendida nem procurar manter a calma. Ela deu uma resposta que deixou evidente a sua insatisfação, na mesma hora abandonando o aposento, convencida de que, independentemente do quanto uma mudança súbita pudesse ser inconveniente ou dispendiosa, sua adorada Elinor não poderia continuar mais uma semana que fosse exposta àquelas insinuações.

Nesse tal estado de espírito uma carta lhe foi entregue, contendo uma proposta particularmente oportuna. Era a oferta de uma casa pequena, em condições bem favoráveis, que pertencia a um parente dela, um cavalheiro de boa reputação e posses em Devonshire. A carta vinha do próprio cavalheiro e parecia ter sido escrita no verdadeiro espírito de amistosa obsequiosidade. Ele entendia que ela estava à procura de moradia e, embora a casa que estivesse oferecendo não passasse de um chalé, garantiu que, caso a aceitasse, poderia fazer com ela o que achasse necessário. Após oferecer detalhes da casa e dos jardins, ele sinceramente insistiu para que ela fosse com as filhas até Barton Park, a sua própria residência, de onde poderia ela mesma julgar se

Barton Cottage, que ficava na mesma paróquia, poderia, com alguns reparos, ficar a gosto delas. Parecia realmente ansioso para ajudá-las, e a carta toda foi escrita em um estilo tão amistoso que não pôde deixar de proporcionar imenso prazer à prima, ainda mais quando ela estava sofrendo com o comportamento frio e insensível daqueles de ligações mais próximas. Não foi necessária qualquer indagação nem deliberação. A decisão foi tomada enquanto lia. A localização de Barton, em um condado tão distante de Sussex quanto Devonshire, que algumas horas antes teria sido suficiente estorvo para descartar qualquer possível vantagem que o lugar pudesse ter, era agora a sua principal recomendação. Deixar a vizinhança de Norland não era mais uma desgraça, era algo a ser desejado, uma benção em comparação com a infelicidade de permanecerem como convidadas da esposa do enteado. E deixar para trás tal lugar adorado seria menos doloroso do que continuar a habitá-lo, ou a visitá-lo enquanto uma mulher como aquela permanecia como sua senhora. Na mesma hora escreveu para Sir John Middleton, agradecendo a sua gentileza e aceitando a sua proposta. Em seguida, apressou-se em mostrar ambas as cartas para as filhas, para obter a aprovação delas antes de enviar a resposta.

Elinor sempre considerara mais prudente para elas se estabelecerem a alguma distância de Norland do que nas suas redondezas familiares. Quanto a isso, sendo assim, não haveria motivo para ela se opor às intenções da mãe de se mudar para Devonshire. A casa, como descrita por Sir John, era de proporções tão modestas, e o aluguel tão incrivelmente acessível, que também não deixavam margem para objeções. Desse modo, embora não se tratasse exatamente de um projeto que lhe estimulasse a imaginação, e apesar de que tal afastamento de Norland não estivesse nos seus planos, ela não fez qualquer tentativa de dissuadir a mãe de enviar a carta de aquiescência.

V

Tão logo a sua resposta fora despachada, a Sra. Dashwood se concedeu o prazer de anunciar para o enteado e para a esposa dele que já haviam arranjado uma casa, e que, assim que tudo estivesse pronto para a mudança, ela não mais os incomodaria. Eles receberam a notícia com surpresa. A Sra. John Dashwood nada disse, mas o marido polidamente manifestou o desejo de não as ver estabelecidas muito longe de Norland. Com grande satisfação, ela informou que estavam indo para Devonshire. Escutando isso, Edward virou-se bruscamente na direção dela e, em um tom de surpresa e preocupação que não precisou ser explicado para ela, repetiu:

— Devonshire! Realmente vão para lá? É tão longe daqui! E em que parte?

Ela explicou a situação. Ficava a cerca de seis quilômetros e meio ao norte de Exeter.

— Não passa de um chalé — ela prosseguiu —, mas espero ver muitos de meus amigos lá. Um ou dois quartos poderão ser facilmente adicionados e, se meus amigos não encontrarem dificuldade de viajar até tão longe para me ver, eu com certeza não terei nenhuma em acomodá-los.

Ela concluiu estendendo um gentil convite ao Sr. e à Sra. Dashwood para visitá-la em Barton. Para Edward, o convite foi feito com ainda maior afeição. Embora a sua conversa anterior com a esposa do enteado a tivesse levado a decidir não permanecer em Norland mais tempo do que o estritamente necessário, não se dera conta de sua principal implicação. Separar Edward e Elinor continuava estando longe de ser seu objetivo e, com o insistente convite para o irmão da Sra. John Dashwood, pretendia deixar claro para ela o quanto desprezava a sua desaprovação do casal.

Repetidas vezes, o Sr. John Dashwood falou para a madrasta o quanto lamentava que ela estivesse se mudando para uma casa tão longe de Norland, a ponto de impedi-lo de auxiliá-la com a mudança. De fato, sentia-se intimamente vexado ao se dar conta de que o único dever a que havia resumido a promessa feita ao pai, dessa forma se tornava impraticável. A mudança teve de ser mandada por barco. Em sua maior parte, consistia em roupas de cama e mesa, baixelas, louças e livros, além do belo pianoforte de Marianne. A Sra. John Dashwood viu a mudança partir com um suspiro. Não pôde deixar de se sentir incomodada que a madrasta do marido, com rendimentos muito inferiores aos seus, possuísse tão belas peças de mobiliário.

A Sra. Dashwood alugou a casa pelo período de um ano. Ela já estava mobiliada, e poderiam habitá-la imediatamente. Não houve qualquer dificuldade referente ao contrato, e ela aguardava apenas a resolução de algumas pendências em Norland para partir rumo ao Oeste. E, como a experiência era do interesse dela, tudo foi feito em pouco tempo. Os cavalos deixados pelo marido já haviam sido vendidos pouco após a sua morte, e agora surgiu uma oportunidade para se desfazer da carruagem. Como de costume, a filha mais velha prudentemente aconselhou a venda. Se desse ouvidos apenas às próprias aspirações, teria conservado a carruagem para o conforto das meninas. A ponderação de Elinor prevaleceu. Seu bom senso também limitou o número de serviçais a três, sendo duas criadas e um homem, escolhidos entre aqueles que faziam parte do seu quadro de empregados em Norland.

O homem e as criadas foram imediatamente enviados para Devonshire a fim de prepararem a casa para a chegada de sua senhora. Como a Sra. Dashwood desconhecia completamente Lady Middleton, preferiu seguir direto para o chalé a passar algum tempo como hóspede em Barton Park. Confiando cegamente na descrição que Sir John fizera por carta, dispensou a necessidade de examinar pessoalmente a casa antes de mudar-se para ela. Sua ansiedade em deixar Norland não esmorecia devido à evidente satisfação da esposa do enteado ante a perspectiva de sua partida. Era chegada a ocasião em que a promessa que o enteado fizera ao pai encontraria especial ensejo para se ver cumprida. Como ele negligenciara fazê-lo assim que viera residir na propriedade herdada, vê-las indo embora dela agora talvez lhe parecesse a oportunidade mais adequada para realizá-lo. No entanto, a Sra. Dashwood percebeu ser melhor abandonar qualquer esperança do gênero, convencendo-se, pelo rumo geral de seu discurso, de que sua assistência não se estenderia além de mantê-las por seis meses em Norland. Ele frequentemente mencionava as crescentes despesas da casa e a constante dilapidação de sua fortuna, menções que iam muito além do que poderia se esperar de qualquer pessoa de projeção social. Parecia mais alguém necessitando de ajuda financeira do que um homem com intenções de concedê-la.

Poucas semanas após o dia que trouxe a primeira carta de Sir John Middleton para Norland, tudo já estava tão perfeitamente arrumado na futura residência, que a Sra. Dashwood e as filhas já se sentiram preparadas para dar início à viagem.

Muitas foram as lágrimas vertidas no último adeus ao lugar que tanto amavam.

— Norland querida! — Suspirou Marianne ao vagar sozinha diante da casa, na última noite de sua estadia ali. — Quando passará a saudade? Quando me sentirei em casa em outro lugar? Ah, casa feliz, será que sabe o quanto sofro ao vislumbrá-la agora deste lugar, do qual talvez jamais venha a vislumbrá-la novamente? E, vocês, árvores bem conhecidas! Vocês continuarão as mesmas. Nenhuma folha haverá de cair por estarmos longe, nem qualquer galho se tornará imóvel por falta de nossas observações! Não, continuarão as mesmas, alheias ao prazer ou à tristeza que inspiram, e insensíveis a qualquer mudança naqueles que lhes percorrem as sombras! Mas quem há de ficar para lhes usufruir do encanto?

VI

A primeira parte da viagem foi realizada em estado demasiadamente melancólico para ser algo além de tediosa e desagradável. Contudo, à medida que se aproximavam do fim dela, o interesse pela paisagem do condado lhes suplantava o desânimo, e a contemplação do vale de Barton lhes ofertava vigor. Era um lugar agradável e fértil, recoberto de bosques e rico em pastos. Após percorrer mais de um quilômetro e meio do vale, chegaram à própria casa. Na frente desta havia apenas um pequeno pátio recoberto de grama verde, cujo acesso era através de um singelo portão.

Como moradia, Barton Cottage, embora pequena, era confortável e compacta. Todavia, como casa de veraneio estava incompleta, pois a construção era pouco digna de nota, coberta por telhas. As janelas não estavam pintadas de verde nem as paredes estavam cobertas de madressilvas. Uma estreita passagem levava diretamente, através da casa, até o quintal. De cada lado da porta de entrada havia uma sala de estar com cerca de cinco metros quadrados e, atrás delas, escritórios e escadas. Quatro quartos de dormir e dois sótãos formavam o resto da casa. Não fora erguida há muito tempo e estava em bom estado de conservação. Comparada a Norland, sem dúvida que era pobre e pequena. Todavia, as lágrimas que as lembranças provocaram vieram logo a secar assim que adentraram na casa. Foram recebidas com a alegria dos criados ante a sua chegada, e cada qual se esforçou para parecer feliz em atenção às outras. Era início de setembro, a estação ainda estava amena e, ao ver o local sob as condições favoráveis do bom tempo, tiveram uma impressão positiva, que muito colaborou para a sua aprovação definitiva.

A localização da casa era boa. Altas colinas erguiam-se ao fundo e de ambos os lados do terreno; algumas eram de campo aberto, ao passo que outras estavam cultivadas e cobertas de árvores. O povoado de Barton localizava-se no alto de uma dessas elevações, e compunha uma vista agradável quando observado através das janelas do chalé. A vista da frente da casa era muito mais ampla, englobando todo o vale e alcançando o distrito vizinho. As colinas que circundavam a casa delimitavam o vale naquela direção. Sob outro nome e em outro sentido, este ramificava-se novamente entre dois dos montes mais abruptos.

A Sra. Dashwood se viu satisfeita tanto com as dimensões da casa quanto com o mobiliário dela, pois, apesar de o seu antigo estilo de vida tornar indispensável alguns acréscimos, o trabalho de ampliação e melhorias era prazeroso para ela, que naquele momento dispunha de dinheiro suficiente para tornar as acomodações mais elegantes.

— Quanto à casa em si, é verdade — disse —, é pequena demais para a nossa família, mas por ora nós a tornaremos tolerantemente confortável, já que é tarde demais no ano para melhorias. Quem sabe na primavera, se eu tiver dinheiro suficiente, o que, ouso dizer, terei, poderemos pensar em obras? As salas de estar são ambas pequenas demais para os grupos de amigos que espero ver reunidos aqui com frequência. Sendo assim, penso em fazer uma passagem através de uma delas, usando parte da outra e deixando o que restar dela para a entrada. Isso, com uma nova sala de visitas facilmente adicionada e mais um quarto de dormir e sótão no andar de cima, deixará o chalé bem aconchegante. Eu poderia desejar que as escadas fossem mais bonitas, mas não se pode ter tudo, embora suponha que não seria nada complicado alargá-las. Conforme estivermos de finanças na primavera, trataremos de planejar de acordo.

Até que tais alterações pudessem ser realizadas, com as economias de uma renda de quinhentas libras anuais por uma mulher que jamais poupou na vida, as Dashwood foram inteligentes o bastante para se contentarem com a casa como ela estava. E cada uma delas se ocupou com os próprios pertences, organizando os seus livros e enfeitando a casa com outros objetos. O pianoforte de Marianne foi desempacotado e devidamente colocado em lugar conveniente, e os desenhos de Elinor afixados às paredes da sala de estar.

No dia seguinte, logo após o café da manhã, foram interrompidas em meio a essas tarefas pela chegada do senhorio, que veio lhes dar as boas-vindas a Barton e oferecer tudo o que presentemente pudessem necessitar de sua casa e de seu jardim. Sir John Middleton era um homem de boa aparência na casa dos 40. Ele já fora visitá-las em Stanhill, mas há muito tempo, tanto que as jovens primas nem se lembravam dele. Seu semblante era bem-humorado, e suas maneiras tão cordiais quanto o estilo em que sua carta fora escrita. A chegada delas parecia ter lhe proporcionado genuína satisfação, e oferecer-lhes conforto parecia ser uma verdadeira prioridade para ele. Deixou claro o seu sincero desejo de que tivessem o melhor trato sociável com os de sua família, e cordialmente insistiu no convite para que fossem jantar em Barton Park todos os dias até que estivessem melhor instaladas na nova casa, com o que, embora a sua insistência atingisse um ponto de perseverança que ultrapassava a cortesia, elas não puderam se ofender. Sua generosidade não se limitava às palavras, pois, menos de uma hora após ele ter se despedido, uma enorme cesta de frutas e produtos do seu jardim chegou no chalé, seguida, antes mesmo do final do dia, de uma peça de caça. Além disso, insistiu em levar e trazer do correio todas as suas cartas, e ainda exigiu a satisfação de diariamente lhes trazer o jornal.

Lady Middleton havia enviado por ele um recado muito gentil, manifestando o seu desejo de cumprimentar pessoalmente Sra. Dashwood assim que tivesse certeza de que sua visita não seria inoportuna.

E, como a mensagem foi respondida com um convite igualmente polido, a senhora lhes foi apresentada logo no dia seguinte.

Estavam, é claro, muito ansiosas para ver as pessoas de que cujo conforto elas dependeriam em Barton, e a elegância da dama correspondeu ao que estavam esperando. Lady Middleton não deveria ter mais de 26 ou 27 anos de idade. Seu rosto era bonito, a figura alta e impressionante, e seus modos graciosos. Suas maneiras tinham toda a finura de que o marido carecia, mas elas, sem dúvida, teriam muito a se beneficiar da franqueza e cordialidade dele. A visita demorou o suficiente para arrefecer um pouco o entusiasmo da primeira impressão, mostrando que, apesar da soberba educação de berço, era fria e reservada e nada tinha a dizer de pessoal, preferindo se ater a perguntas e observações triviais.

No entanto, a conversa jamais esmoreceu, pois Sir John era bastante loquaz, e Lady Middleton adotara a sensata precaução de trazer o filho mais velho, um belo menino de 6 anos de idade. Isso significava que sempre haveria um tópico a se recorrer em caso de necessidade. Elas precisariam perguntar o nome e a idade dele, admirar a sua beleza e lhe fazer outros questionamentos, os quais a mãe respondia enquanto ele próprio andava ao redor dela de cabeça baixa, para surpresa da dama, que se admirava com a sua timidez diante de pessoas estranhas, considerando a agitação que demonstrava em casa. De toda visita formal deveria fazer parte uma criança a fim de fornecer assunto às conversas. No caso em questão, gastaram mais de dez minutos determinando se o menino era mais parecido com o pai ou com a mãe, e no que ele puxara quem; nesse ponto, é claro, todos discordavam, cada um se espantando com a opinião dos demais.

Em breve, as Dashwood teriam a oportunidade de discutir a respeito dos outros filhos do casal, já que, antes de ir embora, Sir John não deixou de reiterar o convite para que fossem jantar em sua casa no dia seguinte.

VII

Barton Park ficava a cerca de um quilômetro do chalé. As Dashwood haviam passado perto quando cruzaram o vale, mas a casa ficava oculta por uma colina. Era grande e bonita, e os Middleton tinham um estilo de vida ao mesmo tempo hospitaleiro e elegante. A hospitalidade era prerrogativa de Sir John, enquanto a elegância era crédito da sua esposa. Quase sempre tinham amigos hospedados na casa, e suas amizades eram mais variadas do que as de qualquer outra família das redondezas. Isso era necessário para a felicidade de ambos, pois, embora distintos em temperamento e conduta exterior, possuíam grande semelhança no tocante à falta de talento e sensibilidade, o que limitava suas ocupações não ligadas à vida em sociedade, a um escopo deveras reduzido. Sir John era um desportista; Lady Middleton, a mãe de seus filhos. Ele caçava e praticava tiro, ela se entretinha com as crianças e nisso se resumiam as suas atividades. Lady Middleton tinha a vantagem de poder mimar os filhos durante todo o ano, ao passo que as atividades pessoais de Sir John só decorriam na metade desse período. Constantes compromissos em casa e longe dela, no entanto, supriam todas as deficiências da natureza e da educação, mantendo a boa disposição de Sir John e dando ensejo às demonstrações de boas maneiras da esposa.

Lady Middleton orgulhava-se da elegância de sua mesa e de todos os seus arranjos domésticos, e dessa espécie de vaidade ela derivava o seu maior prazer em todas as suas reuniões. Quanto à satisfação de Sir John em sociedade, esta era muito mais genuína. Ele se deleitava em reunir ao seu redor mais gente jovem do que a casa era capaz de comportar. E, quanto maior a algazarra, maior o seu prazer. Era uma verdadeira bênção para todos os jovens da vizinhança, organizando piqueniques no verão e bailes no inverno capazes de satisfazer qualquer moça que não estivesse mais sujeita aos insaciáveis apetites dos 15 anos de idade.

A chegada de uma nova família no condado era sempre motivo de alegria para ele e, sob todos os pontos de vista, estava encantado com as novas moradoras que conseguira para o seu chalé em Barton. As Srtas. Dashwood eram jovens, bonitas e despretensiosas. Isso bastava para garantir a sua simpatia, pois ser despretensiosa era tudo que uma moça bonita poderia desejar para que seu espírito fosse tão cativante quanto a sua figura. Seu caráter bondoso tinha prazer em acomodar aquelas cuja situação poderia ser considerada ingrata quando comparada ao passado. Ao demonstrar simpatia pelas primas, sentia verdadeiro júbilo no coração bondoso. E, ao receber a família somente de mulheres no seu chalé, provava a satisfação própria de um desportista, pois este, embora estime apenas aqueles do seu sexo que também sejam desportistas, não costuma se mostrar desejoso de encorajar suas predileções, permitindo-lhes residir no interior da sua propriedade.

A Sra. Dashwood e as filhas foram recebidas na porta pelo próprio Sir John, que, com cordial sinceridade, lhes deu as boas-vindas a Barton Park. E, ao conduzi-las até a sala de visitas, repetiu para as moças a mesma preocupação que o afligira no dia anterior, por não ter encontrado nenhum jovem inteligente que pudesse apresentar para elas. De acordo com Sir John, além dele, elas encontrariam apenas um cavalheiro ali, um amigo em especial que estava hospedado em Barton Park, mas que não era nem muito jovem nem muito animado. Pediu desculpas pela pequenez do grupo que ali reunira e garantiu que o mesmo jamais voltaria a se repetir. Ele procurara várias famílias naquela manhã, na esperança de aumentar o número de convidados; todavia, como era uma noite de luar, todos estavam cheios de compromissos. Por sorte, a mãe de Lady Middleton chegara a Barton há menos de uma hora, e ela era uma mulher muito alegre e simpática. Sendo assim, ele esperava que as moças não achassem a reunião tão aborrecida quanto poderiam imaginar. As jovens e a mãe estavam perfeitamente satisfeitas em ter dois desconhecidos na reunião, e não poderiam desejar mais.

A Sra. Jennings, mãe de Lady Middleton, era uma senhora idosa, alegre, rechonchuda e bastante loquaz, parecendo um tanto quanto à vontade e até um pouco vulgar. Não lhe faltavam gracejos e estava sempre a rir. Durante o jantar, não parou de falar coisas engraçadas sobre maridos e amantes, torcendo para que elas não houvessem deixado o coração para trás em Sussex, e afirmando tê-las visto corar. Fosse verdade ou não, Marianne estava um tanto constrangida por causa da irmã e voltou o olhar para Elinor para ver como esta se defendia das insinuações. Mas fê-lo com tal ansiedade que causou mais pesar a Elinor do que as troças vulgares da Sra. Jennings poderiam provocar.

O amigo de Sir John, o coronel Brandon, pela dessemelhança de temperamentos, parecia tão pouco talhado para ser seu amigo quanto Lady Middleton para ser sua esposa, ou a Sra. Jennings para ser a mãe de Lady Middleton. Estava sempre calado e sisudo. Contudo, sua aparência não era desagradável, apesar de ser, na opinião de Marianne e Margaret, um contumaz solteirão, pois já passava dos 35 anos. E, embora as suas feições não fossem exatamente belas, ele possuía maneiras polidas e modos particularmente cavalheirescos.

Nada havia nos participantes da reunião que pudesse recomendá-los como companhia para as Dashwood, mas a fria insipidez de Lady Middleton era tão particularmente repulsiva que, comparada a ela, a seriedade do coronel Brandon e até mesmo a espalhafatosa alegria de Sir John e da sogra pareciam interessantes. Lady Middleton mostrou-se animada apenas quando os quatro filhos barulhentos adentraram na sala após o jantar, dando-lhe puxões, agarrando-lhe as vestes e pondo fim a qualquer espécie de conversa que não fosse especialmente relacionada a eles.

Mais tarde, após a descoberta dos talentos musicais de Marianne, ela foi convidada a tocar piano. O instrumento foi destrancado e todos se prepararam para serem encantados. Marianne, que cantava muito bem, executou uma série de melodias. Eram músicas que Lady Middleton trouxera para casa por ocasião do casamento, e que desde então haviam permanecido no piano, pois a dama celebrara aquele ocorrido abandonando de vez a música. Apesar disso, na opinião da mãe, ela tocava extremamente bem; e, de acordo com a própria, gostava muito de fazê-lo.

A apresentação de Marianne foi grandemente aplaudida. Sir John manifestou em alto e bom tom a sua apreciação ao final de cada peça e, em volume semelhante, conversou com os outros enquanto cada música era executada. Lady Middleton chamava-lhe a atenção com frequência, admirando-se que alguém pudesse afastar a atenção da música por um instante que fosse, mas pediu a Marianne que cantasse uma música em especial que ela acabara de tocar. Somente o coronel Brandon a ouvia sem arroubos. Concedia-lhe apenas o aplauso da atenção, e Marianne sentiu por ele um respeito que os outros não mereciam, por sua evidente falta de bom gosto. Seu encanto pela música, apesar de longe de ser um êxtase sublime capaz de se comparar ao dela, era precioso quando contrastado com a terrível insensibilidade dos outros, e ela era suficientemente racional para admitir que um homem de 35 anos de idade já devia ter deixado para trás toda a sutileza de sentimentos e todo o intenso poder do deleite. Considerando a idade do coronel, estava disposta a fazer todas as concessões que a sua capacidade de ser humanitária lhe permitisse.

VIII

A Sra. Jennings era uma viúva de amplas posses. Tinha apenas duas filhas e vivera o suficiente para ver ambas respeitavelmente casadas. Sendo assim, nada mais lhe restava a fazer senão casar todo o resto do mundo. Na promoção de tal objetivo, era tão zelosamente ativa quanto lhe permitia o alcance de suas habilidades, o que significava que não perdia a oportunidade de promover casamentos entre as pessoas jovens de suas relações. Possuía uma capacidade impressionante para detectar afinidades, e podia se vangloriar de já haver despertado o rubor e a vaidade de muitas moças com insinuações de seu poder sobre algum jovem. Tal discernimento permitiu que, pouco após a sua chegada em Barton, ela decisivamente declarasse que o coronel Brandon estava deveras apaixonado por Marianne Dashwood. Ela suspeitou que fosse o caso desde a primeira noite que passaram juntos, a julgar pela atenção com que escutou enquanto ela cantava para eles. E, quando os Middleton retribuíram a visita, jantando no chalé, a desconfiança foi confirmada pelo modo como voltou a escutá-la. Tinha de ser. Estava totalmente convencida disso. Formariam um par excelente, já que ele era rico e ela, bonita. Há muito que a Sra. Jennings ansiava ver o coronel Brandon bem casado, desde que a sua amizade por Sir John o tornara um conhecido dela, além de estar sempre pronta para arranjar bons casamentos para todas as moças bonitas que conhecia.

A vantagem imediata para si mesma não era, de modo algum, insignificante, pois significava um suprimento quase infinito de gracejos dirigidos aos dois. Em Park, ela zombava do coronel, e no chalé, de Marianne. Quanto ao primeiro, suas troças, no que diziam respeito apenas a ele, eram-lhe perfeitamente indiferentes, mas para, a jovem, as brincadeiras foram de início incompreensíveis; e, depois, quando entendeu do que se tratavam, Marianne não sabia ao certo se deveria rir do absurdo da insinuação ou censurar essa impertinência, pois considerava a noção insensata, levando em conta a idade do coronel e a sua condição de solteirão convicto.

A Sra. Dashwood, que não conseguia admitir que um homem apenas cinco anos mais novo do que ela fosse considerado tão extraordinariamente velho pelos arroubos juvenis da filha, resolveu defender a Sra. Jennings de ter feito troça da idade do coronel.

— Mas, pelo menos, mamãe, a senhora não pode negar o absurdo da acusação, mesmo que não a considere intencionalmente perversa. O coronel Brandon é, sem dúvida, mais novo do que a Sra. Jennings, mas ele tem idade para ser meu pai. E, tivesse ele disposição suficiente para se apaixonar, deve ter há muito deixado para trás qualquer sensação dessa espécie. É ridículo demais! Quando um homem estará a salvo de tais pândegas, se a idade e a doença não o protegem?

— Doença? — indagou Elinor. — Considera o coronel Brandon um homem doente? É fácil de entender que a idade dele pareça muito mais avançada para você do que para a minha mãe, mas não pode negar a agilidade contida nos seus movimentos.

— Não o ouviu queixar-se de reumatismo? Essa não é a mais comum das enfermidades para as pessoas idosas?

— Ah, minha filha querida — disse a mãe, rindo —, nesse pé você deve viver em constante terror quanto à minha velhice, e deve parecer um milagre para você que a minha vida tenha se estendido até a idade avançada de 40 anos.

— Mamãe, não está sendo justa comigo. Sei perfeitamente que o coronel Brandon ainda não é tão velho a ponto de deixar os amigos apreensivos em perdê-lo por morte natural. Pode viver ainda mais uns vinte anos. Mas 35 é uma idade que nada tem a ver com casamento.

— Talvez — Elinor sugeriu — 35 e 17 nada tenham em comum a ver com o casamento. Mas, se por algum acaso houver uma mulher solteira de 27, eu suponho que o fato de o coronel Brandon ter 35 não represente objeção para ele desposá-la.

Após um instante de hesitação, Marianne retrucou:

— Uma mulher de 27 anos de idade jamais poderia esperar sentir ou inspirar afeto novamente. E, não dispondo de uma casa confortável ou uma fortuna expressiva, posso imaginar que ela tivesse de se submeter a um trabalho de enfermeira para obter os rendimentos e a segurança de uma esposa. Portanto, nada haveria de indesejável no casamento dele com uma mulher nessas condições. Seria um pacto de conveniência capaz de satisfazer o mundo. Aos meus olhos, não seria de forma alguma um casamento, mas isso não importaria. Para mim, representaria apenas uma transação comercial na qual cada um dos lados se beneficiaria do que o outro tem a oferecer.

— Seria impossível, eu sei — admitiu Elinor —, convencê-la de que uma mulher de 27 poderia ter sentimentos por um homem de 35 que se assemelhassem ao amor, enxergando nele um companheiro desejável. Mas devo protestar ante a sua condenação do coronel Brandon e de sua esposa ao confinamento perpétuo de uma enfermaria, simplesmente por ele ter proferido uma queixa casual ontem, um dia muito frio e úmido, de uma ligeira dor reumática em um dos ombros.

— Mas ele falou de coletes de flanela — contra-argumentou Marianne —, e, para mim, eles estão invariavelmente associados a dores, cãibras, reumatismos e todas as espécies de indisposições que podem afligir velhos e debilitados.

— Tivesse tido ele apenas uma febre violenta, não o teria desprezado tanto. Confesse, Marianne, não sente uma certa empolgação ante as faces rubras, os olhos fundos e a pulsação acelerada de uma pessoa com febre?

Em seguida, tão logo Elinor deixou a sala, Marianne disse:

— Mamãe, a questão de doenças é tão alarmante para mim que não tenho como esconder de você. Acho que Edward Ferrars não está bem. Já faz quase quinze dias que estamos aqui, e ele ainda não apareceu. Nada além de uma doença de verdade poderia ocasionar tão extraordinária demora. O que mais poderia retê-lo em Norland?

— Achava mesmo que ele viria tão depressa? — perguntou a Sra. Dashwood. — Eu jamais pensei assim, muito pelo contrário. Se alguma vez a questão me preocupou foi ao lembrar que ele demonstrou aversão e relutância em aceitar o meu convite quando sugeri que viesse a Barton. Sabe se Elinor está à espera dele?

— Jamais tocamos no assunto, mas é claro que deve estar.

— Penso que se engana, pois, quando eu estava falando com ela ontem, sobre arranjarmos a lareira para o quarto de hóspedes, ela comentou que não havia pressa nisso, já que era pouco provável que o quarto fosse usado tão cedo.

— Acho tudo isso deveras estranho! O que poderá significar? Mas o comportamento de um para com o outro sempre foi incompreensível! Como foi fria, contida, a despedida dos dois! Como foi lânguida a conversa deles na última noite juntos! No adeus de Edward, não havia qualquer distinção entre Elinor e eu. Foram os desejos de felicidades de um irmão afetuoso para ambas. Por duas vezes, eu propositadamente os deixei a sós, durante a última manhã, e em ambas as ocasiões ele me seguiu ao retirar-me da sala. Já Elinor, ao abandonar Norland e Edward, não foi chorando como eu fiz. Mesmo agora, seu autocontrole é invariável. Quando foi que a vi prostrada e melancólica? Quando procurou evitar as pessoas, mostrando-se inquieta ou desinteressada na companhia delas?

IX

As Dashwood estavam agora instaladas em Barton com relativo conforto. A casa e os jardins, com todos os objetos que as cercavam, já haviam se tornado familiares, e as ocupações normais que haviam dado metade do charme a Norland foram retomadas com muito mais satisfação do que podiam lá sentir após a morte do pai. Sir John Middleton, que as visitava diariamente ao longo das primeiras duas semanas, e que não estava acostumado a ver muita movimentação em casa, não pôde disfarçar seu assombro por sempre encontrá-las ocupadas.

As visitas, exceto aquelas vindas de Barton Park, não eram muitas. Apesar da insistência de Sir John para que travassem conhecimento com os moradores da região, colocando a sua carruagem à disposição delas para tal fim, o espírito independente da Sra. Dashwood superava o desejo de convívio social das filhas, pois ela teimava em apenas visitar famílias que morassem perto o suficiente para que fossem a pé. Não havia muitas que atendessem à exigência, e nem todas podiam ser alcançadas. A cerca de dois quilômetros do chalé — ao longo do estreito e serpenteante vale do Allenham, que se originava no de Barton, as moças haviam visto, em um de seus recentes passeios, uma velha mansão de aspecto respeitável. Esta lembrou um pouco a casa de Norland e lhes despertou a imaginação, fazendo com que tivessem vontade de conhecê-la melhor. Todavia, ao indagarem a seu respeito, souberam se tratar da propriedade de uma mulher idosa muito simpática, que infelizmente encontrava-se por demais enferma para se dar aos tratos sociais e jamais saía de casa.

Todo o campo ao redor abundava de belos passeios. As colinas altas, que pareciam convidá-las de quase todas as janelas do chalé para usufruírem do ar puro de seus picos, eram alternativas alegres quando, embaixo, a poeira dos vales ocultava seus maravilhosos encantos. Na direção de um desses morros, Marianne e Margaret seguiram em uma memorável manhã, atraídas pelo sol encoberto em um céu chuvoso, incapazes de continuar a suportar o confinamento imposto pela chuva forte dos dois últimos dias. O tempo não estava suficientemente convidativo para arrancar as duas outras de seus escritos e leituras, apesar da declaração de Marianne de que o dia continuaria bom e que cada uma das nuvens ameaçadoras seria soprada para longe das colinas, de modo que lá se foram as duas jovens juntas.

Subiram alegremente a colina, admirando cada réstia do céu azul. E, quando receberam nas faces o animado sopro do forte vento sudoeste, lamentaram os receios que haviam impedido a mãe e Elinor de compartilharem com elas tão agradáveis sensações.

— Haverá no mundo felicidade superior a esta? — Marianne indagou. — Margaret, andaremos aqui por, pelo menos, duas horas.

Margaret concordou, e ambas prosseguiram o seu caminho contra o vento, resistindo às rajadas com risos de prazer por cerca de mais vinte minutos quando, subitamente, as nuvens se juntaram acima de suas cabeças, e uma chuva pesada caiu em cheio sobre elas. Tristes e surpreendidas, foram obrigadas, embora contra a vontade, a voltar, pois não havia nenhum abrigo mais próximo do que a própria casa. Todavia, uma consolação lhes restava, a qual as exigências do momento tornaram ainda mais aconselhável: correr o mais rápido que pudessem pela parte mais íngreme da colina, que dava na porteira do jardim.

Puseram-se a correr, Marianne a princípio seguindo à frente. Contudo, um passo em falso a derrubou no chão, e Margaret, impossibilitada de se deter para ajudar a irmã, foi involuntariamente levada pelo impulso até chegar sã e salva lá embaixo.

Um cavalheiro, trazendo uma espingarda e acompanhado de dois cães de caça salteando ao seu redor, estava passando pelo topo da colina, há poucos metros de Marianne, quando o acidente aconteceu. Abaixando a espingarda, ele correu para ajudá-la. Ela se levantara do chão, porém na queda torcera o pé e mal conseguia ficar erguida. O cavalheiro ofereceu auxílio e, percebendo que a modéstia da moça recusava o que a situação exigia como sendo necessária, sem mais delongas tomou-a nos braços e a carregou colina abaixo. E então, cruzando o jardim, cuja porteira fora deixada aberta por Margaret, ele a carregou direto para a casa onde a caçula das irmãs acabara de chegar, e só a soltou quando Marianne estava acomodada em uma poltrona na sala de visitas.

Ante a entrada deles, Elinor e a mãe se levantaram. E, enquanto os olhares de ambas estavam fixos nele, com evidente surpresa e uma admiração secreta, que provinham de sua aparição, ele se desculpou pela intromissão, relatando a causa desta de uma maneira tão franca e graciosa, que a sua pessoa, extraordinariamente atraente, recebeu encantos adicionais de sua voz e expressão. Tivesse sido ele velho, feio ou mesmo vulgar, a gratidão e a gentileza da Sra. Dashwood já teriam sido garantidas pelo gesto de atenção para com a sua filha. Todavia, a influência da juventude, da beleza e da elegância deram mais peso ao ato no tocante aos sentimentos dela.

Ela repetidamente o agradeceu e, com a doçura de expressão que lhe era característica, convidou-o a sentar-se. Estando molhado e sujo, ele se recusou a fazê-lo. A Sra. Dashwood insistiu em saber a quem devia a sua gratidão. Seu nome, ele respondeu, era Willoughby, e atualmente residia em Allenham, de onde esperava poder ter permissão para honrá-las com uma visita na manhã seguinte, para saber como estava a Srta. Dashwood. A honra foi prontamente concedida e, em seguida, tornando-se ainda mais interessante, ele se retirou debaixo da pesada chuva.

Sua beleza máscula e a extraordinária polidez foram de imediato tema da admiração geral, e o riso que a sua galanteria para com Marianne provocou recebeu particular significado por conta de seus atrativos. Marianne reparara menos no homem do que as outras, pois a confusão que lhe enrubescera as faces, quando ele a erguera do chão, a privara da coragem de olhar para ele depois de entrarem na casa. Mas vira o suficiente dele para corroborar a admiração das outras, com toda a energia que sempre acompanhava os seus louvores. Sua figura e seu porte estavam à altura do que ela sempre imaginara para um herói de um romance favorito, e, ao carregá-la para dentro de casa com tão pouca formalidade prévia, demonstrou uma velocidade de raciocínio que lhe recomendou o gesto. Todas as circunstâncias relevantes a ele eram interessantes. Seu nome era bom, morava no povoado favorito delas e logo mostrou que, de todas as vestimentas masculinas, um casaco de caça podia ser assaz atraente. A imaginação dela estava ocupada, seus pensamentos eram agradáveis, e a dor do tornozelo torcido foi esquecida.

Sir John veio visitá-las assim que o próximo intervalo de bom tempo naquela manhã permitiu que deixasse a casa, e, ao ter o acidente de Marianne lhe relatado, foi ansiosamente indagado se conhecia algum cavalheiro pelo nome de Willoughby em Allenham.

— Willoughby! — exclamou Sir John. — O quê, ele está na região? É uma boa notícia. Eu irei até lá amanhã e o convidarei para jantar na quinta-feira.

— Quer dizer que o conhece? — inquiriu a Sra. Dashwood.

— Se o conheço? É claro que o conheço. Ora, ele vem para cá todos os anos.

— E que tipo de jovem ele é?

— Do melhor tipo que já pisou nestas terras, eu garanto. Um atirador mais do que decente, e não há cavaleiro mais ousado em toda a Inglaterra.

— E isso é tudo que pode dizer a respeito dele? — pronunciou-se com indignação Marianne. — Como ele é na intimidade? Quais são seus interesses, seus talentos, suas atividades?

Sir John parecia confuso.

— Devo dizer, com toda a franqueza, que não o conheço tão bem assim — informou. — Mas é um sujeito agradável e bem-humorado, e tem a cadelinha perdigueira negra mais linda que eu já vi. Ela estava com ele hoje?

Mas Marianne estava tão apta para descrever a cor da perdigueira do Sr. Willoughby quanto Sir John poderia lhe descrever as sutilezas da essência do jovem.

— Mas quem é ele? — indagou Elinor. — De onde vem? Ele tem casa em Allenham?

Nessas questões, Sir John pôde melhor informá-las, e explicou que o Sr. Willoughby não possuía propriedade em Allenham, que residia ali apenas quando estava visitando a senhora idosa de Allenham Court, de quem era parente, e cujas posses ele deveria herdar, acrescentando:

— Sim, sim, posso lhes dizer que ele vale a pena ser fisgado, Srta. Dashwood. É um excelente partido. Ele ainda possui uma pequena e bela propriedade, toda sua, em Somersetshire, e no lugar da senhorita eu não abriria mão dele em favor da minha irmã caçula, apesar dessa história de rolar colina abaixo. A Srta. Marianne não deve esperar ter todos os homens para si. Brandon ficará enciumado, se ela não se cuidar.

Com um sorriso bem-humorado, a Sra. Dashwood afirmou:

— Não creio que o Sr. Willoughby vá se incomodar com as tentativas de ambas as minhas filhas de, como diz, fisgá-lo. Não é uma ocupação para a qual foram criadas. Por mais ricos que sejam, os homens podem se sentir seguros conosco. Contudo, fico feliz de saber, de acordo com o que diz, que se trata de um jovem respeitável, cuja amizade não devemos desprezar.

— É um bom sujeito, creio eu — insistiu Sir John. — Eu me recordo de que, no último Natal, ele deu um pulo em Park e dançou de oito da noite até quatro da manhã, sem parar para se sentar uma única vez.

— É verdade? — indagou Marianne, com os olhos acesos. — E o fez com elegância, com vivacidade?

— Ah, sim, e às oito da manhã já estava de pé para caçar.

— É disso que eu gosto. É como um jovem cavalheiro deveria ser. Independentemente de seus anseios, sua vontade de persegui-los não deveria conhecer limites nem lhe provocar ares de fadiga.

— Ai, ai, já estou vendo como serão as coisas — disse Sir John. — Estou vendo que já está de olho nele agora e que jamais irá considerar o pobre Brandon.

— Eis uma expressão, Sir John, que particularmente me desagrada — protestou Marianne. — Odeio frases comuns que tentam se passar por espirituosas, e "estar de olho em um homem" ou "se dispor a conquistá-lo" são algumas das mais detestáveis. Sua intenção é rude e mesquinha, e, se a sua utilização um dia foi considerada inteligente, o tempo há muito destruiu toda a sua engenhosidade.

Sir John não entendeu de todo a reprovação, mas riu tão espontaneamente como se tivesse entendido, e depois retrucou:

— Pois esteja certa de que fará muitas conquistas, de um modo ou de outro, eu posso garantir. Pobre Brandon! Já está deveras encantado, e olha que ele é muito digno de ser fisgado, eu devo lhe dizer, não obstante toda essa história de trambolhão e de tornozelos torcidos.

X

O protetor de Marianne, título que Margaret, com mais elegância do que precisão, concedera a Willoughby, apareceu na porta do chalé na manhã seguinte, bem cedo, para saber pessoalmente do estado da moça. Foi recebido pela Sra. Dashwood com mais do que polidez, com gentileza estimulada pela própria gratidão. E tudo que Sir John contara a respeito dele, além de tudo o que se passou durante aquela visita, tendeu a assegurar-lhe da sensibilidade, da elegância, do afeto mútuo e do conforto doméstico daquela família que um acidente o levara a conhecer. Do encanto pessoal das mulheres ele não necessitara de um segundo contato para ser convencido.

A Srta. Dashwood tinha compleição delicada, feições regulares e figura particularmente bonita. Marianne era ainda mais bela. Suas formas, apesar de não tão perfeitas quanto as da irmã no tocante à altura, eram todavia mais atraentes, e o rosto era tão adorável que, em termos de louvores mais vulgares, ela poderia ser chamada de uma moça linda, sendo a verdade menos violentamente ultrajada do que costumava acontecer. Sua pele era assaz morena, porém, dada a sua transparência invulgarmente brilhante, suas feições eram puras, seu sorriso era doce e atraente, e nos seus olhos muito escuros havia vida, espírito, vivacidade, que não podia deixar de dar prazer para quem os contemplava. De Willoughby, a princípio, sua expressão foi oculta pelo constrangimento provocado pela lembrança do auxílio oferecido por ele. Todavia, uma vez superado isso, quando se conheceram melhor, quando ela percebeu o perfeito cavalheiro de berço que ele era, capaz de unir franqueza e vivacidade e, acima de tudo, quando ela o escutou declarar sua paixão por música e dança, Marianne lhe dirigiu tal olhar de aprovação como se desejasse assegurar o prazer de sua conversa durante o resto da visita.

Bastava escutá-lo mencionar qualquer um de seus divertimentos favoritos para ela ter um impulso de falar. Não conseguia se manter calada ante os tópicos que estavam vindo à baila, e não demonstrava qualquer timidez nem acanhamento na discussão deles. Rapidamente descobriram que o entusiasmo pela dança e pela música era mútuo, e que provinha de uma generalizada comunhão de opiniões. Encorajada a levar adiante o exame das predileções do jovem, Marianne tratou de indagá-lo no tocante à questão de livros. Seus autores favoritos foram mencionados e descritos com tal entusiasmo, que qualquer jovem de 25 anos deveria, sem dúvida, ser insensível para não se render de imediato à excelência de tais obras, ainda que não as apreciasse antes. As preferências dos dois eram notavelmente similares. Os mesmos livros, as mesmas passagens eram idolatradas por ambos. E, se qualquer diferença surgia, qualquer objeção se apresentava, não sobreviviam à intensidade dos seus argumentos ou o brilho do olhar dela. Deixando-se levar pelo entusiasmo da moça, ele concordava com todas as suas decisões. E, muito antes de a visita ser concluída, estavam conversando com a familiaridade de conhecidos de longa data.

— Bem, Marianne — falou Elinor, assim que ele as deixou —, por uma manhã, acho que você se saiu muito bem. Já apurou a opinião do Sr. Willoughby no tocante a todas as questões de alguma importância. Sabe o que ele acha de Cowper e Scott, está certa de que ele admira suas belezas tal como se deve e não resta dúvida de que admira Pope na medida exata. Todavia, como irão alimentar esse conhecimento, se você liquida com precipitação todos os assuntos de conversa? Em breve, terão exaurido todos os seus tópicos favoritos. Mais um encontro e ele já terá explicado seus sentimentos sobre a beleza pictórica e as segundas núpcias, e não lhe restará nada mais para perguntar.

— Elinor — exclamou Marianne —, acha isso justo? Acha justo? Minhas ideias são mesmo tão restritas assim? Mas entendo o seu ponto. Fiquei muito à vontade, muito feliz, fui muito espontânea. Infringi todas as noções preestabelecidas de decoro. Fui franca e sincera quando deveria ter sido reservada, tristonha, aborrecida e falsa. Se eu tivesse falado apenas do clima e das estradas e participado da conversa somente de dez em dez minutos, sem dúvida que não estaria sofrendo essa reprovação.

— Meu amor — disse a mãe —, não deve se sentir ofendida com Elinor. Ela estava apenas de troça. Eu própria a teria repreendido, se ela fosse capaz de querer entravar o prazer da sua conversa com o novo conhecido.

Marianne acalmou-se momentaneamente.

Willoughby, por sua vez, dava todos os indícios de estar satisfeito com aquela nova amizade, desejando, como pudesse, consolidá-la. Ele vinha visitá-las todos os dias. A princípio, sua desculpa era para saber como Marianne estava se recuperando, mas o entusiasmo com que era recebido, que parecia se intensificar a cada dia, logo tornou a desculpa desnecessária antes que o pleno restabelecimento de Marianne a tornasse impossível. Por alguns dias, ficara confinada ao interior da casa, todavia jamais um confinamento fora menos aborrecido. Willoughby era um jovem de grande habilidade, imaginação fértil, espírito vivaz e maneiras espontâneas e afáveis. Parecia feito sob medida para cativar o coração de Marianne, pois tudo isso revelava não apenas uma personalidade carismática, mas um entusiasmo de espírito natural, agora estimulado e acrescido pelo exemplo dela própria e que, acima de tudo mais, o recomendava à sua afeição.

Sua companhia gradualmente foi se tornando o seu mais sublime prazer. Eles liam, conversavam, cantavam juntos. Os talentos musicais dele eram consideráveis, e lia com toda a sensibilidade e o espírito que infelizmente faltavam a Edward.

Na estimativa da Sra. Dashwood, ele era tão irrepreensível quanto na de Marianne, e Elinor nada via nele digno de censura, exceto uma propensão — tão encantadora para a irmã, pelo tanto que se assemelhava à dela — a exprimir sem reservas o que pensava de cada assunto, sem fazer caso de pessoas ou de circunstâncias. Ao precipitar-se na formação e expressão de suas opiniões sobre outras pessoas, ao sacrificar as regras de cortesia em troca do prazer de monopolizar a atenção daquela a quem havia empenhado o seu coração, ao descartar com demasiada facilidade as convenções sociais, demonstrava uma falta de cautela que Elinor não podia aprovar, a despeito de tudo que ele e Marianne pudessem argumentar a tal respeito.

Marianne começou agora a perceber que o desespero que se apossara dela aos 16 anos e meio de idade, de jamais encontrar um homem à altura dos seus ideais de perfeição, fora precipitado e injustificável. Willoughby era tudo que a sua fantasia delineara na ocasião desaventurada e em outros momentos mais radiantes, plenamente capaz de conquistá-la, e seu comportamento declarava sua vontade de ser, nesse aspecto, tão sincero quanto as suas capacidades eram marcantes.

Também a mãe dela, que devido à situação dele não permitira que um único pensamento no tocante à união dos dois lhe cruzasse a cabeça, antes do final da semana passara a torcer e esperar por isso e, no seu íntimo, a se congratular por ter adquirido dois genros do calibre de Edward e Willoughby.

A parcialidade do coronel Brandon por Marianne, tão logo descoberta pelos amigos dele, agora, quando deixou de ser notada por eles, passou a ser perceptível para Elinor. A atenção e os comentários deles se voltaram para o rival mais afortunado do amigo de Sir John, e as troças de que ele fora alvo antes que qualquer parcialidade ficasse evidente cessaram quando os sentimentos deles realmente começaram a despertar o ridículo associado à sensibilidade. A contragosto, Elinor se viu forçada a acreditar que os sentimentos que a Sra. Jennings a princípio atribuíra a ele, para a sua própria satisfação, eram agora verdadeiramente inspirados pela irmã e que, embora uma semelhança geral de inclinações entre as partes pudesse fazer crescer o afeto do Sr. Willoughby, uma oposição de qualidades igualmente surpreendente não serviria de obstáculo em relação ao coronel Brandon. Via a questão com preocupação, pois o que poderia esperar um sisudo homem de 35 anos de idade ao se opor a um vivaz jovem de 25? Apesar de não poder imaginá-lo vitorioso, desejava de coração que ele fosse indiferente. Gostava do homem mais velho; a despeito de sua seriedade e reserva, via nele um objeto de interesse. Suas maneiras, apesar de graves, eram brandas, e sua reserva parecia ser resultado de alguma opressão do espírito do que de uma melancolia natural do temperamento. Sir John havia deixado subentender decepções e tristezas passadas, que a levaram a acreditar ser ele um homem infeliz, fazendo com que Elinor olhasse para ele com respeito e compaixão.

Talvez o estimasse e se compadecesse dele mais por vê-lo desfeiteado por Willoughby e Marianne, que, predispostos contra ele devido ao fato de não ser jovem nem enérgico, pareciam acordados em lhe subestimar os méritos.

— Brandon é exatamente aquele tipo de pessoa — falou Willoughby certa vez, quando estavam a discuti-lo — de quem todo mundo fala bem e a quem ninguém dá atenção; que todos ficam felizes em ver, mas com quem ninguém se lembra de falar.

— É exatamente o que penso dele — revelou Marianne.

— Não se jactem disso — alertou Elinor —, pois seria injusto da parte de ambos. Brandon é deveras estimado por toda a família de Sir John, e eu mesma jamais o vejo sem que me permita conversar com ele.

— É que você procura favorecê-lo — replicou Willoughby —, por isso está sempre tomando o lado dele. Mas, no que diz respeito à consideração dos demais, quase chega a ser em si uma exprobração. Quem haveria de se submeter à indignidade de ser aprovado por mulheres como Lady Middleton e Sra. Jennings, podendo contar com a simpatia de mais alguém?

— É possível que os ultrajes de pessoas como você e Marianne contrabalancem a consideração de Lady Middleton e da mãe. Se a estima delas é reprovação, a reprovação de vocês deve ser estima, pois elas não são mais obtusas do que vocês são preconceituosos e injustos.

— Para defender o seu protegido, você chega mesmo a ser insolente.

— Meu protegido, como o chamam, é um homem sensível, e a sensibilidade sempre será um atrativo para mim. Sim, Marianne, mesmo em um homem entre os 30 e os 40 anos de idade. Ele já viu muito do mundo, já esteve além-mar, é lido e tem um espírito inquisitivo. Devo-lhe valiosas informações sobre os mais diversos assuntos, e sempre respondeu às minhas indagações com a presteza de uma pessoa de boas maneiras e bom caráter.

— Ou seja — retrucou com desdém Marianne —, ele lhe contou que, nas Índias Orientais, o clima é quente e os mosquitos são insuportáveis.

— Não tenho dúvidas de que teria me dito isso caso eu tivesse perguntado sobre tal tópico, mas acontece que conversamos sobre assuntos dos quais eu já tinha informação prévia.

— Talvez — sugeriu Willoughby — suas observações tenham se estendido à existência de nababos, das rúpias de ouro e dos palanquins.

— Atrevo-me a lhes dizer que as observações dele vão muito além da candura de vocês. Mas o que têm contra ele?

— Não desgosto dele. Pelo contrário, eu o considero um homem muito respeitável, que desfruta do louvor de todos e da atenção de ninguém. Uma pessoa que tem mais dinheiro do que é capaz de gastar, mais tempo do que o conhecimento de como empregá-lo e dois casacos novos todos os anos.

— Acrescente a isso — opinou Marianne — que ele é destituído de genialidade, de bom gosto e de espírito. E que a sua compreensão não é brilhante, seus sentimentos não são ardentes e a sua voz não possui expressão.

— Vocês se unem para criticar as imperfeições de Brandon — protestou Elinor — muito à luz de sua própria imaginação, tanto que a recomendação que eu possa dar a seu respeito pareça comparativamente fria e insípida. Eu só posso declarar ser ele um homem sensível, bem-educado, bem-informado, cortês nas suas maneiras, e estou convencida de que ele possui um coração afável.

— Srta. Dashwood — exclamou Willoughby —, está agora procedendo com inclemência para comigo. Empenha-se em me desarmar pela razão e em me convencer a contragosto. Mas não será bem-sucedida. Verá que posso ser tão teimoso quanto está sendo astuciosa. Tenho três motivos irrefutáveis para não gostar do coronel Brandon: ele me ameaçou com chuva quando eu queria bom tempo; encontrou defeito no atrelar de minha carruagem; e não consigo convencê-lo a comprar minha égua castanha. Se é do seu agrado, no entanto, saber que em todos os outros respeitos considero o seu caráter irrepreensível, estou pronto a confessá-lo. E, em troca de uma admissão, que me é de certo modo dolorosa, não pode me negar o privilégio de desgostar dele, tanto quanto já o fazia.

XI

Quando vieram para Devonshire, a Sra. Dashwood e as filhas jamais poderiam ter imaginado que tantos compromissos surgiriam para ocupar o tempo delas quanto atualmente esses se apresentavam, ou que tivessem tantos convites frequentes e tantas visitas constantes a ponto de lhes restar pouco tempo livre para ocupações mais sérias. No entanto, esse era o caso. Quando Marianne estava recuperada, os planos para diversão em casa e ao ar livre, que Sir John estivera arquitetando, foram colocados em prática. Os bailes particulares em Barton Park começaram, as festas no lago foram levadas a cabo sempre que as chuvas de outubro permitiam. Willoughby era sempre incluído nas festividades, e a naturalidade e familiaridade com que se portava nos acontecimentos eram deliberadamente calculadas para lhe proporcionar crescente intimidade com as Dashwood, para lhe oferecer a oportunidade de testemunhar os talentos de Marianne, para manifestar a sua entusiástica admiração por ela, recebendo da moça a mais segura evidência de sua admiração.

Elinor não podia ficar surpresa com a ligação dos dois. Apenas lamentava que não fosse menos ostensivo e, uma ou outra vez, chegou a sugerir a propriedade do autocontrole para Marianne. Mas esta abominava qualquer segredo que não redundasse em algum mal real. Reprimir sentimentos que não fossem por si só pouco louváveis parecia para ela não só um esforço desnecessário, mas uma ignominiosa sujeição da razão ao senso comum e às noções convencionais. Willoughby pensava da mesma forma, e o comportamento de ambos era, em todos os momentos, uma ilustração de suas opiniões.

Quando o jovem estava presente, Marianne não tinha olhos para mais ninguém. Tudo que ele fazia estava certo. Tudo que dizia era inteligente. Sempre que as suas noites em Barton Park eram concluídas com carteado, ele prejudicava a si mesmo, e aos demais, para dar uma boa mão para ela. Se a dança era a diversão da noite, eles constantemente formavam o par mais animado e, quando forçados a se separar por algumas danças, tinham o cuidado de permanecerem próximos um do outro, quase não falando com mais ninguém. Tal conduta fazia com que fossem muito criticados, mas o ridículo não os envergonhava e raramente parecia irritá-los.

A Sra. Dashwood compartilhava desses sentimentos com um entusiasmo que não lhe dava propensão para restringir os excessos das demonstrações dos dois. Para ela, isso não passava da consequência natural de uma atração intensa em espíritos jovens e ardentes.

Ao mesmo tempo, essa foi uma época de felicidade para Marianne. Seu coração era devotado a Willoughby, e o vínculo intenso com Norland, que trouxera consigo de Sussex, abrandara-se mais do que ela pensara ser possível graças ao encanto que a companhia do rapaz conferia ao seu lar atual.

Já a felicidade de Elinor não era tão grande. Seu coração não estava mais tão tranquilo nem a satisfação dela tão pura. Não lhe era oferecida companhia capaz de compensar o que deixara para trás nem apta a lhe ensinar a pensar em Norland com menos tristeza. Nem Lady Middleton nem a Sra. Jennings eram capazes de supri-la com as conversas de que sentia falta, embora a mulher mais velha fosse capaz de falar sem parar e desde o início lhe dispensara uma gentil atenção que lhe assegurara boa parte de suas conversas. A Sra. Jennings já repetira a própria história para Elinor umas três ou quatro vezes e, se a memória da moça fosse tão boa quanto a capacidade de improvisação da outra, teria sabido desde o início todas as particularidades da doença que vitimara o Sr. Jennings, e o que este dissera à esposa nos seus momentos finais. Lady Middleton era mais agradável do que a mãe apenas por ser mais calada. Elinor não precisava de ser muito observadora para perceber que a sua reserva se devia mais a uma atitude de calma que nada tinha a ver com o seu espírito. Em relação ao esposo e à mãe, comportava-se da mesma maneira que fazia com elas. Não tinha, pois, na intimidade, nada que pudesse ser procurado ou desejado. Não tinha nada a dizer em determinado dia que já não dissera no anterior. Sua insipidez era invariável, pois seus humores permaneciam sempre os mesmos. E, embora não se opusesse às festas organizadas pelo marido, desde que tudo fosse conduzido com estilo e que os dois filhos mais velhos comparecessem com ela, jamais parecia derivar mais prazer delas do que poderia ter experimentado sentada calmamente em casa. Tão pouco a sua presença acrescentava ao prazer dos demais quando participava da conversa deles, que só se davam conta de ela estar presente pela solicitude que então demonstrava pelos irrequietos filhos.

De todos os seus novos conhecidos, Elinor encontrara apenas no coronel Brandon uma pessoa, sob todos os aspectos, capaz de merecer respeito por sua inteligência, de despertar o interesse pela sua amizade, de proporcionar satisfação pela sua companhia. Willoughby estava fora de cogitação. Dedicava-lhe admiração e afeto, até mesmo consideração fraterna, mas ele era um apaixonado cujas atenções estavam todas voltadas para Marianne, e outro, ainda que menos simpático do que ele, podia ser bem mais agradável para todos. O coronel Brandon, infelizmente para si, não tinha o mesmo encorajamento para pensar apenas em Marianne, e conversar com Elinor era o maior dos consolos para a total indiferença que lhe dedicava a irmã.

A compaixão que Elinor sentia por ele se intensificava à medida que cresciam as suas suspeitas de que ele já conhecera a tristeza da decepção amorosa. Tal suspeita fora alimentada por algumas palavras que ele deixara escapar por acaso, certa noite em Barton Park, em que ambos preferiram ficar sentados, conversando, enquanto os outros dançavam. O olhar dele estava fixo em Marianne e, após o silêncio de alguns minutos, com um sorriso desanimado, disse:

— Pelo que eu entendo, a sua irmã não aprova segundos amores.

— Não — respondeu Elinor —, suas opiniões são todas românticas.

— Melhor dizendo, creio eu, ela acha a sua existência impossível.

— Penso que sim. Mas não sei como consegue fazê-lo sem refletir no caso de nosso pai, que foi casado duas vezes. Daqui a alguns anos, talvez tenha assentado suas opiniões na base do bom senso e da observação. E então será mais fácil para ela defini-las e justificá-las.

— Provavelmente, será o caso — replicou o coronel. — Contudo, há algo tão encantador nos preconceitos de um espírito jovem, que chega a dar pena vê-lo se sujeitar a opiniões mais vulgares.

— Nesse ponto, não posso concordar com o senhor — declarou Elinor. — Há inconvenientes em sentimentos como os de Marianne, que nem todos os encantos do entusiasmo e da ignorância do mundo conseguem expurgar. Seu organismo tem a tendência infeliz de dar valor a insignificâncias, e espero que um melhor conhecimento do mundo lhe venha a ser mais proveitoso.

Após uma breve pausa, ele retomou a conversa, dizendo:

— Sua irmã não faz distinção em suas objeções no tocante a uma pessoa envolvida em um segundo romance? Ou considera tal relação igualmente criminosa em quem quer que seja? Aqueles que se sentiram desiludidos em sua primeira escolha, seja pela inconstância do objeto do seu afeto ou pela crueldade das circunstâncias, serão igualmente obrigados a permanecer indiferentes ao amor pelo resto de suas vidas?

— Devo assegurá-lo de que não estou a par de tais pormenores de seus princípios. Eu sei apenas que jamais a ouvi admitir que uma segunda paixão fosse de qualquer forma perdoável.

— Isso não pode perdurar. Há de haver uma mudança, uma modificação total de sentimentos. Mas não, não deseje isso, pois quando os refinamentos românticos de um espírito jovem são forçados a ceder, com que frequência são substituídos apenas por opiniões demasiadamente vulgares e por demais perigosas! Falo por experiência própria. Há tempos, conheci uma dama que lembra muito a sua irmã no temperamento e no espírito, que pensava e julgava da maneira como ela faz, mas que, por força de infelizes circunstâncias, viu-se obrigada a mudar de opinião...

Nesse ponto, ele interrompeu-se subitamente, parecendo recear ter falado demais. E, ao se conter, deu oportunidade para conjecturas que, de outra forma, jamais teriam encontrado espaço na cabeça de Elinor. A dama em questão provavelmente estaria fora de qualquer suspeita, não tivesse ele convencido Elinor de que o assunto não deveria ter lhe escapado dos lábios. Desse modo, bastou um pequeno esforço da mente fantasiosa para a moça relacionar a emoção do coronel com a terna lembrança de uma afeição passada. Elinor não voltou a insistir. No seu lugar, Marianne não teria deixado a história morrer tão facilmente. Todo o seu enredo haveria de se desenrolar na vívida imaginação dela, e tudo estabelecido nos desígnios melancólicos de um amor mal-afortunado.

XII

Na manhã seguinte, quando Elinor e Marianne passeavam juntas, esta comunicou à irmã uma novidade que, apesar de tudo o que Elinor já sabia sobre a imprudência e a impulsividade da outra, surpreendeu-a por representar um extravagante testemunho de ambas as características. Com extrema alegria, Marianne contou à irmã que Willoughby lhe dera um cavalo criado na sua propriedade em Somersetshire e que ele era perfeito para transportar uma mulher. Sem considerar se estava ou não nos planos da mãe manter qualquer cavalo, e sem pensar ainda que, muito embora esta viesse a alterar os planos em favor do presente recebido, teria de comprar outro para o cavalariço, que teria de ser contratado para montá-lo e, além de tudo, erguer um estábulo para abrigar a ambos. Marianne aceitara a oferta sem hesitar, e agora contava tudo para a irmã, no auge do seu entusiasmo.

— Ele pretende enviar o cavalariço imediatamente a Somersetshire para buscá-lo — acrescentou —, e, quando chegar, nós cavalgaremos todos os dias. Quero que o compartilhe comigo. Imagine só, minha querida Elinor, o prazer de galopar nessas colinas.

A contragosto, Marianne teve de ser despertada do sonho feliz para compreender todas as infelizes verdades que o assunto envolvia e, por algum tempo, se recusou a se submeter a elas. No tocante ao cavalariço, a despesa adicional seria mínima. Tinha certeza de que a mãe não se oporia. Qualquer cavalo estaria bom para ele, e sempre seria possível arrumar um com Sir John. Quanto ao estábulo, um simples galpão seria suficiente. Em seguida, Elinor se arriscou a duvidar do decoro de ela receber um presente como aquele de um homem tão pouco conhecido ou, no mínimo, tão recentemente apresentado a ela. Aquilo era demais.

— Você está enganada, Elinor — calorosamente argumentou ela —, ao supor que conheço tão pouco a respeito de Willoughby. É verdade que não o conheço há muito tempo, mas eu o conheço melhor do que qualquer outra criatura no mundo, exceto por você e mamãe. Não é o tempo nem a oportunidade que determinam a intimidade; é apenas a disposição. Sete anos poderiam ser insuficientes para algumas pessoas, de fato, conhecerem alguém, e sete dias são mais do que suficientes para outra. Devo me sentir culpada de falta de decoro por aceitar um cavalo de meu irmão em vez de do Sr. Willoughby. Embora nós tivéssemos morado juntos por anos, sei muito pouco de John. Já quando se trata de Willoughby, meu julgamento há muito já foi feito.

Elinor achou mais prudente não voltar a tocar no assunto. Conhecia o temperamento da irmã. Fazer oposição a uma questão tão delicada só faria com que ela se apegasse ainda mais à própria opinião. Todavia, apelando para a afeição que Marianne tinha pela mãe, listando as inconveniências a que ela estaria sujeita caso — como provavelmente aconteceria — concordasse com esse acréscimo às despesas, em pouco tempo convenceu a irmã, que prometeu não tentar a mãe a tamanha imprudência generosa, a não mencionar a oferta e a dizer para o Sr. Willoughby, da próxima vez que o visse, que esta teria de ser recusada.

A moça foi fiel à sua palavra e, no mesmo dia, quando Willoughby veio visitá-la no chalé, Elinor a escutou expressando a ele, em baixo tom de voz, sua decepção por se ver forçada a recusar o presente dele. Os motivos da rejeição foram imediatamente relatados de tal maneira a não permitir que ele protestasse. Todavia, a sua inquietação ficou evidente e, após expressá-la com sinceridade, ele acrescentou no mesmo tom de voz baixo:

— Mas, Marianne, mesmo que não possa usá-la agora, a égua já é sua. O animal ficará comigo tão somente até que possa reivindicá-lo. Quando deixar Barton para se estabelecer em um lar mais permanente, Queen Mab estará esperando para recebê-la.

Tudo isso foi escutado pela Srta. Dashwood e, na totalidade da frase, no modo como a declamou, e só por ter se referido à irmã dela pelo nome de batismo, Elinor na mesma hora percebeu uma intimidade tão evidente, um significado tão direto, como ilustrados pela concordância perfeita entre os dois. A partir daquele instante, não teve mais como duvidar do compromisso deles, apenas a surpreendeu o fato de que, dada a franqueza tão valorizada pelos dois, ela, assim como qualquer um de seus amigos, só tivesse descoberto isso por acidente.

No dia seguinte, Margaret relatou algo a ela que trouxe ainda mais luz sobre o assunto. Willoughby passara a noite anterior na companhia dela; e Margaret, que estivera algum tempo na sala de visitas na companhia dele e de Marianne, teve a oportunidade de fazer algumas observações que, com ar compenetrado, relatou à irmã mais velha quando as duas estavam a sós.

— Ah, Elinor — ela exclamou —, tenho um segredo para contar a você sobre Marianne. Tenho certeza de que, muito em breve, ela estará casada com o Sr. Willoughby.

— É o que você tem dito todos os dias desde que eles se conheceram na colina. Mal se passava uma semana desse encontro e você já afirmava que Marianne tinha o retrato dele em um medalhão ao redor do pescoço, mas acabou por ser de uma miniatura do nosso tio-avô.

— Mas, veja bem, agora é algo totalmente diferente. Estou certa de que se casarão muito em breve, pois ele tem madeixas do cabelo dela.

— Cuidado, Margaret, pode ser apenas o cabelo de um tio-avô dele.

— Mas eu falo sério, Elinor, é dela. Eu tenho certeza de que é, pois o testemunhei cortá-lo. Ontem à noite, após o chá, quando você e mamãe deixaram o aposento, eles ficaram trocando sussurros rápidos, e ele parecia estar pedindo algo dela quando, de repente, pegou a tesoura e cortou uma comprida mecha dos cabelos dela, que lhe caíam pelas costas. Depois beijou-a e a enrolou em um pedaço de papel branco, que guardou dentro de um livro de bolso.

Diante de tais pormenores, expressados com tamanha autoridade, Elinor não teve como não acreditar na irmã caçula nem se dispôs a fazer isso, pois as circunstâncias estavam em perfeita sintonia com o que ela própria havia visto e escutado.

A sagacidade de Margaret nem sempre era demonstrada de maneira a satisfazer a irmã. Quando, certa noite, em Barton Park, a Sra. Jennings a pressionou a revelar o nome do cavalheiro escolhido por Elinor, Margaret respondeu olhando para a irmã e dizendo:

— Não devo dizer, não é, Elinor?

Isso, é claro, fez com que todos rissem, e Elinor também procurou fazê-lo. Contudo, o esforço chegou a ser doloroso. Estava convencida de que Margaret pensava em alguém cujo nome ela jamais poderia permitir que se tornasse alvo das troças da Sra. Jennings.

Marianne sofreu sinceramente por ela. No entanto, apenas piorou a situação ao, furiosa, ralhar com a irmã caçula.

— Não se esqueça de que, sejam quais forem as suas suposições, não tem o direito de externá-las.

— Jamais fiz suposições a esse respeito — retrucou Margaret. — Foi você mesma quem me contou.

Isso só fez aumentar a hilaridade geral, e Margaret se viu instada a dizer mais alguma coisa.

— Ah, faça-me o favor, Srta. Margaret, conte-nos tudo o que sabe — disse a Sra. Jennings. — Qual é o nome do cavalheiro?

— Eu não devo revelar, madame. Mas sei muito bem qual é, e também sei onde ele se encontra.

— Bem, é fácil adivinhar onde ele está. Sem dúvida, na sua casa, em Norland. Atrevo-me a dizer que é o pároco da freguesia.

— Não, isso é que não. Ele não tem profissão alguma.

— Margaret! — exclamou acaloradamente Marianne. — Sabe muito bem que tudo isso não passa de uma invenção da sua parte, e que tal pessoa não existe.

— Bom, nesse caso ele faleceu recentemente, Marianne, pois estou certa da existência anterior de tal homem, e seu nome começa com a letra F.

Elinor ficou extremamente grata a Lady Middleton por, naquele momento, ter observado que "estava chovendo a cântaros", ainda que acreditasse a interrupção ser menos por consideração a ela do que pelo desgosto que a senhora da casa manifestava diante de assuntos tão pouco elegantes, que davam origens às troças que tanto agradavam ao marido e à sogra. O tópico introduzido por ela foi imediatamente seguido pelo coronel Brandon, que, em todas as ocasiões, se mostrava atento aos sentimentos alheios, e muito foi dito sobre a chuva pelos dois. Willoughby abriu o piano e pediu a Marianne que tocasse. Então, graças às tentativas de tantas pessoas para dar fim àquela história, ela foi deixada de lado. Mas não foi com facilidade que Elinor se recobrou do susto.

Durante essa noite, formou-se um grupo que no dia seguinte visitaria um belo lugar a cerca de vinte quilômetros de Barton, pertencente ao cunhado do coronel Brandon, que os acompanharia na visita, já que o proprietário, que se encontrava no exterior, deixara ordens estritas nesse sentido. O recanto era considerado extremamente bonito, e Sir John, um dos mais entusiasmados no seu louvor à propriedade, era decerto um juiz afiançável, considerando que nos últimos dez anos ele reunira grupos de visitantes em pelo menos duas ocasiões durante cada verão. O lugar tinha um lago magnífico, no qual poderiam velejar durante boa parte do divertimento da manhã. Levariam mantimentos frios, viajariam apenas em carruagens abertas e tudo seria conduzido no costumeiro estilo de um passeio divertido.

Para alguns poucos do grupo, essa parecia ser uma empreitada bastante arrojada, levando em conta a época do ano. Afinal, chovera praticamente todos os dias das últimas duas semanas. A Sra. Dashwood, que já estava resfriada, fora persuadida por Elinor a permanecer em casa.

XIII

A planejada excursão até Whitwell ocorreu de maneira bem diferente da que Elinor vinha esperando. Estava preparada para ficar molhada, fatigada e assustada, mas o evento foi ainda mais mal-aventurado, pois eles acabaram não indo.

Às dez horas, o grupo estava reunido em Barton Park, onde tomariam o café da manhã. O dia parecia bem favorável e, embora houvesse chovido a noite toda, as nuvens estavam se dissipando no céu, e o sol com frequência se fazia presente. Todos estavam animados e bem-humorados, ansiosos para serem felizes e, para isso, determinados a se submeter às maiores inconveniências e privações.

Enquanto tomavam o café da manhã, as cartas foram trazidas. Entre elas, havia uma para o coronel Brandon. Ele a pegou, verificou o remetente, empalideceu e imediatamente deixou o recinto.

— O que houve com Brandon? — perguntou Sir John.

Ninguém soube responder.

— Espero que ele não tenha recebido más notícias — disse Lady Middleton. — Deve ter sido algo extraordinário para fazer com que o coronel Brandon deixasse tão repentinamente a minha mesa do café da manhã.

Cerca de cinco minutos depois, ele retornou.

— Espero que não tenham sido más notícias, coronel — falou a Sra. Jennings assim que ele entrou na sala.

— De modo algum, madame. Obrigado.

— Veio de Avignon? Espero que não tenha sido para dizer que a sua irmã piorou.

— Não, madame. Veio da cidade, e é apenas uma carta de negócios.

— Mas por que ela foi capaz de descompô-lo de tal modo, se é apenas uma carta de negócios? Ora, vamos, coronel. Essa não convence. Conte-nos a verdade.

— Minha querida mãe — exclamou Lady Middleton —, pense bem no que está dizendo.

— Talvez ela tenha lhe contado que a sua prima Fanny está casada? — sugeriu a Sra. Jennings, ignorando a reprovação da filha.

— Não, na verdade, não.

— Nesse caso, sei de quem se trata, coronel. E espero que ela esteja bem.

— A quem se refere, minha senhora? — indagou ele, enrubescendo um pouco.

— Ah, sabe de quem estou falando.

— Eu lamento profundamente, madame — falou o coronel, dirigindo-se a Lady Middleton —, por ter recebido essa carta hoje, pois trata-se de negócios que exigem a minha presença imediata na cidade.

— Na cidade! — exclamou a Sra. Jennings. — O que tem para fazer na cidade nesta época do ano?

— Minha própria perda é significativa — prosseguiu ele — por ser obrigado a me privar de tão agradável passeio, mas fico ainda mais aflito por me dar conta de que, sem a minha presença, não poderão visitar Whitwell.

Que choque para todos foi tal declaração.

— Mas, e se escrever um bilhete para a governanta, Sr. Brandon? — sugeriu ansiosamente Marianne. — Não seria suficiente?

Brandon sacudiu a cabeça.

— Temos de ir — insistiu Sir John. — Não podemos desistir quando estamos tão próximos. Basta adiar para amanhã a sua ida à cidade, Brandon.

— Quem dera isso pudesse ser tão facilmente resolvido. Mas não depende da minha vontade, o que me impede de adiar a viagem mesmo que apenas por um dia!

— Se ao menos pudesse nos dizer que negócios são esses — persistiu a Sra. Jennings —, poderíamos avaliar se podem ou não ser adiados.

— O senhor se atrasaria apenas umas seis horas, se deixasse para partir após o nosso retorno — disse Willoughby.

— Não posso me permitir um atraso de sequer uma hora...

Elinor então escutou Willoughby sussurrar para Marianne:

— Certas pessoas não suportam ver as outras se divertindo. Brandon é uma dessas. Decerto tem receio de ficar resfriado e inventou essa história para escapar do passeio. Sou capaz de apostar uma boa quantia de que a carta foi enviada por ele mesmo.

— Não tenho dúvida disso — respondeu Marianne.

— Eu o conheço de longa data e sei que, quando está determinado a fazer algo, não há como convencê-lo a mudar de ideia, Brandon — disse Sir John. — Mas, ainda assim, eu peço que reconsidere. Pense bem, aqui estão as duas Srtas. Carey vindo de Newton, as três Srtas. Dashwood vieram do chalé, e o Sr. Willoughby levantou-se duas horas antes do seu horário de costume com o objetivo de ir a Whitwell.

O coronel Brandon mais uma vez reiterou a sua tristeza por ter desapontado o grupo. Todavia, ao mesmo tempo declarou ser inevitável.

— Muito bem, então quando retornará novamente?

— Espero revê-lo em Barton — acrescentou a senhora da casa — assim que for da sua conveniência deixar a cidade, e adiaremos a ida a Whitwell até o seu retorno.

— Muita gentileza sua. Mas é tão incerto quando terei a possibilidade de retornar, que prefiro não me comprometer a nada.

— Ah, ele precisa e deve retornar — exclamou Sir John. — Se ele não estiver de volta até o final da semana, eu mesmo irei buscá-lo.

— Faça isso, Sir John — aprovou a Sra. Jennings —, e talvez descubra de que se tratam tais negócios.

— Não desejo me intrometer em questões alheias. Suponho que seja algo de que ele se envergonhe.

Vieram anunciar que os cavalos do coronel já estavam prontos.

— Não pretende cavalgar até a cidade, não é? — indagou Sir John.

— Não. Apenas até Honiton. De lá, pegarei a diligência.

— Bom, tendo em vista que está decidido a ir, eu lhe desejo uma boa viagem. Mas o melhor mesmo seria que mudasse de ideia.

— Eu lhe asseguro que independe da minha vontade.

Em seguida, ele se despediu de todo o grupo.

— Haverá a possibilidade de vê-la e as suas irmãs ainda este inverno na cidade, Srta. Dashwood?

— Receio que não, coronel.

— Nesse caso, devo despedir-me por mais tempo do que desejaria.

Para Marianne fez apenas uma mesura, sem nada dizer.

— Ora, vamos, coronel — falou a Sra. Jennings —. Antes de partir, diga-nos o que fará por lá.

Ele lhe desejou um bom-dia e, acompanhado de Sir John, deixou a sala.

As queixas e lamentações que a polidez até então havia coibido agora explodiam por todos os lados, e mais de uma vez todos concordaram em como fora desagradável o desapontamento.

— Eu sei muito bem que espécie de negócio é esse — gabou-se a Sra. Jennings.

— Sabe mesmo, madame? — perguntaram os presentes, quase a uma só voz.

— Sei. Tenho certeza de que se trata da Srta. Williams.

— E quem é a Srta. Williams? — inquiriu Marianne.

— Ora, não sabe quem é a Srta. Williams? Estou certa de que já deve ter ouvido falar a respeito dela. Trata-se de uma parenta do coronel, minha querida, uma parenta muito próxima. Não entraremos no mérito do grau de parentesco para não ferir as suscetibilidades das jovens damas aqui presentes. — Em seguida, baixando o tom de voz, disse para Elinor: — É a filha natural do coronel.

— De fato?

— Sim, é verdade. E muito parecida com o pai. Estou quase certa de que o coronel lhe deixará toda a sua fortuna.

Ao retornar à sala, Sir John aderiu abertamente ao pesar geral que o lamentável acontecimento provocara. Contudo, concluiu que, já que estavam todos ali, deveriam fazer algo para tornar o encontro mais agradável. Após alguma troca de opiniões, os presentes concordaram que, embora não pudessem ir a Whitwell, que seria o ideal, poderiam espairecer com um belo passeio pelo campo. Mandaram vir as carruagens. A de Willoughby foi a primeira a chegar, e Marianne ficou felicíssima ao subir nela. Willoughby disparou com os cavalos, logo sumindo de vista. Depois disso, ninguém mais os viu senão no retorno. Ambos pareciam encantados com o passeio, mas informaram apenas por alto que haviam permanecido nas veredas, enquanto os outros haviam se aventurado pelas encostas.

Ficara combinada uma dança para o cair da noite, além de várias diversões durante o dia. Outros membros da família Carey vieram para o jantar, totalizando vinte pessoas à mesa, para a grande satisfação de Sir John. Willoughby tomou o seu lugar habitual, entre Elinor e Marianne. A Sra. Jennings sentou-se à direita de Elinor, e não estavam sentados há muito tempo quando ela se inclinou por trás da moça e de Willoughby e, em um tom alto o suficiente para que ambos a escutassem, disse para Marianne:

— Eu os descobri, apesar de todos os seus truques. Sei onde passaram a manhã.

Corando, Marianne respondeu apressadamente:

— E onde seria isso?

— A senhora não sabe que saímos na minha carruagem? — inquiriu Willoughby.

— Ah, soube sim, senhor imprudente. Soube muito bem. Mas eu estava determinada a saber aonde foram. Espero que goste da sua casa, Srta. Marianne. Ela é grande, eu sei; mas, quando eu for visitá-la, espero que tenha trocado a mobília, pois já estava necessitando disso quando estive lá, seis anos atrás.

Tomada de confusão, Marianne desviou o olhar. A Sra. Jennings riu abertamente, e Elinor ficou sabendo que, na sua determinação de descobrir onde os dois haviam estado, ela pedira à própria criada que procurasse o cavalariço do Sr. Willoughby. Com esse método, fora informada de que eles haviam ido até Allenham e que passaram um bom tempo ali, passeando pelos jardins e pela casa em si.

Elinor mal podia acreditar que aquilo fosse verdade, considerando que era pouco provável que Willoughby sugerisse, e que Marianne consentisse, adentrar na casa enquanto a Sra. Smith estivesse ali, já que Marianne sequer a conhecia.

Assim que deixaram a sala de jantar, Elinor inquiriu a irmã a respeito, e grande foi a sua surpresa quando descobriu que todas as circunstâncias relatadas pela Sra. Jennings eram verdadeiras. Marianne ficou zangada com ela por duvidar disso.

— Por que você haveria de imaginar, Elinor, que não tivéssemos ido até lá ou que não vimos a casa? Não é o que você mesma já desejou fazer?

— Sim, Marianne, mas eu jamais iria lá enquanto a Sra. Smith estivesse, e não acompanhada apenas do Sr. Willoughby.

— Todavia, o Sr. Willoughby é a única pessoa com direito a mostrar a casa, e, como fomos em uma carruagem aberta, ficou impossível termos outra companhia. Eu jamais passei outra manhã mais agradável em toda a minha vida.

— Receio que o prazer de um ato não prove necessariamente a sua conveniência — replicou Elinor.

— Muito pelo contrário, nada pode ser melhor prova disso, Elinor. Houvesse alguma incorreção no que eu fiz, a ação teria me melindrado durante todo o dia, pois sempre sabemos quando estamos procedendo mal, e eu não poderia estar me sentindo à vontade se tivesse a consciência pesada.

— Mas, minha querida irmã, uma vez que Willoughby fez de você alvo dessas observações impertinentes, não começa agora a duvidar da prudência de sua conduta?

— Se as observações impertinentes da Sra. Jennings são prova de conduta imprudente, estamos todos cometendo pecados a todo momento de nossas vidas. Eu dou tão pouca importância à censura dela quanto aos seus louvores. Não sinto que tenha feito qualquer coisa de errado entrando nos domínios da Sra. Smith, ou visitando a casa. Um dia, será tudo propriedade do Sr. Willoughby, e...

— Mesmo que fosse tudo um dia seu, Marianne, ainda não estaria justificada no que fez.

Marianne corou ante a insinuação, mas era evidente que o passeio lhe fora agradável. Após um intervalo de dez minutos de profunda meditação, retornou até a irmã e, com tranquilidade, disse:

— Talvez, Elinor, eu não tenha pensado direito antes de ir para Allenham, mas o Sr. Willoughby queria particularmente me mostrar o lugar, e é uma casa encantadora, eu lhe asseguro. Há uma extraordinária sala de visitas no segundo andar, de um tamanho confortável para uso constante, e com mobiliário moderno ficará maravilhosa. É um aposento de quina e possui janelas em duas paredes. Um dos lados dá vista para o belíssimo bosque nos fundos da casa, e pelo outro você tem vista da igreja e do povoado, com as lindas colinas que nós sempre admiramos ao fundo. Só não a achei mais encantadora porque os móveis realmente estão em petição de miséria. Mas, se fosse novamente mobiliada, e isso custaria uma centena de libras, de acordo com Willoughby, poderia se tornar uma das mais agradáveis salas de estar de toda a Inglaterra.

Se Elinor pudesse ter continuado a ouvi-la sem a interrupção dos outros, teria descrito cada aposento da casa com igual prazer.

XIV

A súbita interrupção da visita do coronel Brandon a Barton Park, assim como a sua obstinação em não revelar os motivos que o haviam levado a isso, ocupou os pensamentos e despertou a imaginação da Sra. Jennings por dois ou três dias. Era muito curiosa, como de hábito ocorre com pessoas que demonstram um interesse muito vivo pelas atividades de todos com quem se relacionam. Com raros intervalos, conjecturava sobre quais poderiam ser as razões que o teriam levado a isso. Estava certa de haver alguma notícia ruim por trás de tudo e pensou nas possíveis desgraças que poderiam se abater sobre o coronel, com a firme convicção de que ele não seria capaz de escapar a todas.

— Deve ser qualquer coisa de muito triste, eu tenho certeza — disse. — Pude enxergar isso no rosto dele. Pobre homem. Receio que sua situação não esteja boa. A propriedade em Delaford jamais rendeu mais do que duas mil libras por ano, e o irmão deixou tudo aquilo em péssimas condições. Penso que foi chamado por questões monetárias. Afinal, o que mais poderia ser? Eu me pergunto se é isso mesmo. Eu daria tudo para saber a verdade. Talvez se trate da Srta. Williams e, a propósito, devo dizer que parece ser mesmo, pois ele se mostrou um tanto quanto constrangido quando eu a mencionei. Talvez ela não esteja se sentindo bem na cidade, e nada no mundo seria mais provável, pois eu soube que ela é deveras suscetível a doenças. Eu apostaria alto que se trata da Srta. Williams. É menos provável que esteja mal das finanças agora, pois é um homem muito prudente e, como tal, já deve ter desonerado a propriedade. Não imagino o que possa ser! É possível ainda que a irmã tenha piorado em Avignon e mandado chamá-lo. Sua partida, feita tão às pressas, pode indicar isso. Bem, meu maior desejo é vê-lo livre de complicações, e que encontre uma boa esposa para compensar tudo isso.

Assim falava a Sra. Jennings em suas hipóteses. Sua opinião variava com cada nova conjectura, e todas pareciam ser igualmente prováveis para ela. Embora tivesse grande interesse no bem-estar do coronel Brandon, Elinor não poderia manifestar muito espanto ante a sua partida, conforme a Sra. Jennings estaria desejosa de comprovar. Isso porque, além das circunstâncias não justificarem, na sua opinião, o perdurar daquela surpresa ou a variedade das especulações, sua preocupação estava voltada para outro assunto. Intrigava-lhe o extraordinário silêncio da irmã e de Willoughby no tocante à questão, que eles sabiam ser peculiarmente interessante para todos. A cada dia que se passava, o silêncio que perdurava parecia ainda mais estranho e mais incompatível com o temperamento de ambos. Elinor não conseguia compreender por que se recusavam a abertamente admitir para ela e para a mãe aquilo que o comportamento constante de ambos já demonstrava existir.

Era facilmente concebível que o casamento pudesse não estar de imediato ao alcance dos dois, porque, embora Willoughby fosse independente, não havia razões para crer que fosse rico. Sir John estimava que a propriedade dele rendia cerca de seiscentas ou setecentas libras por ano, mas o seu padrão de vida dificilmente poderia ser mantido apenas com essa renda, e ele mesmo ocasionalmente se queixara de sua pobreza. Contudo, não conseguia compreender o segredo que ambos mantinham no tocante ao seu compromisso, que na realidade nada conseguia disfarçar. E era tão contrário às suas opiniões e práticas gerais, que Elinor às vezes chegava a duvidar que realmente estivessem comprometidos, e essa dúvida era suficiente para evitar que fizesse qualquer indagação a Marianne.

Nada poderia ser mais indicativo do compromisso entre ambos do que o comportamento de Willoughby. Tinha para com Marianne toda a refinada ternura que apenas um coração apaixonado poderia expressar; já para com os demais integrantes da família, era a atenção afetuosa de um filho e de um irmão.

Parecia amar e considerar o chalé como o seu lar, passando muito mais do seu tempo ali do que em Allenham. E, se nenhum compromisso reunisse a todos em Barton Park, era quase certo que o seu passeio matinal terminasse ali, onde o restante do dia era passado na companhia de Marianne, com o seu perdigueiro favorito aos pés.

Numa noite em particular, cerca de uma semana após a partida do coronel Brandon, seu coração parecia mais aberto do que de costume a todos os sentimentos de apego aos objetos que o rodeavam. E, quando a Sra. Dashwood mencionou sua intenção de realizar obras de melhoria no chalé durante a primavera, ele ardorosamente se opôs a qualquer alteração daquele lugar que, na sua estimativa, considerava perfeito.

— O quê? — exclamou. — Melhorias neste adorado chalé? Não. Nisso eu jamais consentirei. Se a senhora tem consideração pelos meus sentimentos, nenhum tijolo deve ser acrescentado às paredes, nenhum centímetro às suas dimensões.

— Não fique alarmado — disse a Srta. Dashwood. — Nada do gênero será feito, pois minha mãe jamais terá dinheiro suficiente para levar adiante os seus planos.

— Sinceramente, fico feliz em saber isso — admitiu Willoughby. — Se ela não souber empregar melhor a sua fortuna, que permaneça pobre.

— Obrigada, Willoughby. Mas esteja certo de que eu não sacrificaria um único sentimento de apego, seu ou de qualquer outra pessoa a quem eu estime, em favor de todas as melhorias do mundo. Seja qual for a quantia à disposição nas minhas contas na primavera, prefiro não a empregar a aplicá-la em algo que lhe seja penoso. Mas realmente está tão apegado a esta casa, que não lhe enxerga defeitos?

— Estou. Para mim é perfeita. Não, mais do que isso. Eu a considero a única forma de construção em que podemos alcançar a felicidade, e, fosse eu rico o suficiente, poria abaixo a minha casa em Combe para reconstruí-la no mesmo estilo deste chalé.

— Com escadas escuras e estreitas e uma cozinha enfumaçada, eu suponho? — indagou Elinor.

— Exato! — exclamou o jovem ansiosamente. — Com tudo a que tem direito, seja vantajoso ou inconveniente, para que a menor variação não seja percebida. Depois, e apenas depois, sob tal teto eu talvez me sentisse tão à vontade em Combe quanto tenho me sentido em Barton.

— Sinto-me lisonjeada — admitiu Elinor — que, mesmo ante a desvantagem de melhores acomodações e uma escadaria mais ampla, doravante venha a achar a sua própria casa tão irrepreensível quanto agora considera esta.

— Decerto há circunstâncias que poderão aumentar a minha estima por ela, mas este lugar sempre terá um destaque na minha afeição, que nenhuma outra poderá reivindicar.

A Sra. Dashwood olhou prazerosamente para Marianne, cujos belos olhos, fixados em Willoughby, detonavam expressivamente o quanto ela o compreendia.

— Quantas vezes desejei — acrescentou ele —, quando vim para Allenham, no ano passado, que este chalé estivesse habitado. Eu jamais passei a vista nele sem lhe admirar a localização nem lamentar que ninguém aqui morasse. Como foi inesperado, então, que a primeira novidade que a Sra. Smith me contou na ocasião seguinte em que vim para a região, era que Barton Cottage estava ocupado. E, de imediato, o acontecimento me preencheu de satisfação e interesse, que apenas uma presciência da felicidade que me aguardava aqui poderia justificar. Não teria sido isso, Marianne? — sussurrou para ela antes de prosseguir no tom anterior: — E, no entanto, arruinaria esta casa, Sra. Dashwood? A senhora a privaria de sua simplicidade com melhorias imaginárias! E esta sala de visitas onde nos conhecemos, e onde tantas horas felizes foram desde então passadas por todos nós, juntos, a senhora gostaria de reduzir à condição de uma mera entrada. E todo mundo ansiosamente passaria direto por um aposento que, até o presente, contém no seu interior acomodações mais sólidas e confortáveis que qualquer outro ambiente de maiores dimensões no mundo poderia oferecer.

A Sra. Dashwood voltou a lhe assegurar que nenhuma alteração do gênero seria tentada.

— É uma dama generosa — calorosamente replicou Willoughby. — Sua promessa me tranquiliza. Estenda-a mais um pouquinho e me faça ainda mais feliz. Garanta-me que não só a sua casa permanecerá inalterada, mas que eu sempre haverei de encontrá-la, com a sua família, tão imutável quanto a sua residência, e que sempre me receberá com a mesma gentileza que tornou tudo ao seu redor tão querido para mim.

A promessa foi prontamente feita, e as maneiras de Willoughby durante toda a noite deixaram transparecer toda a sua estima e felicidade.

— Nós o veremos amanhã para o jantar? — perguntou a Sra. Dashwood quando ele estava se despedindo. — Não o convido para vir de manhã porque devemos ir visitar Lady Middleton em Barton Park.

Ele combinou que se juntaria a elas às quatro da tarde.

XV

No dia seguinte, a Sra. Dashwood visitou Lady Middleton, e duas das suas filhas a acompanharam. Mas Marianne justificou a sua ausência com o pretexto banal de alguma obrigação frívola, e a mãe, que supôs que na noite anterior Willoughby prometera ir vê-la enquanto elas estivessem fora, não se opôs a deixá-la ficar em casa.

Ao retornarem da visita, encontraram o coche de Willoughby e o seu serviçal aguardando diante do chalé, e a Sra. Dashwood convenceu-se de que acertara em suas conjecturas. Até agora, tudo corria como ela previra. Contudo, ao adentrar na casa, ela vislumbrou uma cena que jamais poderia ter sido antevista. Assim que cruzaram a porta, Marianne deixou apressadamente a sala de visitas, aparentemente um tanto quanto aflita, levando o lenço aos olhos; e, sem notá-las, subiu correndo as escadas. Surpresas e alarmadas, elas seguiram diretamente para o aposento que a moça acabara de deixar, onde encontraram apenas Willoughby apoiado na cornija da lareira, as costas voltadas para elas. Ele virou-se quando elas entraram, e seu semblante deixou evidente que compartilhava fortemente da emoção que dominara Marianne.

— Há algo de errado com ela? — indagou a Sra. Dashwood ao entrar. — Ela está indisposta?

— Eu espero que não — respondeu o homem, tentando aparentar bom humor. E, com um sorriso forçado, acrescentou: — Sou eu que deveria estar me sentindo indisposto, pois agora sofro com uma grande decepção.

— Decepção?

— Sim, pois infelizmente não poderei manter a promessa que lhes fiz ontem. Esta manhã, a Sra. Smith exerceu sobre mim o privilégio do parente rico sobre o pobre, enviando-me a Londres em uma viagem de negócios. Acabo de receber as incumbências e de despedir-me de Allenham, e agora é com tristeza que venho dizer-lhe adeus.

— Para Londres! E parte ainda esta manhã?

— A bem dizer, agora.

— É uma notícia muito triste, mas a Sra. Smith deve ter as suas razões. E, com certeza, os seus negócios não haverão de afastá-lo de nós por muito tempo, assim espero.

Ele corou ao responder.

— É muita gentileza da sua parte, mas não enxergo a possibilidade de retornar a Devonshire tão cedo. Minhas visitas à Sra. Smith se resumem a uma vez por ano.

— E a Sra. Smith é a única amiga que tem aqui? Allenham será a única casa destas redondezas em que seria bem-vindo? Que vergonha, Willoughby! Acha que é preciso ser convidado para vir aqui?

Ele corou ainda mais e, com o olhar fixo no chão, respondeu apenas:

— A senhora é bondosa demais.

Tomada de surpresa, a Sra. Dashwood olhou para Elinor, que se sentiu igualmente admirada. Por alguns instantes, todos ficaram em silêncio. A Sra. Dashwood foi a primeira a falar.

— Só tenho a acrescentar, meu caro Willoughby, que sempre será bem-vindo em Barton Cottage, pois não insistirei para que retorne aqui imediatamente, considerando que apenas o senhor poderá julgar o quanto isso agradaria, ou não, a Sra. Smith. E, nessa questão, tendo mais a confiar no seu julgamento do que duvidar da sua disposição.

— Meus atuais compromissos — replicou confusamente Willoughby — são de tal natureza... que... não desejo me iludir...

Ele se interrompeu. A Sra. Dashwood estava por demais surpresa para falar, e outra pausa se sucedeu. Foi Willoughby quem rompeu o silêncio, falando com um sorriso desanimado:

— É inútil permanecer aqui assim. Não desejo me atormentar mais tempo na presença de amigos de cujo convívio não poderei mais desfrutar.

Ele despediu-se apressadamente e deixou a casa. Elas o viram subir na carruagem e, um minuto depois, já estava fora do alcance da vista.

A Sra. Dashwood, comovida demais para falar, na mesma hora deixou a sala de visitas para ponderar a sós sobre a preocupação e aflição provocadas pela partida repentina.

A inquietação de Elinor se comparava à da mãe. Considerou o transcorrido com ansiedade e desconfiança. As maneiras de Willoughby ao se despedir delas, seu constrangimento, a tentativa de fingir alegria e, acima de tudo, a relutância em aceitar o convite da mãe foram tão incompreensíveis em uma pessoa apaixonada, tão incomuns para ele, que a perturbavam enormemente. Por um momento, temeu que jamais tivesse havido, da parte dele, alguma intenção mais séria, e em seguida receou que o casal tivesse tido algum desentendimento. A tristeza com que Marianne deixara a sala só poderia decorrer de uma discussão grave, embora, considerando o amor que ela sentia por ele, lhe parecesse completamente impossível uma desavença entre ambos.

Todavia, fossem quais fossem os motivos da separação, a tristeza da irmã era inegável. Com a mais terna compaixão, Elinor pensou na violenta dor a qual Marianne provavelmente não deveria estar conseguindo dar vazão, mas alimentando e encorajando como uma obrigação.

Meia hora depois, a mãe retornou e, embora seus olhos estivessem avermelhados, seu semblante não era melancólico.

— O nosso querido Willoughby deve estar agora a alguns quilômetros de Barton, Elinor — falou, enquanto se sentava para trabalhar —, e quem há de saber o peso no coração com que segue viagem!

— É tudo muito estranho. Partir assim, tão repentinamente. Parece obra do acaso. E ainda ontem à noite estava tão feliz aqui conosco, tão alegre, tão afetuoso! E, agora, avisando-nos com uma antecedência de apenas dez minutos... partiu sem a intenção de retornar! Algo mais, além do que ele nos relatou, deve ter acontecido. Ele não parecia estar no seu estado habitual e nem falava como de costume. Deve ter percebido a diferença tão bem quanto eu. O que poderá ser? Será que os dois brigaram? Que outra razão justificaria tamanha relutância por parte dele em aceitar o seu convite?

— Não era disposição que lhe faltava, Elinor. Pude claramente ver isso nos olhos dele. Não estava em seu poder aceitar. Pensei muito bem no assunto, e posso agora compreender perfeitamente tudo que, a princípio, pareceu tão estranho para mim quanto para você.

— Pode mesmo?

— Posso. Já o expliquei para mim mesma de maneira plenamente satisfatória. Mas você, Elinor, que adora duvidar de tudo... talvez não fique satisfeita, eu sei, porém não conseguirá me afastar da minha convicção. Estou certa de que a Sra. Smith suspeita dos sentimentos dele por Marianne, e não está de acordo. Talvez até por ter outra em vista para ele. Mas, por conta disso, deseja afastá-lo daqui a ponto de inventar uma viagem de negócios para tal fim. É o que acredito que tenha acontecido. Além do mais, ele deve saber que ela desaprovaria a relação, daí não ousou confessar o compromisso com Marianne, e, devido a sua situação de dependência, se sente obrigado a lhe fazer as vontades, ausentando-se assim de Devonshire por algum tempo. Você me dirá, eu sei, que isso pode ou não ter acontecido, mas não darei ouvidos a suas objeções capciosas, a não ser que me indique outra maneira tão satisfatória quanto esta de avaliar a situação. Então, Elinor, o que tem a dizer?

— Nada, já que a senhora se antecipou a minha resposta.

— Então você me diria mesmo que é o que pode ou não ter acontecido. Ah, Elinor, seus sentimentos são tão incompreensíveis! Você prefere acreditar no mal ao invés do bem. Prefere escolher o sofrimento para Marianne e a culpa para o pobre Willoughby, a procurar uma justificativa para o jovem cavalheiro. Está decidida a considerá-lo culpável, porque ele se despediu de nós com menos afeição do que de costume. E não devemos dar desconto à inadvertência ou à depressão causada pelos recentes desapontamentos? Possibilidades não devem ser consideradas simplesmente por não serem certezas. Será que nada devemos ao homem que sempre nos deu razão para estimá-lo, e nenhuma para desconfiar dele? Não é possível que haja razões irrespondíveis que o levem a manter segredo por ora? E, no final das contas, suspeita o que dele?

— Não saberia dizê-lo. Mas a suspeita de algo desagradável

é a inevitável consequência de uma mudança como a que testemunhamos nele, ainda há pouco. Sei que tem razão no tocante à tolerância que devemos mostrar para com ele, e desejo me manter isenta no julgamento das pessoas. Com certeza, Willoughby deve ter razões de sobra para justificar a sua conduta, e espero que assim seja. Contudo, não seria mais condizente com Willoughby nos dar a conhecer de imediato tais razões? O segredo pode até ser recomendado, mas não posso deixar de me admirar que ele queira mantê-lo.

— Todavia, não o culpe por agir contrário à sua natureza, quando tal desvio se faz necessário. Mas está disposta a admitir a justiça do que eu disse em defesa dele? Se assim, fico feliz... e ele, absolvido.

— Não inteiramente. Pode ser oportuno ocultar da Sra. Smith o compromisso com Marianne, sé é que existe tal compromisso. E, se esse é o caso, é até mesmo estratégico para Willoughby, por ora, permanecer o mais distante possível de Devonshire. Mas isso não é desculpa para a dissimulação perante nós.

— Dissimulação? Minha querida, está acusando Willoughby e Marianne de dissimulação? Isso é assaz estranho, quando seus olhos viviam reprovando-os todos os dias por falta de discrição.

— Não é do afeto de ambos que preciso de provas — retrucou Elinor —, mas, sim, do compromisso.

— Eu me vejo perfeitamente satisfeita no tocante a ambos.

— No entanto, nem uma sílaba lhe foi dita sobre o assunto, por qualquer um dos dois.

— Não necessito de palavras quando os atos falam por si só. Sua atitude para com Marianne e todas nós, pelo menos até as últimas semanas, não tem sido prova suficiente de que ele a ama e a deseja como sua futura esposa, e que sente por nós todo o afeto de parentes próximos? Não nos entendemos perfeitamente bem? O meu consentimento não tem sido diariamente solicitado pelos seus olhares, seus modos, seu respeito atento e afetuoso? Elinor, seria possível duvidar desse compromisso? Como tal pensamento pode lhe ocorrer? Como poderia supor que Willoughby, persuadido como deve estar do amor da sua irmã, fosse capaz de deixá-la, talvez por meses a fio, sem lhe dizer do seu afeto... que pudessem se separar sem uma troca mútua de confidências?

— Eu confesso — replicou Elinor — que todas as circunstâncias, menos uma, estão a favor do compromisso deles. Contudo, essa uma é o total silêncio de ambos no que se refere à questão, o que pesa mais para mim do que todas as outras.

— Mas que coisa estranha! Certamente você deve ter uma terrível impressão de Willoughby se, depois de tudo que se passou abertamente entre eles, ainda pode duvidar da natureza dos termos pelos quais estão juntos. Acha que ele esteve enganando a sua irmã esse tempo todo? Considera-o, de fato, indiferente a ela?

— Não, eu não posso achar isso. Tenho certeza de que ele deve amá-la.

— Mas com uma estranha espécie de ternura, já que é capaz de abandoná-la com tamanha indiferença, com tamanho descaso para com o futuro, como você lhe atribui.

— Não deve se esquecer, minha querida mãe, de que eu jamais considerei esse assunto definitivo. Confesso que tive minhas dúvidas, mas são mais frágeis do que costumavam ser, e logo podem se dissipar por completo. Se eles vierem a se corresponder, todos os meus receios serão removidos.

— Sem dúvida uma magnânima concessão! Quando os vir no altar, vai supor que estão se casando. Jovem incrédula! Pois eu não necessito de tal prova. Na minha opinião, nada aconteceu para justificar desconfiança. Nunca tentaram encobrir nada, tudo se passou de maneira aberta e sem reservas. Não pode duvidar dos desejos de sua irmã. Sendo assim, deve ser de Willoughby que desconfia. Mas por quê? Ele não é um homem de honra e sentimento? Por acaso houve alguma inconsistência por parte dele para gerar alarme? Seria ele enganoso?

— Eu espero que não. Eu acredito que não — garantiu Elinor — Eu amo Willoughby. Tenho a estima mais sincera por ele, e desconfiar da integridade dele não pode ser mais doloroso para a senhora do que é para mim. Foi um ato involuntário e não vou encorajá-lo. Confesso que fui pega de surpresa pela alteração das maneiras dele hoje de manhã. Ele não falou como de costume e não respondeu a sua gentileza com qualquer cordialidade. Mas tudo isso pode ser explicado pela situação do momento, como a senhora supõe. Ele acabara de se despedir de minha irmã, vendo-a deixá-lo tomada de grande aflição. E, se ele se sentia obrigado, com receio de ofender a Sra. Smith, a resistir à tentação de retornar aqui em breve — no entanto, ciente de que, ao recusar o seu convite, dizendo que iria embora por algum tempo, estava sendo indelicado —, poderia se sentir constrangido e incomodado. Nesse caso, uma simples e franca admissão de suas dificuldades teria sido mais honrosa, na minha opinião, assim como mais consistente com o seu caráter em geral. Todavia, eu não levantarei objeções contra a conduta de qualquer um, com base em motivos tão liberais como a diferença de julgamentos de minha parte ou o desvio daquilo que julgo correto e apropriado.

— Você fala com muita propriedade. Willoughby com certeza não merece ser alvo de nossas suspeitas. Embora nós não o conheçamos há muito tempo, ele não é desconhecido nesta parte do mundo, e quem já falou mal dele? Estivesse ele em uma situação mais independente, podendo se casar de imediato, poderia ter sido estranho nos deixar sem me colocar a par de tudo sem demora, mas esse não é o caso. Trata-se de um compromisso que, sob certos aspectos, não começou de maneira muito próspera, pois o casamento ainda tem uma data bastante incerta. Por isso, é aconselhável manter o segredo tanto quanto possível.

Foram interrompidas pela entrada de Margaret, e Elinor então teve a oportunidade de ponderar os argumentos da mãe, reconhecendo a possibilidade de muitos deles e torcendo para que todos fossem justificados.

Só voltaram a ver Marianne na hora do almoço, quando ela adentrou no recinto e se acomodou à mesa sem proferir uma única palavra. Os olhos estavam avermelhados e inchados, e mesmo então suas lágrimas pareciam estar sendo contidas com dificuldade. Ela evitou os olhares de todas, mostrando-se incapaz de comer e de falar. Após algum tempo, ante a mão da mãe sobre a sua, silenciosamente apertando-a com terna compaixão, seu pequeno grau de controle foi completamente superado e, irrompendo em lágrimas, deixou a sala.

A violenta opressão de espírito continuou durante toda a noite. Ela se sentia impotente, pois não tinha o menor controle sobre si mesma. A menor menção acerca de qualquer coisa relacionada a Willoughby a afetava profundamente em questão de instantes. E, embora a família dedicasse toda a sua atenção ao bem-estar dela, era impossível falar sem tocar em qualquer assunto que os sentimentos de Marianne vinculassem ao jovem cavalheiro.

XVI

Marianne não poderia se perdoar se tivesse sido capaz de dormir durante toda a primeira noite após a despedida de Willoughby. Teria ficado envergonhada de encarar a família na manhã seguinte, se não levantasse da cama com mais necessidade de repouso do que quando se deitara. Contudo, não havia perigo de incorrer em tal situação, pois os sentimentos de que tal atitude seria uma desgraça não permitiriam que isso acontecesse. Passou a noite toda acordada, chorando a maior parte do tempo. Levantou-se com uma terrível dor de cabeça, sem conseguir falar e quase inapetente por completo, causando grande preocupação à mãe e às irmãs, e lhes rechaçando todas as tentativas de consolá-la. Sua sensibilidade estava à flor da pele.

Quando o café da manhã terminou, ela saiu e foi passear no povoado de Allenham, acalentando as lembranças de alegrias passadas e chorando as tristezas do presente durante boa parte da manhã.

À noite, encontrava-se com a mesma disposição de espírito. Tocou várias vezes ao piano as melodias favoritas de Willoughby, as canções que costumavam cantar juntos e, sentada ao instrumento, ficava fitando uma a uma as notas musicais copiadas por ele até sentir o coração tão pesado que nenhuma outra tristeza poderia nele se abrigar, e a alimentação da tristeza prosseguiu por vários dias. Passava horas ao piano, alternando entre o canto e o choro; a voz, vez por outra, afogada pelas lágrimas. Nos livros, assim como na música, cortejava a infelicidade criada pelo contraste do presente com o passado. Lia apenas o que eles costumavam ler juntos.

Uma aflição tão intensa não poderia ser mantida por muito tempo. Transformou-se, dias depois, em uma melancolia mais tranquila, mas os afazeres a que diariamente recorria, suas caminhadas solitárias e meditações silenciosas, ainda produziam efusões ocasionais de sofrimento tão intensas quanto antes.

Nenhuma carta de Willoughby chegou, e nenhuma parecia estar sendo esperada por Marianne. A mãe surpreendeu-se, e Elinor, mais uma vez, se viu irrequieta. Porém, a Sra. Dashwood era capaz de encontrar explicações onde quer que as procurasse, o que, pelo menos, lhe trazia satisfação.

— Não se esqueça, Elinor — disse —, de que frequentemente é Sir John quem busca as cartas no correio, e quem leva as nossas. Concordamos que discrição seria uma necessidade, e devemos convir que isso não seria possível se a correspondência deles passasse pelas mãos de Sir John.

Elinor não podia negar a verdade nas palavras da mãe e tentou encontrar ali motivo suficiente para o silêncio deles. Mas havia um método tão direto, tão simples e, na opinião dela, tão conveniente para saber o verdadeiro estado do relacionamento e instantaneamente remover todo o mistério, que ela não pôde deixar de sugeri-lo à mãe.

— Por que não pergunta logo para Marianne — disse — se ela está ou não comprometida com Willoughby? Vinda de você, mamãe, de uma mãe tão gentil e tolerante, a pergunta não poderá ofender. Seria o resultado natural de sua afeição por ela. Marianne costumava não ter segredos, ainda mais de você.

— De modo algum farei tal pergunta. Supondo ser possível que não estejam comprometidos, tal indagação só faria angustiá-la. De qualquer modo, seria muita indelicadeza. Eu jamais voltaria a ser merecedora da confiança dela após arrancar uma confissão como essa, de algo que no momento não deveria ser admitido para ninguém. Conheço o coração de Marianne. Sei que ela me ama profundamente e que não serei a última a saber do relacionamento, quando as circunstâncias permitirem a sua revelação. Eu jamais tentaria arrancar uma confidência de alguém, quanto mais de uma criança, pois o senso de dever impediria a recusa que a sua vontade poderia desejar.

Levando em conta a juventude da irmã, Elinor considerou tal generosidade um tanto excessiva e insistiu na questão. Em vão. Bom senso, preocupação, prudência, tudo se mostrou inútil diante da delicadeza romântica da Sra. Dashwood.

Vários dias se passaram antes que qualquer um da família mencionasse o nome de Willoughby na presença de Marianne. Mas Sir John e a Sra. Jennings não tiveram a mesma consideração, seus gracejos enchendo de sofrimento muitas horas penosas. Mas, certa noite, a Sra. Dashwood, acidentalmente pegando um dos volumes de Shakespeare, exclamou:

— Nós nunca terminamos Hamlet, Marianne. Nosso caro Willoughby partiu antes que pudéssemos chegar ao fim. Podemos colocá-lo de lado, para quando do retorno dele... Mas pode levar muitos meses até que isso aconteça.

— Meses! — exclamou Marianne, com grande surpresa. — Não... nem muitas semanas.

A Sra. Dashwood lamentou as próprias palavras, mas elas trouxeram satisfação para Elinor, pois haviam provocado uma reação em Marianne a ponto de levá-la a demonstrar sua confiança em Willoughby, assim com o que ela sabia de suas intenções.

Certa manhã, uma semana após ele haver deixado a região, Marianne foi convencida a acompanhar as irmãs em vez de fazer o seu habitual passeio solitário. Até então, havia cuidadosamente evitado a companhia de quem quer que fosse em suas andanças. Se as irmãs queriam caminhar pelos vales, ela logo seguia para os montes; se escolhiam um caminho, ela imediatamente enveredava na direção oposta, com tal velocidade que não conseguiam alcançá-la. Contudo, aos poucos foi sendo convencida pelos argumentos de Elinor, que desaprovava imensamente aquele isolamento contínuo. Elas percorreram a estrada que cortava o vale, quase sempre caladas, pois Marianne não conseguia controlar seus pensamentos, e Elinor, satisfeita por já haver obtido uma vitória, preferiu não arriscar mais. Além da entrada do vale, onde a vegetação, apesar de ainda rica, era menos densa, avistaram um longo trecho de estrada por onde haviam passado quando de sua chegada a Barton. Ao alcançarem o local, pararam para olhar ao redor e para admirar a vista do chalé a partir de um ponto onde jamais haviam chegado em suas habituais caminhadas.

Em meio às formas da paisagem, logo perceberam um ponto que se movia. Era um homem a cavalo, vindo na direção delas. Logo perceberam se tratar de um cavalheiro, e Marianne jubilosamente exclamou:

— É ele, eu sei. Eu sei que é ele!

Estava correndo na direção dele, quando Elinor gritou:

— Acho que está enganada, Marianne. Não é Willoughby. O cavalheiro não é alto o suficiente para ser ele e não tem o porte dele.

— Tem, sim! Tem, sim — gritou de volta Marianne. — Estou certa de que tem. O porte dele, o casaco dele, o cavalo dele. Eu sabia que ele não demoraria a voltar.

Ela seguiu avançando enquanto falava, e Elinor, para proteger Marianne de um incidente, pois estava certa de que não se tratava de Willoughby, acelerou o passo para alcançá-la. Logo estavam a uma distância de cerca de trinta metros do cavalheiro, então Marianne teve a oportunidade de vê-lo com mais clareza e sentiu o coração estremecer. E virou-se abruptamente, correndo de volta, e as vozes de ambas as irmãs se ergueram para detê-la. Uma terceira, quase tão bem conhecida quanto a de Willoughby, se uniu a delas para implorar que ela parasse, e ela se virou com surpresa para ver e dar as boas-vindas a Edward Ferrars.

Era a única pessoa no mundo que poderia, naquele momento, ser perdoada por não ser Willoughby, a única capaz de arrancar um sorriso dela. Então, ela enxugou as lágrimas para sorrir para ele e, na felicidade da irmã, por algum tempo, esqueceu a própria decepção.

Ele desmontou e, entregando o cavalo para o criado, caminhou com elas de volta a Barton, para onde estava seguindo com o propósito de visitá-las.

Foi recebido por todas com grande cordialidade, especialmente por Marianne, que demonstrou mais entusiasmo pela chegada dele do que a própria Elinor. Para Marianne, de fato, o reencontro de Edward com a irmã mais velha não passou de uma continuação daquela frieza inexplicável que ela frequentemente observara no comportamento dos dois em Norland. Por parte de Edward, mais notavelmente, havia uma deficiência de tudo aquilo que o amor deveria parecer e dizer em uma ocasião como aquela. Estava confuso, demonstrava pouco prazer em vê-las:

não parecia nem exultante nem alegre, além de responder ao que lhe era perguntado; falou bem pouco e não distinguiu Elinor com qualquer demonstração de afeto. Marianne observou e escutou com crescente surpresa. Começou a nutrir uma certa antipatia por Edward, o que acabou, como costumavam sempre acabar os sentimentos em se tratando dela, por conduzir os pensamentos de volta para Willoughby, cujas atitudes formavam um contraste deveras notável com as do escolhido da irmã.

Após um breve silêncio, que se sucedeu ao impacto da surpresa inicial, assim como às primeiras indagações do encontro, Marianne perguntou para Edward se ele viera direto de Londres. Não, já estava em Devonshire há umas duas semanas.

— Duas semanas! — repetiu, surpresa por descobrir que ele estava no mesmo condado que Elinor há tanto tempo, sem jamais ter vindo vê-la.

Edward pareceu um tanto quanto incomodado ao acrescentar que estivera hospedado na casa de amigos perto de Plymouth.

— Faz muito tempo que esteve em Sussex? — Elinor perguntou.

— Estive em Norland há cerca de um mês.

— E como está a nossa tão adorada Norland? — indagou Marianne.

— A sua tão adorada Norland provavelmente está como sempre costuma estar nesta época do ano — respondeu Elinor —, com os bosques e as trilhas todos recobertos por folhas secas.

— Ah! — exclamou Marianne. — Foi com tanto êxtase que eu as vi cair da última vez. Como eu me deliciei, ao caminhar, de vê-las caindo como chuva ao meu redor, graças ao vento! Que sentimentos elas, a estação, o próprio ar, inspiraram! Agora, não há ninguém para admirá-las. São vistas apenas como um incômodo para serem prontamente varridas para longe, e escondidas dos olhos o máximo possível.

— Nem todo mundo tem a sua paixão por folhas mortas — comentou Elinor.

— Não, não é comum que meus sentimentos sejam compartilhados, muito menos entendidos. Porém, às vezes, eles são. — Tendo dito isso, perdeu-se em contemplações por alguns instantes, mas logo voltou a se recompor. — Agora, Edward — ela falou, chamando a atenção dele para a paisagem —, aqui está Barton Valley. Olhe para ele e fique insensível se puder! Olhe para aquelas colinas! Já viu coisa igual? À esquerda, fica Barton Park, entre aqueles bosques e as terras de cultivo. Daqui é possível avistar um dos lados da casa. E, ao fundo, além da última colina, tão imponente, fica o nosso chalé.

— É um lugar lindo — ele respondeu —, mas esses sopés devem ficar imundos no inverno.

— Como pode pensar em sujeira diante de tantas belezas?

— Porque — ele respondeu com um sorriso —, entre as muitas belezas diante de mim, eu vejo uma trilha muito empoeirada.

— Que estranho! — Marianne murmurou para si mesma, continuando a caminhada.

— Que tal os vizinhos? Os Middleton são pessoas agradáveis?

— Não, nem tanto assim — respondeu Marianne. — Não podíamos estar mais mal situadas.

— Marianne! — exclamou a irmã. — Como pode dizer isso? Como pode ser tão injusta? É uma família muito respeitada, Sr. Ferrars, e só têm nos dispensado gentileza e carinho. Será que já se esqueceu, Marianne, de quantos dias agradáveis devemos a eles?

— Não — disse Marianne baixinho. — Também não me esqueci de quantos momentos pesarosos lhes devemos.

Elinor preferiu ignorar as palavras da irmã e, voltando-se para o visitante, esforçou-se por manter uma conversação, falando da atual residência, de suas vantagens etc., extorquindo dele ocasionais perguntas e comentários. A frieza e a reserva de Edward mortificavam-na terrivelmente. Estava desapontada e quase furiosa, mas decidida a controlar a sua atitude para com ele, mais em consideração ao presente do que ao passado.

Evitou qualquer demonstração de ressentimento ou desprazer, tratando-o com a mesma consideração que achava devida a uma pessoa da família.

XVII

A Sra. Dashwood ficou surpresa em vê-lo, apenas por um instante, pois a vinda de Edward a Barton, na opinião dela, era a coisa mais natural deste mundo. Sua alegria e suas expressões de carinho em muito ultrapassaram a admiração. O jovem foi cordialmente recebido. Timidez, frieza e reserva alguma poderiam resistir a tal recepção, começando a desaparecer antes mesmo que ele adentrasse na casa, e sendo totalmente derrotadas pelas cativantes maneiras da Sra. Dashwood. Na verdade, era impossível para um homem estar enamorado de uma de suas filhas sem estender também a ela o seu afeto, e Elinor logo teve a satisfação de vê-lo lembrar mais o homem que conhecia. Sua afeição pareceu reanimar-se para com todas, e o seu interesse no bem-estar delas se tornou perceptível. Apesar de ainda não parecer estar à vontade, ele lhes elogiou a casa, admirou a vista, foi atencioso e gentil. Mas ainda não estava à vontade. A família toda notou, e a Sra. Dashwood, atribuindo o embaraço a alguma falta de liberdade da mãe dele, sentou-se à mesa indignada com todos os pais egoístas.

— Quais são os atuais planos da Sra. Ferrars para você, Edward? — perguntou assim que o jantar terminou e estavam reunidos diante da lareira. — Ainda deseja que se torne um grande parlamentar, mesmo contra a sua vontade?

— Não. Espero que minha mãe já tenha se convencido de que não tenho o menor talento nem propensão para a vida pública.

— Mas como então se tornará famoso? Afinal, precisará ser famoso para satisfazer a sua família. Sem propensão para gastar, sem afeição por estranhos, sem profissão e sem garantias, verá que não é uma empreitada fácil.

— Não é uma que tentarei. Não tenho desejo de distinguir-me e tenho todos os motivos para acreditar que jamais o farei. Graças a Deus! Ninguém pode forçar ninguém a ser talentoso e eloquente.

— Você não tem ambição, eu bem sei. Seus desejos são moderados.

— Tão moderados quanto os do restante do mundo, eu suponho. Como todo mundo, eu desejo ser feliz. Porém, assim, como com todo mundo, isso deve acontecer do seu próprio modo. Não há de ser a fama que me fará feliz.

— Estranho é se fizesse! — exclamou Marianne. — O que a riqueza ou a fama têm a ver com a felicidade?

— Fama tem muito pouco — retrucou Elinor —, contudo, a riqueza tem muito a ver.

— Que vergonha, Elinor! — disse Marianne. — O dinheiro só pode trazer a felicidade onde não houver mais nada para trazê-la. Além do essencial, não é capaz de proporcionar satisfação real em si mesma.

— Talvez — Elinor falou, sorrindo — possamos chegar a um acordo. O seu essencial e a minha riqueza têm muito de parecido, ouso dizer, e sem eles, no mundo atual, temos de concordar que todas as formas de conforto externo estariam faltando. Suas ideias são apenas mais nobres do que as minhas. Vamos, diga, o que seria essencial para você?

— Cerca de 1800 a duas mil libras por ano, não mais do que isso.

Elinor riu.

— Duas mil libras por ano! Com mil eu já me consideraria rica. Poderia adivinhar aonde isso chegaria.

— No entanto, duas mil libras por ano é uma renda moderada — afirmou Marianne. — Uma família não pode manter-se com menos do que isso. Estou certa de que não há nada de extravagante nas minhas pretensões. Um número adequado de criados, uma carruagem, talvez duas, e cães de caça não poderiam ser mantidos com menos do que isso.

Elinor voltou a sorrir ao escutar a irmã descrevendo com tanta precisão as suas despesas futuras em Combe Magna.

— Cães de caça! — repetiu Edward. — Mas por que precisa ter cães de caça? Nem todo mundo caça.

Marianne corou ao responder:

— Mas a maioria das pessoas caça.

— Quem dera alguém desse a cada uma de nós uma fortuna tão grande — comentou distraidamente Margaret.

— Ah, quem dera mesmo — concordou Marianne, os olhos brilhando animadamente e as faces corando de prazer ante tamanha felicidade imaginária.

— Suponho que sejamos unânimes em tal desejo — afirmou Elinor —, apesar da irrelevância do dinheiro.

— Minha nossa! — exclamou Margaret. — Como isso me faria feliz! O que será que eu faria com tanto?

Marianne não parecia ter dúvidas no tocante a isso.

— Eu não saberia como gastar tamanha fortuna comigo mesma — falou a Sra. Dashwood —, se minhas filhas fossem todas ricas sem a minha ajuda.

— Comece pelas melhorias que queria fazer nesta casa, e suas dificuldades logo desaparecerão — sugeriu Elinor.

— Que mundo de encomendas a família faria a Londres — disse Edward — em tais circunstâncias! Que dia feliz para os livreiros, as casas de músicas, os vendedores de gravuras! A senhora, Sra. Dashwood, ordenaria que lhe enviassem todas as novas gravuras de valor que fossem impressas. Para Marianne, conhecendo-lhe bem a grandeza de alma, não haveria música em quantidade suficiente em Londres para satisfazê-la. E livros! Thomson, Cowper, Scott... mandaria comprar todos, sempre que surgissem novas edições. Compraria mesmo todos os exemplares para impedir que caíssem em mãos indignas, e colecionaria todos os livros que lhe ensinassem a admirar uma velha árvore retorcida. Não é, Marianne? Desculpe-me se estou sendo irônico, mas desejava provar que não me esqueci de nossas antigas disputas.

— Adoro ser lembrada do passado, Edward, seja de alegria ou de melancolia. Eu adoro me lembrar, e você jamais me ofenderá ao falar de tempos passados. Tem toda razão ao conjecturar como o meu dinheiro seria gasto, pelo menos parte dele. Meu dinheiro disponível seria sem dúvida aplicado em ampliar minha coleção de música e livros.

— E o grosso da sua fortuna seria gasto em doações anuais aos autores e herdeiros.

— Isso não, Edward. Eu teria mais o que fazer com ela.

— Quem sabe você não ofereceria um prêmio para quem escrevesse a melhor tese em defesa de sua máxima favorita: "Só se ama verdadeiramente uma vez na vida". Suponho que não tenha mudado de opinião no tocante a isso, não é?

— Sem dúvida. Nesta altura de minha vida, as opiniões, no geral, são imutáveis. Não me parece plausível que algo agora, de uma hora para a outra, me leve a mudá-la.

— Como pode ver, Marianne está mais convicta do que nunca — constatou Elinor. — Não mudou em nada.

— Ela apenas ficou um pouquinho mais séria.

— Não, Edward — falou Marianne. — Você não é a pessoa indicada para me reprovar, já que vejo que está ainda menos alegre do que antes.

— Por que diria isso? — replicou Edward com um suspiro — Alegria jamais fez parte da minha personalidade.

— Nem eu acho que faça parte da de Marianne — afirmou Elinor —. Ela não é exatamente o que eu chamaria de uma moça exuberante. É por demais determinada, muito entusiasmada com o que faz. Às vezes, ela fala demais, e sempre com muita animação, mas não é comum ela ser verdadeiramente alegre.

— Acho que você tem razão — replicou Edward. — No entanto, eu sempre a considerei uma moça alegre.

— Tenho incorrido nesse erro com frequência — admitiu Elinor —, aprendendo de maneira totalmente enganosa um determinado aspecto do caráter alheio. Imagino as pessoas muito alegres ou tristes, ou inteligentes, ou ignorantes, do que na verdade são. E nem posso dizer por que, ou onde, tal erro se origina. Às vezes, somos levados pelo que as pessoas dizem de si mesmas e, com maior frequência, pelo que as outras dizem delas, sem nos permitir tempo para deliberar e julgar por nós mesmos.

— Mas eu acho que está certo, Elinor — disse Marianne —, deixarmo-nos guiar inteiramente pela opinião alheia. Penso que nossas opiniões nos são dadas apenas para serem subservientes às do próximo. Essa sempre foi a sua convicção, não é verdade?

— Não, Marianne, isso nunca. Minha convicção nunca visou a subjugação do raciocínio. Tudo que tentei influenciar foi o comportamento. É preciso não confundir o que quero dizer. Confesso sentir-me culpada de quase sempre ter desejado que você tratasse os nossos amigos, em geral, com maior atenção. Mas quando foi que a aconselhei a lhes adotar a maneira de pensar e a se submeter às opiniões deles em assuntos de relevância?

— Você nunca conseguiu arrastar a sua irmã para o seu plano de civilidade generalizada — disse Edward para Elinor —Tem obtido algum progresso?

— Muito pelo contrário — respondeu Elinor, olhando expressivamente para Marianne.

— Minha opinião está inteiramente a seu favor nessa questão — admitiu ele —, mas receio que minha maneira de agir esteja mais do lado da sua irmã. Nunca é meu desejo ofender; porém, sou tão tolamente tímido que é comum eu parecer negligente, quando apenas me retraio devido a minha natural falta de jeito. Sempre supus que devo ter sido destinado pela natureza a conviver com pessoas do povo, considerando que me sinto tão pouco à vontade entre estranhos de origem requintada.

— Marianne não tem nenhuma timidez que possa desculpar qualquer desatenção da parte dela — afirmou Elinor.

— Ela conhece demasiadamente bem o próprio valor para ter falsa modéstia — disse Edward. — Timidez é apenas o efeito de um sentimento de inferioridade no tocante a esse ou àquele aspecto. Se eu conseguisse me convencer de que minhas maneiras são perfeitamente naturais e graciosas, não seria tão tímido.

— Mas ainda assim seria reservado — argumentou Marianne —, o que é pior.

Edward pareceu surpreso.

— Reservado! Você me acha reservado, Marianne?

— Acho, e muito.

— Eu não entendo — retrucou ele, corando. — Reservado! Como, de que modo? O que devo lhe dizer? O que está pensando?

Elinor mostrou-se surpresa com a emoção dele, mas, procurando não rir do assunto, disse para Edward:

— Não conhece a minha irmã o suficiente para entender o que ela quer dizer? Não sabe que ela chama de reservado qualquer um que não fale com a mesma sinceridade que ela, ou que não admire com a mesma intensidade tudo que ela admira?

Edward não respondeu. O ar grave e meditativo voltou a se apossar por completo do seu semblante, e ele permaneceu sentado por algum tempo, amuado e silencioso.

XVIII

Elinor notou, com grande contrariedade, o estado de depressão do amigo. Sua visita só lhe havia proporcionado uma satisfação muito parcial, já que a própria alegria dele parecia bastante imperfeita. Era evidente que estava infeliz. Elinor lamentou que não fosse da mesma forma evidente que ele a distinguisse ainda com o mesmo afeto que certamente lhe inspirara no passado, mas até agora a continuidade de sua predileção parecia muito incerta, e a reserva nas suas maneiras para com ela contradizia em um instante o que um olhar mais vivaz insinuara no instante anterior.

Na manhã seguinte, ele se juntou a ela e a Marianne na sala do café da manhã antes que as outras descessem, e Marianne, sempre ansiosa para promover o máximo possível a felicidade dos dois, os deixou a sós. Todavia, antes mesmo de chegar à metade da escadaria até o segundo andar, escutou a porta da sala de visitas se abrindo e, virando-se, ficou admirada de ver o próprio Edward saindo por ela.

— Vou até o povoado para ver os meus cavalos — disse —, já que ainda não estão prontas para o café da manhã. Volto daqui a pouco.

Edward retornou trazendo uma nova impressão da paisagem local. Em sua caminhada até o povoado, vira partes do vale de um ponto elevado. E o próprio povoado, situado muito mais alto do que o chalé, oferecia uma visão geral de toda a região, o que o agradara imensamente. Era um assunto que, sem dúvida, despertava a atenção de Marianne, que já começou a descrever a sua própria admiração por aqueles cenários, perguntando-lhe minúcias relacionadas aos pontos que mais haviam chamado a atenção de Edward, quando ele a interrompeu para dizer:

— Não deve insistir em tantas perguntas, Marianne. Não se esqueça de que nada entendo do pitoresco. Se entrarmos no campo de pormenores, posso acabar ofendendo-a com a minha ignorância e falta de bom gosto. Eu me refiro por escarpados aos montes que você chama de íngremes. Chamo de estranhas e toscas superfícies que você considera irregulares e ásperas; de pontos longínquos o que, para você, deve ser fora de alcance em uma tênue atmosfera enevoada. Já deveria lhe satisfazer a admiração que manifestei com toda a sinceridade. Considero a região muito bonita. As colinas são íngremes, os bosques parecem ricos em termos de boa madeira, e o vale parece agradável e acolhedor, com ricas pastagens e abrigando várias belas fazendas. Isso tudo corresponde exatamente à minha ideia de uma bela região, pois une aparência bonita com praticidade, e devo dizer também que ela é pitoresca, tendo em vista o quanto você a admira. Posso admitir que seja também cheia de rochas e promontórios, de musgo cinzento e silvados, mas estes não têm significação para mim. Nada entendo do que é pitoresco.

— Receio que seja bem verdade — disse Marianne. — Mas por que se vangloria disso?

— Desconfio — sugeriu Elinor — que, tentando evitar uma espécie de afetação, Edward recaia em outra. Como ele acredita que muitas pessoas fingem mais admiração das belezas da natureza do que de fato sentem, e isso lhe cause aversão, ele próprio afeta mais indiferença e menos discriminação ao vê-las do que realmente tem. Acaba sendo depreciativo e tendo a sua própria afeição.

— Receio ser verdade que a admiração por cenas paisagísticas tenha se tornado lugar-comum — admitiu Marianne. Todo mundo finge sentir e tenta descrever com o gosto e a elegância de quem primeiro definiu o que era beleza pitoresca. Abomino tudo quanto é lugar-comum e às vezes reservo apenas para mim mesma os meus sentimentos, pois tenho dificuldade em encontrar a linguagem para descrevê-los, senão aquela já gasta e destituída de todo sentido e significado.

— Estou convencido — disse Edward — de que, de fato, você sente toda a satisfação que alega sentir. Mas, em compensação, sua irmã há de me permitir não sentir nada além do que demonstro. Gosto de uma bela paisagem, mas não por motivos pitorescos. Não aprecio as árvores retorcidas, repletas de nós ou secas. Admiro-as muito mais quando são altas, retas e copadas. Não gosto de chalés em ruínas ou escombros. Não aprecio urtigas, cardos ou urzes. Prefiro uma casa de campo aconchegante a uma torre de sentinela... e um magote de camponeses estrepitosos e alegres aos mais românticos bandidos do mundo.

Marianne fitou Edward com espanto e a irmã com compaixão. Elinor apenas sorria.

O assunto não continuou, e Marianne permaneceu em pensativo silêncio, até que um novo objeto prendeu a sua atenção. Ela estava sentada ao lado de Edward, e, ao aceitar chá da Sra. Dashwood, sua mão passou tão diretamente diante dela, que pôde notar um anel com uma fina trança de cabelos ao centro, que trazia em um dos dedos.

— Não me recordo de já tê-lo visto usando um anel, Edward — exclamou. — É do cabelo de Fanny? Lembro-me de que uma vez ela lhe fez essa promessa. Mas eu pensava que o cabelo dela fosse mais escuro.

Marianne dissera apenas impensadamente o que na verdade achava... Porém, ao notar o embaraço de Edward, envergonhou-se da falta de tato que demonstrara. Ele corou intensamente e, lançando um olhar momentâneo na direção de Elinor, replicou:

— Sim, é do cabelo de minha irmã. Como sabe, o trabalho de engaste altera a cor.

Os olhos de Elinor encontraram os dele, e seu olhar pareceu igualmente embaraçado. Percebeu que o cabelo pertencia a ela e se sentiu tão satisfeita quanto Marianne. A única diferença nas conclusões delas era que Marianne o considerava um simples presente da irmã, enquanto Elinor sabia que era resultado de um roubo ou de outro expediente para ela desconhecido. Não estava, no entanto, propensa a considerar aquilo como uma afronta. Fingindo não perceber o que se passava, passou a falar de outra coisa, no seu íntimo decidida a, dali por diante, aproveitar todas as oportunidades para observar o anel e certificar-se, sem sombra de dúvida, de que o cabelo era da mesma cor do seu.

O embaraço de Edward perdurou por algum tempo e terminou em um alheamento ainda mais ferrenho. Ele mostrou-se particularmente sério durante toda a manhã. Marianne censurou-se acerbamente pelo que havia dito. Todavia, seu próprio perdão poderia ter sido mais rápido, tivesse ela sabido como a irmã se sentira pouco ofendida.

Antes da metade do dia, foram visitadas por Sir John e pela Sra. Jennings, que, sabendo da chegada de um cavalheiro ao chalé, vieram conhecer o convidado. Com o auxílio da sogra, Sir John não demorou para descobrir que o nome do Sr. Ferrars começava com F, o que provou ser uma verdadeira mina de gracejos para serem dirigidos a Elinor, que, apenas pelo fato de o relacionamento com Edward ser tão recente, não vieram à tona. Assim, somente por alguns olhares significativos dos visitantes, Elinor pôde perceber, graças aos indícios providenciados por Margaret, quão longe suas deduções haviam chegado.

Sir John jamais visitava as Dashwood sem convidá-las para jantar em Barton Park no dia seguinte ou para tomar chá com eles no cair da mesma tarde. Na presente ocasião, para o benefício do visitante, com cuja diversão ele se sentia no dever de contribuir, resolveu convidar a todos para as duas coisas.

— Precisa vir tomar chá conosco hoje à noite — disse —, já que não estamos esperando ninguém. E amanhã deve se juntar ao grupo grande que jantará conosco.

A Sra. Jennings reforçou o convite.

— E, quem sabe, poderá até puxar uma dança — disse. — Será que isso a tentará, Marianne?

— Uma dança? — repetiu Marianne. — Impossível. Com quem eu haveria de dançar?

— Com quem? Ora, entre vocês mesmas, ou com os Carey e o Whitaker, se preferir. O quê? Achou que ninguém poderia dançar devido à ausência de uma certa pessoa cujo nome não será mencionado?

— Lamento do fundo do meu coração que Willoughby não esteja aqui conosco.

Isso e o enrubescer de Marianne despertaram novas suspeitas em Edward.

— Quem é esse Willoughby? — perguntou baixinho para a Srta. Dashwood, ao lado de quem estava sentado.

Ela lhe respondeu brevemente. O semblante de Marianne foi mais comunicativo. Edward viu o suficiente para compreender não apenas o que os outros estavam querendo dizer, mas muitas das falas de Marianne que o haviam confundido antes. E, quando as visitas partiram, ele imediatamente adiantou-se até ela e disse com um sussurro.

— Tenho minhas suspeitas. Gostaria de escutá-las?

— Como assim?

— Devo lhe contar?

— Com certeza.

— Muito bem, então. Desconfio que o Sr. Willoughby esteja a caçar.

Marianne se mostrou surpresa e intrigada. No entanto, não pôde deixar de sorrir ante a travessura discreta de suas maneiras, e, após um instante de silêncio, disse:

— Ah, Edward! Como pode? Mas chegará o momento, eu espero... Tenho certeza de que gostará dele.

— Não tenho dúvida no tocante a isso — respondeu o jovem cavalheiro, um tanto surpreso ante a franqueza e o entusiasmo da moça, pois jamais teria dito nada se não pensasse se tratar de uma brincadeira com o intuito de melhorar as relações entre os dois, fundamentada apenas na quase inexistência de algo entre ela e Willoughby.

XIX

Edward permaneceu por uma semana no chalé. Com sincera boa vontade, a Sra. Dashwood insistiu para que ficasse mais. Porém, sua tendência à mortificação fez com que partisse quando a satisfação de estar entre amigos estava atingindo o seu auge. Sua disposição nos últimos dois dias, embora ainda um tanto irregular, melhorara consideravelmente. Ele se tornara muito afeiçoado à casa e aos seus arredores e, ao mencionar a necessidade de partida, sempre o fazia com um suspiro. Declarava não estar preso a qualquer compromisso imediato, sequer sabia para onde iria ao deixá-las; no entanto, ainda assim precisaria partir. Nunca uma semana passara tão rapidamente. Mal conseguia acreditar que ela já estava chegando ao fim. Afirmara isso repetidas vezes, além de outras coisas que marcavam a modificação de seus sentimentos, ao mesmo tempo que contrariavam os seus atos. Nada lhe proporcionava prazer em Norland. Detestava estar na cidade. Todavia, precisaria ir para Londres ou para Norland. Prezava a gentileza delas acima de tudo, e sua maior felicidade era estar com elas. Contudo, apesar dos desejos de todos em contrário, teria de ir embora no final da semana.

Elinor expressou tudo que havia de incongruente nesse seu modo de agir em conformidade com as vontades da mãe. Por sorte, ela não conhecia tão bem o caráter da mãe de Edward, o que servia de desculpa para todas as atitudes estranhas por parte do filho dela. Contudo, desapontada e contrariada como estava, e ocasionalmente desgostosa com o comportamento incerto dele para com ela no todo, Elinor ainda se mostrou propensa a encarar suas ações com toda a benevolente compreensão e os generosos atributos que, em relação a Willoughby, lhe foram duramente exigidos pela mãe. A depressão de Edward, sua reserva e inconsistência, eram frequentemente atribuídas à sua dependência e a um melhor conhecimento das intenções e dos desígnios da Sra. Ferrars. A brevidade de sua visita, o seu firme propósito em partir, ambos teriam origem na sua necessidade inevitável de contemporizar com a mãe. A antiga e ferrenha disputa entre o desejo e o dever, entre pais e filhos, era a causa de tudo. Elinor gostaria de saber quando iriam acabar essas dificuldades, quando a oposição abrandaria... quando a Sra. Ferrars se emendaria e o filho estaria livre para ser feliz. Porém, diante de desejos tão vãos, ela era forçada a recorrer ao conforto que lhe dava a renovação de sua confiança no afeto de Edward, à lembrança de seus olhares e suas palavras trocadas em Barton e, acima de tudo, à prova lisonjeadora que ele permanentemente trazia no dedo.

— Edward — falou a Sra. Dashwood quando tomavam o café da manhã pela última vez antes da partida —, você seria um homem mais feliz se tivesse uma profissão para ocupar o seu tempo, fornecendo um foco para seus planos e atos. Verdade que isso poderia ser inconveniente para os seus amigos. Não poderia lhes oferecer tanto do seu tempo. Mas — ela sorriu — seria materialmente beneficiado em, pelo menos, um ponto em particular. Você saberia para onde ir quando os deixasse.

— Eu posso lhe assegurar que há muito considero isso que acaba de mencionar — ele replicou. — Foi, é e provavelmente sempre será um pesado infortúnio para mim, não precisar me ocupar de um negócio qualquer, não ter uma profissão que me propicie alguma independência. Contudo, essa situação privilegiada, minha e de meus amigos, fez de mim o que eu sou hoje. Uma criatura inútil e desocupada. Em casa, nunca chegamos a um acordo sobre a escolha de tal profissão. Sempre tive preferência pela igreja, como continuo a ter. Mas isso não é tido como adequado pela minha família. Preferem a carreira das armas, que eu não achava apropriada para mim. A carreira jurídica seria um meio-termo. Muitos jovens que hoje frequentam o Palácio da Justiça vêm se destacando nas altas rodas e circulam pela cidade em carruagens elegantes. Mas eu não tinha a menor inclinação para o Direito, mesmo em suas formas menos complexas, tais como a família desejava. Quanto à Marinha, tinha lá os seus atrativos, mas eu já estava passando da idade quando começamos a falar do assunto. E, com o passar do tempo, não havendo a necessidade de uma profissão, já que, vestindo ou não um uniforme, o meu sustento estava garantido, e a indolência passou a ser mais vantajosa e recomendável, e um jovem de 18 anos não está assim tão inclinado a ter uma ocupação e resistir às solicitações de seus amigos para não fazer nada. Sendo assim, entrei para Oxford e permaneci convenientemente desocupado desde então.

— Em consequência disso — retrucou a Sra. Dashwood —, já que o prazer não lhe propiciou felicidade, suponho que você venha a educar os seus filhos interessando-os em tantos trabalhos, empregos e ocupações quanto os filhos de Columella, da obra de Robert Graves.

— Serão educados — ele falou em um tom de voz sério — para se parecerem o mínimo possível comigo. Em sentimentos, ações, condições, em tudo.

— Ora, vamos, Edward, o que é isso? Tudo não passa de uma depressão momentânea. Você anda melancólico e acha felizes todos os que são diferentes de você. Todavia, não se esqueça de que a sua ausência será sentida por todos os seus amigos, seja qual for a educação ou a condição deles. Conheça a sua própria felicidade. Só lhe falta paciência. Ou, se quiser, lhe dê um nome mais fascinante. Chame de esperança. Sua mãe há de lhe proporcionar, no devido tempo, a independência por que tanto anseia. É o seu dever e é o que ela fará. Muito em breve, a felicidade dela consistirá em fazer de tudo para impedir que toda a sua juventude se desfaça em descontentamento. Que diferença farão alguns meses?

— Eu acho — replicou Edward — que verei muitos meses se passarem sem que nada de bom me aconteça.

Esse desanimado estado de espírito, embora sem conseguir contagiar a Sra. Dashwood, trouxe maior tristeza a todos no momento da partida, que veio logo em seguida, e particularmente deixou uma impressão desagradável nos sentimentos de Elinor, que precisou de algum tempo e esforço para ser superada. Todavia, sendo a intenção dela superá-la e evitar dar a parecer que sofria mais do que o restante da família com a partida dele, ela não adotou um método tão criteriosamente empregado por Marianne em ocasião similar para intensificar e solidificar o seu sofrimento, buscando silêncio, solidão e inatividade. Seus meios eram tão diferentes quanto seus objetivos, e igualmente adequados para o progresso de cada um deles.

Assim que ele deixou a casa, Elinor sentou-se diante da escrivaninha e se atarefou o dia todo. Não recorreu ao nome dele e muito menos evitou a sua menção. Pareceu tão interessada quanto de costume nas questões gerais da família. E, se por tal conduta não aliviou o próprio sofrimento, pelo menos evitou que desnecessariamente ficasse mais intenso, e a mãe e as irmãs foram poupadas de preocupação com ela.

Um comportamento como aquele, o exato oposto do seu próprio, pareceu tão pouco digno de mérito para Marianne quanto o dela pareceu inapropriado para a irmã. A questão do autocontrole era muito claramente definida para ela. Com paixões intensas era algo impossível, com afeições mais contidas não havia mérito. Não havia como negar que os sentimentos da irmã fossem moderados, embora corasse ao reconhecê-lo, e dava provas da intensidade de suas próprias afeições continuando a amar e respeitar a irmã, a despeito de sua convicção mortificante.

Sem se afastar do convívio da família, ou sem deixar a casa com propósitos de deliberada solidão para evitá-la, ou sem passar a noite inteira acordada se entregando a meditações, Elinor todos os dias encontrava alguns momentos de lazer para pensar em Edward e em sua atitude, admitindo diferentes hipóteses de acordo com as variações do seu próprio espírito, com ternura, piedade, aprovação, censura e dúvida. Não faltaram momentos em que, quando não pela ausência da mãe e das irmãs, pelo menos por conta de seus afazeres, a conversa entre elas era uma impossibilidade, resultando nos plenos efeitos da solidão. Seus pensamentos encontravam a liberdade, não podendo ser acorrentados a outras questões, e o passado e o futuro, em um tópico tão interessante, se estendiam diante dela, capturando a sua atenção e monopolizando sua memória, seu raciocínio e sua imaginação.

De tal tipo de devaneio, sentada diante da escrivaninha, ela foi despertada certa manhã, pouco após a partida de Edward, pela chegada de visitas. Coincidentemente, estava sozinha. O ruído do portão na entrada do pátio arborizado diante da casa chamou a atenção dos seus olhos para a janela, e ela viu um grupo grande aproximando-se da porta. Em seu meio estavam Sir John, Lady Middleton e Sra. Jennings. Mas havia dois outros, um cavalheiro e uma dama, que ela não conhecia. Estava sentada próximo à janela e, assim que Sir John a avistou, ele deixou a encargo do restante do grupo a cerimônia de bater à porta. Cruzando o gramado, pediu que ela abrisse o caixilho para falar com ele, embora a distância entre a janela e a porta fosse tão pequena que seria impossível eles se falarem sem que fossem escutados pelos outros.

— Bem — ele disse —, trouxe alguns conhecidos meus para lhes apresentar. O que acha deles?

— Fale baixo! Eles vão escutar.

— Não importa se escutarem. São apenas os Palmer. Charlotte é muito bonita, eu posso lhe dizer. Pode constatar por si mesma se olhar para cá.

Como Elinor tinha certeza de que iria vê-la em alguns minutos, sem se dar a tais liberdades, preferiu não o fazer.

— Onde está Marianne? Ela fugiu porque nos viu chegando? Vejo que o piano está aberto.

— Acredito que ela foi dar uma caminhada.

Sem paciência para esperar que a porta fosse aberta antes de contar a sua história, a Sra. Jennings se juntou a eles. Ela aproximou-se da janela, chamando para si a atenção de Elinor.

— Como você está, minha querida? Como está a Sra. Dashwood? E onde estão as suas irmãs? O quê? Está sozinha! Ficará grata pela nossa companhia. Eu trouxe a minha outra filha e o marido para lhes apresentar. A chegada deles foi uma surpresa. Eu pensei ter escutado a carruagem na noite passada, quando estávamos tomando o nosso chá, mas jamais me passou pela cabeça que pudessem ser eles. Para mim, poderia ser o coronel Brandon retornando. Então eu falei para Sir John: "acho que escutei uma carruagem. Talvez seja o coronel Brandon...".

Para abrir a porta ao restante do grupo, Elinor se viu forçada a deixar a Sra. Jennings no meio do seu relato. Lady Middleton apresentou os dois desconhecidos. A Sra. Dashwood e Margaret desceram as escadas, e todos se sentaram para ficar olhando uns para os outros, enquanto, cruzando o corredor na direção da sala de visitas, acompanhada de Sir John, a Sra. Jennings continuou a sua história.

A Sra. Palmer era vários anos mais nova do que Lady Middleton, e totalmente diferente dela em vários aspectos. Baixa e robusta, tinha o rosto bonito e possuía um bom humor inigualável. Suas maneiras não eram tão elegantes quanto as da irmã, mas eram muito mais cativantes. Ela chegou com um sorriso e sorriu durante toda a visita, exceto quando estava rindo, e sorriu ao se despedir. Seu marido era um jovem de expressão compenetrada, de 25 ou 26 anos de idade, com um ar mais refinado e contido do que o da esposa, mas com menos disposição para agradar ou ser agradado. Adentrou no recinto com um olhar de alta importância, fez uma ligeira mesura para as damas, sem dizer uma só palavra, e, após rapidamente passar os olhos por ela e pelo cômodo, pegou um jornal que estava sobre a mesa e se pôs a lê-lo enquanto esteve ali.

A Sra. Palmer, pelo contrário, imensamente dotada pela natureza com o dom de ser educada e alegre em tempo integral, mal se sentara antes de expressar sua admiração pela casa e por tudo o que nela havia.

— Ah, mas que sala encantadora. Eu nunca vi nada tão aconchegante! Veja só, mamãe, como ela se modificou desde a última vez em que estive aqui! Sempre achei o lugar maravilhoso, mas — ela se voltou para a Sra. Dashwood — a senhora soube torná-lo ainda mais perfeito! Veja, minha irmã, como tudo aqui é aprazível! Como eu gostaria de ter uma casa assim! Não gostaria, Sr. Palmer?

O Sr. Palmer não respondeu. Sequer ergueu o olhar do jornal.

— O Sr. Palmer não me ouve — ela falou, rindo. — Nunca ouve. É tão absurdo.

Essa era uma novidade para a Sra. Dashwood, que jamais fora capaz de enxergar humor na falta de atenção de ninguém. Ela não pôde deixar de fitá-los com surpresa.

Nesse ínterim, a Sra. Jennings falava o mais alto que podia, dando continuidade ao seu relato sobre a surpresa de todos na noite anterior, de ver os amigos, não se interrompendo até que tudo tivesse sido contado. A Sra. Palmer riu entusiasmadamente ante a lembrança da perplexidade generalizada, e todos concordaram, duas ou três vezes, que fora uma surpresa muito agradável.

— Deve imaginar como ficamos felizes em vê-los — acrescentou a Sra. Jennings, inclinando-se para frente, na direção de Elinor, e falando baixinho, como se sua intenção fosse não ser escutada pelos outros, embora as duas estivessem sentadas em lados opostos da sala. — Todavia, não posso deixar de desejar que não tivessem viajado tão rápido e percorrido um trajeto tão longo, porque passaram por Londres para resolver alguns negócios, pois sabe como é — ela assentiu com a cabeça na direção da filha —, não foi a coisa certa a se fazer no estado dela. Por mim, ela teria ficado descansando em casa esta manhã, mas insistiu em vir conosco. Queria muito conhecê-las.

A Sra. Palmer riu e disse que não lhe faria mal algum.

— Ela está esperando um bebê para fevereiro — prosseguiu a Sra. Jennings.

Não conseguindo mais suportar conversas como aquelas, Lady Middleton tratou de perguntar ao Sr. Palmer se havia alguma notícia interessante no jornal.

— Não, nada de mais — ele respondeu, e seguiu lendo.

— Lá vem Marianne — anunciou Sir John. — Agora, Palmer, você verá o que é uma moça bonita.

Avançou pelo corredor, abriu a porta da frente e fê-la entrar. Assim que a viu na sala, a Sra. Jennings perguntou se ela fora até Allenham, e a Sra. Palmer riu abertamente da pergunta, como se para dar a entender que sabia do que se tratava. O Sr. Palmer ergueu o olhar ante a chegada da moça, fitou-a por alguns instantes e voltou a ler o jornal. A atenção da Sra. Palmer agora se voltara para os desenhos espalhados pelas paredes da sala. Ela levantou-se para examiná-los.

— Ah, minha nossa, mas eles são lindos! Ora, que maravilha! Veja só, mamãe, que delicados! São tão encantadores que eu poderia passar a manhã inteira olhando para eles.

Ao voltar a se sentar, ela logo se esqueceu da existência de tais obras-primas na sala.

Quando Lady Middleton se levantou para ir embora, o Sr. Palmer também ficou de pé, deixou de lado o jornal, empertigou-se e olhou ao redor.

— Meu amor, você estava dormindo? — perguntou a esposa, rindo.

Ele não respondeu, apenas observou, após novamente passar os olhos pela sala, que o pé direito do cômodo era muito baixo e que o teto estava abaulado. Em seguida, fez a sua mesura e partiu na companhia dos outros.

Sir John fora muito insistente no seu convite para que elas passassem o dia seguinte em Barton Park. A Sra. Dashwood, que preferia não jantar com eles com uma frequência maior do que a que jantava no chalé, recusou terminantemente no tocante a si própria. As filhas tinham liberdade para fazer como bem entendessem. Todavia, elas não tinham a menor curiosidade em ver quais eram os modos do Sr. e da Sra. Palmer à mesa, e nenhuma outra expectativa de prazer parecia aguardá-las. Sendo assim, também tentaram encontrar uma desculpa adequada.

O tempo parecia incerto e tudo indicava que não estaria bom. Todavia, Sir John não se permitiria demover. Enviaria a carruagem para buscá-las, e elas tinham de vir. Embora não houvesse insistido com a mãe delas, Lady Middleton também pediu que as filhas fossem. A Sra. Jennings e a Sra. Palmer reforçaram o convite. Todos pareciam ansiosos para evitar uma confraternização familiar, de modo que as moças foram forçadas a aceitar.

— Por que insistiram em nos convidar? — Marianne indagou assim que as visitas foram embora. — O aluguel do chalé é considerado baixo, mas pagaremos um preço muito elevado se formos obrigadas a jantar em Barton Park cada vez que eles ou nós tivermos visitas.

— Desejam apenas se mostrar gentis e educados para conosco — afirmou Elinor — com esses convites frequentes, como vêm fazendo desde o princípio. Não é culpa deles se as reuniões se tornaram tediosas e cansativas para nós. Temos de buscar as causas da mudança em outro lugar.

XX

Quando as Srtas. Dashwood adentraram na sala de visitas de Barton Park por uma das portas, a Sra. Palmer chegou correndo pela outra, com a mesma aparência alegre e bem-humorada de antes. Tomou-as afetuosamente pela mão, expressando grande satisfação por tornar a vê-las.

— Fico tão feliz que tenham vindo — falou, sentando-se entre Elinor e Marianne. — Com um dia tão feio como este, tive receio de que não viessem, o que seria lamentável, pois partiremos novamente amanhã. Temos de ir, afinal os Weston irão nos visitar na próxima semana. Nossa vinda para cá foi muito de improviso. Eu mesma só soube quando a carruagem parou à porta de casa e o Sr. Palmer me perguntou se eu o acompanharia até Barton. Ele é tão engraçado. Nunca me conta nada. Lamento não podermos ficar mais, todavia, espero encontrá-las em Londres muito em breve.

As moças se viram obrigadas a dar fim a tal expectativa.

— Não irão a Londres? — exclamou a Sra. Palmer com uma risada. — Ficarei muito desapontada se não forem. Podemos arranjar uma casa ótima para vocês, bem ao lado da nossa, em Hanover Square. Precisam ir. Terei o maior prazer em ciceroneá-las enquanto o meu estado permitir, caso a Sra. Dashwood não queira sair.

Elas agradeceram, mas foram forçadas a declinar do convite.

— Ah, meu bem — exclamou a Sra. Palmer para o marido, que acabara de adentrar na sala. — Precisa me ajudar a persuadir as Dashwood a irem a Londres neste inverno.

Ele nada respondeu e, após uma ligeira mesura para as damas, começou a se queixar do mau tempo.

— Que coisa terrível! Um tempo desses deixa tudo e todos aborrecidos. A chuva torna tudo monótono, tanto em casa quanto fora dela. Faz-nos detestar todos os nossos conhecidos. Não entendo por que Sir John insiste em não ter um bilhar em casa! Poucos são os que sabem do conforto que isso traz! Sir John é tão cansativo quanto este tempo.

Logo, o restante do grupo se juntou a eles.

— Receio, Srta. Marianne — disse Sir John —, que não tenha conseguido fazer o seu passeio habitual a Allenham hoje.

Com um ar de seriedade, Marianne nada disse.

— Ah, não precisa ficar acanhada na nossa presença — disse a Sra. Palmer —, pois já sabemos de tudo. Admiro o seu bom gosto, já que eu o considero extremamente atraente. Nossa casa de campo não é muito longe da dele, sabe? Não mais do que uns quinze quilômetros, eu diria.

— Está mais para uns cinquenta — corrigiu o marido.

— Ah, que seja. Não é muita diferença. Nunca estive na casa, mas todos dizem que é um lugar encantador.

— É o lugar mais pavoroso que eu conheço.

Marianne permaneceu em absoluto silêncio, embora o seu semblante traísse o seu interesse pelo que estava sendo dito.

— É mesmo tão feio assim? — prosseguiu a Sra. Palmer. — Devo estar pensando em outro lugar bonito, então.

Quando já estavam acomodados na sala de jantar, Sir John comentou tristemente que o grupo reunia apenas oito participantes.

— Minha querida — falou para a mulher —, é muito desagradável sermos tão poucos. Por que não convidou também os Gilbert?

— Eu já não lhe disse que não poderia ser, Sir John, quando falamos sobre isso antes? Eles jantaram conosco por último.

— Sir John e eu não nos atentamos muito a esses protocolos — afirmou a Sra. Jennings.

— O que não é sinal de uma boa educação, eu devo dizer — comentou o Sr. Palmer.

— Meu bem, você gosta de contradizer as pessoas — disse a mulher dele, rindo como de costume. — Não percebe que está sendo deveras rude?

— Eu não sabia que estava contradizendo ninguém ao chamar a sua mãe de mal-educada.

— Ora, pode dizer o que quiser de mim — replicou a velha senhora bonachona. — Você me livrou de Charlotte, e agora não tem devolução. De modo que acho que saí levando vantagem.

Charlotte riu com vontade ao pensar que o marido não poderia se ver livre dela, e disse exultante que, já que tinham de viver juntos, não fazia diferença para ela o quão rabugento ele fosse. Era impossível encontrar alguém mais bem-disposta e determinada a ser feliz do que a Sra. Palmer. A insolência, o descontentamento e a indiferença deliberada dele não a incomodavam em nada e, quando ele se zangava ou se mostrava grosseiro, ela parecia grandemente divertida.

— O Sr. Palmer é tão engraçado! — ela sussurrou para Elinor. — Está sempre tão mal-humorado.

Após uma breve observação, Elinor não estava mais tão inclinada a acreditar que ele fosse tão autêntica e abertamente mal-humorado e mal-educado quanto desejava parecer. Sua natureza podia ter se azedado um pouco ante a constatação, comum a muitos do seu gênero, de que, apesar de inegavelmente possuir belos traços, sua mulher não passava de uma tola. Mas Elinor sabia que essa espécie de erro era comum demais para atormentar permanentemente um homem sensível. Era mais um desejo de se mostrar, ela supôs, responsável pela maneira rude como tratava todos e tudo ao seu redor. Era o desejo de aparentar superioridade perante as outras pessoas. Era um motivo por demais comum para provocar surpresa, porém os seus meios, mesmo que conseguissem firmar a sua superioridade em termos de má educação, não pareciam servir para atrair ninguém que não a sua mulher.

— Ah, minha querida Srta. Dashwood — disse a Sra. Palmer, pouco depois —, eu tenho um enorme favor para lhe pedir, para a senhorita e à sua irmã. Poderiam vir passar algum tempo em Cleveland neste Natal? Venham, eu lhes peço! E venham enquanto os Westons estiverem conosco. Não podem imaginar a felicidade que isso me traria. Seria maravilhoso! Meu bem — falou, dirigindo-se ao marido —, não está ansioso para que as Srtas. Dashwood venham visitar-nos em Cleveland?

— Claro que sim! — ele respondeu com ironia. — Não vim a Devonshire com outra intenção.

— Estão vendo? — disse a esposa. — O Sr. Palmer as espera. Então não podem se recusar a vir.

Ambas declinaram firmemente do convite.

— Mas eu insisto para que venham. Tenho certeza de que irão gostar muito. Os Westons estarão conosco, e há de ser delicioso. Não podem imaginar que lugar agradável é Cleveland. E vai ser muito divertido, pois o senhor Palmer estará sempre viajando pelo interior, em campanha para as eleições, e aparecem inúmeras pessoas para jantar conosco que eu sequer conheço. É fascinante! Mas, pobrezinho! É tão cansativo para ele! É obrigado a se mostrar amável com todos.

Contendo-se com dificuldade, Elinor assentiu, admitindo a dificuldade de tal obrigação.

— Como será maravilhoso quando ele estiver no Parlamento! — afirmou Charlotte. — Como hei de me divertir. Será tão absurdo ver os envelopes endereçados a Sua Excelência. Contudo, sabiam que ele disse que não franqueará as minhas cartas? Já deixou isso bem claro. Não é, Sr. Palmer?

O Sr. Palmer sequer lhe deu atenção.

— Sabiam que ele não suporta escrever? — prosseguiu ela. — Diz que é deveras embaraçoso.

— Não — protestou o marido —, eu jamais falei nada tão irracional. Não me atribua as tolices que lhe apraz dizer.

— Ora, estão vendo como ele é engraçado? Sempre o mesmo! Às vezes, fica sem falar comigo o dia inteiro. E, quando fala, sai com essas coisas divertidas... sobre seja lá o que for.

Elinor não pôde deixar de ficar surpresa quando retornaram para a sala de visitas e a Sra. Palmer veio lhe perguntar se não achava o marido encantador.

— Claro — disse Elinor. — Ele me parece ser muito agradável.

— Ótimo, fico feliz que ache isso. Não podia ser diferente. Ele é mesmo muito agradável. E olhe que eu devo dizer que o Sr. Palmer também achou a senhorita e as suas irmãs extremamente simpáticas. Pode então imaginar como ele ficará desapontado se não forem a Cleveland. Não entendo por que se recusam a ir.

Elinor, mais uma vez, foi obrigada a recusar o convite e, mudando de assunto, pôs um ponto-final na sua insistência. Levando em conta que moravam no mesmo condado, Elinor achou provável que a Sra. Palmer estivesse apta a lhe fornecer informações mais pormenorizadas sobre a pessoa de Willoughby do que os Middleton, que o conheciam apenas superficialmente. E, ansiosa como estava para obter de qualquer um deles a confirmação dos méritos do jovem cavalheiro, dessa forma removendo os receios de Marianne, Elinor decidiu perguntar se eles viam com frequência o Sr. Willoughby em Cleveland, e se mantinham boas relações com ele.

— Ah, minha cara, sim, eu o conheço muito bem — foi a resposta da Sra. Palmer. — Não que eu já tenha falado com ele, mas já o vi muitas vezes na cidade. Infelizmente, jamais coincidiu de visitarmos Barton quando ele estava em Allenham. Mamãe já teve a oportunidade de encontrá-lo aqui antes, mas eu estava visitando o meu tio em Weymouth. Contudo, tendo a dizer que o teríamos visto muitas vezes em Somersetshire, senão pela infelicidade de jamais ter coincidido de estarmos no campo na mesma época. Acho que ele vai muito pouco a Combe. Contudo, mesmo que fosse até lá com maior frequência, não creio que o Sr. Palmer fosse visitá-lo, pois, como deve saber, ele pertence à oposição, além de ser deveras contramão. Sei muito bem o motivo de perguntar sobre ele. Sua irmã vai se casar com ele, não é? Estou radiante com isso, afinal, desse modo, eu a terei por vizinha.

— Eu lhe dou a minha palavra, Sra. Palmer — replicou Elinor —, de que sabe mais sobre isso do que eu, se tem motivos para esperar tal casamento.

— Não se finja de ingênua, pois todos só falam nesse assunto. Asseguro-lhe que ouvi falar a respeito mesmo em Londres.

— Como assim, Sra. Palmer?

— Juro que sim. Encontrei o coronel Brandon na segunda-feira de manhã, na Bond Street, pouco antes de deixarmos a cidade, e foi ele quem discretamente me contou.

— A senhora de fato me surpreende. O coronel Brandon lhe falou do casamento? Deve estar enganada. Dar tais informações a uma pessoa que não podia ter interesse no assunto, mesmo que fosse verdade, é algo que eu não esperaria do coronel Brandon.

— Pois eu lhe garanto que foi assim. E vou lhe contar como tudo aconteceu. Quando o encontramos, ele nos acompanhou por um trecho, e então começamos a falar de minha irmã, de meu cunhado, de uma coisa e de outra, e eu disse para ele: "Então, coronel, é verdade que há uma nova família morando em Barton Cottage? Eu soube por mamãe que as moças são muito bonitas e que uma delas vai se casar com o Sr. Willoughby, de Combe Magna. É verdade? O senhor está apto a confirmar, já que esteve recentemente em Devonshire".

— E o que disse o coronel?

— Ah, ele não disse muito. Mas demonstrou saber ser verdade, e a partir dali dei a coisa como certa. Achei maravilhoso. Quando será o casamento?

— O coronel estava bem de saúde, eu espero.

— Ah, sim, muito bem, e só fez elogiá-la. Não se cansou de dizer coisas agradáveis a seu respeito.

— Sinto-me lisonjeada com as suas atenções. Ele parece-me um homem excelente e o considero deveras agradável.

— Eu também. É um homem encantador. É uma pena que seja tão sério e melancólico. Mamãe disse que ele também estava apaixonado pela sua irmã. Afirmo-lhe que seria uma grande honra para ela se fosse verdade, pois ele jamais se apaixonou por ninguém.

— O Sr. Willoughby é muito conhecido lá pelos lados de Somersetshire? — indagou Elinor.

— Ah, sim, muito bem conhecido. Digo, eu não acho que muitas pessoas de fato o conheçam, pois Combe Magna fica muito afastada, mas estou certa de que todos o acham muito agradável. Pode dizer para a sua irmã que ninguém é mais apreciado do que o Sr. Willoughby, por onde quer que ele vá. É uma moça de muita sorte por tê-lo fisgado, eu lhe garanto. Não que eu não ache que ele também teve muita sorte em fisgá-la, pois ela é tão linda e tão agradável que não teria a menor dificuldade em encontrar alguém à sua altura. No entanto, não a considero mais atraente do que a senhorita, pois acho as duas igualmente bonitas, assim como estou certa de que o Sr. Palmer também acha, mesmo que não tivéssemos conseguido que ele admitisse ontem à noite.

A informação da Sra. Palmer a respeito de Willoughby não era muito consistente, mas qualquer testemunho a favor dele, por menor que fosse, deixava Elinor satisfeita.

— Fico feliz por enfim termos nos conhecido — prosseguiu Charlotte. — E agora espero que sejamos grandes amigas para sempre. Não pode imaginar o quanto eu estava ansiosa por conhecê-las. Que bom que estejam morando no chalé! Decerto nada poderia ser melhor! E fico feliz que a sua irmã fará um bom casamento! Espero que passem muito tempo em Combe Magna. É um lugar maravilhoso, em todos os aspectos.

— Conhece o coronel Brandon há muito tempo, não é mesmo?

— Sim, há bastante tempo. Desde que a minha irmã se casou. Ele sempre foi muito amigo de Sir John. — Baixando o tom de voz, acrescentou: — Creio que ele teria ficado muito contente se tivesse podido se casar comigo. Sir John e Lady Middleton faziam muito gosto nisso. Mas mamãe achou que o casamento não era suficientemente bom para mim. Do contrário, Sir John teria insinuado algo para o coronel, e nós teríamos nos casado imediatamente.

— O coronel Brandon não sabia da proposta de Sir John à sua mãe, antes de ela ser feita? Nunca lhe confessou diretamente a sua afeição?

— Ah, não, mas se mamãe não tivesse se oposto, ouso dizer que ele teria achado muito bom. Não havia me visto mais do que duas vezes, pois isso aconteceu quando saí da escola. Contudo, estou mais feliz assim. O Sr. Palmer é exatamente o tipo de homem que eu aprecio.

XXI

Os Palmer retornaram para Cleveland no dia seguinte, e as duas famílias em Barton voltaram a se entreter mutuamente. Porém, isso não durou muito. A lembrança dos últimos visitantes mal saíra da cabeça de Elinor, e ela mal deixara de se admirar com a extrema felicidade despropositada de Charlotte diante do simples comportamento civilizado do Sr. Palmer, e com a estranha incompatibilidade que costumava haver entre marido e mulher, antes que o zelo ativo de Sir John e da Sra. Jennings pela causa da sociedade arranjassem novos conhecidos para ver e observar.

Em uma das suas excursões matinais a Exeter, haviam se encontrado com duas jovens que a Sra. Jennings teve a satisfação de constatar lhe serem aparentadas, o que foi suficiente para Sir John convidá-las para Barton Park assim que tivessem concluído o compromisso que as levara a Exeter em primeiro lugar. Tais compromissos foram imediatamente relegados a segundo plano diante da gentileza do convite, e não foi insignificante o alarme de Lady Middleton ante o retorno de Sir John, com a notícia de que ela muito em breve receberia a visita de duas jovens a quem jamais vira em toda a sua vida, e cujo bom-tom, sem falar na possível condição social, ela desconhecia por completo, já que as asseverações do marido e da mãe no tocante a isso nada pareciam esclarecer. O fato de serem relacionadas a ela apenas piorava a situação, e as tentativas de consolo da Sra. Jennings revelaram-se desastrosas, quando ela aconselhou a filha a não dar muita importância à elegância afetada das moças, pois que eram todas primas e deviam dar-se bem umas com as outras. Como, àquela altura, era impossível impedir que as visitas viessem, Lady Middleton resignou-se ao fato com toda a filosofia de uma dama de berço, contentando-se apenas em passar no marido uma polida reprimenda, reiterada cerca de quatro ou cinco vezes ao dia.

As moças chegaram. A aparência delas era elegante e graciosa; os vestidos muito bonitos, as maneiras bastantes finas. Ficaram encantadas com a casa e enlevadas com a mobília e, graças ao fato de gostarem tanto de crianças, antes mesmo que tivesse se passado uma hora da visita das moças a Barton Park, a opinião de Lady Middleton referente a elas já se tornara favorável. A dama as achou realmente muito gentis, o que, tratando-se dela, equivalia a uma entusiástica admiração. A confiança de Sir John no próprio julgamento aumentou frente a tal louvor, e ele partiu imediatamente para o chalé a fim de comunicar às Srtas. Dashwood a chegada das Srtas. Steele, assegurando-lhes de que se tratavam das moças mais adoráveis do mundo. De uma recomendação dessa natureza, é certo que não havia muito o que se depreender. Elinor sabia muito bem que as moças mais adoráveis do mundo podiam ser encontradas em todos os cantos da Inglaterra, sob enorme variedade de formas, faces, personalidades e conhecimentos. Sir John queria que a família inteira se deslocasse imediatamente para Barton Park a fim de conhecer as visitas. Que homem benevolente e filantropo! Até mesmo primas em terceiro grau era difícil para ele conservar para si mesmo.

— Venham agora mesmo — disse ele. — Por favor, venham. Precisam vir. Eu afirmo que precisam. Não sabem como vão gostar delas. Lucy é devastadoramente bonita, e tão bem-humorada e alegre! As crianças lá em casa já estão todas ao redor delas, como se há muito já a conhecessem. E ambas já estão ansiosas por conhecê-las, pois ouviram falar em Exeter que vocês eram as criaturas mais belas do mundo. E eu confirmei que eram isso e muito mais. Tenho certeza de que ficarão encantadas com elas. Trouxeram a carruagem cheia de brinquedos para as crianças. Seria uma desfeita se não viessem. Afinal de contas, de certo modo também são suas primas. Vocês são minhas primas, e elas são primas de minha mulher. Logo, devem ser parentas.

Porém, Sir John não conseguiu demovê-las. O máximo que obteve foi a promessa de que iriam visitá-los dentro de um ou dois dias, e partiu impressionado com a indiferença. Então retornou para casa e voltou a lhes exaltar as virtudes para as irmãs Steele.

Quando a prometida visita a Barton Park e a consequente apresentação para as moças aconteceram, elas viram na aparência da mais velha, que deveria ter quase 30 anos de idade, um rosto bastante comum, sem nada de admirável. Contudo, na outra, que não deveria ter mais de 22 ou 23 anos de idade, reconheceram considerável beleza. Seus traços eram bonitos, e ela tinha um olhar vivo e inteligente, um ar distinto que, embora não lhe desse realmente muita elegância ou graça, emprestava-lhe uma certa finura. Ambas eram deveras delicadas, e Elinor logo as creditou com sensatez, notando a forma judiciosa e constante com que agradavam a Lady Middleton. Com as crianças, então, mostravam-se continuamente maravilhadas, exaltando-lhes a beleza, cortejando-lhes as atenções e atendendo aos caprichos delas. E, quando alguns momentos lhes sobravam após atender àquelas solicitações impertinentes com polidez, as irmãs os dedicavam a admirar tudo que a dona da casa fazia, caso estivesse fazendo qualquer coisa, ou a copiar os moldes de algum vestido que Lady Middleton usara na véspera, que as havia deixado maravilhadas. Felizmente, para aquelas acostumadas a fazer a Corte por meio de tais lisonjas, uma mãe amorosa, conquanto se mostrando o mais ávido dos seres humanos em busca de elogios para os filhos, pode também ser igualmente crédula. Assim, a afeição e a paciência das Srtas. Steele para com os seus rebentos eram encaradas por Lady Middleton sem a menor suspeita de interesse. Via com complacência maternal todas as impertinências e maldades a que as primas eram submetidas. As crianças lhes desfaziam os laços, puxavam os cabelos, vasculhavam as bolsas, roubando canivetes e tesouras, e ainda assim a senhora da casa imaginava se tratar de um divertimento recíproco. Surpreendia-a apenas que Elinor e Marianne pudessem permanecer sentadas de forma tão comportada, sem reclamar a sua parte naquelas brincadeiras.

— John está tão alegre, hoje! — disse, ao vê-lo pegar o lenço dentro da bolsa da Srta. Steele e atirá-lo pela janela. — Adora fazer peraltices.

Logo depois, quando o segundo menino deu um violento beliscão no dedo da mesma moça, a mãe, com orgulho, comentou:

— Como William é brincalhão. E aqui está a minha querida Annamaria — acrescentou, acariciando ternamente a menininha de 3 anos de idade, que não dera um pio nos últimos dois minutos. — E ela é sempre tão quieta e comportada. Nunca vi menina mais tranquila.

No entanto, infelizmente, na concessão dos carinhos, um grampo do penteado de Lady Middleton arranhou de leve o pescoço da menina, fazendo com que aquele modelo de delicadeza produzisse berros tão violentos que dificilmente poderiam ser suplantados pelos de uma criança que se confessasse barulhenta. A consternação da mãe foi excessiva, porém não conseguiu superar o alarme das Srtas. Steele e, em tão crítica emergência, as três fizeram todo o possível para aliviar as agonias da pobre sofredora. Annamaria estava sentada no colo da mãe, que a cobria de beijos. O arranhão foi banhado com água de lavanda por uma das Srtas. Steele, ajoelhada ao seu lado para melhor atendê-la, enquanto a irmã lhe entupia a boca com torrões de açúcar. Frente a tamanha recompensa por suas lágrimas, a criança se mostrou esperta demais para parar de chorar. Ela ainda gritava e soluçava copiosamente, chutava os dois irmãos por tentarem tocar nela e, quando todos os esforços combinados se mostraram ineficazes para levá-la a se calar, Lady Middleton recordou-se de uma situação de semelhante aflição ocorrida na semana anterior. Geleia de abricó se mostrou altamente eficaz contra um galo na testa, e propôs insistentemente que experimentassem o mesmo remédio para o infeliz arranhão, o que ocasionou uma ligeira interrupção no berreiro da criança, dando a todos esperança de que o tratamento não seria rejeitado.

A menina foi levada da sala nos braços da mãe, em busca do medicamento, e porque os meninos insistiram em acompanhá-las, apesar de instados severamente pela mãe a ficarem, as quatro moças então desfrutaram de uma calmaria desconhecida pela sala nas últimas horas.

— Pobrezinha — disse a Srta. Steele, assim que se foram. — Podia ter sido um acidente deveras lamentável!

— Não vejo como — retrucou Marianne —, a não ser que tivesse ocorrido em circunstâncias totalmente diversas. Mas é assim que se cria alarme onde, na realidade, não há nada para alarmar-se.

— Que mulher admirável é Lady Middleton, não acham? — perguntou Lucy Steele.

Marianne permaneceu em silêncio. Era-lhe impossível dizer o que não sentia, por mais trivial que fosse a ocasião. Sendo assim, sempre recaía sobre Elinor a tarefa ingrata de contar mentiras quando a polidez requeria. Esforçou-se ao máximo quando instada a falar bem de Lady Middleton, expressando-se com muito mais ardor do que de fato sentia, embora ainda assim bem aquém do entusiasmo da Srta. Lucy.

— E Sir John também — acrescentou a irmã mais velha. — É um homem deveras encantador.

Também aqui as palavras de elogio da Srta. Dashwood foram apenas simples e justas, e totalmente desprovidas de arroubo. Observou somente que ele era uma pessoa sempre bem-disposta e cordial.

— E que filhos maravilhosos eles têm. Nunca vi crianças tão lindas em toda a minha vida. Encontro-me simplesmente deslumbrada com elas, mas eu sempre adorei crianças.

— Eu imagino — disse Elinor com um sorriso —, a julgar pelo que presenciamos esta manhã.

— Tenho a impressão de que acha que os pequenos são muito mimados — comentou Lucy. — É possível que eles sejam um pouco mais do que devem, mas isso é muito natural em Lady Middleton. Quanto a mim, adoro ver crianças cheias de vida e espírito. Não consigo suportar as muito comportadas e caladas.

— Eu confesso — replicou Elinor — que, quando estou aqui em Barton Park, jamais penso com desdém em crianças comportadas e caladinhas.

Uma breve pausa se seguiu à declaração, rompida pela Srta. Steele, que parecia muito disposta a manter a conversa e que, de repente, disse:

— E o que está achando de Devonshire, Srta. Dashwood? Suponho que lamente ter tido de deixar Sussex.

Surpresa ante a familiaridade da pergunta, ou no mínimo com a maneira como foi feita, Elinor respondeu que sim.

— Norland era um lugar prodigiosamente belo, não era? — acrescentou a Srta. Steele.

— Sir John não se cansa de expressar a sua admiração pelo local — disse Lucy, que parecia buscar uma maneira de se desculpar pela liberdade tomada pela irmã.

— Acho que todos que conheceram o lugar devem admirá-lo — replicou Elinor —, apesar de acreditar que não haja quem o admire mais do que nós.

— E há muitos rapazes interessantes por lá? Suponho que não sejam muito numerosos por aqui, embora para mim nunca são demais.

— Mas por que haveria de pensar — falou Lucy, mostrando-se envergonhada pela irmã — que em Devonshire não há tantos rapazes quanto em Sussex?

— Não, minha cara, não é isso o que quero dizer. Estou certa de que não faltam jovens galantes em Exeter, mas, como sabe, eu não poderia dizer quantos há em Norland. Estava apenas receosa de que as Srtas. Dashwood viessem a achar Barton triste se não houvesse tantos como por lá. Mas talvez elas não se importem com isso e passem perfeitamente bem com ou sem eles. Quanto a mim, acho-os muito agradáveis, desde que se vistam com elegância e se portem bem. O que não suporto é vê-los malvestidos e desleixados. Há em Exeter um certo Sr. Rose, um jovem prodigiosamente elegante, que trabalha com o Sr. Simpson, um verdadeiro grã-fino; mas, se alguém tiver o azar de encontrá-lo pela manhã, jamais seria capaz de supor que ele o seja. Suponho que o seu irmão, pelo menos antes de se casar, fosse também muito galanteador, além de rico, não é, Srta. Dashwood?

— Devo lhe assegurar que não posso responder a isso — replicou Elinor —, pois não compreendo por completo o significado da palavra. Mas o que posso dizer é que, se ele foi um galanteador antes de se casar, ainda deve ser um, porque jamais houve sequer a menor alteração nele.

— Ah, minha querida, ninguém nunca pensa em um homem casado como um galanteador. Eles têm mais o que fazer.

— Bom Deus, Anne — exclamou a irmã —, será que só sabe falar de rapazes? A Srta. Dashwood vai achar que você não sabe pensar em outra coisa.

Em seguida, para mudar de assunto, ela começou a admirar a casa e os móveis.

Aquela amostra das Srtas. Steele foi mais do que o suficiente. A leviandade e as maneiras vulgares da mais velha em nada a recomendavam, e, como Elinor não ficara ofuscada pela beleza nem pela aparência astuciosa da mais nova, a ponto de ignorar a sua falta de genuína elegância e de pendores artísticos, ela deixou a casa sem o menor desejo de conhecê-las melhor.

O mesmo não ocorreu com as Steele. Deixaram Exeter repletas de admiração por Sir John Middleton, pela sua família e por todas as pessoas de seu círculo de amizades, sendo que uma parte significativa de tal sentimento era dirigida às primas dele, que elas declaravam serem as moças mais elegantes, bonitas, cultas e agradáveis que já tinham tido o prazer de conhecer, e com as quais estavam ansiosas por fazer amizade. E, conhecerem-se melhor, Elinor logo descobriu, seria a sua sina inevitável, pois, já que Sir John se encontrava inteiramente do lado das Srtas. Steele, a vontade delas era forte demais para ser resistida, e as Dashwood foram obrigadas a se submeter àquela espécie de intimidade que consistia em passar cerca de duas horas por dia sentadas juntas na mesma sala. Nada mais havia que Sir John pudesse fazer. Só que ele ignorava ser necessário fazer qualquer coisa. Estarem juntas era, na sua opinião, tornarem-se íntimas, e, já que seus frequentes estratagemas para lhes proporcionar encontros estavam tendo resultados positivos, não tinha a menor dúvida de que se tornavam amigas de verdade.

Para justificar seus esforços, o cavalheiro fez tudo o que estava ao seu alcance a fim de deixá-las menos reservadas umas com as outras, pondo as Srtas. Steele a par de tudo o quanto sabia, ou supunha saber, a respeito da situação das primas, até nos mais delicados pormenores. E, já na segunda ou terceira visita, a mais velha veio compartilhar da alegria que Elinor certamente deveria sentir ante o fato de a irmã ter conseguido conquistar um cavalheiro tão galante, tão pouco tempo após ter chegado a Barton.

— Será ótimo que ela se case tão jovem — afirmou. — E eu soube se tratar de um cavalheiro deveras elegante. Espero que você não demore a ter a mesma sorte... quem sabe, até já não tenha um pretendente?

Elinor não poderia esperar que Sir John fosse mais discreto em proclamar suas suspeitas no tocante aos sentimentos que ela nutria por Edward, do que fora com respeito a Marianne. Na verdade, das duas, aquela era a sua troça favorita, porquanto algo mais recente e conjectural. Desde a visita de Edward, não havia um único jantar em que Sir John não brindasse à sua "paixão" de maneira tão significativa, e com tantos acenos e piscadelas a ponto de chamar a atenção geral. A letra F era frequentemente trazida à baila, e, tendo ensejado tantos gracejos, ficara combinado entre Sir John e Elinor que a letra era, sem dúvida, a mais divertida do alfabeto.

Como poderia ser esperado, as Srtas. Steele agora gozavam de todos os privilégios dessas pilhérias, que despertavam na mais velha a curiosidade para saber o nome do cavalheiro a quem aludiam. Embora expressa de maneira impertinente, essa curiosidade casava muito bem com a sua bisbilhotice geral sobre as questões familiares. Sir John não resistiu por muito tempo à tentação de brincar com a curiosidade que ele próprio havia despertado, pois, no final das contas, tinha tanto prazer em revelar o nome quanto a Srta. Steele em ser informada dele.

— Seu nome é Ferrars — disse com um sussurro que ninguém teve dificuldades para escutar —, mas, por favor, sejam discretas, pois trata-se de um grande segredo.

— Ferrars! — repetiu a Srta. Steele. — Então o Sr. Ferrars é o felizardo, não é? Ora! O irmão da sua cunhada, Srta. Dashwood? Um jovem extremamente agradável. Olhe que eu o conheço muito bem.

— Como pode dizer uma coisa dessas, Anne? — exclamou Lucy, que, como de hábito, fazia ressalvas a todas as asserções da irmã. — Embora o tenhamos visto uma ou duas vezes na casa de nosso tio, parece um tanto exagerado dizer que o conhecemos muito bem.

Elinor escutou tudo com atenção e surpresa.

E quem era esse tio? Onde morava? Qual era o vínculo deles? Embora não pretendesse interferir diretamente na conversa, queria muito que o assunto rendesse. Contudo, nada mais foi dito e, pela primeira vez na vida, achou a Sra. Jennings um tanto quanto deficiente, seja em termos de curiosidade diante de tão pouca informação, seja na sua disposição para transmiti-la. A maneira como a Srta. Steele falara de Edward aumentou a sua curiosidade, pois lhe pareceu meio mal-intencionada e sugeriu-lhe a suspeita de que a moça sabia, ou achava que sabia, de algo que o desabonasse. Todavia, sua curiosidade ficou insatisfeita, pois a Srta. Steele não mencionou mais o nome do Sr. Ferrars, nem mesmo quando Sir John fazia alusões a ele abertamente.

XXII

Marianne, que jamais tivera muita tolerância para coisas como impertinência, vulgaridade, falta de espírito ou até mesmo gostos diferentes dos dela, estava a essa altura tão maldisposta, devido ao seu estado de ânimo, que não conseguiu mostrar-se afável com as Srtas. Steele ou encorajar suas indiscrições. A invariável frieza de seu comportamento em relação a elas, que impedia qualquer tentativa de intimidade da outra parte, é que Elinor atribuía a evidente preferência de ambas por ela, especialmente por parte de Lucy, que não perdia a menor oportunidade de envolvê-la em conversa ou de forçar uma intimidade pela aberta e franca comunicação de seus sentimentos.

Lucy era naturalmente perspicaz; suas observações, quase sempre justas e divertidas. E, como companhia por uma meia hora, Elinor a achava em geral agradável. Todavia, seus talentos não haviam recebido a ajuda da instrução, pois ela era ignorante e iletrada. Suas deficiências intelectuais, sua falta de informação sobre os assuntos mais comuns não passaram desapercebidos à Srta. Dashwood, apesar das constantes tentativas da outra de se apresentar em plano superior. Elinor teve pena dela, pois pôde perceber o mau aproveitamento de suas habilidades, que uma boa instrução teria tornado respeitáveis. Porém, viu com menos ternura a total carência de finura, de retidão, de integridade de espírito que suas atenções, solicitudes e lisonjas para com os moradores de Barton Park traíam. Elinor não poderia experimentar nenhuma satisfação duradoura na companhia de alguém que conjugava a insinceridade com a ignorância, cuja falta de instrução impedia uma conversa em pé de igualdade, e cuja conduta para com os outros tornava qualquer deferência para com ela perfeitamente sem valor.

— Decerto vai achar a minha pergunta indiscreta — disse Lucy, um dia em que vinham caminhando juntas de Barton Park para o chalé —, mas, diga-me, você tem laços de amizade com a mãe de sua cunhada, a Sra. Ferrars?

Elinor, de fato, considerou a pergunta um tanto indiscreta, como a sua expressão demonstrou ao responder que jamais havia se encontrado com a Sra. Ferrars.

— Não me diga! — retrucou Lucy. — Causa-me admiração, pois pensei que a tivesse visto algumas vezes em Norland. Então, não pode me dizer que tipo de pessoa ela é.

— Não — foi a resposta de Elinor, tendo o cuidado de não revelar a sua verdadeira opinião sobre a mãe de Edward, e relutando em satisfazer o que parecia ser curiosidade impertinente. — Nada sei a respeito dela.

— Estou certa de que deve achar muito estranho eu indagar sobre ela dessa maneira — prosseguiu Lucy, fitando Elinor com atenção ao falar. — Mas talvez eu tenha os meus motivos. Gostaria de poder explicá-los, todavia espero que me faça justiça, acreditando que não é minha intenção ser impertinente.

Elinor ofereceu-lhe uma resposta polida, e continuaram a caminhar em silêncio por alguns minutos. Um silêncio que Lucy foi a primeira a romper, retornando ao assunto com certa hesitação.

— Não suporto a noção de que me considere impertinentemente curiosa. Faria tudo no mundo para que uma pessoa como você, cuja opinião me é tão valiosa, não me julgasse assim. Estou certa de que posso confiar em você. Na realidade, gostaria muito que me aconselhasse a como proceder na constrangedora situação em que me encontro. Porém, ainda não é a ocasião para incomodá-la. Só lamento que não conheça a Sra. Ferrars.

— Também lamento — disse Elinor, com grande perplexidade —, se realmente lhe fosse útil saber minha opinião sobre ela. Mas, na verdade, eu nunca soube que vocês se davam com os Ferrars, de modo que me sinto surpresa, devo confessar, com tantas perguntas sérias sobre ela.

— Sei como se sente, e não me surpreendo com isso. Mas, se eu pudesse lhe contar tudo, você não se sentiria tão intrigada. A Sra. Ferrars nada significa para mim agora... mas poderá chegar o momento... e depende muito dela de quando isso será... quando poderemos estar muito intimamente ligadas.

Olhou para baixo ao dizer isso, delicadamente tímida, lançando apenas um olhar de esguelha para a moça ao seu lado, com o intuito de observar o efeito causado.

— Bom Deus! — exclamou Elinor. — O que está querendo dizer? Você tem relações com o Sr. Robert Ferrars? Conhece-o?

Não estava nada satisfeita com a ideia de vir a ter tal cunhada.

— Não, isso nada tem a ver com o Sr. Robert Ferrars... Nunca o vi na vida. Mas tem a ver... — ela fitou Elinor nos olhos — com o irmão mais velho dele.

O que Elinor sentiu naquele instante? Perplexidade, que teria sido tão dolorosa quanto violenta, não tivesse imediatamente duvidado da afirmação. Voltou-se para Lucy com silenciosa admiração, incapaz de adivinhar a razão ou o objetivo de tal declaração, e, apesar de sua cor haver sofrido uma ligeira modificação, manteve-se firme na incredulidade e não se sentiu à beira de um ataque histérico ou de um desmaio.

— Não tenho a menor dúvida de que deve estar surpresa — continuou Lucy —, pois de modo algum podia ter ideia do que se tratava. Sou capaz de afirmar que ele jamais deixou transparecer qualquer coisa, seja com você ou com pessoas da sua família, já que tudo sempre esteve envolto no maior segredo, por mim guardado fielmente até agora. Ninguém de minhas relações sabe disso, com exceção de Anne, e eu jamais haveria de mencioná-lo para você, caso não confiasse cegamente na sua discrição. Percebi que minha atitude, ao lhe fazer tantas perguntas sobre a Sra. Ferrars, poderia parecer estranha, carecendo de certas explicações. E não acredito que o Sr. Ferrars ficará desgostoso quando souber que confiei em você, pois sei que a tem, e à sua família, no mais alto conceito, e a considera, e às outras Srtas. Dashwood, como suas próprias irmãs.

Ela fez uma pausa.

Elinor permaneceu em silêncio por alguns instantes. Sua perplexidade, ante o que acabara de ouvir, a princípio fora grande demais para ser traduzida em palavras. Contudo, aos poucos foi se esforçando para dizer algo e, com cautela, acabou por fazê-lo com uma calma que escondia razoavelmente a sua surpresa e ansiedade.

— Posso perguntar se é um compromisso de longa data?

— Estamos comprometidos há quatro anos.

— Quatro anos!

— É.

Embora enormemente chocada, Elinor ainda se sentia incapaz de acreditar naquilo.

— Só vim a saber que se conheciam naquele outro, dia em Barton Park — disse.

— No entanto, nosso conhecimento já data de vários anos. Como deve saber, ele esteve sob a orientação de meu tio por um tempo considerável.

— O seu tio?

— Sim, o Sr. Pratt. Nunca ouviu falar do Sr. Pratt?

— Creio que sim — respondeu Elinor, com um esforço que crescia à medida que a emoção ia se intensificando.

— Ele passou quatro anos com o meu tio, que mora em Longstaple, perto de Plymouth. Foi lá que nos conhecemos, pois eu e minha irmã costumávamos passar tempo com o meu tio. Também foi lá que o nosso relacionamento teve início, um ano depois de ele ter deixado de ser aluno do meu tio, embora continuasse a frequentar regularmente a casa. Como pode imaginar, eu não me sentia muito à vontade para continuar com o compromisso sem o consentimento e a aprovação da mãe dele. Entretanto, eu era muito jovem e o amava demais para ser tão prudente quanto deveria. Apesar de não o conhecer tão bem quanto eu, Srta. Dashwood, deve tê-lo visto o suficiente para sentir como ele é capaz de fazer uma mulher sinceramente se prender a ele.

— Com certeza — respondeu Elinor, sem saber bem o que acabara de dizer. Porém, após um momento de reflexão, com renovada confiança no amor e na honra de Edward e na falsidade da companheira, acrescentou: — Comprometida com Edward Ferrars! Devo confessar que estou inteiramente surpresa diante do que me contou. Realmente... Peço que me perdoe, mas, sem dúvida, há alguma confusão de pessoa ou de nome. Não podemos estar falando do mesmo Edward Ferrars.

— Não pode ser outro — exclamou Lucy com um sorriso. — Sr. Edward Ferrars, o filho mais velho da Sra. Ferrars, de Park Street, e irmão da sua cunhada, a Sra. John Dashwood, é a pessoa a quem eu me refiro. Há de convir que não posso estar enganada em relação ao nome do homem de quem depende toda a minha felicidade.

— É estranho — retrucou Elinor, em uma perplexidade quase dolorosa — que eu jamais o tenha escutado mencionar o seu nome.

— Não. Considerando a nossa situação, não foi estranho. Nosso cuidado principal foi manter a questão em segredo. Você não sabe nada a meu respeito, nem da minha família, sendo assim, poderia não ter havido a oportunidade para sequer lhe mencionar o meu nome. E, como ele sempre teve receio de que a irmã suspeitasse de algo, isso foi razão suficiente para impedi-lo de fazê-lo.

Elinor ficou em silêncio. A sua segurança se desmoronou, mas o mesmo não ocorreu com o seu autocontrole.

— Já dura quatro anos o compromisso de vocês — falou com a voz firme.

— Isso, e sabe lá Deus quanto tempo ainda teremos de esperar. Pobre Edward! Isso lhe causa uma tristeza imensa! — Em seguida, retirando uma pequena miniatura do bolso, ela acrescentou: — Para evitar a possibilidade de um engano, faça-me a gentileza de olhar para este rosto. O retrato não lhe faz justiça, é verdade, mas mesmo assim creio que não há como se enganar no tocante ao retratado. Há três anos que sempre o trago comigo.

Enquanto falava, passou-o às mãos de Elinor, que, quando viu a minúscula pintura, quaisquer outras dúvidas — que seu receio de uma conclusão demasiadamente apressada ou o desejo de descobrir uma falsificação pudessem ainda alimentar em seu espírito — logo se dissiparam diante de certeza que agora tinha de realmente se tratar de Edward. Reconhecendo a semelhança, devolveu na mesma hora o retrato.

— Eu jamais consegui — prosseguiu Lucy — lhe dar o meu retrato em troca, o que muito me incomoda, pois sei o quanto ele sempre ansiou por recebê-lo! Contudo, é algo que estou determinada a corrigir na primeira oportunidade que surgir.

— Com certeza, estaria no seu direito — replicou calmamente Elinor.

Elas permaneceram em silêncio por alguns passos. Por fim, Lucy disse:

— Estou absolutamente segura de que você há de guardar fielmente esse segredo, pois deve estar ciente da importância para nós de que não chegue aos ouvidos da mãe dele, porque ouso dizer que ela jamais aprovaria. Não tenho fortuna, e sei que ela é uma mulher excessivamente orgulhosa.

— Eu, com certeza, não busquei a sua confidência — retrucou Elinor —, mas faz-me justiça supondo poder confiar em mim. Seu segredo estará seguro. Porém, perdoe-me se manifesto surpresa diante de uma solicitação tão desnecessária. Deve ao menos ter pressentido que me pôr a par dele de modo algum lhe aumentaria o sigilo.

Ao dizer isso, lançou um olhar intenso na direção de Lucy na esperança de descobrir no seu semblante algum indício de falsidade, mas a fisionomia da moça permanecia inalterada.

— Tive receio de que pudesse julgar que eu estava tomando uma grande liberdade ao lhe contar tudo isso — ela disse. — Eu, com certeza, não a conheço há muito tempo, pelo menos pessoalmente, mas há muito escuto bastante sobre a sua família, e, assim que a vi, senti quase como se fôssemos antigas conhecidas. Além do mais, no caso atual, eu realmente achei que lhe devia alguma explicação após tanto indagar sobre a mãe de Edward, e sou tão desafortunada que não possuo alguém com quem me aconselhar. Anne é a única pessoa a par do que está acontecendo, e o seu julgamento não é bom. Na verdade, ela me faz mais mal do que bem, pois vivo constantemente com medo de que venha a me trair. Como já deve ter percebido, ela não sabe conter a própria língua, e pode acreditar que eu fiquei apavorada no outro dia quando o nome de Edward foi mencionado por Sir John, temendo que ela trouxesse tudo à tona. Não pode imaginar o que se passa na minha cabeça por conta de tudo isso. Só me admiro de ainda estar viva depois de tudo pelo que passei por causa de Edward nesses últimos quatro anos. Sempre essa incerteza e essa apreensão, só o vendo de tempos em tempos... Mal conseguimos nos encontrar mais de duas vezes por ano. É de se admirar que o meu coração ainda não tenha se despedaçado.

Nesse ponto, ela pegou o seu lenço, mas Elinor não se sentiu muito compadecida.

— Às vezes — Lucy prosseguiu, enxugando os olhos —, penso se não seria melhor para ambos acabar logo com tudo. — Ao dizer isso, olhou para a companheira. — Mas vejo, em seguida, que me falta a coragem para tanto. Não suporto a ideia de fazê-lo tão infeliz, como eu sei que acontecerá ante a mera menção da possibilidade. E também por minha causa... gosto tanto dele... não sei se seria capaz. O que me aconselha fazer em tal situação, Srta. Dashwood? O que faria no meu lugar?

— Perdoe-me — replicou Elinor, espantada com a pergunta —, mas não posso lhe dar nenhum conselho em tais circunstâncias. Tem de decidir por conta própria.

— Na verdade — continuou Lucy após alguns instantes de silêncio mútuo. —, mais cedo ou mais tarde, a mãe dele terá de torná-lo independente. Pobre Edward! Vive tão deprimido por conta disso! Não o achou deveras abatido quando esteve em Barton? Estava tão infeliz quando nos deixou em Longstaple, para vir visitá-las, que temi que pudessem achar que ele estava doente.

— Então vinha da casa do seu tio quando nos visitou?

— Vinha. Havia passado umas duas semanas conosco. Achou que ele viera direto de Londres?

— Não — replicou Elinor, cada circunstância que corroborava a verdade nas palavras de Lucy a atingindo como um golpe físico. — Eu lembro que ele mencionou que havia passado duas semanas na casa de amigos, perto de Plymouth.

Ela também se lembrou da própria surpresa, na ocasião, que ele mais nada houvesse mencionado sobre tais amigos, inclusive mantendo-se em silêncio no tocante ao nome deles.

— Não o achou um pouco desanimado? — inquiriu Lucy.

— Na verdade, achamos, sim, especialmente na ocasião da sua chegada.

— Eu implorei para que ele fizesse um esforço para se recompor, com receio de que viessem a suspeitar de alguma coisa, mas ele estava tão triste por não poder ficar mais do que quinze dias e me ver tão afetada por isso. Pobrezinho! Eu receio que ele esteja se sentindo do mesmo modo agora, pois me escreve sempre com tal desânimo. Eu tive notícias dele pouco antes de deixar Exeter. — Ela retirou uma carta do bolso e displicentemente a estendeu na direção de Elinor. — Ouso dizer que deve conhecer a caligrafia dele, encantadora como ela é. Mas a carta não está escrita tão bem quanto de costume. Devo dizer que ele devia estar cansado, porque escreveu em todos os cantos do papel.

Elinor constatou que era a letra de Edward, e não pôde mais duvidar. O retrato, ela se permitira acreditar, poderia ter sido obtido por acaso. Não precisava ser necessariamente um presente de Edward. Mas a troca de cartas entre eles só seria possível diante de um compromisso verdadeiro, nada mais a podia autorizar. Por alguns instantes, esteve a ponto de desmaiar. Seu coração afundou no peito, e mal conseguiu permanecer de pé. Contudo, era indispensável que fizesse o esforço, e ela resistiu resolutamente à opressão dos seus sentimentos, obtendo êxito imediato e, por ora, completo.

— A troca de cartas — disse Lucy, retornando a carta para o bolso — é o único conforto que temos nessas separações tão longas. Sim, eu tenho outro conforto neste retrato, mas o pobre

Edward nem isso tem. Se ao menos tivesse o meu retrato, talvez, como ele mesmo diz, poderia ser mais fácil. Quando esteve em Longstaple da última vez, eu lhe dei uma madeixa de meus cabelos, e ele me disse que isso lhe proporcionou um certo prazer, mas não tanto quanto um retrato proporcionaria. Talvez você tenha reparado no anel, quando o viu aqui.

— Reparei — respondeu Elinor, tendo na sua voz uma compostura que escondia emoções e angústia superiores a tudo o que já sentira até então.

Estava mortificada, perplexa, confusa.

Felizmente, para ela, estavam chegando ao chalé, e a conversa não poderia ter prosseguimento.

Após se sentarem apenas por alguns minutos, as irmãs Steele retornaram para Barton Park, e Elinor viu-se livre para se render à própria infelicidade.

XXIII

Por menor que fosse a confiança que Elinor depositava na veracidade de Lucy, era-lhe impossível, uma vez tendo refletido seriamente, duvidar dela no presente caso. Isso porque, com tantos pormenores como aqueles, não havia possibilidade de que estivesse inventando uma história falsa. Sendo assim, o que Lucy afirmara como sendo verdade Elinor não podia, não ousaria mais suspeitar ser inverídico. O relato era sustentado por todos os lados, por todo tipo de provas, e contraditado apenas pelo seu desejo de que não fosse esse o caso. A oportunidade que tiveram de solidificar o seu relacionamento na casa do Sr. Pratt servia de base para todo o resto, ao mesmo tempo se mostrando inquestionável e alarmante. E a visita de Edward a amigos nas proximidades de Plymouth, seu melancólico estado de espírito, sua insatisfação diante dos seus projetos futuros, sua indecisão no tocante a ela mesma, o conhecimento íntimo que as Srtas. Steele tinham de Norland e das pessoas ligadas à sua família, que tantas vezes a surpreendera, o retrato em miniatura, a carta, o anel, tudo junto formava um conjunto de provas capazes de suplantar o receio de condená-lo injustamente, e afirmava como fato o que nenhuma parcialidade poderia negar, sua conduta pouco correta para com ela.

A mágoa ante tal conduta, e sua indignação por ter sido enganada por ele fizeram com que a princípio sentisse pena de si mesma. Todavia, não demorou muito para que outras ideias, outras considerações surgissem. Será que Edward a enganara intencionalmente? Teria fingido por ela uma afeição que não sentia? Seria o seu compromisso com Lucy um verdadeiro compromisso do coração? Não, ainda que tivesse sido assim no passado, não podia acreditar que ainda o fosse no presente. O afeto dele só a ela pertencia. Não podia estar enganada quanto a isso. A mãe, as irmãs, Fanny, todo mundo estava a par da consideração que ele lhe dispensara em Norland. Não se tratava de uma ilusão de sua própria vaidade. Decerto ele a amava. Como lhe suavizava o coração essa certeza! O quanto isso não poderia levá-la a perdoar! Ele fora culpado, grandemente culpado, por permanecer em Norland após perceber que a sua influência sobre ele era muito maior do que deveria ser. Nessa questão não lhe cabia defesa. Contudo, se ele a magoara, mais ainda magoara a si mesmo. Se o caso dela era digno de pena, o dele era desesperador. A imprudência de Edward a tornara momentaneamente infeliz, mas parecia tê-lo privado para sempre de qualquer outra opção em sentido contrário. Com o tempo, ela haveria de recuperar a tranquilidade, mas o que poderia ele esperar do futuro? Poderia ser minimamente feliz na companhia de Lucy Steele? Poderia, pondo de lado sua afeição por ela, considerando a integridade dele, a sua delicadeza, o seu espírito bem-formado, satisfazer-se com uma mulher como aquela... inculta, dissimulada e egoísta?

Os arroubos juvenis dos 19 anos de idade decerto o haviam cegado para tudo que não fosse a beleza e a graciosidade da moça. Porém, os quatro anos que se seguiram, anos que, se racionalmente aproveitados, ter-lhe-iam trazido amadurecimento de espírito, ter-lhe-iam aberto os olhos para os defeitos da educação de Lucy, ao passo que esse mesmo período de tempo vivido em uma sociedade inferior e em passatempos frívolos talvez tivesse roubado dela aquela simplicidade que, outrora, talvez emprestasse uma qualidade interessante à sua beleza.

Se, na hipótese de que Edward estivesse desejoso de desposá-la, as dificuldades criadas pela mãe haviam sido grandes, quão maiores não haveriam de ser agora, quando o objeto de sua afeição lhe era, sem dúvida, inferior em posição social e, bem provavelmente, em fortuna. Na verdade, tais dificuldades, já que ele estava tão afastado de Lucy, não deveriam exercer muita pressão sobre a sua paciência. Mas a melancolia era normal em uma pessoa para quem a certeza da oposição e da falta de carinho da família podia ser sentida como um alívio!

Tais considerações lhe ocorriam em uma sequência dolorosa, e Elinor chorou mais por ele do que por si mesma. Apoiada pela convicção de não haver feito nada para merecer a sua atual infelicidade, e consolada pela crença de que Edward nada fizera para perder a sua estima, ela achou que podia, mesmo agora, ainda sob o efeito imediato de um pesado golpe, controlar-se o suficiente para evitar qualquer suspeita da verdade por parte da mãe e das irmãs. E, tão bem conseguiu corresponder às próprias expectativas, que, quando se juntou a elas no jantar, apenas duas horas após ter sofrido a extinção de suas mais preciosas esperanças, ninguém poderia ter sido capaz de supor, pela aparência das irmãs, que Elinor lamentava em segredo os obstáculos que deveriam afastá-la para sempre do objeto do seu amor, e que Marianne meditava interiormente sobre as perfeições de um homem cujo coração ela sentia possuir na sua inteireza, e que esperava ver em cada carruagem que se aproximava da casa.

A necessidade de ocultar da mãe e de Marianne o que lhe havia sido confiado em segredo, embora a obrigasse a estar constantemente atenta, não constituía qualquer agravamento para o desgosto de Elinor. Pelo contrário: para ela, era um alívio não ser obrigada a revelar algo que lhes causaria tanta tristeza, o que ainda a poupava de ouvi-las condenarem Edward, reação que provavelmente nasceria da excessiva dedicação que lhe tinham, mas que ela dificilmente conseguiria suportar.

Sabia que não receberia auxílio dos conselhos nem das conversas delas. A ternura e a tristeza delas apenas fariam aumentar o seu desgosto, ao passo que seu autocontrole também não receberia encorajamento do exemplo delas ou de seus louvores. Era mais forte sozinha e com o apoio do próprio bom senso. Precisava que a firmeza fosse tão inabalável, e sua aparência tão invariavelmente alegre quanto fosse possível diante de desgostos tão penetrantes e recentes.

Por mais que tivesse sofrido após a primeira conversa com Lucy sobre o assunto, ela logo sentiu um anseio intenso de retornar ao assunto, e por mais de um motivo. Queria escutar sendo repetidos os pormenores do compromisso dos dois, queria entender com mais clareza o que Lucy realmente sentia por Edward, se de fato havia ou não alguma sinceridade na declaração de afeto dele e, em especial, queria convencer Lucy, ante a sua disposição de retomar o assunto e a calma com que o discutia, de que o seu único interesse era como amiga, pois receava que a sua agitação involuntária na conversa matinal pudesse ter lhe despertado dúvidas. Parecia ser bem provável que Lucy se dispusesse a sentir ciúmes dela. Era evidente que Edward sempre falara em termos altamente elogiosos, não só pela própria asserção de Lucy, mas pelo fato de ela haver se arriscado a lhe confiar, mesmo ante um conhecimento tão recente, um segredo confessadamente de tamanha importância. E até mesmo as brincadeiras de Sir John devem ter tido o seu peso. Mas, na verdade, enquanto Elinor permanecesse convencida de que Edward a amava de verdade, não seria necessário considerar outras probabilidades que justificassem os ciúmes de Lucy.

A prova estava na própria confidência que ela lhe fizera. Que outro motivo haveria para a revelação, senão para que Elinor fosse informada das pretensões superiores de Lucy no tocante a Edward, e para saber que no futuro deveria evitá-lo? Não foi difícil para ela entender isso sobre as intenções da rival, e, embora estivesse firmemente disposta a agir segundo os princípios da honra e honestidade, para combater a sua própria afeição por Edward e vê-lo o mínimo possível, não poderia se negar o conforto de tentar convencer Lucy de que o seu coração estava incólume. Como se não houvesse agora nada mais penoso a ouvir sobre o assunto do que tudo que já lhe fora contado, acreditava na própria capacidade de escutar a repetição de todos os pormenores sem perder a serenidade.

Contudo, não foi logo que se apresentou a oportunidade de fazer isso, embora Lucy parecesse estar tão disposta quanto ela a aproveitar a primeira que surgisse. Nem sempre o tempo parecia estável o suficiente para a realização de um passeio que lhes permitisse separar-se das outras pessoas sem despertar suspeitas. E, embora se encontrassem pelo menos de dois em dois dias em Barton Park ou no chalé, principalmente no primeiro, ainda não haviam tido a chance de conversar. Como tal pensamento jamais pudesse sequer passar pelas cabeças de Sir John e de Lady Middleton, pouco era o tempo livre que tinham para conversas em grupo, que dirá para particulares. Quando se encontravam era para jantares, coquetéis, para rirem juntos, jogarem cartas ou outros jogos bem excessivamente ruidosos.

Um ou outro encontro desse tipo já havia ocorrido sem que Elinor tivesse a chance de conversar em particular com Lucy. Certa manhã, Sir John veio visitá-las no chalé para suplicar que tivessem a caridade de irem todas jantar com Lady Middleton naquela noite, já que ele teria de comparecer a uma função no clube em Exeter, deixando-a sozinha, exceto pela mãe e pelas duas Srtas. Steele. Elinor, percebendo uma boa oportunidade para alcançar o tão desejado objetivo, quando teriam mais liberdade entre elas sob o comando da tranquila e bem-educada Lady Middleton do que quando o marido dela as reunia para propósitos mais ruidosos, na mesma hora aceitou o convite. Margaret, com a permissão da mãe, também concordou, e Marianne, embora sempre relutante em participar das reuniões, foi convencida pela mãe, que não suportava vê-la isolar-se de todas as oportunidades que surgiam para ela se divertir, a acompanhar as irmãs.

As jovens foram, e Lady Middleton foi alegremente poupada da terrível solidão que a ameaçava. A insipidez da reunião foi à altura do que Elinor estava esperando. Dela não resultou um único pensamento original ou fala inédita, e nada poderia ter sido menos interessante do que os tópicos discutidos tanto na sala de jantar quanto na de visitas, onde as crianças se juntaram a elas. Enquanto elas ali permanecessem, Elinor sabia que não conseguiria desviar a atenção de Lucy para si. As crianças se retiraram após o chá. A mesa de jogo foi montada, e Elinor começou a se repreender por ter acreditado que teria tempo para uma conversa pessoal em Barton Park. Todas se levantaram, preparando-se para uma rodada de jogos.

— Fico feliz — disse Lady Middleton para Lucy — que não vá terminar hoje a cesta para a pobre Annamaria, pois estou certa de que, à luz das velas, esse trabalho de filigrana não lhe faria bem à vista. Amanhã nos desculparemos com a pobrezinha e torceremos para que não fique terrivelmente desapontada.

A alusão foi suficiente para levar Lucy a responder:

— Na verdade, está enganada, Lady Middleton. Eu só estava esperando para ver se a minha ausência não faria falta no jogo, ou já estaria ao bordado. Eu jamais faria nada para desapontar aquele anjinho, mas, se a senhora precisar de mim agora, posso terminar a cesta após o jantar.

— É muito boazinha. Espero que o trabalho não lhe faça mal à vista. Poderia tocar a campainha para pedirmos mais velas? Você sabe, minha menininha ficaria deveras desapontada se o cesto não ficasse pronto, porque, apesar de eu ter dito a ela que provavelmente não ficaria, estou certa de que ela estava contando com isso.

Lucy puxou a mesa de trabalho para perto de si e se pôs a bordar com uma alacridade e uma alegria que pareciam sugerir que nada poderia lhe trazer mais prazer do que fazer um cesto de filigrana para uma criança mimada.

Lady Middleton propôs uma melhor de três de cassino às demais. Ninguém fez objeções, com exceção de Marianne, que, com a sua habitual desatenção às regras gerais da civilidade, exclamou:

— A senhora vai precisar ter a gentileza de me desculpar, mas, como sabe, detesto jogos de cartas. Vou para o piano. Não toco desde que foi afinado.

Sem mais cerimônia, ela se dirigiu ao instrumento.

Lady Middleton olhou em sua direção como se agradecesse aos céus por jamais ter proferido palavras tão rudes.

— Madame sabe que Marianne não consegue ficar muito tempo longe dos instrumentos — falou Elinor, em uma tentativa de suavizar a ofensa. — Eu nem me incomodo muito, afinal, aquele é o pianoforte mais afinado que eu já escutei.

Coube às cinco moças restantes o jogo de cartas.

— Talvez — prosseguiu Elinor —, se eu ficasse de fora dessa rodada, poderia ajudar a Srta. Lucy Steele, afinal ainda há muito para ser feito no tocante ao cesto, o que me leva a ter dúvidas de que sozinha ela consiga concluir o trabalho hoje à noite. Eu gostaria de compartilhar o trabalho com ela, caso esteja de acordo.

— Sem dúvida, eu ficarei muito grata pela sua ajuda — replicou Lucy. — Ainda há muito mais para ser feito do que eu havia pensado, e, no final das contas, seria terrível desapontar a pobrezinha da doce Annamaria.

— Ah, sim! Seria, sem dúvida, terrível — disse a outra Srta. Steele. — Uma menininha tão adorável. Como gosto dela.

— É muita gentileza sua — disse Lady Middleton para Elinor. — E, como está interessada no trabalho, é melhor não tirar a carta e esperar a próxima rodada. Ou você prefere tentar a sorte agora?

Elinor alegremente optou pela primeira das propostas e, então, graças a um pouco daquelas artimanhas que Marianne jamais condescenderia a praticar, atingiu o seu objetivo e ao mesmo tempo agradou Lady Middleton. Lucy prontamente cedeu-lhe um lugar à mesa, e as duas formosas rivais ficaram sentadas lado a lado. Então, com suprema harmonia, empenharam-se no mesmo trabalho. Ao piano, envolta na melodia e nos próprios pensamentos, Marianne tinha, àquela altura, se esquecido de que havia mais alguém na sala. Por sorte, o instrumento estava tão perto delas que, sob a proteção daquele som, a Srta. Dashwood achou seguro abordar o interessante assunto sem risco de ser ouvida na mesa de jogo.

XXIV

Em tom firme e cauteloso, Elinor começou:

— Eu seria indigna da confiança com que me honrou se não sentisse a necessidade de retornar ao assunto, nem demonstrasse maior curiosidade por sua continuação. Em vista disso, não lhe pedirei desculpas por trazê-lo novamente à baila.

— Obrigada — Lucy replicou calorosamente — por quebrar o gelo. Acalmou o meu coração com isso, pois eu estava de certo modo com receio de tê-la ofendido com o que lhe contei na segunda-feira.

— Ter me ofendido! Como pôde pensar isso? Creia-me — e Elinor estava falando com a maior sinceridade —, nada poderia estar mais longe da minha intenção do que lhe dar tal falsa impressão. Poderia haver outro motivo para que a sua confiança não fosse honrosa e lisonjeira para mim?

— E, no entanto, devo lhe confessar — replicou Lucy, seus olhinhos vivos repletos de significado —, pareceu-me haver uma certa frieza e um certo dissabor em suas maneiras, que me deixaram um tanto quanto irrequieta. Eu tive certeza de que estava zangada comigo, tanto que passei a me censurar desde então por ter tomado a liberdade de importuná-la com os meus problemas. Contudo, fico feliz por constatar que não passou de minha própria imaginação, e que na verdade você não estava me recriminando. Se soubesse o conforto que foi para mim aliviar meu coração lhe falando daquilo que jamais me sai da cabeça, sua compaixão a faria ignorar tudo o mais, eu estou certa.

— Posso perfeitamente avaliar que tenha sido um grande alívio pôr-me a par de sua situação e estar segura de que jamais terá motivo para se arrepender disso. Seu caso é muito triste, vocês parecem estar rodeados de enormes dificuldades e vão necessitar de todo o afeto mútuo para poderem suportar o peso delas. Ao que suponho, o Sr. Ferrars depende inteiramente da fortuna da mãe.

— Ele possui apenas duas mil libras no propório nome. Seria loucura se casar apenas com isso, embora, no que me diz respeito, eu abriria mão sem pestanejar de qualquer perspectiva de algo mais. Sempre estive acostumada com uma renda insignificante, e por ele eu poderia enfrentar qualquer pobreza. Porém, eu o amo demais para ser o instrumento egoísta que o roubará, talvez, de tudo que a mãe poderia lhe dar se ele se casasse ao gosto dela. Precisamos esperar, talvez, por muitos anos. Com qualquer outro homem no mundo seria uma perspectiva assustadora, mas sei que ninguém poderá me privar do afeto e da constância de Edward.

— Tal convicção deve representar tudo para você. E ele, com certeza, deve se sentir amparado pela mesma confiança que você lhe dedica. Se a força dessa afeição mútua tivesse falhado, como ocorreria para muitas pessoas e sob outras circunstâncias durante quatro anos de compromisso, a sua situação seria, de fato, digna de pena.

Lucy ergueu os olhos, mas Elinor cuidadosamente manteve o semblante livre de qualquer expressão que pudesse ter concedido às suas palavras uma tendência suspeita.

— O amor de Edward por mim vem sendo constantemente posto à prova — afirmou Lucy — diante do longo, muito longo afastamento desde que nos vimos comprometidos, e superou tão bem todas essas provações, que seria imperdoável de minha parte duvidar dele agora. Posso seguramente afirmar que, nesse aspecto, ele jamais me deu um instante que fosse de preocupação.

Diante da afirmação, Elinor não sabia se devia sorrir ou suspirar.

Lucy prosseguiu:

— Também sou muito ciumenta por natureza. E, por conta da diferença na nossa posição social, pelo fato de ele ser muito mais sociável do que eu e devido também à nossa separação contínua, eu sempre tive uma tendência exagerada ao receio de não descobrir em questão de instantes a verdade, tivesse havido a menor alteração no comportamento dele para comigo quando nos encontramos, ou qualquer falta de ânimo cuja causa eu não conseguisse atinar, ou se ele tivesse falado mais de uma moça do que das outras, ou parecesse de qualquer modo menos feliz de estar em Longstaple do que costumava ficar. Não estou dizendo que eu seja particularmente observadora nem que pesque as coisas no ar, todavia, em tal caso, estou segura de que não poderia me enganar.

— Tudo isso — considerou Elinor — é muito bonito, porém não pode ser aceito por nenhuma de nós. Mas — perguntou após um breve silêncio — quais são os seus planos? Ou não possui nenhum além de aguardar a morte da Sra. Ferrars, que é um extremo por demais melancólico e chocante? O filho dela está determinado a se submeter a isso, e ao tédio do que podem ser muitos anos de suspense em que você também estará envolvida, em vez de correr o risco de desgostá-la por algum tempo confessando-lhe a verdade?

— Se ao menos pudéssemos ter certeza de que seria apenas por pouco tempo! Mas a Sra. Ferrars é uma mulher muito orgulhosa e obstinada e, em um primeiro impulso colérico após receber a notícia, poderia legar todos os seus bens a Robert, e tal ideia, pelo bem de Edward, afugenta todas as minhas súplicas de medidas mais apressadas.

— E também por sua causa, senão estaria levando a sua falta de interesse além do que poderia ser chamado de racional.

Lucy voltou a olhar para Elinor e ficou em silêncio.

— Conhece o Sr. Robert Ferrars? — perguntou Elinor.

— Não. Jamais o vi. Mas suponho que seja muito diferente do irmão. Um tolo e um grande janota.

— Um grande janota! — repetiu a outra Srta. Steele, cujos ouvidos haviam captado as palavras diante de uma pausa súbita na música de Marianne. — Ah, aposto que estão discutindo os seus galanteadores favoritos.

— Não, minha irmã — exclamou Lucy —, está enganada. Nossos galanteadores favoritos não são grandes janotas.

— Eu posso assegurar que o da Srta. Dashwood não é — afirmou a Sra. Jennings, com uma gargalhada —, pois se trata de um dos jovens mais modestos e bem-educados que eu já vi. Mas, quanto a Lucy, ela é uma criaturinha tão dissimulada que não há como saber quem é o seu.

— Ora! — exclamou a irmã de Lucy, olhando significativamente ao redor. — Ouso dizer que o admirador de Lucy é tão modesto e bem-educado quanto o da Srta. Dashwood.

A contragosto, Elinor enrubesceu. Lucy mordeu o lábio inferior e lançou um olhar furioso para a irmã. Um silêncio mútuo tomou conta do recinto por alguns instantes. Conquanto Marianne estivesse solicitamente lhes concedendo a proteção poderosa de um magnífico concerto, Lucy deu fim a ele, dizendo baixinho:

— Vou lhe contar honestamente o plano que me ocorreu, no final das contas, para resolver a questão. Na verdade, sou mesmo forçada a pô-la a par do segredo, pois parcialmente lhe diz respeito. Ouso dizer que conheço Edward suficientemente bem para saber que ele preferiria a igreja a qualquer outra carreira. Pois o meu plano é que ele se ordene o mais rápido possível e, em seguida, graças à sua influência — a qual estou certa de poder recorrer devido à amizade que tem por ele, assim como pela afeição que espero que tenha por mim —, que o seu irmão possa ser persuadido a lhe ofertar a paróquia de Norland, que, tanto quanto sei, é muito boa, e cujo atual titular, ao que tudo indica, não viverá ainda muito mais. Isso seria o suficiente para que nos casássemos e pudéssemos confiar no tempo e na sorte para resolver o resto.

— Eu me sentiria assaz feliz em poder demonstrar qualquer sinal de minha estima e amizade pelo Sr. Ferrars — replicou Elinor. — Mas será que não percebe que a minha intervenção em tal caso seria perfeitamente desnecessária? Edward é o irmão da Sra. John Dashwood, o que há de ser suficiente recomendação para o marido.

— Mas a Sra. John Dashwood não aprova muito que Edward seja ordenado.

— Nesse caso, desconfio que minhas recomendações não serão de muita valia.

Ficaram novamente em silêncio por vários minutos. Por fim, com um profundo suspiro, Lucy exclamou:

— Suponho que o mais sensato seria pôr imediatamente um fim a tudo, rompendo o compromisso. Vemo-nos cercados por tantas dificuldades que, embora ficássemos arrasados por algum tempo, talvez viéssemos a ser mais felizes no final. Mas não me dará o seu conselho, Srta. Dashwood?

— Não — respondeu Elinor, com um sorriso que escondia sentimentos muito agitados. — No tocante a tal questão, com certeza, não. Sabe muito bem que a minha opinião apenas teria algum peso para você se fosse de acordo com os seus desejos.

— Está enganada — retrucou Lucy com grande solenidade. — Não conheço outra pessoa cujo julgamento eu tenha em tão alta estima quanto tenho pelo seu, e estou certa de que, se me dissesse "Aconselho-a veementemente a pôr fim ao seu compromisso com Edward Ferrars, pois é o que seria melhor para a felicidade de ambos", eu não hesitaria um instante em fazê-lo.

Elinor corou diante da insinceridade da futura mulher de Edward e respondeu:

— Um elogio desses me inibe ainda mais a lhe oferecer qualquer opinião referente à questão, caso eu tivesse formulado alguma. Torna a minha influência alta demais. O poder de separar duas pessoas tão intimamente ligadas é demasiado para quem lhes seja indiferente.

— Mas é por ser indiferente — disse Lucy, com certo ressentimento, colocando uma certa ênfase nas palavras — que o seu julgamento terá maior peso para mim. Se você se mostrasse de qualquer modo tendenciosa devido aos seus próprios sentimentos, sua opinião não teria valor para mim.

Elinor achou mais prudente não responder, para evitar que fossem levadas a um grau insustentável de intimidade, mesmo estando parcialmente inclinada a não mencionar mais o assunto. Uma nova pausa de vários minutos seguiu-se, cabendo a Lucy novamente interrompê-la com as seguintes palavras.

— Pretende ir a Londres neste inverno, Srta. Dashwood? — perguntou com a sua costumeira afabilidade.

— Estou certa de que não.

— Lamento saber — prosseguiu a outra, enquanto os seus olhos brilhavam ante a informação —, pois me daria imenso prazer encontrá-la, então! Mas acredito que acabará indo, porque estou certa de que seu irmão e sua cunhada vão convidá-la para visitá-los.

— Mesmo que me convidem, não poderei aceitar.

— Seria um infortúnio! Eu estava dando por certo encontrá-la por lá. Anne e eu devemos ir em fins de janeiro para a casa de parentes que vêm nos convidando há anos para visitá-los. Mas eu só vou porque espero encontrar Edward. Ele estará lá em fevereiro. De outra forma, Londres não teria encantos para mim. A cidade não me desperta entusiasmo.

Com o término da primeira partida de cartas, Elinor foi convocada para a mesa de jogo, e a conversa particular das duas moças teve fim. Ambas se submeteram a isso sem qualquer relutância, pois nada fora dito por nenhum dos lados que as levasse a desgostar menos uma da outra. Elinor sentou-se à mesa com a melancólica convicção de que Edward não só não poderia contar com a afeição daquela que seria a sua futura esposa, mas, também, de que não teria sequer a possibilidade de ser passivelmente feliz no casamento. Isso seria possível se houvesse uma afeição sincera por parte dela, pois apenas o interesse próprio de uma mulher era capaz de prender um homem a um compromisso do qual ela parecia ter plena ciência de que ele estava cansado.

A partir daquele dia, Elinor jamais voltou a tocar no assunto. E, quando mencionado por Lucy — que raramente perdia a oportunidade de abordá-lo, e tinha o cuidado deliberado de informar à sua confidente sobre a própria felicidade sempre que chegava para ela uma carta de Edward —, era recebido pela filha mais velha dos Dashwood com tranquilidade e cautela, e posto de lado assim que a boa educação permitisse. Na opinião dela, tais conversas eram uma concessão que Lucy não merecia, além de serem perigosas para si mesma.

A visita das Srtas. Steele se prolongou muito além do que fora previsto no convite inicial. A afeição dos Middleton por elas só fazia aumentar, e as moças não podiam perder a oportunidade.

Sir John não queria deixá-las partir, apesar de seus numerosos e anteriores compromissos assumidos em Exeter, e da necessidade urgente de regressarem para atendê-los, pois pareciam cada vez mais inadiáveis ao final de cada semana. Foram sendo convencidas a ficar quase dois meses em Barton Park, ajudando na devida celebração daquele festival que exigia mais do que a simples cota de bailes particulares e de grandes jantares para proclamar a sua importância.

XXV

Embora a Sra. Jennings tivesse por hábito passar a maior parte do ano nas casas dos filhos e amigos, nem por isso deixava de ter a sua própria residência. Desde a morte do marido, um comerciante próspero em uma parte não muito elegante da cidade, ela costumava passar o inverno em uma casa situada nos arredores de Portman Square. Quando janeiro chegou, seus pensamentos começaram a se voltar para essa casa. E, um dia, de maneira totalmente imprevista para elas, convidou as duas irmãs Dashwood mais velhas para acompanhá-la na viagem. Elinor, sem dar atenção à expressão de alegria da irmã, que encarava a possibilidade com tudo, menos indiferença, ofereceu uma desculpa agradecida porém decisiva em nome das duas, acreditando dessa forma estar exprimindo um consenso. A razão alegada foi a firme decisão de não deixarem a mãe sozinha nessa época do ano. A Sra. Jennings recebeu a recusa com uma certa surpresa e, na mesma hora, reiterou o convite.

— Ah, meu Deus! Estou certa de que sua mãe poderá muito bem dispensá-las e que poderão vir me fazer companhia, pois tenho nisso o maior empenho. Não pensem que me darão trabalho, porque não pretendo alterar em nada os meus hábitos por conta de vocês. Será apenas necessário mandar Betty pela diligência, e creio poder arcar com essa despesa. Nós três iremos na minha carruagem, e, quando estivermos em Londres, se não gostarem dos lugares que costumo frequentar, poderão sair em companhia de uma das minhas filhas. Tenho certeza de que a mãe de vocês não haverá de se opor. Afinal, tive tanta sorte ao casar minhas filhas, que ela deve me considerar a pessoa indicada para cuidar de vocês. Assim, caso eu não consiga com que pelo menos uma de vocês volte bem casada de lá, não há de ser por minha culpa. Hei de lhes fazer os maiores elogios a todos os jovens que conheço, podem estar certas disso.

— Tenho a impressão — disse Sir John — de que a Srta. Marianne não se oporá a tais planos, contanto que a irmã mais velha também esteja de acordo. É uma pena, realmente, que ela se prive de um pouco de diversão apenas porque a Srta. Dashwood não o deseja. Por isso, aconselho as duas a seguirem para Londres quando estiverem cansadas de Barton, sem dizer uma só palavra a respeito para a Srta. Dashwood.

— Não. De minha parte — afirmou a Sra. Jennings —, ficarei feliz com a companhia da Srta. Marianne, quer a Srta. Dashwood nos acompanhe ou não. Quanto mais, melhor, eu sempre digo. E achei que para as duas seria mais agradável estarem juntas, pois, se viessem a se cansar de mim, poderiam conversar sobre as minhas esquisitices às minhas costas. Mas uma delas, senão as duas, tenho de levar comigo. Valha-me, Deus! Como podem achar que serei capaz de viver sozinha, se até este inverno sempre tive a companhia de Charlotte? Venha, Srta. Marianne, apertemos as mãos para celebrar o compromisso. E, se a sua irmã mudar de ideia até lá, muito melhor.

— Agradeço-lhe, madame, agradeço-lhe com toda a sinceridade — falou Marianne, calorosamente. — Seu convite garante a minha eterna gratidão, e eu teria imensa satisfação, sim, eu ficaria muito feliz, se me fosse possível aceitá-lo. Mas minha mãe, minha querida e bondosa mãe... Receio que seja justo o que disse Elinor, caso ela ficasse menos contente, menos satisfeita com a nossa ausência... Ah, não! Nada poderia tentar-me a abandoná-la. Não devíamos, não podíamos estar nessa indecisão.

A Sra. Jennings reafirmou a sua certeza de que a Sra. Dashwood poderia perfeitamente dispensá-las. E Elinor, que agora compreendia a irmã e via que, a despeito de tudo mais, ela era movida pela ânsia de estar novamente com Willoughby, não fez mais oposições diretas ao plano. Simplesmente transferiu a decisão para a mãe, de quem, no entanto, não esperava receber o menor apoio em sua tentativa de evitar a viagem; que não podia aprovar para Marianne e que, pelo seu próprio bem, tinha razões particulares para evitar. A mãe estava sempre pronta para satisfazer todos os desejos de Marianne, e Elinor não esperava poder influenciá-la a proceder com cautela em uma questão que jamais lhe inspirara desconfiança. Também não ousava esclarecer o motivo de sua pouca inclinação para aquela viagem a Londres. De fato, Marianne, exigente como era, embora inteiramente familiarizada com as maneiras da Sra. Jennings, que invariavelmente a incomodavam, estava disposta a ignorar todos esses obstáculos, não se incomodando com o que mais lhe devia ferir a sensibilidade na busca por seus objetivos. Era uma prova tão forte, tão completa, da importância que esse objetivo tinha para ela, que Elinor, a despeito de tudo o que se havia passado, não se sentiu em condições de testemunhá-la.

Ao ser informada do convite, a Sra. Dashwood, persuadida de que uma excursão dessas poderia ser uma produtiva fonte de muito divertimento para ambas as filhas, e percebendo, através da terna atenção que lhe dedicava, o quanto o coração de Marianne ansiava por isso, não admitiu que declinassem do convite por sua causa e insistiu para que ambas aceitassem de imediato, já vislumbrando, com o seu habitual entusiasmo, as inúmeras vantagens que resultaria para todas essa separação.

— A ideia me enche de satisfação — exclamou. — É exatamente o que eu poderia desejar. Margaret e eu nos beneficiaremos tanto quanto vocês. Quando vocês e os Middleton tiverem ido, nós poderemos continuar tranquilas e felizmente acompanhadas de nossos livros e de nossa música! Quando retornarem, verão que Margaret terá feito grandes avanços! Eu também tenho um pequeno plano de reformas dos seus quartos, que agora poderá ser realizado sem incomodar ninguém. Concordo com a ideia de que devem ir a Londres. Acho que todas as jovens de sua condição social deviam conhecer os costumes e as distrações da cidade grande. Ficarão sob os cuidados de uma senhora de muitos bons princípios, de cujo carinho que nutre por vocês não tenho como duvidar. Com toda a probabilidade, encontrarão lá o seu irmão, e, apesar de todos os defeitos dele e dos da sua esposa, quando eu considero de quem ele é filho, não suporto a ideia de que se portem como estranhos um para com o outro.

— Embora, na sua ânsia habitual de proporcionar a nossa felicidade — disse Elinor —, a senhora tenha afastado todos os obstáculos que se opunham ao plano atual, ainda persiste uma objeção que, no meu entender, não pode ser tão facilmente removida.

O semblante de Marianne transformou-se.

— O que estará a minha prudente Elinor a sugerir? — perguntou a Sra. Dashwood. — Que extraordinário obstáculo ela irá agora apontar? Não me venha com sermões no tocante às despesas.

— Minha objeção é a seguinte: embora eu tenha em grande estima a bondade da Sra. Jennings, ela não é uma mulher cujo convívio possa nos proporcionar prazer ou cuja importância nos trará relevância.

— Isso é bem verdade — replicou a mãe —, mas não terão de partilhar muito da companhia exclusiva dela longe de outras pessoas, e quase sempre aparecerão em público com Lady Middleton.

— Se Elinor está relutante por causa da sua antipatia pela Sra. Jennings — argumentou Marianne —, pelo menos não deveria impedir que EU aceite o convite. Não tenho os mesmos escrúpulos e tenho certeza de que serei capaz de navegar por qualquer dissabor do gênero sem muito esforço.

Elinor não pôde deixar de sorrir ante a demonstração de indiferença para com as maneiras de uma pessoa com quem ela tantas vezes tivera dificuldade em convencer Marianne a se portar com um mínimo de polidez. E decidindo no seu íntimo que, caso a irmã insistisse em ir, ela também iria, não achou apropriado deixar que Marianne fosse a única a orientar o próprio julgamento, ou que a Sra. Jennings ficasse à mercê de Marianne durante todas as horas que passariam no conforto doméstico. A decisão foi facilitada pela lembrança de que, de acordo com Lucy, Edward Ferrars não estaria em Londres antes de fevereiro, e que a visita delas, mesmo que prolongada por algum imprevisto, haveria de terminar muito antes disso.

— Gostaria que ambas fossem — afirmou a Sra. Dashwood. — Essas objeções não fazem sentido. Vão se divertir muito em Londres, ainda mais estando juntas. E, se Elinor condescender em aceitar com naturalidade esse divertimento, poderá obtê-lo de fontes variadas. Decerto algum prazer poderá advir de um melhor relacionamento com a família da sua cunhada.

Elinor desejava muito a oportunidade de tentar abrandar a convicção da mãe na ideia de um compromisso seu com Edward, para que o choque fosse menos violento quando a verdade viesse à tona. E, agora, embora quase sem esperança de obter êxito, esforçou-se para dar início ao seu desígnio, dizendo com a maior calma de que era capaz:

— Gosto muito de Edward Ferrars e sempre me dará prazer vê-lo. Contudo, quanto ao restante da família, é para mim totalmente indiferente que os venha conhecer ou não.

A Sra. Dashwood sorriu, sem nada dizer. Marianne ergueu os olhos, espantada, e Elinor pensou que talvez devesse ter ficado calada.

Após um pouco mais de conversa, ficou assentado que o convite seria formalmente aceito. A Sra. Jennings recebeu a notícia com grande mostra de júbilo e muitas expressões de simpatia e cuidado. E não só para ela a viagem parecia ser tão prazerosa. Sir John estava radiante. Para um homem cujo maior receio era estar só, o acréscimo de duas pessoas à população de Londres era um fato relevante. Até a própria Lady Middleton se deu ao trabalho de parecer animada, o que era deveras incomum para ela. Quanto às Srtas. Steele, especialmente Lucy, nunca se sentiram tão felizes na vida como quando souberam que o convite fora aceito.

Elinor submeteu-se ao combinado, que ia contra os seus desejos, com menos relutância do que a princípio esperara ter. No que lhe dizia respeito, tanto fazia agora ir ou não a Londres. Porém, quando viu a mãe plenamente feliz com o plano, e a empolgação no olhar, na voz e no comportamento da irmã, que recuperara toda a antiga animação e demonstrava uma alegria muito mais intensa do que lhe era habitual, não pôde se mostrar indiferente à causa, e dificilmente se permitiria desconfiar das consequências.

A alegria de Marianne estava quase um degrau acima da felicidade, tão grandes eram a perturbação de seu espírito e a impaciência de partir. Sua má vontade em deixar a mãe era o único motivo capaz de refreá-la, e, no momento da partida, seu sofrimento por conta disso foi excessivo. A aflição da mãe não foi menor, e Elinor era a única das três que parecia capaz de considerar a separação como provisória.

A partida ocorreu na primeira semana de janeiro. Os Middleton seguiram uma semana depois. As Srtas. Steele permaneceram em Barton Park, de onde só partiram com o restante da família.

XXVI

Elinor não conseguia se ver na carruagem da Sra. Jennings e iniciando a viagem para Londres sob os cuidados dela, como sua convidada, sem se admirar com a própria situação. Havia sido apresentada à dama há tão pouco tempo, e agora pensava não só em quão eram distintas em termos de idade e inclinações, mas nas inúmeras objeções que tivera contra tais medidas há poucos dias! Todavia, tais objeções haviam todas, com o feliz ardor da juventude que tanto Marianne quanto a mãe pareciam possuir em abundância, sido rejeitadas e ignoradas. E Elinor, a despeito de todas as dúvidas ocasionais no tocante à constância de Willoughby, não podia testemunhar o êxtase de alegre expectativa que brotava na alma e irradiava através dos olhos de Marianne sem se dar conta do vazio do seu próprio futuro e de como o seu estado de espírito se achava abatido em comparação ao dela. Com que prazer ela se entregaria ao chamado de uma situação como a de Marianne, tendo o mesmo objetivo feliz em vista, a mesma possibilidade de esperança?! No entanto, em pouquíssimo tempo a verdade sobre as intenções de Willoughby se veria revelada, pois tudo indicava que por aquela ocasião ele já estaria na cidade. A ânsia de Marianne em partir sugeria a sua intenção de encontrá-lo por lá. E Elinor estava determinada não só a realizar uma nova avaliação do caráter do jovem, a partir de sua própria análise e de informações que outros pudessem oferecer, mas ainda observar com toda a atenção o comportamento dele em relação à irmã a fim de se certificar da conduta do rapaz, antes que seus encontros se tornassem frequentes. Caso o resultado de suas observações lhe fosse desfavorável, estava decidida a todo custo a abrir os olhos da irmã; mas, do contrário, sua atuação seria de natureza diversa. Deveria então evitar todas as comparações de natureza egoísta e banir por completo a mágoa capaz de diminuir a sua satisfação ante a felicidade de Marianne.

Após três dias de viagem, o comportamento de Marianne, à medida que avançavam, deu uma infeliz amostra do que deveria se esperar de sua compreensão e amizade para com a Sra. Jennings. Ficou em silêncio durante quase todo o percurso, envolta em suas próprias meditações, quase nunca falando voluntariamente, exceto quando algum cenário pitorescamente belo lhe surgia à vista, arrancando dela exclamações de júbilo dirigidas exclusivamente à irmã. Com o intuito de contrabalancear tal atitude, Elinor imediatamente assumiu o procedimento a que havia se imposto, dedicando-lhe a mais solícita atenção, conversando com ela, rindo ou escutando-a tanto quanto era suportável. E a Sra. Jennings, por sua vez, tratava ambas com toda a delicadeza possível, mostrando-se sempre solícita quando se tratava de lhes proporcionar conforto ou distração, preocupada apenas por não conseguir convencê-las a escolher seus próprios pratos nas estalagens, sem saber se a preferência delas era salmão ou bacalhau, ou se gostavam mais de frango cozido ou de costeletas de vitela. Chegaram a Londres às três horas do terceiro dia, alegres por se verem, após tão longa viagem, livres do confinamento imposto pelo veículo e ansiosas por desfrutar do conforto de uma lareira.

A casa era bonita e muito bem mobiliada, e as jovens imediatamente tomaram posse de um quarto deveras confortável. No passado, ele fora de Charlotte, e sobre a cornija da lareira ainda pendia uma paisagem em seda colorida feita por ela, como testemunho de sete anos passados em uma grande escola da cidade com algum resultado positivo.

Como o jantar não seria servido senão em umas duas horas após a sua chegada, Elinor resolveu utilizar o tempo livre para escrever uma carta à mãe. Mas, assim que se sentou, notou que Marianne se dispunha a fazer o mesmo.

— Já estou escrevendo para casa, Marianne — disse Elinor. — Não seria melhor se adiasse as suas notícias para daqui a um ou dois dias?

— Não vou escrever para a minha mãe — replicou apressadamente Marianne, como se desejasse evitar mais perguntas.

Elinor nada mais disse. Imediatamente, se deu conta de que ela devia estar escrevendo para Willoughby, e a conclusão a que na mesma hora chegou foi que, por mais sigilosamente que pudessem querer conduzir o romance, deviam estar comprometidos. Tal convicção, embora não de todo satisfatória, lhe trouxe prazer, e ela deu continuidade à própria carta com maior entusiasmo. A de Marianne foi concluída em poucos minutos. Em termos de extensão, não podia passar de um simples bilhete, que foi dobrado, selado e endereçado com ansiosa rapidez. Elinor pensou ter identificado um grande W no endereçamento e, tão logo este foi completado, Marianne, tocando a campainha, chamou um criado a quem pediu que levasse a carta até o correio. Isso deu por encerrado o assunto.

Sua disposição continuou bastante alegre, mas havia nela um nervosismo que preocupava a irmã, e essa agitação foi crescendo à medida que a noite ia se aproximando. Ela mal conseguiu comer o jantar e, quando em seguida retornaram para a sala de visitas, Marianne parecia ansiosamente atenta aos ruídos de cada carruagem que passava.

Para a grande satisfação de Elinor, a Sra. Jennings estava tão ocupada no próprio quarto que pouco sabia do que se passava. O serviço de chá foi trazido, e mais de uma vez Marianne fora desapontada por batidas à porta de algum vizinho, quando uma bem alta foi escutada, que não poderia ter vindo de qualquer outra casa. Elinor sentiu-se confiante de que ela anunciava a chegada de Willoughby, e Marianne, levantando-se sobressaltada, adiantou-se na direção da porta. Por alguns segundos, tudo ficou em silêncio. Ela abriu a porta e avançou alguns passos na direção da escada. E, após escutar por alguns instantes, retornou para a sala com toda a agitação que a convicção de tê-lo escutado naturalmente provocaria. No êxtase dos seus sentimentos, naquele momento não pôde deixar de exclamar.

— Ah, Elinor, é Willoughby, eu sei que é!

E ela pareceu pronta para se atirar nos braços dele, quando o coronel Brandon apareceu na porta.

Foi um choque demasiadamente grande para ser digerido com calma e tranquilidade, e ela na mesma hora deixou a sala. Elinor também se viu desapontada; contudo, ao mesmo tempo, a consideração que tinha pelo coronel Brandon a levou a lhe dar as boas-vindas, e sentiu-se particularmente magoada que um homem que tanto favorecia a irmã dela fosse obrigado a constatar que ela só sentia tristeza e decepção ao vê-lo. Elinor na mesma hora notou que isso não passara desapercebido pelo cavalheiro, e que ele inclusive acompanhou Marianne com o olhar quando esta deixou a sala, com tamanha surpresa e preocupação que mal se lembrou do que a boa educação mandava que fizesse em relação à própria Elinor.

— Sua irmã não está se sentindo bem? — perguntou.

Com uma certa aflição, Elinor respondeu que não, não estava, e eles passaram a falar de enxaquecas, depressões, cansaço excessivo e tudo aquilo a que ela pudesse, com polidez, atribuir ao comportamento da irmã.

Brandon a escutou com sincera atenção. Porém, dando a impressão de ter se lembrado de algo, nada mais falou no tocante ao assunto e tratou de expressar a sua satisfação por vê-las em Londres, fazendo as perguntas habituais sobre a viagem e os amigos que haviam deixado em Barton.

Nesse tom tranquilo e pouco interessado de ambas as partes, deram continuidade à conversa, ambos meio desanimados e com os pensamentos voltados para outra direção. Elinor ansiava por perguntar se Willoughby se encontrava na cidade, mas tinha receio de magoá-lo com perguntas sobre o rival. Em seguida, a fim de dizer alguma outra coisa, perguntou-lhe se ele estivera em Londres desde a última vez que o vira.

— Estive — ele respondeu com um certo embaraço — quase todo o tempo. Fui uma ou duas vezes a Delaford, onde passei alguns dias, mas nunca me foi possível retornar a Barton.

A declaração, e a maneira como foi feita, na mesma hora trouxe à lembrança de Elinor as circunstâncias da partida do coronel, com todo o seu nervosismo e as suspeitas despertadas na Sra. Jennings, e a moça teve receios de que sua pergunta tivesse sugerido mais curiosidade sobre o assunto do que na verdade sentira.

A Sra. Jennings adentrou na sala pouco depois.

— Ora, coronel! — falou a mulher, com a sua habitual alegria espalhafatosa. — Como estou contente em vê-lo... lamento não ter podido vir antes... peço que me perdoe... mas fui forçada a cuidar um pouquinho mais de mim mesma, além de resolver alguns assuntos. Já fazia muito tempo que eu estava ausente desta casa, e sabe bem que temos uma porção de coisinhas para fazer quando ficamos muito tempo fora. Desde o jantar, estou ocupada como uma abelhinha! Contudo, me diga, coronel, como soube que chegávamos hoje?

— Tive a satisfação de escutar a notícia quando estava na casa dos Palmer, onde fui jantar.

— Ah, foi mesmo? E como estão todos por lá? Como vai Charlotte? Garanto que ela deve estar enorme, a esta altura.

— Ah, a Sra. Palmer parece estar bem, e fui incumbido de avisar que ela virá visitá-la amanhã.

— Ah, para ser sincera, eu não esperava outra coisa. Mas, veja bem, coronel, eu trouxe essas duas jovens em minha companhia... isso é, está vendo apenas uma delas agora, mas tem outra em algum lugar por aqui. A sua amiga Marianne também... estou certa de que terá prazer em rever. Não sei como o senhor e Willoughby hão de se acertar em relação a ela. Ah, é tão bom ser jovem e bonita! Bem, eu já fui jovem, porém nunca foi bonita...

infelizmente, para mim. Mesmo assim, arranjei um excelente marido, e não sei como poderia ter me saído melhor se fosse mais bonita. Ah, pobre coitado. Já se foi há mais de oito anos. Mas, diga-me, coronel, onde esteve desde que nos separamos? Como andam os seus negócios? Vamos, vamos, nada de segredos entre amigos!

Ele respondeu com a costumeira delicadeza a todas as perguntas, sem, no entanto, satisfazê-la em nenhuma. Elinor começou a servir o chá, e Marianne voltou a dar o ar de sua graça.

Após a sua entrada, o coronel Brandon ficou mais pensativo e silencioso do que se mostrara antes, e a Sra. Jennings não conseguiu convencê-lo a se demorar mais. Nenhuma outra visita apareceu naquela noite, e as damas foram unânimes no propósito de se deitarem mais cedo.

Marianne acordou renovada e com um ar de alegria na manhã seguinte. A decepção da véspera parecia já esquecida, na expectativa do que poderia se suceder naquele dia. Não tinham ainda terminado o café da manhã quando a caleche da Sra. Palmer parou à porta e, sorrindo, ela entrou pela casa. Tão encantada parecia estar com a presença de todas, que era difícil dizer se experimentava maior satisfação em encontrar a mãe ou em rever as Srtas. Dashwood; tão admirada por elas terem vindo a Londres, embora sempre tivesse esperado por isso; tão zangada por elas terem aceitado o convite da mãe, após terem recusado o dela. Todavia, ao mesmo tempo, jamais as teria perdoado se não tivessem vindo.

— O Sr. Palmer vai ficar tão contente em vê-las! — disse. — O que acham que ele disse quando soube que vinham com mamãe? Não me lembro agora, mas foi algo muito divertido!

Após uma hora ou duas do que a mãe considerou uma conversa animada, ou seja, a Sra. Jennings fazendo toda espécie de perguntas a respeito de todos os conhecidos, e a Sra. Palmer sempre rindo sem motivo, a última propôs que todas a acompanhassem naquela manhã às lojas onde iria fazer compras, com o que a Sra. Jennings e Elinor logo concordaram, porquanto também tinham algumas compras a fazer. Marianne, que a princípio recusara o convite, foi logo induzida a ir também.

Aonde quer que fossem, a jovem estava sempre em atitude de espreita. Especialmente na Bond Street, onde ficava a maioria das casas comerciais, seus olhos estavam em constante pesquisa. E, em tudo quanto interessava ou ocupava as outras, inquieta e insatisfeita em tudo que era canto, a irmã jamais conseguia obter sua opinião sobre os artigos que ela queria adquirir, ainda que dissessem respeito aos interesses de ambas. Nada conseguia lhe proporcionar prazer. Era toda pura impaciência para voltar para casa, e não conseguia disfarçar sua irritação ante o enfado que era a Sra. Palmer, cujos olhos se deixavam atrair por todos os artigos bonitos, caros ou novos, ávida para comprar tudo, mas não se decidindo por nada, e perdendo tempo com entusiasmos e indecisões.

Já era quase meio-dia quando voltaram para casa, e, mal chegaram, Marianne subiu correndo as escadas tomada de afobação. Quando Elinor a seguiu, viu-a voltar da mesa com uma expressão que demonstrava não ter Willoughby aparecido por lá.

— Não foi entregue nenhuma carta para mim enquanto estivemos fora? — perguntou ela ao criado que vinha entrando com os pacotes. A resposta foi negativa. —Tem absoluta certeza disso? — insistiu. — Está seguro de que nenhum criado, nenhum portador, deixou aqui qualquer carta ou bilhete?

O homem informou que nada havia recebido.

— Que estranho! — disse, em um tom de voz baixo e desapontado, enquanto se voltava para a janela.

"Realmente estranho!", repetiu Elinor nos seus pensamentos, fitando a irmã com inquietação. "Se não soubesse que ele está na cidade, ela não teria escrito. Teria enviado a carta para Combe Magna. E, se ele está na cidade, é muito estranho que não tenha vindo nem escrito! Ah, querida mãe, a senhora deve estar errada em permitir que um compromisso entre uma filha tão jovem e um homem tão pouco conhecido possa ser levado avante de maneira tão estranha e misteriosa! Tenho vontade de lhe falar. Mas como seria considerada a minha interferência?"

Após algumas considerações, Elinor determinou que, se as coisas continuassem por mais alguns dias, tão desagradáveis quanto estavam, iria fazer ver à mãe, da maneira mais enérgica, a necessidade de um sério esclarecimento sobre o assunto.

A Sra. Palmer e duas senhoras idosas, amigas íntimas da Sra. Jennings, a quem esta havia encontrado pela manhã, vieram jantar com elas. A primeira deixou-as logo após o chá para atender aos seus compromissos daquela noite, e Elinor se viu obrigada a compor uma mesa de uíste com as outras três. Marianne não servia para nada nessas ocasiões, já que nunca aprendera o jogo. Embora o seu tempo estivesse ao seu dispor, a noite não fora mais cheia de prazeres para ela do que para Elinor, pois passou-a dividida entre a ansiedade da expectativa e a dor do desapontamento. Às vezes, por alguns minutos, esforçava-se para ler, mas o livro era logo posto de lado, e ela voltava a se entregar à interessante distração de andar de um lado para o outro no interior do quarto, parando por um instante para ir à janela, na esperança de escutar à porta a tão aguardada batida.

XXVII

— Se o tempo continuar bom — disse a Sra. Jennings, ao se reunirem para o café na manhã seguinte —, Sir John não vai querer deixar Barton na próxima semana. Um desportista não gosta de desperdiçar dias como estes. Pobres coitados! Sempre lamento por eles quando isso acontece. Parecem levar a coisa tão a sério!

— É verdade — exclamou Marianne em um tom alegre, caminhando até a janela enquanto falava, com o intuito de examinar o tempo. — Não tinha pensado nisso. Com um dia desses, muitos desportistas vão querer ficar no campo. — Era uma feliz lembrança, e toda a sua boa disposição se restaurou com ela. — Sem dúvida, é um tempo maravilhoso para eles — continuou, enquanto se sentava à mesa do café com um ar feliz. — Como devem apreciá-lo! Mas — prosseguiu, sentindo retornar um pouco da antiga ansiedade — não podemos esperar que dure muito. Nesta época do ano, e depois de uma série de chuvas, certamente teremos poucos dias assim. Em breve virão as geadas, muito provavelmente rigorosas. Dentro de um ou dois dias, talvez esse tempo tão agradável acabe. É bem possível que a geada caia ainda esta noite!

— De qualquer modo — disse Elinor, querendo impedir que a Sra. Jennings visse os pensamentos da irmã tão claramente quanto ela os via —, creio que teremos Sir John e Lady Middleton aqui lá pelo fim da próxima semana.

— Posso lhe garantir que sim, minha querida. Mary sempre dá um jeito de fazer o que quer.

"E agora", conjecturou Elinor consigo mesma, "ela vai escrever uma carta e enviá-la pelo correio ainda hoje".

Todavia, se ela de fato o fez, a carta foi escrita e expedida com tamanha discrição que iludiu toda a sua vigilância para se assegurar do ocorrido. Fosse qual fosse a verdade, e longe de Elinor derivar contentamento disso, no entanto, enquanto via a animação de Marianne, ela mesma sentiu uma certa satisfação. Marianne realmente estava animada, feliz com a amenidade do tempo e mais feliz ainda diante da probabilidade de geada.

Passaram a manhã visitando amigos da Sra. Jennings, deixando-lhes cartões informando sobre sua chegada. Marianne passou a observar a direção do vento, analisando as formações de nuvens e imaginando alterações na atmosfera.

— Acha que está mais frio agora do que de manhã, Elinor? Parece-me haver uma sensível diferença. Não consigo manter as mãos aquecidas, nem mesmo no regalo. Acho que ontem não estava assim. As nuvens parecem afastar-se. Daqui a pouco deve aparecer o sol, e teremos uma bela tarde.

Elinor se sentia ora divertida, ora pesarosa. Mas Marianne perseverava e via, a cada noite no brilho do fogo e a cada manhã na aparência do céu, os sintomas certos de que a geada estava próxima.

As Srtas. Dashwood não tinham motivo para se sentirem insatisfeitas com o estilo de vida da Sra. Jennings, com seu círculo de amizades, e muito menos com seu comportamento em relação a elas, que invariavelmente sempre fora gentil. Tudo na casa era conduzido de modo liberal e, com a exceção de alguns amigos da cidade, que, para a tristeza de Lady Middleton, a mãe jamais abandonara, a Sra. Jennings não visitava ninguém cuja apresentação pudesse ofender a sensibilidade de suas jovens convidadas. Satisfeita por perceber que, nesse particular, tudo se passava de maneira mais agradável do que imaginara, Elinor estava disposta a contentar-se com a falta do verdadeiro prazer existente naqueles serões, os quais, em casa ou fora dela, sempre eram passados jogando cartas, por isso pouco tinham que fossem capazes de lhe agradar.

O coronel Brandon, que tinha um convite permanente para visitar a casa, estava com elas quase todos os dias. Aparecia para contemplar Marianne e conversar com Elinor, que, como não era raro, encontrava maior prazer na sua conversa com ele do que em qualquer outro acontecimento do dia; mas, ao mesmo tempo, via com acentuada preocupação o seu interesse pela irmã. Temia que tal atração estivesse se fortalecendo. Trazia-lhe tristeza ver a paixão com que às vezes ele fitava Marianne, e seu estado de espírito estava, com certeza, mais deprimido do que quando o vira em Barton.

Cerca de uma semana após a sua chegada, tiveram a certeza de que Willoughby também estava em Londres. Encontraram o cartão dele sobre a mesa, após retornarem de um passeio matinal.

— Meu Deus! — exclamou Marianne. — Ele esteve aqui enquanto estávamos fora.

Elinor, satisfeita com a certeza de ele estar em Londres, arriscou-se então a dizer:

— Estou certa de que voltará amanhã.

Contudo, Marianne mal parecia ouvi-la e, assim que a Sra. Jennings adentrou na sala, saiu correndo, levando consigo o precioso cartão.

Esse fato, apesar de elevar os ânimos de Elinor, despertou na irmã toda a sua antiga agitação, mas não só isso. A partir daquele instante, sua mente não encontrou mais descanso. A expectativa de revê-lo a qualquer instante a deixou imprópria para qualquer outra coisa. Quando as outras mulheres se prepararam para sair na manhã seguinte, insistiu que a deixassem para trás.

Elinor não conseguia parar de pensar no que teria se passado em Berkley Street durante a ausência delas. Contudo, bastou um olhar de relance na direção da irmã quando retornaram, para informá-la de que Willoughby não fizera uma segunda visita à casa. Nesse momento, trouxeram um bilhete, que foi depositado sobre a mesa.

— Para mim? — indagou Marianne, apressadamente encaminhando-se para a mesa.

— Não, senhorita. É para a minha senhora.

Sem se convencer, Marianne tomou a carta das mãos do criado.

— É mesmo para a Sra. Jennings. Quem diria!

— Está esperando uma carta? — perguntou Elinor, incapaz de continuar calada.

— Sim. Talvez. Não tenho certeza.

Após uma breve pausa, Elinor perguntou:

— Não confia em mim, Marianne?

— Ora, Elinor, uma pergunta dessas... vinda de você, que não confia em ninguém!

— Eu? — retrucou Elinor, um tanto quanto confusa. — Pode ser, Marianne, que eu nada tenha a contar.

— Nem eu — respondeu Marianne, com energia. — Nossa situação é idêntica. Nada temos a contar uma para a outra. Você, por não ter nada a comunicar. Eu, por nada ter a esconder.

Perturbada com a acusação de ser reservada, que não se sentiu no direito de revidar, Elinor não sabia como, em tais circunstâncias, pressionar a irmã a se abrir com ela.

A Sra. Jennings não demorou para aparecer, e o bilhete lhe foi entregue. Ela o leu em voz alta. Era de Lady Middleton, que anunciava a sua chegada em Conduit Street na noite anterior, e convidava a mãe e as primas para irem visitá-la na noite seguinte. Os compromissos de Sir John, assim como o violento resfriado que o atacara, os impediam de ir até Berkley Street. O convite foi aceito. Contudo, com a hora combinada se aproximando, sendo necessário por questões de cortesia para com a Sra. Jennings que ambas a acompanhassem em tal visita, Elinor teve uma certa dificuldade em convencer a irmã a ir, pois, como Marianne ainda não vira Willoughby, não estava disposta a buscar distrações fora de casa, correndo o risco de que ele aparecesse de novo na sua ausência.

Quando a visita chegou ao fim, Elinor concluiu que a mudança de teto não alterava significativamente a disposição, porque, embora mal havendo chegado à cidade, Sir John conseguira reunir ao seu redor mais de vinte rapazes e moças, com o intuito de organizar um baile. Todavia, isso era algo que Lady Middleton não poderia aprovar. No campo, um baile improvisado era aceitável. Porém, em Londres, onde a reputação de elegância era mais importante e mais difícil de adquirir, era um risco demasiadamente grande, para a simples satisfação de alguns jovens, que fosse sabido que Lady Middleton dera um pequeno baile para oito ou nove pares, com apenas dois violinos e um modesto bufê.

O Sr. e a Sra. Palmer compareceram ao evento. Do marido — a quem não haviam visto desde a sua chegada a Londres, já que, com o cuidado que tinha para evitar parecer atencioso para com a sogra, ele jamais viera visitá-las — não houve qualquer demonstração de reconhecimento. Do outro extremo da sala, o homem apenas olhou de relance para elas, dando a impressão de não saber quem eram, e apenas assentiu com a cabeça para a Sra. Jennings. Ao adentrar no salão, Marianne olhou ao redor apenas o suficiente para constatar que ele não estava presente e logo em seguida sentou-se, mostrando-se pouco disposta a receber ou dar atenções. Após estarem no evento há mais de uma hora, o Sr. Palmer veio até as Srtas. Dashwood para lhes expressar a surpresa por vê-las na cidade, embora o coronel Brandon tivesse sido avisado da chegada delas precisamente na casa dele, e ele mesmo dissera qualquer coisa bem-humorada ao saber que viriam.

— Pensei que estivessem ambas em Devonshire — comentou ele.

— É mesmo? — retrucou Elinor.

— Quando é que voltam?

— Não sabemos.

E desse modo a conversa teve fim.

Em toda a sua vida, Marianne jamais esteve tão pouco disposta a dançar quanto estava naquela noite, e nunca tal exercício lhe foi tão fatigante. Queixou-se disso ao retornarem para Berkley Street.

— Ai, ai — disse a Sra. Jennings —, sabemos muito bem o motivo disso. Se um certo cavalheiro, cujo nome não mencionaremos, estivesse aqui, você não estaria nem um pouquinho cansada. E, para dizer a verdade, não foi muito correto da parte dele não ter aparecido, já que foi convidado.

— Convidado! — exclamou Marianne.

— Foi o que disse a minha filha Middleton, pois parece que Sir John encontrou-se com ele em algum lugar na rua, hoje de manhã.

Marianne não disse mais nada, mas parecia profundamente

magoada. Impaciente para fazer algo que pudesse servir de alívio à irmã ante tal situação, Elinor decidiu escrever para a mãe na manhã seguinte, esperando, ao despertar seus receios pela saúde de Marianne, forçar aquelas perguntas que há muito vinham sendo adiadas. Mais firme ainda se mostrou nesse propósito ao perceber, na manhã seguinte, que Marianne novamente estava escrevendo para Willoughby, pois não poderia acreditar que ela o fizesse para qualquer outra pessoa.

Por volta do meio do dia, a Sra. Jennings saiu sozinha para cuidar de alguns negócios, e Elinor tratou de dar início à sua carta. Quanto a Marianne, irrequieta demais para se dedicar a qualquer tarefa e deveras ansiosa para qualquer conversa, andava de uma janela para a outra, ou permanecia sentada diante da lareira, em melancólica meditação. Elinor foi muito sincera na sua missiva para a mãe, relatando tudo o que havia se passado, suas suspeitas da inconstância de Willoughby e insistindo com ela, em nome do dever e da afeição, para que exigisse de Marianne um relato completo de sua situação com respeito a ele.

Mal havia terminado a carta quando uma batida à porta anunciou a chegada de visita, e o coronel Brandon foi anunciado. Marianne, que o vira chegando através da janela e que detestava companhia de todo tipo, deixou a sala antes da entrada dele. O coronel parecia mais sério do que o de hábito, e, embora demonstrasse satisfação por encontrar a Srta. Dashwood sozinha, como se tivesse algo de particular para lhe falar, sentou-se por algum tempo sem dizer qualquer palavra. Elinor, convencida de que ele tinha algo a lhe comunicar concernente à irmã, esperava sem paciência que se decidisse. Não era a primeira vez que tinha um pressentimento assim. Mais de uma vez, começando com observações como "sua irmã não me parece estar bem hoje", ou "sua irmã me parece um tanto quanto desaminada", ele foi chegando ao ponto, fosse este de revelar ou de indagar algo em particular a respeito dela. Após uma pausa de vários minutos, o silêncio foi rompido no momento em que ele lhe perguntou, com certa hesitação, quando deveria congratulá-la por ganhar um irmão. Elinor não estava preparada para tal pergunta, e, não tendo uma resposta à mão, foi obrigada a adotar o expediente corriqueiro de indagar o que ele pretendia dizer com aquilo. Brandon procurou sorrir ao responder.

— O compromisso da sua irmã com o Sr. Willoughby é de conhecimento geral.

— Eu diria que não pode ser do conhecimento geral — retrucou Elinor —, já que a própria família dela não está a par dele.

Ele pareceu surpreso e disse:

— Peço que me perdoe. Temo que minha pergunta possa ter sido impertinente. Entretanto, não supunha haver segredo quanto a isso, já que eles se correspondem abertamente e todos estão falando sobre o casamento.

— Como é possível? Quem o senhor escutou mencioná-lo?

— Muitas pessoas... alguns a quem nunca foi apresentada, outros que são seus amigos íntimos. A Sra. Jennings, a Sra. Palmer e os Middleton, por exemplo. Todavia, eu ainda não estaria propenso a acreditar neles — afinal, quando a mente não deseja ser convencida, ela sempre encontra algo em que sustentar suas dúvidas —, se não tivesse visto na mão do criado que abriu a porta para mim hoje uma carta endereçada ao Sr. Willoughby, na caligrafia de sua irmã. Eu pensei em inquirir, mas já estava convencido da verdade antes mesmo de fazer a pergunta. Então, já está tudo decidido? Seria impossível...? Mas não tenho o direito e muito menos a possibilidade de êxito. Desculpe-me, Srta. Dashwood. Acredito ter agido mal em dizer tanto, mas não sei bem como proceder e confio inteiramente na sua prudência. Diga-me que já está tudo definitivamente resolvido; que qualquer tentativa, resumindo, o esquecimento, se acaso é possível, é tudo que me resta.

Tais palavras, que representavam para Elinor a confissão direta de seu amor pela irmã, impressionaram-na muito. Não foi capaz de falar algo de imediato e, mesmo quando se recompôs, ponderou por alguns instantes qual seria a resposta mais apropriada. O estado real das coisas entre Willoughby e a irmã dela era tão pouco conhecido para ela que, ao tentar explicá-lo, correria tanto o risco de falar demais quanto de falar de menos. No entanto, convencida como estava da afeição de Marianne por Willoughby, não poderia deixar esperanças de sucesso ao coronel Brandon, fosse qual fosse a perspectiva dessa afeição. Ao mesmo tempo, tentando isentar a irmã de censura à sua conduta, após alguma ponderação, julgou ser mais prudente e delicado ir um pouco além do que sabia ou daquilo em que, de fato, acreditava. Sendo assim, admitiu que, embora elas mesmas não tivessem sido informadas dos termos atuais das relações dos dois, não tinha dúvidas sobre o afeto entre ambos, e não lhe causava surpresa saber que se correspondiam.

Ele a escutou em atencioso silêncio e, assim que Elinor acabou de falar, o coronel levantou-se imediatamente do assento. Com a voz emocionada, disse:

— Desejo à sua irmã toda a felicidade deste mundo. Que Willoughby possa ser digno dela.

Em seguida, o homem despediu-se e saiu.

A conversa não trouxe qualquer alívio a Elinor, nada que pudesse lhe diminuir a inquietação do espírito. Pelo contrário, ficou com a melancólica impressão da infelicidade do coronel Brandon, mas sequer pôde desejar que esta fosse embora devido à ansiedade provocada pelos acontecimentos que a confirmaram.

XXVIII

Nada ocorreu nos três ou quatro dias seguintes que levasse Elinor a lamentar a sua decisão de recorrer à mãe, pois Willoughby não apareceu nem deu notícias. No quarto dia, preparavam-se para acompanhar Lady Middleton a uma festa — a qual a Sra. Jennings não poderia ir devido à indisposição da filha mais nova —, e, Marianne, tomada de puro desânimo, indiferente à própria aparência e igualmente desinteressada na festa, aprontava-se sem exibir qualquer expressão de esperança ou mesmo de prazer. Após o chá, sentou-se junto à lareira da sala de visitas, aguardando a chegada de Lady Middleton, sem sequer mudar de posição no assento, perdida nos seus próprios pensamentos e insensível à presença da irmã. Quando finalmente foram informadas de que Lady Middleton as esperava à porta, estremeceu como se houvesse se esquecido de que alguém viria buscá-las.

Chegaram ao destino na hora marcada. Tão logo a fila de carruagens à sua frente permitiu, apearam, subiram as escadas, escutaram os nomes sendo anunciados de um patamar a outro, em um tom bem audível, e adentraram no salão esplendidamente iluminado, repleto de convidados e insuportavelmente quente. Após cumprirem o exigido pelas regras de polidez no tocante à anfitriã, permitiram-se juntar à multidão, tomando parte do calor e do desconforto que a sua chegada só fez aumentar. Após muito tempo perdido falando pouco e fazendo ainda menos, Lady Middleton acomodou-se para um jogo de cartas. Como Marianne não parecia disposta a circular, ela e Elinor tiveram a sorte de encontrar cadeiras vagas não muito longe da mesa.

Não estavam ali há muito tempo quando Elinor notou Willoughby postado a alguns metros dela, conversando animadamente com uma jovem elegantemente trajada. Seus olhares não demoraram para se cruzar, e ele imediatamente assentiu, sem fazer qualquer menção de vir falar-lhes nem se aproximar de

Marianne, embora não pudesse deixar de tê-la visto, e continuou a conversar com a mesma jovem. Elinor voltou-se involuntariamente para Marianne, a fim de constatar se aquilo lhe passara despercebido. Naquele exato instante, a irmã o avistou, e seu semblante resplandeceu de súbita alegria. Se Elinor não a tivesse impedido, ela teria instantaneamente corrido em sua direção.

— Bom Deus! — exclamou ela. — Ele está ali... ele está ali... Ah! Por que não olha para mim? Por que não posso ir falar com ele?

— Por favor, por favor, controle-se! — suplicou Elinor. — Não traia seus sentimentos para todas as pessoas presentes. Talvez ele ainda não a tenha visto.

No entanto, por mais que quisesse, não conseguia se forçar a acreditar nisso. E controlar-se naquele momento não só estava além das forças de Marianne, mas era contrário à sua vontade. Permaneceu sentada, tomada por uma impaciência angustiante que lhe transformava todo o semblante.

Por fim, ele voltou-se na direção dela e olhou para ambas.

Marianne ergueu-se de súbito, lhe pronunciou o nome em tom afetuoso e estendeu a mão para ele. Willoughby aproximou-se e, dirigindo-se mais a Elinor do que a Marianne, como se quisesse se esquivar do seu olhar e estivesse decidido a não fitá-la, indagou apressadamente sobre a Sra. Dashwood e perguntou há quanto tempo estavam na cidade. Elinor perdeu toda a presença de espírito ante a atitude e se viu incapaz de dizer qualquer palavra. Contudo, os sentimentos da irmã foram instantaneamente expressados. Com a face deveras ruborizada, com a voz tomada de intensa emoção, exclamou:

— Bom Deus! Willoughby, o que significa isso? Será que não recebeu as minhas cartas? Não me dá sequer um aperto de mão?

Ele então não teve como evitar, mas o toque dela lhe pareceu doloroso, e segurou a mão de Marianne apenas por um instante. Durante todo o tempo, estava evidentemente lutando para manter o controle. Elinor lhe observou as feições, notando que a expressão do rosto estava ficando mais tranquila. Após um instante de silêncio, já mais calmo, ele falou:

— Eu tive a honra de passar por Berkeley Street na última terça-feira e lamentei muito não ter tido a sorte de encontrá-las e a Sra. Jennings. Espero que meu cartão não tenha se extraviado.

— Mas não recebeu os meus bilhetes? — perguntou Marianne, tomada de ansiedade. — Deve haver algum equívoco, eu estou certa... um lamentável equívoco. O que significa tudo isso? Diga-me, Willoughby. Pelo amor de Deus, me diga do que se trata.

Ele nada respondeu. Sua fisionomia se alterou e todo o embaraço retornou. Todavia, notando o olhar da jovem com quem estivera antes conversando, sentiu necessidade de um esforço imediato. Recobrou-se de novo para dizer:

— Sim, eu tive o prazer de receber a notícia de sua chegada à cidade, conforme tiveram a gentileza de me comunicar.

Virando-se rapidamente após uma ligeira mesura, ele regressou para junto da amiga.

Marianne, agora terrivelmente pálida, incapaz de permanecer de pé, afundou na cadeira. E Elinor, esperando vê-la desmaiar a qualquer instante, procurou encobri-la da observação alheia, enquanto a fazia recuperar-se com água de lavanda.

— Vá até ele, Elinor — suplicou assim que foi capaz de falar —, e o force a vir até mim. Diga-lhe que preciso vê-lo novamente... preciso falar com ele agora mesmo... não poderei descansar... não terei um só instante de paz até que tudo isso esteja explicado... foi um terrível mal-entendido ou coisa que o valha... Ah! Vá agora mesmo!

— Como posso fazer isso? Não, minha querida Marianne, você vai ter de esperar. Aqui não é lugar para explicações. Espere até amanhã.

Apenas com muita dificuldade conseguiu impedir que a própria irmã o seguisse. Mas convencê-la a disfarçar a agitação, a aguardar, aparentando um mínimo de compostura até poder falar com ele com um pouco mais de sobriedade e maior propriedade, foi impossível. Marianne continuava a dar vazão em voz baixa ao seu sofrimento, com exclamações de infelicidade e amargura. Pouco depois, Elinor viu Willoughby deixar a sala pela porta que levava à escada; e, dizendo para Marianne que ele fora embora, insistiu na impossibilidade de voltar a falar com ele naquela mesma noite, tentando acalmá-la com tal argumento. Marianne suplicou à irmã que pedisse para Lady Middleton as levar de volta para a casa da mãe, pois se sentia infeliz demais para permanecer ali por mais tempo.

Embora no meio de uma partida, assim que foi informada de que Marianne não se sentia bem, Lady Middleton passou as cartas para uma amiga, e as três partiram assim que a carruagem foi trazida. Mal foi dita uma só palavra durante o retorno para Berkeley Street. Marianne sofria em silêncio, demasiadamente oprimida sequer para lágrimas. E como, por sorte, a Sra. Jennings ainda não voltara para casa, puderam seguir direto para o seu quarto, onde sais de cheiro ajudaram Marianne a recuperar um pouco o ânimo. Logo havia se despido e ido para a cama. Como parecia desejar ficar sozinha, a irmã logo a deixou. Enquanto aguardava o retorno da Sra. Jennings, teve bastante tempo livre para ponderar sobre o ocorrido.

Não poderia duvidar da existência de algum tipo de compromisso entre Marianne e Willoughby, mas, também, lhe parecia evidente que o jovem cavalheiro se cansara dela. Ainda que Marianne pudesse alimentar alguma esperança, ela não podia atribuir tal comportamento a um equívoco ou mal-entendido qualquer. Nada além de uma completa modificação de sentimentos poderia ser responsável por tudo aquilo. Sua indignação teria sido ainda mais forte se não tivesse testemunhado aquele embaraço que parecia denotar consciência de sua má conduta, o que a impedia de considerá-lo tão sem princípios a ponto de brincar desde o início com os sentimentos de Marianne, sem qualquer outro motivo que merecesse consideração. O afastamento devia ter diminuído o seu afeto, e as conveniências o teriam levado a superá-lo. Todavia, que tal afeição tivesse de fato um dia existido, era algo que ela não podia duvidar.

Quanto a Marianne, já sofrendo com os tormentos provocados por uma reunião tão infeliz, sem nem mencionar os outros mais profundos que poderiam advir de suas prováveis consequências, Elinor não conseguia pensar nela sem ser tomada de profunda preocupação. Em comparação, a sua própria situação não lhe parecia tão difícil assim. Apesar de poder estimar Edward tanto quanto antes, seu espírito sempre poderia suportar a separação, se ela viesse a ocorrer no futuro. Mas todas as circunstâncias que podiam agravar ainda mais esse mal pareciam se unir para ampliar a infelicidade de Marianne no caso de uma separação definitiva de Willoughby... de uma imediata e irreconciliável ruptura com ele.

XXIX

Antes que a lareira fosse acesa pela criada na manhã seguinte, ou antes de o sol ter mostrado qualquer poder sobre a fria e tristonha manhã de janeiro, já estava Marianne, ainda que meio vestida, ajoelhada em uma das conversadeiras da janela para poder aproveitar toda a luz possível que a atravessava, escrevendo tão depressa quanto permitido pelo constante fluxo de lágrimas. Foi nessa posição que Elinor, despertada de seu sono pela agitação e pelos soluços da irmã, a encontrou. Depois de observá-la por alguns instantes, com silenciosa ansiedade, disse em um tom de atenciosa suavidade:

— Marianne, será que posso perguntar...?

— Não, Elinor — replicou ela. — Não me pergunte nada. Em breve há de saber de tudo.

O tipo de calma desesperada com que disse aquilo durou apenas enquanto ela falou, sendo imediatamente substituída pelo retorno da mesma aflição excessiva. Só alguns minutos depois conseguiu continuar com a carta, e as frequentes explosões de sofrimento que ainda a obrigavam, a intervalos, a conter a pena, eram provas suficientes de que provavelmente escrevia pela última vez para Willoughby.

Elinor dispensou-lhe toda a calma e delicada atenção de que era capaz, e teria tentado tranquilizá-la e consolá-la ainda mais, não tivesse Marianne implorado, com toda a insistência e a mais nervosa irritabilidade, que não a interrompesse por nada neste mundo. Sob tais circunstâncias, era preferível para ambas que não permanecessem juntas por mais tempo. O atormentado estado de espírito de Marianne não só a impedia de continuar no quarto por mais um minuto que fosse depois de estar vestida, mas a fazia necessitar, ao mesmo tempo, de solidão e de contínua mudança de ambiente, o que a obrigava a vaguear pela casa até a hora do café da manhã, evitando avistar-se com quem quer que fosse.

Durante o café da manhã, não comeu nem tentou comer nada, e o empenho de Elinor não se concentrou em insistir com ela nem em tentar consolá-la, ou sequer em lhe demonstrar preocupação, mas em tentar fazer com que toda a atenção da Sra. Jennings recaísse sobre si própria.

O café da manhã era a refeição predileta da Sra. Jennings, por isso costumavam ficar à mesa durante um tempo considerável. Dali passaram à mesa de costura, onde ainda estavam se acomodando quando chegou uma carta. Era endereçada a Marianne, que a arrancou ansiosamente da mão do criado e, empalidecendo a olhos vistos, saiu correndo da sala. Elinor, percebendo através desse gesto, como se tivesse lido no próprio envelope, que a carta devia ser de Willoughby, sentiu imediatamente um aperto no coração, que mal lhe permitia manter a cabeça erguida, e começou a tremer tanto que receou ser impossível a Sra. Jennings não notar nada. A boa senhora, no entanto, viu apenas que Marianne tinha recebido uma carta de Willoughby, o que lhe pareceu motivo para uma boa pilhéria, oportunidade que não deixou passar, desejando com uma gargalhada que tudo estivesse de acordo com seus desejos. Quanto ao embaraço de Elinor, a senhora estava por demais ocupada em medir meadas de lã para o tapete para perceber qualquer coisa. E, assim que Marianne saiu da sala, calmamente continuou a falar:

— Juro que jamais vi uma jovem tão desesperadamente apaixonada em toda a minha vida! Minhas filhas não se comparavam a ela, apesar de terem sido um tanto quanto tontas. Mas a Srta. Marianne está completamente transtornada. Desejo, do fundo do coração, que ele não a faça esperar muito, pois dá muita pena vê-la assim, com esse ar doentio e infeliz. Afinal, quando se casam?

Elinor, que jamais se vira menos disposta a falar do que naquele instante, sentiu-se, no entanto, na obrigação de responder àquela provocação e, esforçando-se para sorrir, disse:

— Então a senhora está realmente convencida de que minha irmã vai se casar com Willoughby? Pensei que não passasse de uma brincadeira de sua parte, mas, dada a seriedade de sua pergunta, devo dizer-lhe mais. Quero lhe pedir que não se deixe iludir por mais tempo, pois asseguro-lhe que nada me surpreenderia mais do que ouvir dizer que estão para se casar.

— Ora, mas que vergonha, Srta. Elinor! Como pode dizer isso? Não sabemos todos que o casório é certo, que eles estão perdidamente apaixonados um pelo outro desde o primeiro instante em que se viram? Eu não os via juntos todos os dias em Devonshire, e não sabia que sua irmã veio comigo a Londres com o propósito de comprar o enxoval de noivado? Vamos, isso não lhe cai bem! Como é muito reservada, acha que os demais não têm intuição. Mas não me convence, posso dizer-lhe, pois há muito que toda a cidade já o sabe. Eu conto a todos os que conheço, e Charlotte também o faz.

— Mas o certo, madame — continuou Elinor, muito séria —, é que está enganada. Na verdade, não está sendo correta ao espalhar tal notícia, e logo há de ver por quê, embora não me acredite ainda.

A Sra. Jennings voltou a rir, mas Elinor não teve ânimo para falar mais nada. E, ansiosa por saber, a todo custo, o que Willoughby escrevera, correu para o seu quarto, onde, ao abrir a porta, viu Marianne estendida sobre a cama, quase desfalecida ante tanta emoção, com uma carta na mão e duas ou três outras espalhadas pelo colo. Elinor aproximou-se sem dizer uma palavra. Sentando-se à beira da cama, tomou-lhe a mão, beijou-a afetuosamente várias vezes e depois deu vazão a uma torrente de lágrimas, que a princípio era pouco menos violenta do que a da própria Marianne. Esta última, embora sem conseguir falar, parecia sentir toda a ternura dessa manifestação, e, após algum tempo passado em mútuo pesar, depositou na mão de Elinor todas as cartas. Então, cobrindo o rosto com o lenço, quase gritou de pura agonia. Elinor, sabedora de que essa amargura, tão difícil de presenciar, devia ter seu curso, aguardou ao seu lado até que esse excesso de sofrimento se esgotasse. Em seguida, voltando-se para a carta de Willoughby, começou a ler:

Bond Street, janeiro.

Prezada madame,

Acabo de ter a honra de receber a sua carta, pela qual peço que aceite os meus sinceros agradecimentos. Estou muito preocupado por saber que houve algo em meu comportamento na noite anterior que não mereceu a sua aprovação. E, embora eu não consiga determinar em que ponto tive a infelicidade de tê-la ofendido, venho lhe pedir perdão pelo que, posso lhe assegurar, não passou de um gesto não intencional. Jamais poderei me lembrar do excelente convívio que tive com a sua família em Devonshire sem sentir enorme prazer e gratidão, e tenho esperança de que ele não venha a sofrer qualquer desgaste por algum equívoco ou mal-entendido decorrente de meus atos. Minha estima por toda a sua família é deveras sincera. Contudo, se tive a infelicidade de dar ensejo a que acreditasse em algo além do que eu realmente sentia ou quisesse expressar, devo reprovar-me por não ter sido mais moderado na manifestação dessa estima. Quanto a supor que eu quisesse significar algo mais, há de convir que isso me era impossível quando souber que o meu afeto desde há muito se achava comprometido, sendo que dentro de algumas semanas tal compromisso será definitivamente selado. É com grande pesar que obedeço à sua ordem de lhe devolver suas cartas, com as quais fui profundamente honrado, e a mecha de cabelos com que tão gentilmente me havia obsequiado.

Seu mais obediente e humilde servo, madame,

JOHN WILLOUGHBY

Pode-se imaginar com que indignação uma carta desse teor foi lida por Elinor. Embora ciente, antes de começar a ler, de que seria a confissão de sua inconstância e a confirmação de um rompimento definitivo, não podia admitir que tais sentimentos fossem expressos naquela linguagem. Nem podia supor que Willoughby fosse capaz de se afastar tanto de qualquer sentimento mais honroso e delicado... afastar-se tanto do decoro cavalheiresco a ponto de enviar uma carta tão imprudente e cruel; uma carta que, em vez de trazer, com o seu desejo de liberação do compromisso, os protestos de seu arrependimento, negava, com a confissão de sua quebra de palavra, toda espécie de afeição. Enfim, uma carta em que cada linha era um insulto, proclamando o autor um inegável patife.

Elinor ficou algum tempo olhando para a carta com estupefata indignação. Depois leu e releu-a. Porém, cada leitura servia apenas para aumentar a sua abominação pelo homem. E, tão amargos eram os seus sentimentos contra ele, que não se atreveu a falar com receio de ferir Marianne ainda mais, ao tratar aquela quebra de compromisso não como a perda de um possível bem, mas como uma oportunidade de escapar do pior e mais irremediável dos males, ou seja, a ligação para sempre com um homem sem princípios. Fora uma verdadeira libertação, a mais importante das bençãos.

Em suas cautelosas meditações sobre o conteúdo da carta, sobre a depravação da mente que a redigira e, talvez ainda, sobre o espírito inteiramente diverso de uma pessoa em tudo diferente dela, cujo único vínculo com o relacionamento fora o que o coração dela lhe concedera, Elinor se esqueceu da presente mágoa da irmã; esqueceu-se de que tinha ainda no colo três cartas por ler, e se esqueceu até mesmo de quanto tempo havia permanecido naquele quarto quando escutou uma carruagem parando à porta da casa. Correu até a janela para saber quem poderia estar chegando tão despropositadamente cedo, e ficou surpresa ao ver a carruagem da Sra. Jennings, que só deveria estar ali a uma da tarde. Determinada a não abandonar Marianne, embora sem esperanças de contribuir presentemente para o consolo da moça, apressou-se em ir se desculpar por não poder acompanhar a senhora da casa, alegando que a irmã se achava indisposta. Sempre bem-humorada, a Sra. Jennings não externou grande preocupação e aceitou de imediato as suas desculpas. Assim que se despediu dela, Elinor retornou para junto da irmã, que tentava agora se levantar da cama, e a quem alcançou bem a tempo de impedir que fosse ao chão, debilitada como estava pela falta de devido descanso e de alimentação, pois já fazia muitos dias que se sentia inapetente e muitas noites desde a última em que dormira decentemente. E agora que o espírito não era mais alimentado pela febre da incerteza, a consequência de tudo aquilo se fazia sentir na cabeça dolorida, no estômago debilitado e em um estado de fraqueza e nervosismo generalizado. Um copo de vinho trazido por Elinor imediatamente lhe despertou o ânimo, e ela se sentiu, afinal, com forças para expressar algum reconhecimento pela bondade da irmã, dizendo-lhe:

— Pobre Elinor! Como eu a faço infeliz!

— Só lamento não poder fazer alguma coisa para confortá-la — respondeu a irmã.

Isso, como tudo mais teria sido, foi demais para Marianne, que, com a angústia no seu coração, conseguiu apenas exclamar:

— Ah, Elinor, eu estou realmente infeliz!

Sua voz, em seguida, perdeu-se em soluços.

Elinor não conseguiu mais dar ouvidos àquela torrente de aflição.

— Faça um esforço, querida Marianne — suplicou —, senão acabará causando a própria morte e a de todos que a amam. Pense na nossa mãe, pense em como ela fica infeliz quando você sofre. É por amor a ela que deve reanimar-se.

— Não consigo, não consigo — lamentou-se Marianne. — Deixe-me, deixe-me se a faço sofrer. Deixe-me, esqueça-me, odeie-me! Mas não me torture assim! Ah, como é fácil para quem não tem desgosto, consolar os que sofrem! Ah, Elinor, você, que é feliz, não faz ideia do quanto eu sofro.

— Acha que eu sou feliz, Marianne? Ah, se você ao menos soubesse... E pode acreditar que eu o seja, enquanto a vejo tão infeliz!

— Perdoe-me, perdoe-me! — Ela jogou os braços ao redor do pescoço da irmã. — Eu sei que sofre por mim. Sei o bom coração que tem. Contudo, você é... você deve ser feliz. Edward a ama... O que poderia lhe tirar tal felicidade?

— Muitas, muitas circunstâncias — disse Elinor, solenemente.

— Não, não e não — gritou Marianne, agitadamente. —Ele a ama, e só a você. Não pode ter qualquer desgosto.

— Não posso é ser feliz enquanto você estiver nesse estado.

— Jamais me verá de outra forma. Nada será capaz de me privar dessa infelicidade.

— Não deve falar assim, Marianne. Não tem outros consolos? Não tem amigos? Sua perda é tamanha que não sobra espaço para nenhum conforto? Por mais que esteja sofrendo agora, pense em como teria sofrido se a descoberta do caráter dele tivesse sido adiada para mais tarde, se o compromisso de vocês houvesse se estendido por vários meses, como poderia ter sido, antes que ele tivesse decidido dar um fim. Cada dia a mais de desaventurada confiança da sua parte teria tornado o golpe muito mais terrível.

— Compromisso! — exclamou Marianne. — Nunca houve nenhum compromisso.

— Não houve compromisso?

— Não. Ele não é tão indigno quanto imagina ser. Ele não quebrou a sua palavra para comigo.

— Mas ele lhe disse que a amava.

— Disse. Não. Não em tantas palavras. Era inferido todos os dias, mas jamais foi abertamente declarado. Às vezes, achei que o tivesse feito... mas nunca o fez.

— Ainda assim, você lhe escreveu?

— Escrevi... Como isso poderia ser errado, depois de tudo o que havia se passado? Mas não consigo falar agora.

Elinor nada mais disse e, voltando-se novamente para as três cartas, que agora lhe despertavam uma curiosidade muito mais forte do que antes, pôs-se a lê-las. A primeira, enviada pela irmã no dia da chegada delas em Londres, dizia:

Berkeley Street, janeiro.

Como ficará surpreso, Willoughby, ao receber isto. E acho que sentirá algo além de surpresa quando souber que estou na cidade. Uma oportunidade de vir aqui, embora na companhia da Sra. Jennings, foi uma tentação a que eu não pude resistir. Eu espero que receba isto a tempo de vir aqui hoje à noite, embora não esteja contando com isso. Seja como for, espero-o amanhã. Por ora, adeus.

M.D.

A segunda nota, escrita na manhã após o evento na casa dos Middleton, continha as seguintes palavras:

Não posso expressar o meu desapontamento por não o ter encontrado ontem nem o meu espanto por não haver recebido qualquer resposta ao bilhete que lhe enviei cerca de uma semana atrás. Tenho esperado notícias suas e, mais ainda, a sua visita, a todas as horas do dia. Por favor, venha nos visitar assim que possível e esclareça o motivo de ter-me feito esperar em vão. Da próxima vez, seria melhor se viesse mais cedo, pois costumamos sair por volta de uma da tarde. Ontem à noite estivemos na casa de Lady Middleton, onde houve uma pequena dança. Eu fui informada de que foi convidado. Seria possível? Com certeza, deve ter mudado muito desde a última vez que nos vimos, se na verdade o foi e não compareceu. Mas não creio que isso seja possível e espero receber muito em breve a sua confirmação.

M.D.

O conteúdo do último bilhete era o seguinte:

Willoughby, o que devo pensar da sua atitude ontem à noite? Volto a insistir em uma explicação. Eu estava preparada para encontrá-lo com o prazer que a nossa separação naturalmente produzira, com a familiaridade que nossa intimidade em Barton me parecia justificar. Na verdade, fui repudiada! Passei uma noite horrível tentando explicar uma conduta que, no mínimo, seria insultuosa. Mas, apesar de ainda não ter escutado qualquer escusa razoável para o seu procedimento, estou perfeitamente pronta a dar ouvidos à justificativa que queira me apresentar. Talvez tenha sido mal-informado ou propositalmente enganado no tocante a qualquer coisa a meu respeito, o que pode haver me reduzido no seu conceito. Diga-me o que foi, explique no que baseou os seus atos, e ficarei contente por poder satisfazê-lo. Decerto, ficaria magoada se tivesse de pensar mal de você. Contudo, se for o caso, se vier a descobrir que não é a pessoa que até então acreditávamos ser, que a sua consideração para conosco era insincera, que a sua conduta em relação a mim visava simplesmente decepcionar-me, diga-o o mais breve possível. Meus sentimentos, no momento, estão em um estado de tremenda indecisão. Desejo, sem dúvida, inocentá-lo; mas, seja como for, tudo é preferível ao que agora sofro. Se seus sentimentos já não são o que foram, eu lhe peço que mande de volta as minhas cartas e a mecha de cabelo que se encontra em seu poder.

M.D.

Elinor não podia crer, para o próprio bem de Willoughby, que tais cartas, tão cheias de afeto e confiança, tivessem sido respondidas de modo como o foram. Todavia, a condenação que lhe atribuía não a cegava a ponto de ignorar a inconveniência que havia em terem sido escritas. Em silêncio, lamentava a imprudência que dera ocasião a tão importunas provas de ternura, não garantidas por qualquer antecedente e severamente condenadas pelos acontecimentos, quando Marianne, percebendo que a irmã havia acabado de lê-las, observou-lhe que as cartas não continham nada mais do que qualquer outra pessoa teria escrito na mesma situação.

— Sentia-me — ela acrescentou — solenemente comprometida com ele, como se estivéssemos unidos pelos mais estritos laços legais.

— Eu posso acreditar — disse Elinor —, mas infelizmente ele não sentia o mesmo.

— Ele sentia, Elinor... Durante semanas inteiras, ele o sentiu. Tenho certeza de que sim. Seja o que for que o tenha modificado, e só a mais maligna das magias o poderia ter feito, já lhe fui tão clara quando só a minha alma poderia desejar. Essa mecha de cabelos, da qual agora ele se desfaz com tanta facilidade, foi-me implorada por ele na mais intensa das súplicas. Se tivesse lhe visto o olhar, seus gestos, ouvisse a sua voz naquele instante...! Você se esquece da última noite que passamos juntos em Barton? E também da manhã em que nos despedimos? Quando ele me disse que talvez ficássemos semanas inteiras sem nos ver... sua aflição... como esquecer a sua aflição?

Durante um instante, ela não conseguiu dizer mais nada. Contudo, quando a emoção já passara, ela acrescentou em um tom mais firme:

— Elinor, eu fui cruelmente usada. Mas não por Willoughby.

— Querida Marianne, quem mais podia ser responsável? Quem poderia tê-lo instigado?

— Pelo mundo inteiro, menos pelo seu próprio coração. Sinto-me mais inclinada a acreditar que todas as pessoas do nosso círculo de relações se uniram para indispô-lo contra mim, do que aceitar que a natureza dele seja capaz de tamanha crueldade. Essa mulher que ele menciona na carta, seja lá quem for, ou quaisquer outras pessoas, com exceção de você, naturalmente, e de mamãe, e de Edward, podem ser suficientemente brutais a ponto de me desacreditarem. Além de vocês três, há no mundo outra criatura de quem eu jamais suspeitaria de más intenções, com exceção de Willoughby, cujo coração conheço tão bem?

Elinor preferiu não discutir e apenas respondeu:

— Seja lá quem for o seu inimigo tão detestável, prive-o do seu maligno triunfo, querida irmã, mostrando-lhe como é nobre a consciência de sua própria inocência, além das boas intenções que lhe resguardam o espírito. É um orgulho digno e louvável o que resiste a tal malevolência.

— Não, não — exclamou Marianne. — Não há orgulho em um desgosto como o meu. Não me importa que saibam do meu infortúnio. O triunfo de me verem vencida será patente aos olhos do mundo. Elinor, Elinor, os que pouco sofrem podem ser orgulhosos e independentes... podem resistir aos insultos ou retribuir a humilhação... mas não eu. Tenho de sentir... quero ser infeliz... e eles estão livres para assistir ao espetáculo.

— Mas, pelo bem de nossa mãe e do meu...

— Faria mais por vocês do que por mim mesma. Mas parecer feliz quando me sinto miserável... Ah, quem pode exigir isso?

Voltaram a ficar em silêncio. Elinor ficou a andar entre a lareira e a janela, e entre a janela e a lareira, sem se dar conta do calor que recebia de uma nem discernindo os objetos através da outra. Marianne, sentada ao pé da cama, com a cabeça apoiada em uma de suas colunas, voltou a pegar a carta de Willoughby e, após estremecer ante cada frase, exclamou:

— É demais. Ah, Willoughby, Willoughby... esta carta não pode ser sua! Cruel, tão cruel. Nada poderá absolvê-lo, Elinor, nada. Seja o que for que tenha ouvido contra mim... não deveria ter acreditado. Tinha de ter me dito e me dado a oportunidade de esclarecer tudo. "A mecha de cabelos" — repetia o texto da carta. — "com que tão gentilmente me havia obsequiado...", isso é imperdoável. Willoughby, onde estava o seu coração quando escreveu essas palavras? Ah, brutalmente ostensivo! Elinor, pode haver alguma justificativa para isso?

— Não, Marianne, de modo algum.

— E, no entanto, essa mulher... quem sabe quais terão sido as suas armas? Durante quanto tempo o terá premeditado e até onde ele foi enganado por ela? Mas quem é ela? Quem poderá ser? Alguma vez teria ouvido falar de alguma jovem atraente entre as relações femininas dele? Não, nunca, ninguém. Ele só falava comigo a meu respeito.

Seguiu-se uma nova pausa. Marianne estava deveras agitada e disse ainda:

— Elinor, tenho de voltar para casa. Tenho de confortar mamãe. Será que não poderíamos partir amanhã?

— Amanhã, Marianne?

— Sim. Por que eu haveria de ficar aqui? Eu só vim por causa de Willoughby... E, agora, quem se importa comigo? Quem sente algo por mim?

— É impossível irmos amanhã. Devemos à Sra. Jennings muito mais do que mera cortesia, e as regras mais elementares da cortesia impedem uma partida assim, tão inesperada.

— Então daqui a um ou dois dias, mas eu não aguento ficar aqui muito mais tempo. Não posso ficar para aguentar as perguntas e observações de toda essa gente. Os Middleton, os Palmer... Como poderei suportar a piedade deles? A piedade de uma mulher como Lady Middleton! Ah, o que ele diria sobre isso?

Elinor aconselhou-a a deitar-se de novo e por um instante ela assim o fez, muito embora nenhuma posição pudesse lhe proporcionar conforto. Em meio a essa incessante dor de corpo e espírito, mudava de uma posição para a outra. Tal era o seu nervosismo que a irmã teve dificuldades para mantê-la na cama e, durante algum tempo, teve receio de se ver compelida a pedir ajuda. Todavia, algumas gotas de água de lavanda, a que ela por fim foi persuadida a tomar, se mostraram úteis. Desse momento até a volta da Sra. Jennings, ela permaneceu na cama tranquila, sem se mexer.

XXX

Tão logo chegou, a Sra. Jennings subiu imediatamente para o quarto delas e, sem sequer aguardar que atendessem às suas batidas, abriu a porta e adentrou com um ar de sincera preocupação.

— Como está se sentindo, minha querida? — perguntou, com um tom de grande compaixão.

Marianne desviou o rosto sem tentar responder.

— Como está ela, Srta. Dashwood? Pobrezinha! Parece muito mal... não me admira. Ah, mas então é verdade? Ele está mesmo para se casar em breve... sujeitinho à toa. Não quero mais saber dele. Não tivesse a Sra. Taylor me contado há meia hora, tendo sabido de tudo através de um amigo particular da própria Srta. Grey, eu não seria capaz de acreditar. Quase desmaiei quando soube. Muito bem, eu disse, tudo o que posso dizer é que, se isso for verdade, ele se aproveitou de uma jovem de minhas relações da maneira mais abominável, e desejo do fundo da minha alma que a mulher lhe transforme a vida em um purgatório. Digo-lhe, minha querida, e pode estar certa disso: Eu nunca soube de um homem que tivesse prosperado dessa forma. E, se alguma vez o encontrar, hei de lhe passar uma descompostura como ele jamais terá ouvido igual. Mas existe um conforto, minha cara Marianne. Ele não é o único rapaz do mundo que vale a pena. E, com um rostinho bonito como o seu, não lhe faltarão admiradores. Bem, pobrezinha! Não quero incomodá-la mais, pois o melhor é que chore de uma vez tudo o que tem para chorar. Felizmente, como sabe, os Parry e os Sanderson virão aqui esta noite, o que servirá para distraí-la.

Em seguida ela foi embora, deixando o quarto na ponta dos pés, como se achasse que o barulho pudesse piorar a aflição da jovem.

Para a surpresa da irmã, Marianne se mostrou determinada a jantar com elas. Elinor foi contra, mas "não, ela ia descer, podia suportar muito bem, e o falatório a seu respeito seria menor". Satisfeita por vê-la governada por tal motivo, embora não acreditando ser possível que ela conseguisse chegar ao fim do jantar, Elinor nada mais disse. E, ajeitando-lhe o vestido da melhor maneira possível, enquanto Marianne ainda permanecia na cama, preparou-se para ajudá-la a chegar à sala de jantar assim que fossem chamadas.

Uma vez lá, embora ainda com um ar contrafeito, Marianne alimentou-se melhor e mostrou-se mais calma do que a irmã havia esperado. Se tivesse tentado falar ou se tivesse percebido metade das bem-intencionadas, contudo exageradas, atenções da Sra. Jennings para com ela, tal calma não poderia ter sido mantida. Contudo, nem uma só sílaba escapou de seus lábios, e a abstração de seus pensamentos preservou-a na ignorância de tudo quanto se passava ao seu redor.

Elinor, fazendo jus à gentileza da Sra. Jennings, embora suas efusões fossem com frequência perturbadoras e às vezes quase ridículas, demonstrou-lhe reconhecimento e retribuiu todas as cortesias que a irmã não era capaz de reconhecer e retribuir por si mesma. A boa amiga notou que Marianne estava infeliz e achou que devia fazer todo o possível para que ela se sentisse um pouco melhor. Passou a lhe dispensar toda a indulgente ternura de uma mãe para com a filha favorita no último dia das férias. Coube a Marianne o melhor lugar ao redor da lareira, e foi lhe oferecida cada uma das iguarias da casa, além de ser distraída pelo relato de todas as novidades do dia. Se Elinor não tivesse visto na triste fisionomia da irmã uma prevenção contra toda e qualquer alegria, poderiam tê-la divertido as tentativas da Sra. Jennings de curar uma decepção amorosa com uma variedade de doces, azeitonas e um bom fogo na lareira. Contudo, assim que a repetição contínua fez com que Marianne tomasse consciência de tudo aquilo, ela não conseguiu mais suportar. Com uma apressada exclamação de tristeza e um sinal para que a irmã não a seguisse, levantou-se e deixou correndo a sala.

— Pobrezinha — exclamou a Sra. Jennings assim que ela saiu. — Como me dói vê-la sofrer assim! Não chegou nem a terminar o vinho, eu devo dizer! Nem as cerejas secas! Não! Nada mais parece ser capaz de agradá-la. Estou certa de que, se soubesse de algo de que ela gostasse, mandaria procurá-lo por toda a cidade. Nada mais incompreensível para mim do que um rapaz proceder dessa maneira com uma moça tão bonita! Porém, quando há dinheiro demais de um lado e quase nenhum do outro, louvado seja Deus! Não se importam com mais nada!

— A dama, Srta. Grey, se muito não me engano, ela é rica?

— Cinquenta mil libras, minha cara. Não a conhece? Soube que é inteligente e elegante, mas não é muito bonita. Eu me lembro bem da tia dela, Biddy Henshawe. Ela se casou com um homem deveras abastado. Mas a família toda é muito rica. Cinquenta mil libras! E, ao que tudo indica, vieram a propósito. Dizem que ele está arruinado. Não é de se admirar! Exibindo-se por aí com sua carruagem e seus cães de caça! Bem, não quero falar mal dele, mas quando um rapaz, seja ele quem for, anda de romances com uma moça bonita e lhe promete casamento, não deveria faltar com a sua palavra só porque está quebrado e uma moça mais rica está disposta a aceitá-lo. Por que, em tal situação, não está disposto a vender os seus cavalos, arrendar a sua casa, despedir criados e mudar por completo o seu estilo de vida? Eu garanto que a Srta. Marianne estaria pronta a esperar até que tudo se arranjasse. Mas não é o que acontece nos dias de hoje. Os jovens nessa idade não estão dispostos a sacrificar nenhum dos seus prazeres.

— Sabe dizer que tipo de moça é a Srta. Grey? É tida por cordial?

— Nunca ouvi dizerem nada de mal dela. Na realidade, quase nunca ouço falar a seu respeito, exceto o que a Sra. Taylor me contou esta manhã: que, um dia, a Srta. Walker deu a entender que o Sr. e a Sra. Ellison não viam a hora de a Srta. Grey se casar, porquanto ela e a Sra. Ellison jamais se deram bem.

— E quem são os Ellison?

— Os tutores dela, minha querida. Mas agora ela já é maior de idade, pode escolher por si mesma. E que escolha ela fez! — A Sra. Jennings fez uma breve pausa. — Presumo que sua irmã tenha ido para o quarto se lamentar. Não há nada que eu possa fazer para consolá-la? Pobrezinha, parece crueldade deixá-la sozinha. Contudo, em breve teremos amigos por aqui, e isso há de alegrá-la um pouco. O que podemos jogar? Sei que ela detesta uíste, mas não haverá algum outro jogo que ela goste?

— Cara senhora, tamanha gentileza não é necessária. Marianne, eu ouso dizer, não sairá do quarto hoje. Vou tentar convencê-la a ir cedo para a cama, pois estou certa de que o repouso lhe fará bem.

— Sim, creio também que será o melhor para ela. Que informe o que vai querer cear e depois vá para a cama. Bom Deus! Não me admira que ela tenha andado tão abatida e desanimada nas últimas semanas, pois esse assunto devia estar lhe pesando o tempo inteiro. E a carta que chegou hoje pôs fim à história toda. Pobrezinha! Tenha certeza de que, se eu soubesse de alguma coisa, não teria feito troça disso por nada neste mundo. Mas como poderia imaginar o que estava acontecendo? Pensei que se tratasse de uma simples carta de amor, e você sabe como os jovens gostam que brinquemos com essas coisas. Meu Deus, como Sir John e minha filha vão ficar preocupados quando souberem! Se a minha cabeça estivesse no lugar, poderia ter passado por Conduit Street na volta para casa e contado tudo para eles. Contudo, hei de vê-los amanhã.

— Estou certa de que será desnecessário lhe pedir que alerte o Sr. Palmer e Sir John para não falarem do Sr. Willoughby nem para fazerem qualquer alusão ao ocorrido na presença da minha irmã. Seus próprios bons sentimentos devem lhes indicar a verdadeira crueldade que seria demonstrar saber qualquer coisa a respeito quando ela estivesse presente. E, quanto menos me falarem do assunto, mais pouparão os meus sentimentos, como madame deve facilmente perceber.

— Ah, Deus, claro que sim. Deve ser terrível para você escutar qualquer menção a respeito da questão. E, quanto à sua irmã, esteja certa de que eu jamais seria capaz de dizer uma simples palavra na frente dela. Deve ter notado que eu nada disse durante todo o jantar. Nem o farão Sir John e as minhas filhas, pois são todos muito atenciosos e discretos, principalmente se eu lhes der a entender do que se trata, como certamente o farei. De minha parte penso que, quanto menos se falar do assunto, melhor, tanto mais depressa será esquecido. Além do mais, de que serve mencionar o caso?

— Só serve para causar mal. Talvez ainda mais do que em outros casos dessa natureza, já que esse esteve rodeado de circunstâncias que, pelo bem de todos os envolvidos, o tornam impróprio como tópico de conversas. Devo fazer esta justiça para o Sr. Willoughby: ele não rompeu nenhum compromisso definitivo com a minha irmã.

— Justiça, minha querida? Não me venha defendê-lo. Nenhum compromisso definitivo? Francamente! Após levá-la a Allenham House para escolherem os aposentos onde depois iriam viver!

Pelo bem da irmã, Elinor não quis insistir na questão e esperou não ser obrigada a fazê-lo para poupar Willoughby. Embora Marianne tivesse muito a perder, ele tinha bem pouco a ganhar com o conhecimento da verdade. Após um breve silêncio de ambas as partes, a Sra. Jennings, com toda a sua alegria natural, voltou a dizer:

— Bem, minha querida, há muita verdade no ditado de que certos males vêm para o bem, pois isso vai ser muito bom para o coronel Brandon. Há de tê-la, por fim, ah, com toda certeza. Escute o que eu digo, eles estarão casados lá pela metade do verão. Ah, céus, como ele ficará feliz com a notícia! Eu espero que ele apareça por aqui hoje à noite. No final das contas, será um casamento muito melhor para a sua irmã. Duas mil libras por ano, sem dívidas nem encargos... exceto pela menina, é claro. Ora, já havia me esquecido dela. Mas acho que pode se arrumar um tutor para ela a baixo custo. Afinal, o que viria a significar isso? Delaford é um lugar bonito, eu posso lhe assegurar. Exatamente o que eu chamo de um lugar antiquado, mas bonito, cheio de confortos e comodidades. Deveras reservado com os grandes muros do jardim, recoberto pelas melhores árvores frutíferas da região, com uma amoreira em cada canto! Deus, como Charlotte e eu nos regalamos na única vez em que lá estivemos. Há também um pombal, alguns belos açudes e um canal muito bonito; enfim, tudo o que alguém poderia desejar. Além do mais, fica perto da igreja e a poucas centenas de metros da estrada principal. Lá nunca é monótono, pois basta nos sentarmos sob um velho caramanchão de teixos que há atrás da casa para vermos todas as carruagens que por ali passam. Há um açougue ali perto, no povoado, e a casa do pároco fica a pouca distância. Ah, é um lugar muito bonito. Para o meu gosto, milhares de vezes mais bonito do que Barton Park, onde precisam mandar buscar as suas provisões a cinco quilômetros de distância, e onde o vizinho mais próximo à casa é a sua mãe. Bom, pretendo animar o coronel assim que o vir. Derrubar o primeiro dominó, por assim dizer. Se ao menos conseguirmos tirar Willoughby da cabeça dela!

— Sim, se conseguirmos fazer isso, madame — disse Elinor —, ficaríamos muito bem, com o coronel Brandon ou sem ele.

Então, levantando-se, foi ao encontro de Marianne. Achou-a, como esperava, em seu quarto, triste e calada, inclinada sobre o que restava do fogo na lareira, a única luz que havia no quarto, antes de Elinor entrar.

— É melhor me deixar sozinha — foi tudo que a irmã escutou ao entrar.

— Eu vou deixá-la — replicou Elinor —, se você for para a cama.

Todavia, movida pela impaciência do sofrimento, ela a princípio recusou-se a isso. Mas a insistência constante da irmã, embora delicada, logo lhe quebrou a resistência, e Elinor a viu descansar a cabeça dolorida sobre o travesseiro, prestes, como ela esperava, a se entregar ao repouso antes mesmo que a deixasse.

A sala de visitas, para onde então retornou, veio ter logo após a Sra. Jennings, trazendo na mão um copo cheio de um líquido qualquer.

— Minha querida — falou ao entrar —, acabo de me lembrar de que ainda havia uma garrafa aberta do excelente vinho de Constância, e trouxe uma taça para oferecer para a sua irmã. Meu marido é que gostava muito deste vinho! Sempre que tinha um ataque de gota, dizia que isto lhe fazia mais bem do que qualquer outra coisa no mundo. Quer levá-la para a sua irmã?

— Cara senhora — replicou Elinor, sorrindo sobre a diferença de males para os quais o vinho era recompensado —, que bondade a sua! Porém, acabo de deixar Marianne na cama, eu espero, perto de adormecer. E, como acho que nada lhe fará mais bem do que um bom sono, se madame permitir, beberei eu mesma o vinho.

Embora lamentando não haver chegado cinco minutos antes, a Sra. Jennings ficou satisfeita com a sugestão. E Elinor, ingerindo com um só gole boa parte da bebida, refletiu que, embora os seus efeitos positivos sobre a gota fossem, por ora, irrelevantes para ela, seus poderes de cura sobre um coração desencantado poderiam perfeitamente ser experimentados tanto por ela quanto pela irmã.

O coronel Brandon chegou quando estavam reunidas para o chá e, pela sua maneira de olhar em torno da sala, à procura de Marianne, Elinor percebeu que ele não esperava nem mesmo desejava vê-la por ali. Em suma, já estava a par do que provocara a sua ausência. A Sra. Jennings não pensou da mesma forma, pois, logo que ele entrou, foi até a cabeceira da mesa, onde estava Elinor, e lhe sussurrou:

— O coronel parece mais sério do que nunca. Não deve estar sabendo de nada. É melhor contar para ele, minha querida.

Pouco tempo depois, ele de fato arrastou a cadeira para junto dela e, com um olhar que deixou claro que estava bem-informado, perguntou-lhe pela irmã.

— Marianne não está se sentindo muito bem — disse ela. — Passou o dia inteiro indisposta, e nós a convencemos a ir se deitar.

— Então, talvez — replicou hesitantemente o coronel —, o que ouvi essa manhã deve... deve conter mais verdade do que eu me dispus a crer de início.

— O que foi que ouviu?

— Que um cavalheiro de quem tinha motivos para achar... Em suma, um homem que eu sabia estar comprometido... Como posso colocar isso? Se já sabe, como imagino que saiba, peço que me poupe de ter de proferir as palavras.

— Está se referindo ao casamento do Sr. Willoughby com a Srta. Grey — respondeu Elinor, com uma calma forçada. — Sim, nós já tomamos conhecimento. Parece ter sido um dia de elucidação generalizada, pois soubemo-lo essa manhã. O Sr. Willoughby é um tanto quanto imperscrutável! Onde foi que o senhor soube?

— Em uma papelaria de Pall Mall, onde estive fazendo compras. Duas senhoras esperavam a chegada de sua carruagem, e uma delas fazia um relato a outra do futuro casamento em um tom de voz tão pouco indicativo de reserva, que me foi impossível deixar de ouvir. O nome de Willoughby, John Willoughby, frequentemente repetido, foi o que primeiro me atraiu a atenção, e o que veio em seguida foi uma afirmativa categórica de que estava tudo devidamente preparado para o seu casamento com a Sra. Grey... Já não era segredo... As núpcias seriam realizadas dentro de poucas semanas, com muitos pormenores sobre os preparativos e tudo mais. Lembro-me de um deles em especial, pois serviu para melhor identificar a pessoa. Logo após a cerimônia, residiriam em Combe Magna, em sua propriedade de Somersetshire. Fiquei embasbacado! Devo dizer que seria difícil descrever com palavras o que eu senti. A dama tão comunicativa, conforme vim a descobrir, porque permaneci na loja ainda quando se foram, era a Sra. Ellison, que, como também vim a descobrir depois, é a tutora da Srta. Grey.

— Ela mesma. Contudo, o senhor também não ouviu dizer que a Srta. Grey possui cinquenta mil libras? Nisso, mais do que em qualquer outra coisa, devemos encontrar uma explicação.

— Pode ser que sim. Willoughby certamente é capaz disso... pelo menos, eu suponho que seja. — Ele se interrompeu por um instante e, em seguida, em um tom de voz que pareceu traí-lo, acrescentou: — E a sua irmã, como suportou?

— Sofreu muito. Só espero que não sofra por muito mais tempo. Foi e tem sido uma cruel aflição. Até ontem, creio eu, ela jamais tivera dúvida dos sentimentos dele, e mesmo agora, talvez... Mas estou quase convencida de que a afeição dele por ela nunca, de fato, existiu. O que ele fez foi uma desfeita e, sob muitos aspectos, demonstrou ter um coração duro como pedra.

— Ah! — exclamou o coronel Brandon. — Sem dúvida. Mas a sua irmã não... se é que entendi bem... ela não pensa como a senhorita?

— O senhor conhece o temperamento dela, e pode bem imaginar com que convicção ela seria capaz de justificá-lo, se pudesse.

Ele nada respondeu. Pouco depois, após a retirada da mesa de chá e a chegada dos apetrechos de jogos, o assunto, por necessidade, foi deixado de lado. A Sra. Jennings, que observara com prazer a conversa dos dois, e que esperava, em decorrência da comunicação que Elinor estaria lhe fazendo, ver brotar no rosto do coronel uma alegria instantânea, como se tivesse voltado a ser um homem na flor da juventude, da esperança e da felicidade, notou, um tanto quanto espantada, que ele passou o restante da noite com uma expressão ainda mais séria e pensativa no rosto do que de costume.

XXXI

Após ter dormido mais do que esperava, Marianne acordou na manhã seguinte para a mesma triste realidade de quando cerrara os olhos.

Elinor a encorajou, tanto quanto possível, a falar sobre os seus sentimentos. E, antes que o café da manhã estivesse à mesa, já haviam analisado o assunto por mais de uma vez; com a mesma convicção firme e afetuosos conselhos por parte de Elinor, e com os mesmos sentimentos impetuosos e opiniões estáveis por parte de Marianne. Às vezes, ela admitia que Willoughby era tão infeliz e inocente quanto ela, mas, em outras, perdia toda a esperança de poder isentá-lo. Em determinado momento, estava indiferente à observação de todo o mundo; no outro, iria isolar-se para sempre e, em um terceiro, resistiria com toda a sua força de vontade. Em uma coisa, no entanto, ela era constante. Na decisão de evitar, quando possível, a presença da Sra. Jennings, e ficar no seu silêncio determinado quando era forçada a suportá-la. Seu coração estava contrário à hipótese de a Sra. Jennings ter por seu sofrimento qualquer espécie de compaixão.

— Não, não, não, não pode ser — exclamava. — Ela não pode sentir compaixão. Sua bondade não é simpatia. Seu bom coração não é ternura. Tudo o que ela quer é bisbilhotar, e só gosta de mim porque posso lhe dar bons motivos para tanto.

Elinor não precisava dessa prova para se assegurar da injustiça em que a irmã incorria ao expressar suas opiniões por outros, movida por sua irritabilidade excessiva e pela grande importância que dava a uma forte sensibilidade e a um refinamento de maneiras. Nisso era semelhante a meio mundo, se é que metade deste era inteligente e boa. Apesar de todas as suas qualidades e do seu excelente caráter, faltava a Marianne candura e sensatez. Esperava das outras pessoas as mesmas opiniões, os mesmos sentimentos que tinha, e julgava as atitudes dos outros pelo efeito imediato de suas ações sobre ela. Certo dia, quando as irmãs estavam sozinhas no quarto, após o café da manhã, ocorreu algo que fez com que a sua consideração pela Sra. Jennings diminuísse ainda mais, pois sua deficiência provou ser fonte de sofrimento fresco para ela, apesar de a pobre senhora ter sido levada por um impulso de autêntica boa vontade.

Trazendo na mão estendida uma carta, e na fisionomia, um alegre sorriso, ela adentrou no quarto e, convencida de que era portadora de conforto, disse:

— Agora, minha querida, eu lhe trago algo que, estou certa, lhe trará alegria.

Marianne escutara o suficiente. Em questão de um instante, sua imaginação viu diante de si uma carta de Willoughby repleta de ternura e arrependimento, explicando tudo que se passara de maneira satisfatória e convincente, e instantaneamente seguida do próprio Willoughby, adentrando às pressas no quarto para, aos seus pés, reforçar com a eloquência dos seus olhos as afirmações da missiva. O trabalho de um instante foi destruído no seguinte. A caligrafia da mãe, que até então sempre lhe fora bem-vinda, estava à sua frente. E, no auge do desapontamento, que sucedeu um êxtase de algo maior do que esperança, ela sentiu como se, até aquele momento, jamais tivesse conhecido o verdadeiro sofrimento.

Não havia linguagem ao seu alcance, nem mesmo seus momentos de mais feliz eloquência, capaz de expressar a da Sra. Jennings. Naquele instante, Marianne só conseguiu reprová-la pelas lágrimas que escorriam de seus olhos com intensidade passional. A reprovação, todavia, se perdia na inteireza do seu alvo, que, após múltiplas expressões de piedade, se retirou ainda mencionando o conforto que a carta deveria lhe trazer. Mas esta, quando Marianne se acalmou o suficiente para poder lê-la, trouxe-lhe bem escasso conforto. Willoughby era mencionado em todas as páginas. A mãe, ainda confiando no compromisso entre eles e absolutamente segura de sua constância, escrevia à filha por solicitação de Elinor e aconselhava a Marianne uma maior franqueza entre ambos. E o fazia expressando tamanha ternura, com tal carinho por Willoughby, e com tamanha convicção na felicidade futura de ambos, que Marianne chorou durante toda a leitura.

A impaciência de voltar para casa retornou. A mãe lhe era mais cara do que tudo neste mundo. Mais querida do que nunca, apesar da excessiva e mal fundamentada confiança em Willoughby. Isso só fazia lhe aumentar o desespero para partir. Elinor, incapaz de decidir se era melhor para Marianne estar em Londres ou retornar para Barton, não lhe ofereceu nenhum conselho. Disse-lhe apenas que tivesse paciência até saberem o que a mãe lhes aconselharia, sugestão que foi aceita por Marianne.

A Sra. Jennings saiu mais cedo do que de costume, deixando-as em casa, pois não teria descanso enquanto os Middleton e os Palmer não estivessem em condições de lamentar o ocorrido tanto quanto ela. Recusando terminantemente a companhia de Elinor, que se ofereceu para acompanhá-la, saiu sozinha e passou o restante da manhã fora. Elinor, com um peso no coração, ciente da dor que causaria e percebendo pela carta de Marianne como a irmã fora ineficiente na sua tentativa de alertar a mãe, decidiu ela mesma lhe escrever uma carta relatando tudo o que havia se passado e pedindo a orientação à mãe sobre o que deveria fazer. Enquanto isso, Marianne, que viera para a sala de visitas assim que a Srta. Jennings saiu, pôs-se a fitar a mesa onde Elinor escrevia a carta, observando o deslocamento da pena sobre o papel, lamentando a provação que a tarefa representava para a irmã mais velha e mais ainda os efeitos que ela iria exercer sobre a mãe.

Assim permaneceram por cerca de quinze minutos, quando Marianne, cujos nervos não conseguiam tolerar qualquer barulho repentino, se assustou com o ruído de uma batida à porta.

— Quem será? — exclamou Elinor. — Assim tão cedo? Pensei que estávamos livres.

Marianne correu até a janela.

— É o coronel Brandon! — informou, contrariada. — Nunca estamos livres dele!

— Ele não vai entrar quando souber que a Sra. Jennings não está.

— Não tenho muitas esperanças quanto a isso — disse Marianne, retirando-se para o quarto. — Um homem que não tem o que fazer na vida também não tem consciência de sua intromissão na vida dos outros.

O que ocorreu em seguida provou que Marianne estava correta, embora o seu raciocínio se fundamentasse no erro e na injustiça. Isso porque o coronel entrou, e Elinor — que estava convencida de que a solicitude por Marianne é que o trazia ali, e que enxergava tal solicitude no seu olhar melancólico e perturbado, assim como na sua indagação breve e ansiosa de como estava passando a irmã —, não podia perdoar Marianne por demonstrar tão pouca consideração por ele.

— Encontrei a Sra. Jennings em Bond Street — disse o coronel após os cumprimentos de praxe —, e foi ela quem insistiu para que eu viesse. Deixei-me convencer facilmente, pois estava certo de que as encontraria sozinhas, o que eu muito desejava. Meu propósito... meu desejo... meu único desejo ao agir assim... espero que compreenda... é o de lhes trazer algum conforto. Não... não devo dizer conforto... não quero trazer conforto imediato, mas a convicção, uma convicção duradoura ao espírito de sua irmã. Minha admiração por ela, pela senhorita, pela senhora sua mãe... peço que me permita prová-la mediante o relato de algumas circunstâncias que apenas uma consideração muito sincera... nada senão um ardente desejo de ser útil... Sinto que estou justificado... Embora tenha passado muito tempo me convencendo de que tenho razão, não haverá também algum motivo para temer que me engane.

O coronel se interrompeu.

— Eu compreendo perfeitamente — disse Elinor. — O senhor tem algo a dizer a respeito de Willoughby que explicará melhor o seu comportamento. Contar-nos isso será a maior prova de amizade que poderá dar a Marianne. Eu ficar-lhe-ei desde já grata por qualquer informação que leve a tal fim, e ela há de lhe expressar a sua no seu devido tempo. Peço-lhe, por favor, que diga o que tem a dizer.

— É o que farei. E, para ser breve, quando deixei Barton, em outubro último... Mas isso não lhe dará uma ideia precisa... devo recuar ainda mais no passado. Verá que sou um narrador um tanto quanto desajeitado, Srta. Dashwood. Não sei por onde começar. Um breve relato a meu respeito talvez seja necessário, embora o pretenda em breve. No tocante a isso — ele suspirou profundamente —, não me sinto tentado a ser deveras prolixo.

Ele se interrompeu por um instante, procurando relembrar, e após outro suspiro prosseguiu.

— A senhorita terá talvez inteiramente se esquecido de uma conversa... não é de se supor que possa lhe ter causado qualquer grande impressão... uma conversa que tivemos certa noite em Barton Park... Foi em uma noite de baile... na qual aludi a uma dama que outrora conhecera e que, sob certos aspectos, me lembrava um pouco sua irmã Marianne.

— Com certeza — respondeu Elinor. — Eu não me esqueci.

Ele pareceu satisfeito com a lembrança e acrescentou:

— Se não estou enganado por conta da incerteza, pela parcialidade de uma lembrança querida, há uma semelhança muito grande entre elas, tanto espiritual quanto fisicamente. O mesmo entusiasmo, a mesma impetuosidade de imaginação e espírito. Essa dama era uma parenta próxima, órfã desde a infância, que ficou sob a tutela do meu pai. Tínhamos aproximadamente a mesma idade e, desde a mais tenra infância, fomos amigos e companheiros nas brincadeiras. Não posso me lembrar de um tempo em que não tivesse amado Eliza. E minha afeição por ela, à medida que crescíamos, era tal que, talvez me julgando por minha atual austeridade e falta de alegria, a senhorita me ache incapaz de senti-la. O sentimento dela por mim era, eu acredito, tão intenso quanto o da sua irmã por Willoughby, e, ainda que por motivos diferentes, não menos infeliz. Aos 16 anos, eu a perdi para sempre. Ela casou-se... casou-se contra a sua vontade com o meu próprio irmão. A fortuna dela era vasta e as propriedades da nossa família estavam por demais oneradas. Receio ser apenas isso que eu possa dizer para justificar a decisão daquele que era, ao mesmo tempo, seu tio e seu tutor. Meu irmão não era merecedor dela, sequer a amava. Eu tivera esperança de que seu sentimento por mim a ajudasse a suportar quaisquer dificuldades e, por algum tempo, foi o que aconteceu. Todavia, por fim, a infelicidade da sua situação, pois foi duramente maltratada, superou a sua persistência, e, embora ela tivesse me prometido que nada... Mas estou contando isso de maneira por demais confusa! Seria preciso lhe relatar como tudo aconteceu.

Estávamos os dois a poucas horas de fugirmos para a Escócia para nos casarmos. A traição, ou a estupidez da criada da minha prima, acabou por nos denunciar. Fui banido para a casa de um parente que morava muito longe; e ela, privada da liberdade, do convívio social, de qualquer distração, até se cumprirem os desígnios de meu pai. Confiei excessivamente na força dela, e o golpe por isso foi mais forte... Mas, se o casamento tivesse sido feliz, jovem como eu era na época, alguns meses teriam sido suficientes para me levar a aceitar a ideia, ou pelo menos não estaria até hoje lamentando o acontecido. Mas não foi o caso. Meu irmão não tinha a menor consideração por ela. Seus prazeres não eram o que deveriam ser, e desde o princípio a tratou mal. As consequências disso em um espírito tão jovem, tão vivaz, tão inexperiente quanto o da Sra. Brandon foram as que poderiam se esperar. A princípio, resignou-se à infelicidade de sua situação, e feliz ela teria sido se tivesse sido capaz de viver para superar as tristezas provocadas pela minha lembrança. Mas não é de se admirar que a conduta de tal marido lhe provocasse inconstância, e — sem uma pessoa amiga para aconselhá-la ou contê-la, pois meu pai morrera poucos meses após as bodas, e eu estava com o meu regimento nas Índias Ocidentais — ela afinal caísse. Talvez, se eu tivesse permanecido na Inglaterra... mas eu estava determinado a garantir a felicidade de ambos afastando-me dela por muitos anos, e foi com tal propósito que pedi a minha transferência para longe. O choque que o casamento dela me causou — prosseguiu Brandon, em uma voz que denotava grande aflição — foi trivial... nem se comparou ao que senti ao saber, dois anos depois, de seu divórcio. É isso que até hoje me causa essa tristeza... e, mesmo agora, a lembrança do que sofri...

Ele não conseguiu dizer mais nada. Erguendo-se repentinamente, deu alguns passos pela sala. Elinor, emocionada com a narrativa e mais ainda com a sua amargura, também não podia falar. Notando a sua preocupação, ele aproximou-se dela, tomou-lhe a mão, apertou-a e a beijou com reverente respeito.

Mais alguns minutos de silencioso esforço lhe deram condições para prosseguir com a devida compostura.

— Quase três anos se passaram desde esses acontecimentos infelizes, antes que eu pudesse regressar à Inglaterra. Meu primeiro cuidado, assim que cheguei, foi com certeza procurá-la, mas a busca foi tão infrutífera quanto melancólica. Não foi possível chegar além do seu primeiro sedutor, e eu tinha todos os motivos para acreditar que ela havia se afastado dele apenas para mergulhar mais fundo em uma vida de pecado. A pensão que lhe coubera após o divórcio não fora proporcional à sua fortuna nem lhe permitira manter-se com conforto, e eu soube, por intermédio do meu irmão, que ela havia transferido para outra pessoa o direito de recebê-la. Ele supunha, e o fazia com extrema calma, que sua extravagância e seu consequente infortúnio tinham-na obrigado a dela dispor por alguma necessidade urgente. Finalmente, e isso após estar de volta à Inglaterra há seis meses, eu consegui encontrá-la. A consideração por um antigo criado meu, que caíra em desgraça, me levou a visitá-lo na prisão, onde fora encarcerado por dívidas. E lá, na mesma prisão, sob acusação semelhante, fui encontrar minha cunhada. Tão diferente... tão envelhecida... desgastada por toda sorte de sofrimentos. Eu mal pude acreditar que aquela figura pálida e melancólica à minha frente fosse o que restava daquela jovem bonita, exuberante e saudável que eu tanto amara. O que eu sofri ao vê-la... Mas não tenho o direito de lhe ferir a sensibilidade tentando descrever o que senti... Já a atormentei demais. Seu aspecto também sugeria que ela devia estar sofrendo de alguma enfermidade e que estaria próxima do fim... o que, dada a situação, me serviu de grande conforto. A vida nada mais poderia fazer a seu favor, senão lhe dar tempo para que melhor se preparasse para a morte. Providenciei para que recebesse acomodações condizentes e que recebesse os devidos cuidados. Visitei-a todos os dias durante o restante de sua breve vida. Estive ao seu lado em seus momentos finais.

Ele se interrompeu novamente com o intuito de se recompor.

Elinor deu vazão aos seus sentimentos em uma exclamação de carinho e preocupação diante do destino do desaventurado amigo.

— Espero que a sua irmã não se sinta ofendida — disse ele — pela semelhança que imaginei existir entre ela e a minha parenta desgraçada. Seus destinos, suas sortes não podem ser os mesmos. E, se o temperamento natural meigo de uma fosse protegido por um espírito mais firme ou por um casamento mais feliz, ela poderia ter sido tudo aquilo que a outra há de ser, como a senhorita com certeza verá. Contudo, a que leva tudo isso? Percebo que a perturbei por nada. Ah, Srta. Dashwood. Um assunto dessa natureza, mantido em segredo por quatorze anos... é deveras perigoso trazê-lo à baila! Serei mais comedido... mais sucinto. Ela deixou a meus cuidados a única filha, uma menina de três anos, fruto de sua primeira ligação pecaminosa. Amava a criança e sempre a manteve consigo. Era um valioso, um preciso encargo para mim. E teria de bom grado me desincumbido da missão no sentido mais estrito do termo, velando eu mesmo pela sua educação, tivesse a minha situação permitido. Mas eu não tinha família, não tinha um lar, e a minha pequena Eliza teve de ir para um internato. Eu a visitava lá sempre que possível e, após a morte do meu irmão, ocorrida cinco anos depois, que me deixou de posse das propriedades da família, era frequente ela vir me visitar em Delaford. Eu afirmava que ela era uma parenta distante, mas sei bem que, no geral, suspeitavam de que nosso grau de parentesco fosse muito mais próximo. Há cerca de três anos, quando ela completou 14 anos de idade, retirei-a do internato para colocá-la sob os cuidados de uma senhora muito respeitável que reside em Dorsetshire, encarregada da educação de quatro ou cinco outras moças da mesma idade, e durante dois anos só tive razões para ficar satisfeito com aquela situação. Contudo, em fevereiro último, agora prestes a completar um ano, ela de repente desapareceu. Eu a havia autorizado — imprudentemente, agora percebo, por seu insistente desejo — a ir até Bath com uma de suas amigas favoritas que lá estava cuidando da saúde do pai. Eu conhecia o cavalheiro, sabia ser um bom homem e tinha uma boa impressão da filha... mais do que de fato ela merecia, pois, com um sigilo obstinado e indevido, ela se recusou a me contar qualquer coisa, não ofereceu nenhum indício, embora com certeza estivesse a par de alguma coisa. O pai, bem-intencionado contudo pouco observador, não era capaz de me oferecer qualquer informação, porque permanecera confinado à casa para o seu tratamento enquanto as moças passeavam pela cidade, tendo a oportunidade de travar toda sorte de conhecimentos. Ele tentou me convencer, como estava perfeitamente convencido, de que a filha nada tinha a ver com o assunto. Em suma, nada consegui saber além do fato de que ela havia fugido. Tudo mais, durante oito longos meses, permaneceu no terreno das suposições. Bem pode imaginar o que temi, o que pensei, assim como o que sofri.

— Bom Deus! — exclamou Elinor. — Teria sido... seria Willoughby?

— As primeiras notícias que tive — prosseguiu o coronel — chegaram-me por uma carta dela que recebi em outubro. Fora enviada de Delaford e recebi-a exatamente na manhã em que íamos visitar Whitwell. Eis o motivo por trás da minha partida tão inesperada de Barton, que, estou certo, todos estranharam, e que chegou até a ofender alguns. Pouco sabia então o Sr. Willoughby quando me dirigiu olhares de censura pela minha indelicadeza em haver frustrado o passeio, que eu havia sido chamado para assistir alguém que ele deixara pobre e infeliz. Contudo, mesmo que ele soubesse, de que adiantaria? Ter-se-ia mostrado menos alegre, ou menos feliz, ante os sorrisos de sua irmã? Não, já fizera o que nenhum homem capaz de sentimentos por outra pessoa poderia ter feito. Abandonara a jovem, cuja inocência e juventude ele seduzira, em uma situação extremamente embaraçosa. Sem casa, sem auxílio, sem amigos, sem saber onde ele estava! Ele a deixara com a promessa de que retornaria, mas não voltou, não escreveu e não a acudiu.

— Isso vai além de tudo o que poderia se imaginar — exclamou Elinor.

— Agora conhece o seu caráter! Esbanjador, libertino e talvez pior do que isso. Sabendo de tudo isso como eu sei há várias semanas, pode imaginar o que senti vendo a sua irmã tão fascinada como sempre por ele. E, ao ser informado de que com ele ela iria se casar, imagine o que senti, pensando em todas as damas de sua família. Quando vim aqui na semana passada e a encontrei sozinha, estava determinado a descobrir a verdade, embora indeciso quanto ao que fazer quando a descobrisse. Meu comportamento há de lhe ter parecido estranho na ocasião, mas talvez agora possa compreendê-lo. Vê-las todas sendo enganadas. Ver a sua irmã... mas o que eu podia fazer? Eu não tinha qualquer esperança de intervir de maneira exitosa, e às vezes cheguei a pensar que a influência de sua irmã poderia recuperá-lo. Todavia, agora, com uma conduta tão desonesta, quem há de dizer quais eram as suas intenções para com ela. No entanto, sejam lá quais forem, ela pode agora, e sem dúvida é o que fará depois disso, alegrar-se com a própria condição, se a comparar com a da minha Eliza, se considerar a situação desesperadora da pobre moça, colocando-se no lugar dela, ainda com tamanha afeição por ele, uma afeição tão intensa quanto a dela própria, e com a que a acompanhará por toda a vida. Certamente a comparação há de lhe ser útil. Verá que seus sofrimentos nada são. Não decorreram de nenhum erro de conduta e não lhe podem provocar nenhuma desgraça. Pelo contrário, cada amigo seu tornar-se-á ainda mais amigo, a preocupação com a sua infelicidade e o respeito pelo seu valor fortificando todas as amizades. Porém, use o seu próprio critério ao lhe comunicar o que eu contei. Deve saber melhor do que eu os efeitos que terá sobre ela. Mas, se não acreditasse firmemente, do fundo do meu coração, que isso lhe seria útil, que poderia diminuir os seus desgostos, não teria me dado ao trabalho de incomodá-la com o relato de minhas aflições familiares, com uma história que parece ter a finalidade de me elevar às custas de outrem.

A essas palavras se seguiram os mais sinceros agradecimentos de Elinor, e estes foram também recebidos com a certeza de que seriam de proveito para Marianne, assim que ela lhe comunicasse o que ouvira.

— Têm sido mais dolorosos para mim — disse Elinor —, os esforços que ela faz para justificá-lo do que todo o resto, embora entenda que isso lhe alivie mais o espírito do que ter de admitir a absoluta indignidade dele. Agora, ainda que vá sofrer mais de início, estou certa de que em breve estará se sentindo melhor. — Após um breve silêncio, ela prosseguiu: — Voltou a ver o Sr. Willoughby depois que deixou Barton?

— Voltei — respondeu com um ar sério o coronel Brandon. — Uma única vez. Um encontro inevitável.

Pega de surpresa pela insinuação, Elinor olhou para ele com certa ansiedade, perguntando:

— Como? Você se encontrou com ele para...

— Não havia como ser diferente. Eliza me confessou, embora com muita relutância, o nome do seu amante. E, quando ele retornou à cidade, umas duas semanas depois que eu fiz o mesmo, nós marcamos a hora e o lugar: ele para defender a sua conduta, eu para puni-la. Nenhum de nós ficou ferido, e o ajuste de contas nunca chegou a ter repercussão.

Elinor suspirou, duvidando da necessidade daquilo; mas, para um homem e um soldado, não lhe cabia censurar.

— Tal foi — disse o coronel Brandon, após uma pausa — a infeliz semelhança entre os destinos de mãe e filha! E a forma imperfeita com que me desincumbi de minha responsabilidade!

— Ela ainda está em Londres?

— Não. Tão logo se recuperou do parto, pois encontrei-a prestes a dar à luz, mandei-a junto com a criança para o campo, onde agora se encontram.

Lembrando-se, logo em seguida, de que talvez estivesse privando Marianne da companhia da irmã, ele deu um fim à visita, recebendo dela, mais uma vez, manifestações de sua gratidão, e deixando-a cheia de compaixão e estima por ele.

XXXII

Quando os pormenores da conversa foram repetidos por Elinor para a irmã, como não demorou a acontecer, os efeitos que tiveram sobre Marianne não foram os que ela, a princípio, imaginara. Não que Marianne parecesse duvidar da veracidade de qualquer parte do relato, pois ouviu tudo com a mais firme e submissa atenção, não fazendo qualquer objeção ou comentário nem qualquer tentativa de justificar Willoughby, e dando a entender pelas lágrimas vertidas que achava impossível fazê-lo. Embora o comportamento houvesse convencido Elinor de que conseguira instigar na mente da irmã a convicção da culpa de Willoughby, e embora percebesse que, em decorrência disso, ela já não evitava a presença do coronel Brandon quando este vinha visitá-las, chegando até a conversar com ele voluntariamente e com uma espécie de compadecido respeito, Elinor não deixava de achá-la angustiada, apesar de que suas reações eram agora menos intensas do que antes. Seu espírito se acalmara, mas em um estado de triste desalento. Sentiu a perda do caráter de Willoughby mais do que sentira pela perda do seu coração. A sedução e o abandono da Srta. Williams, a infelicidade da pobre moça e a dúvida no tocante a quais teriam sido os desígnios que ele outrora poderia ter tido para ela mesma: tudo isso persistia de tal forma no seu espírito que ela não conseguia mais falar do que sentia, nem mesmo com Elinor. E esse incessante e silencioso meditar das mágoas trazia mais aflição à irmã do que uma ampla e frequente confissão.

Exprimir os sentimentos ou a linguagem da Sra. Dashwood, quando recebeu e respondeu à carta de Elinor, seria apenas repetir o que as filhas já haviam sentido e dito. Uma decepção um pouco menos dolorosa do que a de Marianne, e uma indignação ainda maior do que a de Elinor. Longas e frequentes cartas se sucederam para contar tudo aquilo que ela pensava e sofria, para expressar a sua ansiosa inquietação por Marianne, para encorajá-la a suportar com fortaleza os infortúnios. Que medonha devia ser a aflição de Marianne para que a mãe chegasse ao extremo de falar em fortaleza! Que mortificante e humilhante devia ser a origem de tal desgosto, para que ela recomendasse não o perdoar!

Optando por privar-se do consolo pessoal, a Sra. Dashwood achou que seria conveniente para Marianne permanecer em Londres em vez de voltar para Barton, onde tudo ao redor lhe traria as mais intensas e aflitivas recordações do passado, constantemente postando Willoughby diante dela da maneira como sempre costumava vê-lo. Portanto, recomendou às filhas que de modo algum abreviassem a visita à Sra. Jennings, cuja duração, embora jamais devidamente estabelecida, todos presumiam girar em torno de cinco ou seis semanas. Uma variedade de ocupações, de objetivos e de companhias impossíveis de se encontrar em Barton seria inevitável ali, e poderia, segundo ela, estimular Marianne, despertando-lhe algum novo interesse ou mesmo lhe proporcionando alguma distração, embora pudesse repudiar intensamente a noção de ambos naquele momento.

Quanto ao perigo de voltar a ver Willoughby, a mãe a considerava igualmente a salvo tanto em Londres quanto no campo, já que sua presença agora deveria ser evitada por todos aqueles que as consideravam amigas. A tentação jamais poderia fazer com que os caminhos dos dois se cruzassem. A negligência jamais poderia deixá-los à mercê de uma surpresa. E o acaso estaria menos favorecido em meio às multidões de Londres do que em Barton, onde um encontro poderia ocorrer por ocasião da visita de núpcias a Allenham, um acontecimento que a princípio a Sra. Dashwood admitia como provável e que, agora, já considerava certo.

Tinha, além dessas, outra razão para querer que as filhas permanecessem onde estavam. Havia recebido uma carta do enteado, comunicando que ele e a esposa estariam em Londres em meados de fevereiro, e achava justo que elas de vez em quando vissem o irmão.

Marianne prometeu seguir a orientação da mãe e se submeter a esta sem qualquer oposição, apesar de a decisão ter sido completamente contrária ao que havia esperado ou desejado. Considerava-a errada na sua inteireza, além de baseada em falsos pressupostos. E a longa permanência em Londres haveria de privá-la do único alívio possível para o seu desgosto, a simpatia da mãe, condenando-a a enfrentar convívio social e cenários que não lhe permitiriam um único momento de sossego.

Mas era uma questão de grande consolo para ela saber que o seu mal era um bem para a irmã. E Elinor, por sua vez, suspeitando que não estaria a seu alcance evitar inteiramente Edward, confortava-se com o pensamento de que, embora essa longa permanência fosse militar contra a sua própria felicidade, para Marianne era sempre melhor do que o retorno imediato a Devonshire.

Seu cuidado em evitar até mesmo que a irmã escutasse pronunciar o nome de Willoughby surtiu efeito. Marianne, sem nem mesmo se aperceber, colheu seus benefícios. Pois nem mesmo a Sra. Jennings, tampouco Sir John, ou mesmo a própria Sra. Palmer nunca mais o mencionaram à sua frente. Elinor queria que essa mesma proibição prevalecesse em relação a ela, mas isso era impossível, e se via obrigada a ouvir dia após dia a indignação de todos.

Sir John recusava-se a acreditar. "Um homem que ele sempre teve boas razões para admirar! Um rapaz tão afável! Não acreditava haver cavaleiro mais destemido em toda a Inglaterra! Era uma coisa inexplicável. Queria-o o mais longe possível de si! Jamais voltaria a lhe dirigir a palavra, encontrasse-o onde fosse, por tudo quanto é mais sagrado! Não, nem que estivessem juntos no mesmo abrigo de caça em Barton e tivessem de aguardar, lado a lado, por mais de duas horas! Que grandessíssimo patife! Tão mentiroso! E dizer que, por ocasião de seu último encontro, havia lhe oferecido um dos filhotes de Folly! Ah, era o fim do mundo!"

A Sra. Palmer, por sua vez, mostrou-se igualmente indignada. "Estava resolvida a imediatamente afastá-lo de seu círculo de conhecidos, e se sentia muito satisfeita por jamais realmente ter chegado a se tornar sua amiga. Lamentava do fundo do coração que Combe Magna fosse tão perto de Cleveland, muito embora no fundo isso não tivesse tanta importância, pois ficava suficientemente longe para evitar visitas. Odiava-o tanto que resolvera jamais voltar a pronunciar o seu nome, e havia de dizer a todos os conhecidos quem era aquele indivíduo sem caráter."

O restante da solidariedade da Sra. Palmer ficou patente no seu empenho em descobrir todos os pormenores do futuro casamento para comunicá-los a Elinor. Em pouco tempo, ela pôde informar onde estava sendo construída a nova carruagem, quem era o pintor que se encarregava de retratar o Sr. Willoughby e em que loja a Srta. Grey estava adquirindo o enxoval.

O calmo e polido desinteresse de Lady Middleton era um feliz alívio para o ânimo de Elinor, oprimido como frequentemente andava pela ruidosa simpatia dos demais. Era um grande consolo para ela saber que não suscitava interesse em, pelo menos, uma pessoa de seu círculo de amizades, que havia ao menos uma pessoa que podia encontrá-la sem demonstrar qualquer curiosidade a respeito dos pormenores, ou ansiedade quanto à saúde da irmã.

Tudo, ocasionalmente, dependia mais das circunstâncias do momento do que de seu valor real, e às vezes ela ficava deprimida com as manifestações oficiais de pesar daqueles que achavam os atos de boa educação mais indispensáveis ao consolo do que gestos originados na própria bondade natural.

Se o assunto era trazido à baila com certa frequência, Lady Middleton expressava sua opinião uma vez por dia ou duas, nos seguintes termos: "É, de fato, deveras chocante!". E, por meio desse contínuo porém delicado desabafo, conseguia conversar com as moças a princípio sem a menor emoção e, em seguida, sem sequer recordar uma palavra que seja do assunto. Dessa forma, conseguindo manter a dignidade do seu próprio sexo, ao mesmo tempo que manifestava uma enérgica censura contra o que achava errado no sexo oposto, achava-se com liberdade para cuidar do interesse de suas próprias reuniões e, portanto, mesmo contra a vontade de Sir John, decidida a deixar o seu cartão na casa da futura Sra. Willoughby, já que esta em breve seria uma pessoa da sociedade.

As indagações delicadas e pertinentes do coronel Brandon eram sempre bem-vindas para a Srta. Dashwood. Ele havia conquistado o privilégio de tratar com intimidade o caso da decepção da irmã graças ao zelo amigável com que tentara suavizar a situação, o que lhes permitia sempre conversar amparados por uma grande confiança. Sua maior recompensa pela atitude dolorosa de revelar antigos sofrimentos e atuais humilhações estava no piedoso olhar com que às vezes Marianne o observava, e na doçura da voz quando ela se via na contingência ou mesmo se prontificava a conversar com ele, embora isso não acontecesse com frequência. Tudo isso lhe assegurava que a sua atitude resultara em um aumento de simpatia a seu favor, e dava a Elinor a esperança de que tal simpatia pudesse continuar se intensificando no futuro. Mas a Sra. Jennings, que nada sabia a esse respeito, que só via o coronel continuar mais sério do que nunca e que nem podia persuadi-lo a fazer por si o pedido nem incumbir-se ela mesma de fazê-lo no seu lugar, começou, ao fim de dois dias, a considerar que, em vez de em junho, eles só deveriam se casar lá para setembro, e já ao fim da semana, que não haveria casamento algum. O bom entendimento entre o coronel e Elinor parecia indicar que as honras da amoreira, do canal e do bosque de teixos passariam para ela, e a Sra. Jennings, por uns tempos, deixou de pensar de todo no Sr. Ferrars.

Em início de fevereiro, cerca de duas semanas após o recebimento da carta de Willoughby, Elinor teve a ingrata incumbência de informar sua irmã de que ele havia se casado. Teve o cuidado de ser ela mesma a lhe dar a notícia assim que soube que a cerimônia fora concluída, pois não queria que Marianne soubesse do acontecimento pelos jornais que toda manhã examinava ansiosamente.

Marianne recebeu a notícia com deliberada compostura, não fazendo qualquer comentário a respeito, e a princípio sequer chegou a chorar. Contudo, não demorou muito para as lágrimas irromperem, e durante o resto do dia ela ficou em um estado um pouco menos deplorável do que quando soube que o evento iria acontecer.

Os Willoughby deixaram a cidade logo após o casamento. E, agora não havendo mais o perigo de esbarrar com eles, Elinor esperava convencer a irmã, que desde o golpe que sofrera não deixava a casa, a voltar a sair aos poucos, como costumava fazer.

Por essa altura, as duas Srtas. Steele, que haviam chegado recentemente à casa do primo em Bartlett's Buildings, Holborn, apresentaram-se novamente diante das suas mais importantes relações em Conduit e Berkeley Street, sendo recebidas com grande cordialidade.

Apenas Elinor lamentava revê-las. A presença das moças sempre lhe causara transtorno, e mal soube mostrar que estivesse grata à extraordinária alegria que Lucy demonstrou por encontrá-las ainda em Londres.

— Ficaria tremendamente desapontada se não a encontrasse ainda aqui — disse ela repetidas vezes. — Mas tinha certeza de que deveria encontrá-la. Estava certa de que não deixaria Londres tão cedo, embora tivesse me dito em Barton, lembra-se, de que não ficaria mais do que um mês. Mas na ocasião achei logo que fosse mudar de ideia quando chegasse a hora. Teria sido lastimável se tivesse ido embora antes da chegada do seu irmão e da sua cunhada. E, agora, decerto não terão pressa alguma em partir. Estou satisfeitíssima de não terem mantido a sua palavra.

Elinor compreendeu-a perfeitamente e foi forçada a usar todo o seu autocontrole para dar a impressão contrária.

— E, então, minha querida — perguntou a Sra. Jennings. — Como foi a viagem? Como foi que vieram?

— Não viemos por carruagem, pode estar certa — respondeu a Srta. Steele, com súbita exaltação. — Fizemos o percurso todo por diligência e viemos acompanhadas de um cavalheiro assaz elegante. O Dr. Davis estava vindo para Londres, e achamos por bem lhe fazer companhia na diligência. Ele foi deveras gentil, pagando até dez ou doze xelins a mais do que nós.

— Ah! Ah! — exclamou a Sra. Jennings. — Fizeram muito bem. E o doutor é solteiro. Eu posso assegurar.

— Vejam só — prosseguiu a Srta. Steele com um sorriso afetado. — Todo mundo está fazendo gracejos para mim por causa do Dr. Davis e eu não consigo atinar por quê. Meus primos afirmam que acabo de fazer uma conquista. Contudo, de minha parte posso afirmar que jamais penso nele dessa forma. "Céus! Lá vem o seu galanteador, Nancy", disse a minha prima no outro dia, quando ela o viu cruzando a rua na direção da casa. "Meu galanteador! Será?", eu disse. "Não sei de quem você fala. O doutor não está me cortejando."

— Ah, quanta fala bonita, mas essa conversa não convence. Vejo que o doutor é mesmo o homem.

— De modo algum — retrucou a prima, com afetada segurança. — E, se ouvirem alguém insistindo nessa história, peço que a desmintam.

A Sra. Jennings tratou de assegurá-la de que ela com certeza não o faria, o que pareceu deixar a Srta. Steele muito feliz.

— Suponho que ficarão com o seu irmão e a sua cunhada, Srta. Dashwood, assim que eles chegarem a Londres — disse Lucy, retomando a carga após uma pausa nas insinuações hostis.

— Não, eu acho que não.

— Ah, eu ouso dizer que sim.

Elinor se recusou a lhe dar a satisfação de continuar contradizendo-a.

— É impressionante que a Sra. Dashwood possa ficar sem as duas por tanto tempo.

— Tanto tempo? — interpôs a Sra. Jennings. — Mas a visita delas mal começou!

Lucy calou-se.

— Lamento não podermos ver a sua irmã, Srta. Dashwood — disse a Srta. Steele. —É pena que ela não esteja passando bem.

Mal elas chegaram, e Marianne abandonara a sala.

— Bondade sua. Minha irmã ficará igualmente sentida por não poder desfrutar da oportunidade de revê-las, mas nos últimos tempos ela tem se visto atormentada por dores de cabeça que tornam impossível até mesmo conversar.

— Ah, minha nossa. Que pena! Mas, tratando-se de velhas amigas como Lucy e eu... acho que ela poderia nos ver. Esteja certa de que não diríamos uma só palavra.

Com grande delicadeza, Elinor declinou da proposta. A irmã talvez já estivesse deitada ou em trajes de dormir e, por isso, impossibilitada de vir encontrar-se com elas.

— Ah, se é esse o problema, podemos subir para vê-la — disse a Srta. Steele.

Elinor começava a achá-la impertinente demais para o seu temperamento, mas foi poupada do trabalho de repreendê-la, pois a irmã, Lucy, se encarregou de fazê-lo. Isso agora, como já ocorrera em tantas outras ocasiões, embora não tivesse servido para suavizar as maneiras de uma, teve a vantagem de refrear as da outra.

XXXIII

Após alguma oposição, Marianne acedeu às insistências da irmã e saiu em sua companhia e da Sra. Jennings para um passeio matinal de meia hora. Estabeleceu, contudo, a condição de não fazerem visitas. Ela se limitaria a acompanhá-las ao Gray's, em Sackville Street, onde Elinor estava levando adiante negociações para a permuta de algumas joias já fora de moda da mãe.

Quando chegaram à porta, a Sra. Jennings lembrou-se de que havia uma senhora no outro extremo da rua a quem devia visitar. E, como nada tivesse a tratar no Gray's, ficou combinado que ela faria a sua visita enquanto as moças tratariam de seu assunto, indo depois ao encontro delas.

Ao adentrarem na loja, as Srtas. Dashwood se depararam com tantas pessoas lá dentro, que não havia um único vendedor disponível para atendê-las, de modo que foram obrigadas a aguardar. Tudo que poderia ser feito era sentar-se junto ao extremo do balcão que lhe parecesse menos concorrido, pois lá havia apenas um cavalheiro a ser atendido, e Elinor tinha esperanças de que, por polidez, ele se despachasse com mais pressa. Infelizmente, a correção de sua aparência e a delicadeza de seu gosto estavam longe de corresponder à sua cortesia. Estava fazendo o pedido de um paliteiro, e, até que o tamanho, o formato e os adornos estivessem devidamente determinados, isso depois de um quarto de hora gasto examinando e ponderando cada paliteiro na loja, não se dignou a dar atenção às duas damas, limitando-se a lhes lançar três ou quatro prolongados olhares, o tipo de atenção que sugeriu para Elinor a imagem de uma pessoa de intensa, natural e genuína vulgaridade, apesar de trajada ao rigor da moda.

Marianne foi poupada dos perturbadores sentimentos de desprezo e ressentimento — ante o impertinente exame realizado pelo cavalheiro —, de seus atributos e da presunção com que discutia os horrores de todos os paliteiros que lhe eram apresentados para inspecionar, simplesmente por se manter alheia a tudo que se passava ao redor. Estava tão acostumada a isolar-se com os seus próprios pensamentos, que era tão capaz de ignorar o que estava acontecendo na loja do Sr. Gray quanto no interior do próprio quarto.

Por fim, o assunto ficou resolvido. O marfim, o ouro e as pérolas, tudo foi escolhido. E o cavalheiro, tendo informado o último dia em que podia passar sem a posse do tal paliteiro, vestiu as luvas com deliberado cuidado e, concedendo mais um olhar às Srtas. Dashwood, que mais parecia solicitar que expressar admiração, afastou-se com um feliz ar de genuína presunção e afetada indiferença.

Elinor não perdeu tempo em ir direto ao cerne da questão e estava prestes a concluir os seus negócios quando outro cavalheiro apareceu ao seu lado. Ela virou o olhar na direção do seu rosto e, com bastante surpresa, viu que se tratava do seu irmão.

A ternura e o prazer genuínos daquele reencontro foram suficientes para imprimir verdadeira animação à loja do Sr. Grey. Longe de mostrar desagrado por encontrar as irmãs, John Dashwood parecia deveras satisfeito, e suas indagações sobre a saúde da madrasta foram respeitosas e sinceras.

Elinor soube que ele e Fanny já haviam chegado a Londres fazia dois dias.

— Quis muito visitá-las ontem — disse —, mas não foi possível, pois tivemos de levar Harry para ver os animais no jardim zoológico, e passamos o restante do dia com a Sra. Ferrars. Harry ficou deveras satisfeito. Também esta manhã tive a intenção de ir vê-las, e teria ido se tivesse encontrado alguma hora livre, mas temos sempre muito o que fazer ao chegar a Londres. Passei aqui para encomendar um sinete para Fanny. Mas estou certo de que amanhã conseguirei visitar Berkeley Street, e espero ser apresentado à sua amiga, a Sra. Jennings. Soube que é uma mulher de grande fortuna. E também quero muito conhecer os Middleton. Como pessoas de relações da minha madrasta, desejo lhes apresentar os meus respeitos. Segundo soube, são excelentes vizinhos seus em Barton.

— De fato, excelentes. A atenção que têm pelo nosso conforto, e a amizade que nos dedicam sob todos os aspectos estão além do que posso expressar.

— Fico extremamente satisfeito em ouvir isso, eu lhes garanto, realmente assaz satisfeito. Contudo, não poderia ser de outra forma. São pessoas de grande fortuna, e são parentes. Toda delicadeza e atenções que possam servir para tornar a sua situação mais agradável normalmente seriam de esperar. Já sei que estão instaladas no seu pequeno chalé e que não precisam de nada! Edward fez-nos uma encantadora descrição do local. Segundo ele, nada pode haver de melhor em seu gênero, e parecem estar perfeitamente adaptadas ali. Posso lhes assegurar de que nos deu grande satisfação saber disso.

Elinor sentiu-se um tanto quanto envergonhada pelo irmão, e não lamentou ter sido poupada da necessidade de uma resposta quando foram interrompidos pela chegada do criado da Sra. Jennings, que veio informá-las de que a sua senhora as estava aguardando à porta da loja.

O Sr. Dashwood as acompanhou até a rua, foi apresentado à Sra. Jennings à porta da sua carruagem e, repetindo que, se tivesse tempo, iria visitá-las no dia seguinte, ali se despediu.

De fato, a visita se realizou no dia seguinte. Ele chegou com um pedido de desculpas da cunhada por não ter podido acompanhá-lo, "mas já estava tão comprometida com a mãe, que não tinha realmente tempo livre para ir a parte alguma". A Sra. Jennings, no entanto, afirmou-lhe que era desnecessário proceder com cerimônia, afinal eram todas primas ou algo semelhante. Ela visitaria a Sra. John Dashwood muito em breve e traria as cunhadas para vê-la. Os modos dele para com elas, embora calmos, eram perfeitamente atenciosos; para com a Sra. Jennings, mais solícitos. E, à chegada do coronel Brandon, que veio pouco depois, John olhou para ele com uma certa curiosidade que parecia exprimir o seu desejo de saber se ele era rico, para se mostrar igualmente cortês para com ele.

Tendo permanecido em companhia delas por cerca de meia hora, pediu a Elinor que o acompanhasse a Conduit Street para apresentá-lo a Sir John e a Lady Middleton. O tempo estava notavelmente firme, e ela, de bom grado, aquiesceu. Mal deixaram a casa, e as indagações começaram.

— Quem é esse coronel Brandon? É um homem de fortuna?

— É. Tem uma bela propriedade em Dorsetshire.

— Folgo em sabê-lo. Tem toda a aparência de um cavalheiro, e devo congratulá-la, Elinor, diante da perspectiva de uma bela posição na vida.

— Eu, meu irmão? O que quer dizer com isso?

— Ele gosta de você. Eu o observei cuidadosamente e estou convencido disso. Qual o montante da sua fortuna?

— Creio que cerca de duas mil libras por ano.

— Duas mil libras por ano... — Em seguida, esforçando-se para passar um tom de generoso entusiasmo, acrescentou: — Elinor, para o seu bem, eu desejaria que fosse duas vezes mais.

— Eu acredito — retrucou Elinor —, mas tenho toda certeza de que o coronel Brandon não tem a menor vontade de se casar comigo.

— Está enganada, Elinor. Está, de fato, muito enganada. Com muito pouco esforço de sua parte, poderá assegurá-lo. É possível que, por ora, esteja indeciso. A insignificância do seu dote pode fazer com que ele se retraia. Os amigos dele podem-no advertir no tocante a isso. Mas alguns daqueles pequenos estímulos e atenções que as damas tão facilmente conseguem dar, poderão levá-lo a ceder mesmo a contragosto. E não há motivo para que você não tente aliciá-lo. Não é de supor que qualquer afeição que você tivesse anteriormente... em suma, sabe que uma afeição dessa espécie está fora de propósito, já que os obstáculos são intransponíveis... você é por demais sensata para não perceber tudo isso. O coronel Brandon é o homem certo, e não há gesto de cordialidade que eu não faça no sentido de que ele se sinta satisfeito com você e a sua família. É uma união que deve ser do agrado de todos. Resumindo, é algo — prosseguiu, baixando o tom de voz a um sussurro de inegável importância — que será extremamente importante para ambas as partes. — Como que se lembrando de algo, ele acrescentou: — Ou seja, quero dizer... seus amigos estão ansiosos por vê-la bem instalada na vida. Fanny, em particular, pois ela tem um grande interesse na sua felicidade, não duvide disso. E a mãe dela, a Sra. Ferrars, mulher de muito bom coração. Estou certo de que isso lhe daria uma satisfação imensa. Ela falou isso no outro dia.

Elinor não lhe ofereceu qualquer resposta.

— Seria uma coisa admirável agora — John Dashwood continuou —, algo muito divertido. Fanny ter um irmão, e eu, uma irmã, se assentando na vida ao mesmo tempo. E olhe que isso não está longe de acontecer.

— O Sr. Edward Ferrars está para se casar? — perguntou Elinor.

— Ainda não está marcado, mas há algo em cogitação. A mãe dela é uma senhora extraordinária. A Sra. Ferrars generosamente virá em seu auxílio, oferecendo-lhe um estipêndio anual de mil libras. A jovem é a ilustre Srta. Morton, filha única do falecido Lorde Morton, com uma fortuna de trinta mil libras. Uma união altamente desejável de ambas as partes, e não tenho dúvidas de que se realizará ao seu tempo. Mil libras anuais são uma importância deveras significativa como estipêndio permanente, mas a Sra. Ferrars tem um espírito assaz generoso. Para lhe dar um outro exemplo da sua generosidade, um dia desses, quando estávamos para viajar para cá, ciente de que não contávamos com muito dinheiro àquela altura, pôs na mão de Fanny notas no valor de duzentas libras; o que foi altamente oportuno para nós, frente às grandes despesas que teremos enquanto estivermos por aqui.

Ele se interrompeu, à espera de que Elinor manifestasse o seu assentimento e a sua simpatia. Ela se forçou a dizer:

— Suas despesas, tanto em Londres quanto no campo, devem de fato ser consideráveis. Contudo, a sua renda também é grande.

— Não tão grande, eu ouso dizer, quanto muitos supõem. Não desejo me queixar, contudo trata-se sem dúvida de uma renda considerável, que espero um dia venha a crescer ainda mais. O muro que estou erguendo em Norland Common está me levando muito dinheiro. Além disso, adquiri umas terras nesse meio do ano. East Kingham Farm, deve se lembrar do lugar onde vivia o velho Gibson. Sempre tive tanto gosto por aquela fazenda adjacente à minha propriedade, que me senti na obrigação de comprá-la. Não poderia viver com a minha consciência se a deixasse cair em mãos de terceiros. Às vezes, um homem precisa pagar por suas conveniências, e de fato me custou um bocado de dinheiro.

— Gastou mais do que considera o seu valor intrínseco?

— Bem, espero que não. Acho que poderia vendê-la no dia seguinte por um valor maior. Porém, no que diz respeito ao dinheiro da aquisição, andei correndo um grave risco. As ações estavam na época tão baixas que, se eu não tivesse no banco dinheiro disponível para a compra das terras, teria de vender os papéis com grande prejuízo.

Elinor pôde apenas sorrir.

— Tivemos outras grandes e inevitáveis despesas assim que chegamos a Norland. Nosso querido pai, como bem sabe, legou todos os bens de Stanhill que ficaram em Norland, e eram deveras valiosos, à sua mãe. Longe de mim querer criticá-lo por isso. Era o direito inquestionável dele dispor do que era seu como bem entendesse, mas, em consequência disso, fomos obrigados a fazer grandes compras de roupas de cama e mesa, aparelhos de jantar, etc., para substituir o que fora levado. Pode imaginar que, após tantas despesas, estamos muito longe de ser ricos, e como foi oportuna a generosidade da Sra. Ferrars.

— Com certeza — disse Elinor. — E, assistidos por sua generosidade, espero que ainda venham a viver rodeados de grande conforto.

— Mais um ou dois anos, e as coisas certamente hão de melhorar — retrucou solenemente o irmão —, mas, por ora, há muito o que fazer. Não moveremos ainda uma única pedra na construção da estufa de Fanny; e o nosso jardim, por enquanto, não passa de um projeto.

— Onde será a estufa?

— Na elevação nos fundos da casa. Vamos derrubar as velhas castanheiras para abrir espaço para ela. Será uma bela construção, visível de várias partes da propriedade, e o jardim será uma beleza, começando ali e descendo pela encosta. Já tiramos do terreno os arbustos espinhentos que ali cresciam.

Elinor manteve para si a preocupação e a censura, e agradeceu por Marianne não estar presente para compartilhar a provocação.

Tendo agora deixado bem claro o seu estado de pobreza, livrando-se assim da incumbência de comprar um par de brincos para cada uma das irmãs em sua próxima visita ao Gray's, seus pensamentos optaram por um rumo mais alegre, e começou a parabenizar Elinor por ter uma amiga como a Sra. Jennings.

— Ela, sem dúvida, parece ser uma pessoa muito rica... Sua casa, seu estilo de vida, tudo demonstra uma renda excelente, e é uma amizade que não só tem lhes sido de grande proveito até agora, mas que poderá provar ser materialmente vantajosa no futuro. O convite que ela fez para que a acompanhassem até Londres, com certeza, já é um grande favor. De fato, demonstra tão grande consideração que, com toda a probabilidade, quando ela morrer, vocês duas não ficarão esquecidas. Ela deve ter muito para deixar.

— Suponho que nada tenha. Apenas usufruí do que será revertido às filhas.

— Ah, mas não é de se supor que gaste todos os seus rendimentos. Poucas pessoas de bom senso procederiam assim. De tudo quanto terá economizado, ela poderá dispor livremente.

— E não acha muito mais provável que deixe para as filhas, e não para nós?

— As filhas estão ambas muito bem casadas. Não vejo a necessidade de premiá-las ainda mais. Ao passo que, na minha opinião, pelo carinho que tem demonstrado para com vocês, tratando-as com enorme consideração, ela está lhes concedendo certos direitos futuros, a que uma senhora conscienciosa não se furtaria. Nada pode ser mais gentil do que sua maneira de tratá-las, e ela dificilmente poderia proceder assim sem estar ciente da expectativa que com isso desperta.

— Mas ela não deixou transparecer nenhuma intenção dessa espécie. Francamente, meu irmão, sua ansiedade pelo nosso bem-estar e pela nossa prosperidade está levando-o longe demais.

— Ora, na realidade — disse ele, como se estivesse se lembrando de algo —, as pessoas têm muito pouco, pouquíssimo mesmo, em seu poder. Mas, minha cara Elinor, o que se passa com Marianne? Ela não me parece muito bem. Perdeu o seu colorido, emagreceu bastante. O que houve? Está doente?

— Não se sente bem. Há várias semanas que tem andado nervosa.

— Lamento saber. Na idade dela, qualquer doencinha dá cabo da beleza para sempre! A dela pouco durou! Era uma moça linda em setembro passado, como nunca vi outra igual, capaz de atrair os homens como poucas. Havia qualquer coisa no tipo de beleza dela que muito os agradava. Lembro-me de que Fanny costumava dizer que ela haveria de se casar mais rápido e melhor do que você. Não que Fanny tivesse algo contra você, mas é que a beleza de Marianne a impressionava. No entanto, ela se enganou. Tenho minhas dúvidas de que agora Marianne consiga desposar um homem de mais de quinhentas ou seiscentas libras de renda anual, ao passo que ficaria decepcionado se você não conseguisse muito mais. Dorsetshire! Conheço muito pouco de Dorsetshire. Mas, querida Elinor, como ficaria radiante se pudesse conhecer melhor o lugar. E posso lhe garantir que Fanny e eu estaremos entre os seus primeiros e mais felizes visitantes.

Elinor tentou convencer o irmão de que não havia qualquer possibilidade de ela vir a casar-se com o coronel Brandon, mas era uma expectativa que lhe dava satisfação demais para que o Sr. Dashwood pudesse facilmente renunciar a ela. Estava, de fato, decidido a estabelecer relações de amizade com o cavalheiro, além de promover o casamento por todos os meios ao seu alcance. Encontrava-se bastante arrependido por, até agora, não ter feito nada pelas irmãs, por isso ansiava em demasia para que outros o fizessem. Logo, um pedido de casamento do coronel Brandon ou um legado da parte da Sra. Jennings eram os meios mais fáceis de atenuar a própria negligência.

Tiveram sorte de encontrar Lady Middleton em casa, e Sir John chegou antes do final da visita. Houve um excesso de gentileza de ambos os lados. Sir John estava sempre pronto a gostar de quem quer que fosse, e, embora o Sr. Dashwood não parecesse entender muito de cavalos, ele logo o classificou como um bom rapaz, enquanto Lady Middleton o achou suficientemente elegante para ser digno de se tornar seu amigo, e o Sr. Dashwood foi embora encantado com ambos.

— Tenho um relato magnífico para apresentar a Fanny — disse ao retornar com a irmã. — Lady Middleton é, de fato, uma dama muito elegante! Uma mulher que, eu tenho certeza, Fanny adorará conhecer! E a Sra. Jennings também é uma criatura de excelentes maneiras, embora lhe falte a elegância da filha. Sua cunhada não precisa mais ter escrúpulos em visitá-la, o que, para ser sincero, era um pouco o caso, e com razão. Afinal, tudo o que sabíamos a respeito da Sra. Jennings é que era a viúva de um homem que ganhara todo o seu dinheiro de maneira escusa. E Fanny e Sra. Ferrars estavam ambas fortemente convencidas de que nem ela nem as filhas eram pessoas com quem Fanny gostaria de se dar. Contudo, agora poderei lhe levar as melhores informações sobre ambas.

XXXIV

A Sra. John Dashwood tinha tanta confiança no julgamento do marido, que logo no dia seguinte foi visitar a Sra. Jennings e a filha. Sua confiança foi recompensada ao constatar que mesmo a primeira, a mulher que estava hospedando as cunhadas, era merecedora de sua consideração. Quanto a Lady Middleton, evidentemente achou-a a mulher mais encantadora do mundo!

Lady Middleton mostrou-se igualmente encantada com a Sra. Dashwood. Havia uma espécie de frio egoísmo que as atraía mutuamente. E simpatizaram uma com a outra graças a um insípido código de boas maneiras e à falta geral de conhecimentos.

No entanto, as mesmas boas maneiras que recomendavam a Sra. John Dashwood no conceito de Lady Middleton não agradavam a Sra. Jennings. E, para ela, a senhora em questão não passava de uma mulher deveras presunçosa e de maneiras pouco cordiais, que não demonstrou qualquer afeição pelas cunhadas, quase não tendo nada a lhes dizer. Isso porque, dos quinze minutos passados na Berkeley Street, permaneceu metade deles em silêncio.

Elinor queria muito saber, embora não se atravesse a perguntar, se Edward estava em Londres. Mas nada levaria Fanny a mencionar o nome dele na presença dela, senão quando pudesse lhe informar que o seu casamento com a Srta. Morton já estava marcado, ou quando as esperanças do marido em relação ao coronel Brandon estivessem confirmadas. Julgava os dois ainda muito atraídos um pelo outro, e convinha mantê-los diligentemente separados por atos e palavras em todas as ocasiões. A informação que, no entanto, ela não daria, logo transpirou de outra fonte. Pouco tempo depois, Lucy veio lamentar-se com Elinor por não ter conseguido ver Edward, que chegara a Londres na companhia do Sr. E da Sra. John Dashwood. Ele não se arriscava a vir a Bartlett's Buildings com receio de ser surpreendido, e, embora sua mútua impaciência em encontrar-se fosse indizível, nada mais podiam fazer por ora do que corresponder-se.

O próprio Edward, pouco depois, confirmou a sua presença em Londres, vindo procurá-las por duas vezes em Berkeley Street. Por duas vezes encontraram o seu cartão sobre a mesa ao regressarem de seus compromissos matinais. Elinor estava satisfeita de que ele as tivesse procurado, e mais satisfeita ainda por não o ter encontrado.

Os Dashwood se sentiam tão prodigiosamente encantados com os Middleton, que, embora não tivessem por hábito receber com frequência, estavam propensos a lhes oferecer um jantar. Poucos dias após terem se conhecido, os convidaram para ir à Harley Street, onde haviam alugado uma confortável casa por três meses. As Srtas. Dashwood e a Sra. Jennings foram igualmente convidadas, e John Dashwood teve o cuidado de assegurar a presença do coronel Brandon, que, sempre desejoso em estar na companhia da Srta. Dashwood, recebeu essa insistente cortesia com alguma surpresa, mas com muito prazer. Iriam conhecer a Sra. Ferrars, embora Elinor não tivesse certeza da presença dos filhos dela. A expectativa de vê-la, todavia, era suficiente para deixá-la interessada no compromisso. Afinal, conquanto pudesse agora conhecer a mãe de Edward sem aquela intensa ansiedade que esse encontro antes prometia, conquanto pudesse vê-la agora com total indiferença à opinião que essa senhora pudesse ter a seu respeito, o desejo de estar em companhia da Sra. Ferrars, sua curiosidade em saber como ela era, permaneciam tão intensos quanto antes.

O interesse com que ela antevia a festa, no entanto, logo aumentou de maneira mais intensa que agradável, com a notícia de que as Srtas. Steele também estariam presentes.

Tão bem se haviam insinuado junto a Lady Middleton, tão amáveis as atenções que haviam lhe dispensado, que, embora Lucy não fosse de modo algum elegante, e a sua irmã nem sequer educada era, tanto Lady Middleton quanto Sir John tiveram muito gosto em convidá-las para passar uma semana ou duas em Conduit Street. E acabou sendo muito conveniente para as Srtas. Steele, tão logo souberam do convite dos Dashwood, que a visita começasse poucos dias antes de se realizar o jantar.

Suas tentativas de chamar a atenção da Sra. John Dashwood, na condição de sobrinhas do cavalheiro que durante tantos anos fora instrutor do seu irmão, não exerceram grande efeito no sentido de lhes garantir bons lugares à mesa. Mas, na qualidade de hóspedes de Lady Middleton, tinham de ser bem-vindas. E Lucy, que há muito desejava conhecer pessoalmente a família, podendo melhor lhes observar o caráter e avaliar suas próprias dificuldades, além de ter uma oportunidade para tentar lhes agradar, poucas vezes se sentiu tão feliz em sua vida como quando recebeu o cartão da Sra. John Dashwood.

O efeito foi muito diferente em Elinor. Ela imediatamente começou a cogitar que Edward, que vivia com a mãe, teria de ser convidado, bem como a Sra. Ferrars, para um jantar organizado pela sua irmã. E, vê-lo pela primeira vez, depois de tudo que havia acontecido, em companhia de Lucy! Era algo que dificilmente poderia suportar.

Tais apreensões, contudo, talvez não fossem inteiramente cabíveis, nem de todo verdadeiras. E foram dissipadas não por suas próprias meditações, mas pela boa vontade de Lucy, que, acreditando estar lhe infligindo uma grande decepção, revelou que Edward com certeza não estaria em Harley Street na terça-feira.

E, julgando estar lhe prolongando o sofrimento, afirmou que a ausência dele se devia à extrema afeição que ele lhe dedicava, e que não conseguia disfarçar quando estavam juntos.

Finalmente, a fatídica terça-feira em que as duas jovens seriam apresentadas àquela terrível sogra chegou.

— Tenha pena de mim, cara Srta. Dashwood! — suplicou Lucy ao subirem juntas as escadas, pois os Middleton chegaram tão imediatamente após a Sra. Jennings, que todos seguiram o criado ao mesmo tempo. — Aqui não há ninguém, a não ser você, que possa sentir por mim. Devo dizer que mal estou me aguentando de pé. Ah, meu Deus! Daqui a um instante vou conhecer aquela de quem dependerá toda a minha felicidade... ela que será a minha sogra!

Elinor podia proporcionar-lhe um alívio imediato se admitisse que mais provavelmente a pessoa a quem iriam conhecer se tornaria a sogra da Srta. Morton, e não a dela. Mas, em vez de fazer isso, assegurou-lhe, aliás, com grande sinceridade, que tinha pena dela... Para grande espanto de Lucy, que, embora não se sentindo ela mesma muito à vontade, esperava pelo menos ser objeto da mais absoluta inveja por parte de Elinor.

A Sra. Ferrars era uma mulher de baixa estatura, magra e muito empertigada, quase formal na sua aparência; e séria, até mesmo azeda, no seu aspecto. De compleição pálida, os traços do rosto eram pouco acentuados, sem beleza e naturalmente desprovidos de expressividade. Porém, uma fortuita contração do cenho salvava o seu semblante da desgraça da insipidez, oferecendo-lhe as fortes características do orgulho e do mau humor. Não era mulher de muitas palavras, já que, ao contrário das pessoas em geral, ela as tinha em proporção ao número de suas ideias, e, das últimas sílabas que dela escaparam, nem uma só se destinou à Srta. Dashwood, a quem observava com a forte determinação de sob nenhuma circunstância apreciar.

Elinor já não podia mais se sentir infeliz com essa atitude. Meses antes, teria se sentido horrivelmente magoada, mas já não estava mais ao alcance da Sra. Ferrars lhe causar mal. E a deferência que ela demonstrava para com as Srtas. Steele, com a qual parecia ter o propósito de humilhá-la ainda mais, servia apenas para diverti-la. Não podia deixar de sorrir ao ver a afabilidade com que ambas, mãe e filha, se dirigiam exatamente à pessoa (pois Lucy era especialmente distinguida) a quem, dentre todas, soubessem elas o que Elinor sabia, estariam ansiosas por ferir; ao passo que ela, que comparativamente não tinha nenhum poder de mortificá-las, era propositadamente negligenciada por ambas. Contudo, ao mesmo tempo que se ria de tal afabilidade mal-empregada, não pôde deixar de refletir sobre o espírito mesquinho do qual ela brotava, nem evitar de observar as deliberadas atenções com que a Srtas. Steele cortejavam a sua continuidade, sem desprezar profundamente as quatro mulheres por isso.

Lucy estava radiante por ser tão ilustremente distinguida, e a irmã só estava esperando que fizessem troça com ela a propósito do Dr. Davis para se sentir inteiramente feliz.

Foi um jantar imponente, os criados numerosos, e tudo revelando a propensão da senhora da casa para o exibicionismo, além da capacidade do marido de encorajar tal qualidade. A despeito das melhorias e dos acréscimos que estavam efetuando na propriedade de Norland, e a despeito de seu proprietário haver estado, por causa de alguns milhares de libras, prestes a vender suas ações com prejuízo, nada ali parecia revelar os sintomas de tal indigência que ele tentara sugerir a Elinor. Nenhuma pobreza de qualquer espécie, a não ser nas conversas, tudo indicava. Nestas, a deficiência era, de fato, digna de nota. John Dashwood não tinha muito a dizer que merecesse ser ouvido, e a esposa menos ainda. Contudo, não havia nisso nenhuma desgraça especial, porquanto o mesmo se dava em relação à maioria dos seus convidados, já que, para lhes serem agradáveis, todos se esforçavam por se enquadrar em uma ou outra das seguintes qualificações: falta de bom senso, tanto natural quanto adquirido... falta de elegância... falta de ânimo... ou falta de caráter.

Quando as senhoras se retiraram para a sala de estar após o jantar, essa indigência tornou-se ainda mais acentuada, pois os cavalheiros tinham colaborado para a variedade dos assuntos a serem conversados. Falaram de política, da divisa das terras, de amansar cavalos... mas agora um único assunto ocupava as senhoras: a comparação das alturas de Harry Dashwood e de William, o segundo filho de Lady Middleton, que tinham aproximadamente a mesma idade.

Se ambas as crianças estivessem na casa, a questão poderia ter sido facilmente resolvida pela medição da altura de cada uma. Mas, como apenas Harry estava presente, tudo não passava de conjecturas de ambos os lados, e cada qual tinha o direito de se achar com a razão e repetir seus argumentos quantas vezes quisesse.

As opiniões dividiam-se assim:

As mães, embora cada qual estivesse convencida de que o próprio filho era o mais alto, polidamente opinavam em favor do outro.

As duas avós, com não menos parcialidade, porém muito mais sinceras, estavam igualmente decididas a defender o seu próprio descendente.

Lucy, que queria agradar tanto a uma senhora quanto a outra, achava que ambos os meninos eram incrivelmente altos para a sua idade, e não podia conceber que houvesse a menor diferença entre eles; e a irmã, com ainda mais veemência, assim que pôde votou pelo empate.

Elinor, que já havia manifestado sua opinião a favor de William, com o que ofendeu ainda mais Fanny e a Srta. Ferrars, não viu motivos para reafirmar o seu ponto de vista. Marianne, quando solicitada a opinar, ofendeu a todas declarando nada poder afirmar, por jamais ter considerado a questão.

Antes de mudar-se de Norland, Elinor pintara para a cunhada uns panos de biombo muito bonitos, que, depois de montados e trazidos para aquela casa, agora ornamentavam a sala de visitas. Ao acompanhar os outros cavalheiros para a sala de fumar, John Dashwood os notou e ostensivamente os indicou para o coronel Brandon, para que ele os admirasse.

— Foram pintados pela minha irmã mais velha — disse. — E o senhor, como homem de bom gosto, saberá que tenho certeza em apreciá-los. Não sei se já teve oportunidade de ver outros trabalhos dela, mas todos reconhecem que ela desenha muito bem.

O coronel, jamais havendo demonstrado qualquer pretensão de ser conhecedor do assunto, admirou entusiasticamente os panos, como teria feito em relação a qualquer outra pintura da Srta. Dashwood. Naturalmente, a curiosidade geral foi excitada e, expostos na sala, os panos foram examinados por todos. A Sra. Ferrars, sem saber que se tratava de uma obra de Elinor, mostrou-se particularmente interessada em observá-los. Depois que declarou sua aprovação pela obra, Fanny quis mostrá-la à mãe, informando-a de que se tratava de um trabalho de Elinor.

— Hum — disse a Sra. Ferrars —, muito bonito.

E, sem voltar a fitá-lo, voltou ao seu lugar.

Talvez Fanny tenha admitido, ainda que por um instante, que a mãe fora rude. Pois, enrubescendo ligeiramente, disse:

— São muitos bonitos, não acha? —Todavia, o receio de ter sido demasiadamente polida ou demasiadamente encorajadora logo retornou, porque ela acrescentou: — Não acha que são um pouco o estilo da pintura da Srta. Morton, mamãe? Ela pinta admiravelmente! Sua última paisagem foi maravilhosa!

— De fato, maravilhosa! Mas ela é perfeita em tudo o que faz.

Marianne não conseguiu suportar aquilo. Já estava muito descontente com a Sra. Ferrars e, embora não fizesse ideia do que de fato estava em jogo, aquele inoportuno elogio de outra, às custas de Elinor, a levou imediatamente a dizer com veemência:

— Que admiração singular! O que significa para nós a pintura da Srta. Morton? Quem a conhece ou se importa com ela? É a respeito do trabalho de Elinor que estamos falando.

E, dizendo isso, tomou os panos das mãos da cunhada para admirá-los como achava que devia ser feito.

A Sra. Ferrars mostrou-se excessivamente furiosa e, levantando-se ainda mais retesada do que nunca, retorquiu com a implacável diatribe:

— A Srta. Morton é a filha de Lorde Morton.

Fanny mostrou-se igualmente irritada, e o marido ficou aterrorizado com a audácia da irmã. Elinor sentiu-se muito mais ferida com o arroubo de Marianne do que com o que o provocara. Mas os olhos do coronel Brandon, fixos em Marianne, exprimiam que ele só notara o que havia de bondoso no gesto, o coração afetuoso que não suportara ver a irmã reduzida a um plano inferior.

Os sentimentos de Marianne não ficaram por aí. A fria insolência do comportamento geral da Sra. Ferrars para com a irmã pareceu-lhe prenunciar dificuldades e desgostos para Elinor, e seu próprio coração ferido levou-a a pensar nisso com horror, tomada por um forte impulso de afetuosa sensibilidade. Chegou-se, após um momento, para junto da cadeira da irmã e, pondo o braço ao redor do pescoço de Elinor, aproximou seu rosto do dela e disse, em voz baixa, mas ansiosa:

— Minha querida Elinor, não se importe com eles. Não permita que a façam infeliz.

Não conseguiu dizer mais nada. Suas forças a abandonaram, e, escondendo o rosto no ombro de Elinor, Marianne começou a chorar. Despertou com isso a atenção de todos, que se mostraram preocupados. O coronel Brandon ergueu-se e veio na direção delas para saber se poderia ajudar. A Sra. Jennings, exclamando "Ah, pobrezinha!", na mesma hora lhe estendeu um frasco de sais. E Sir John sentiu-se tão indignado com a responsável pela crise nervosa, que imediatamente mudou de lugar e foi se sentar ao lado de Lucy Steele, onde, em voz baixa, lhe fez um breve resumo do chocante episódio.

Entretanto, poucos minutos depois, Marianne já se recompusera o suficiente para dar um fim à comoção generalizada. Sentou-se junto dos outros, mas o que se sucedera não lhe abandonou o espírito durante todo o restante da noite.

— Pobre Marianne — disse o irmão ao coronel Brandon, em baixo tom de voz, assim que pôde lhe obter a atenção. — Não goza da mesma boa saúde que a irmã. É muito nervosa. Não possui a constituição de Elinor. E tenho de admitir que pode ser muito perturbador para uma jovem que já foi muito bela, sentir a perda de seus atrativos pessoais. O senhor talvez não consiga imaginar, mas Marianne era extraordinariamente encantadora há apenas alguns meses. Tão atraente quanto Elinor. Agora, como pode ver, tudo se foi.

XXXV

A curiosidade de Elinor em conhecer a Sra. Ferrars fora satisfeita. Encontrou na mulher tudo que tendia a tornar indesejável uma aproximação maior entre as duas famílias. Vira o suficiente do seu orgulho, da sua maldade e de seu obstinado preconceito contra ela, para compreender todas as dificuldades que teriam frustrado o compromisso e retardado o casamento dela com Edward, tivesse ele liberdade para isso. E vira o suficiente para sentir-se grata por um obstáculo ainda maior tê-la impedido de ficar na dependência de todos os seus caprichos, forçada a toda espécie de solicitudes para obter as suas graças. Embora não tivesse chegado ao ponto de sentir-se feliz por Edward estar comprometido com Lucy, ao menos tinha a convicção de que, se esta fosse mais simpática, estaria obrigada a sentir-se feliz.

Admirava-se que Lucy pudesse sentir-se tão lisonjeada com as atenções da Sra. Ferrars, e de que seu interesse e vaidade fossem tão fortes a ponto de cegá-la para o fato de que os elogios lhe tinham sido dirigidos apenas pelo simples fato de ela não ser Elinor, e a preferência só lhe era concedida pelo desconhecimento da sua real situação. Porém, essa verdade não fora declarada apenas pelo olhar de Lucy naquela noite, mas por ela própria corroborada na manhã seguinte, quando pediu a Lady Middleton que a deixasse em Berkeley Street na esperança de encontrar Elinor sozinha e lhe falar de sua felicidade.

A visitante estava com sorte, pois um recado da Sra. Palmer, logo em seguida à sua chegada, motivou a saída da Sra. Jennings.

— Minha querida amiga — exclamou Lucy assim que se viram a sós —, vim para falar de minha felicidade. Pode haver algo mais lisonjeiro do que a maneira como a Sra. Ferrars me tratou ontem? Foi extraordinariamente afável! Sabe muito bem o receio que eu tinha de conhecê-la; mas, a partir do momento em que lhe fui apresentada, houve tamanha amabilidade de sua parte que parecia indicar que ela simpatizara deveras comigo. Não foi o que lhe pareceu? Você testemunhou tudo, não ficou impressionada com o que viu?

— Ela sem dúvida foi muito cortês com você.

— Cortês? Acha que foi apenas cortesia? Eu vi muito mais. Tamanha amabilidade compartilhada apenas comigo! Nenhum orgulho, nenhuma soberba, e sua cunhada também... pura gentileza e afabilidade!

Elinor queria falar de outro assunto, porém Lucy ainda insistia em confessar que tinha razão para ser feliz. E Elinor se viu obrigada a prosseguir:

— Sem dúvida, se soubessem do compromisso de vocês — disse ela —, nada poderia ter sido mais satisfatório do que o tratamento que lhe deram. Mas, como não era o caso...

— Eu sabia que ia me dizer isso — replicou apressadamente Lucy. — Mas não havia qualquer razão para que a Sra. Ferrars fingisse gostar de mim, se assim não fosse, e isso para mim é tudo. Não conseguirá macular a minha satisfação. Tenho certeza de que tudo acabará bem, e de que não haverá a dificuldade que eu imaginei que haveria. A Sra. Ferrars é uma pessoa encantadora, assim como a sua cunhada. São ambas de fato mulheres admiráveis! Causa-me surpresa que jamais tivesse dito como a Sra. Dashwood é encantadora!

Quanto a isso, Elinor não tinha resposta a dar, e nem tentou oferecer alguma.

— Está se sentindo mal, Srta. Dashwood? Parece abatida... tão calada... decerto não se sente bem.

— Nunca estive tão bem de saúde.

— Sinto-me aliviada, do fundo do coração, mas devo dizer que não parece. Eu sentiria muito se estivesse doente. Você tem sido o maior conforto que tenho no mundo! Deus sabe o que eu teria feito sem a sua amizade.

Elinor conseguiu encontrar uma resposta educada, apesar de duvidar de seu sucesso. Mas esta pareceu satisfazer Lucy, que, em seguida, replicou:

— Estou realmente convencida de sua afeição por mim; e, depois do amor de Edward, é o maior conforto que tenho. Pobre Edward! Mas agora há pelo menos uma coisa. Poderemos nos encontrar, e com frequência, pois Lady Middleton está encantada com a Sra. Dashwood, de modo que passaremos bastante tempo em Harley Street, eu imagino, e Edward passa metade de seu tempo com a irmã. Além disso, Lady Middleton e a Sra. Ferrars vão agora visitar-se, e tanto a Sra. Ferrars quanto a sua cunhada foram ambas bondosas em dizer mais de uma vez que teriam muito gosto em receber-me. São pessoas tão encantadoras! Estou certa de que, se alguma vez disser à sua cunhada o que penso dela, não conseguirá nunca exagerar.

Mas Elinor nunca lhe daria qualquer esperança de que um dia dissesse isso à cunhada. Lucy continuou:

— Estou certa de que eu teria percebido imediatamente caso a Sra. Ferrars não simpatizasse comigo. Se ela apenas tivesse me cumprimentado formalmente, por exemplo, sem dizer uma única palavra, e passado todo o tempo sem me dar a menor atenção, sem sequer me dirigir um olhar amistoso... sabe o que eu quero dizer... se tivesse sido tratada de maneira ríspida, eu teria ficado desesperada. Não o teria suportado. Pois, quando ela não gosta de alguém, soube que é com muita intensidade.

Uma porta se abriu, impedindo Elinor de responder a esse triunfo social. E, anunciado pelo criado como o Sr. Ferrars, Edward entrou.

Foi um momento de extremo constrangimento, como deixado claro pela expressão contrafeita no rosto de cada um, e Edward pareceu mais inclinado a sair novamente da sala do que a continuar avançando. A circunstância que todos queriam a todo custo evitar acabara de ocorrer da forma mais desagradável. Os três estavam juntos e, para piorar, sem o atenuante da presença de outra pessoa. As moças se recuperaram primeiro. Não competia a Lucy adiantar-se, e a aparência do segredo devia ser mantida. Portanto, só lhe restou olhar para Edward com ternura e, tendo diligentemente o cumprimentado, nada mais disse.

Mas Elinor tinha mais a fazer. E estava tão ansiosa, por causa dele e de si própria, por fazê-lo bem, que, após um instante para se recompor, esforçou-se para lhe dar as boas-vindas com um ar e gestos quase normais, quase espontâneos. Um esforço a mais, uma tentativa a mais, e os resultados foram ainda melhores. Não permitiria que a presença de Lucy, ou a consciência de uma injustiça feita a ela, a impedisse de falar de sua satisfação em revê-lo, e de quanto lamentava ter estado ausente por ocasião de sua visita à Berkeley Street. Não teria receios de lhe conceder tais atenções que, como amiga e quase parente, lhe eram devidas diante do olhar de Lucy, que os observava atentamente.

A atitude concedeu um pouco de confiança a Edward, que readquiriu a coragem para sentar-se. O embaraço, embora raro no seu sexo, ainda superava o das moças em tal proporção que as circunstâncias tornavam razoável, haja visto que seu coração não tinha a indiferença do de Lucy nem a sua consciência possuía a calma do de Elinor.

Com um ar recatado e bem-composto, Lucy parecia determinada a não contribuir para deixar os outros mais à vontade, por isso não disse uma só palavra. Praticamente tudo o que foi dito partiu de Elinor, obrigada a adiantar todas as informações no tocante à saúde da mãe, a vinda delas a Londres e tudo mais, que Edward deveria ter pedido, mas não o fez.

Seus esforços não terminaram aí, porque logo em seguida sentiu-se tão heroicamente disposta que tomou a decisão, com pretexto de ter que ir à procura de Marianne, de deixá-los a sós. E assim realmente o fez, e da maneira mais elegante possível, pois demorou-se alguns minutos no patamar, demonstrando a maior fortaleza de espírito, antes de ir procurar Marianne. Quando finalmente o fez, no entanto, já não tinha mais tempo para os arroubos de Edward, pois a alegria da irmã fê-la correr imediatamente para a sala de visitas. Seu prazer em vê-lo foi como qualquer outro sentimento seu, forte e abertamente demonstrado. Aproximou-se dele com a mão estendida e uma voz que exprimia afeto fraternal.

— Querido Edward! — exclamou. — Que momento tão feliz... Quase me fez esquecer de todo o resto!

Edward tentou lhe retribuir o cumprimento como ela merecia, mas, diante daquela testemunha, não ousava dizer metade do que realmente sentia. De novo sentaram-se todos e, por um instante ou dois, permaneceram em silêncio enquanto Marianne olhava com a mais expressiva ternura ora para Edward, ora para Elinor, lamentando apenas que o deleite de ambos estivesse prejudicado pela presença indesejável de Lucy. Edward foi o primeiro a falar, e foi para se referir à fisionomia alterada de Marianne e expressar o seu receio de que, talvez, ela não estivesse se dando bem em Londres.

— Ah, não se preocupe comigo! — replicou a moça, com alegre veemência, embora os olhos estivessem cheios de lágrimas. — Não pense na minha saúde. Como pode ver, Elinor está bem. Para nós, isso é o suficiente.

O comentário não foi feito com o intuito de deixar Edward e Elinor mais à vontade, nem para granjear a boa vontade de Lucy, que olhava para Marianne com uma expressão não muito agradável.

— Está gostando de Londres? — Edward perguntou, disposto a falar qualquer coisa que pudesse introduzir outro assunto.

— Nem um pouco. Esperava encontrar muita distração aqui, mas não achei nenhuma. Vê-lo aqui, Edward, foi o único prazer que esta cidade me concedeu. E, por sorte, você continua o mesmo!

Houve uma pausa... os três em silêncio.

— Elinor — continuou em seguida Marianne —, acho que devíamos encarregar Edward de nosso retorno a Barton. Dentro de uma semana ou duas, creio que estaremos de volta. E acho que Edward não recusará a incumbência de nos acompanhar.

O pobre Edward murmurou alguma coisa, o que ninguém soube dizer, nem mesmo o próprio. Mas Marianne, que notou a sua agitação e, sem a menor dificuldade, era capaz de associá-la à causa que mais lhe agradasse, estava plenamente satisfeita e logo passou a falar de outro assunto.

— Edward, ontem passamos o dia em Harley Street! Tão entediante, tão absurdamente entediante... Tenho muito a lhe falar a esse respeito, mas não posso dizê-lo agora.

E, com tal discrição admirável, deixou para uma ocasião em que estivessem a sós a revelação de que havia achado os parentes mútuos mais detestáveis do que nunca, e que a mãe dele, em particular, assaz havia lhe desagradado.

— Mas por que não foi, Edward? Por que não estava lá?

— Tive outro compromisso.

— Outro compromisso? Mas o que poderia ser, quando todos os seus amigos estavam presentes?

— Talvez — interveio Lucy, ansiosa para, de alguma maneira, ir à forra com ela — a Srta. Marianne ache que jovens não costumam manter os seus compromissos, que não possuem caráter suficiente, tanto para os grandes quanto para os pequenos.

Elinor ficou furiosa, mas Marianne parecia inteiramente insensível à alfinetada, pois calmamente replicou:

— Na verdade, não. Falando seriamente, estou certa de que apenas a consciência impediu Edward de ir a Harley Street. E considero, de fato, que ele tem a consciência mais delicada do mundo, o maior escrúpulo em observar todos os seus compromissos, por mínimos que sejam, mesmo que o faça contra o seu próprio interesse e prazer. É a pessoa que mais receia magoar os outros, trair suas esperanças, e a menos capaz de egoísmo que eu conheço. Edward é assim, e digo isso na sua frente. Como nunca ouviu ninguém o elogiar? Então não é amigo meu, porque aqueles que aceitam o meu afeto e a minha estima devem se submeter às minhas manifestações claras de louvor.

A natureza dos louvores, no presente caso, no entanto, era particularmente imprópria para dois terços dos ouvintes, e foram tão deprimentes para Edward que ele logo se levantou para ir embora.

— Já vai? — perguntou Marianne. — Meu querido Edward, não pode ser!

Arrastou-o um pouco à parte e lhe sussurrou a sua suspeita de que Lucy não se demoraria muito mais. Contudo, até mesmo tal encorajamento falhou, pois ele estava determinado a ir. E Lucy, que teria ficado mesmo que a visita de Edward durasse duas horas, saiu logo atrás.

— Por que ela vem nos visitar tanto? — perguntou Marianne, depois de se despedir deles. — Será que não desconfiou de que desejávamos vê-la pelas costas? Que inconveniente para Edward!

— Por quê? Somos todas suas amigas, e Lucy é quem o conhece há mais tempo. É mais do que natural que ele quisesse vê-la tanto quanto a nós.

Marianne olhou fixamente para a irmã e disse:

— Sabe, Elinor, eu não suporto esse tipo de conversa. Se está apenas querendo que eu me oponha à sua afirmação, como suponho ser o caso, precisa lembrar-se de que serei a última pessoa no mundo a fazê-lo. Não me rebaixarei a ser ardilosamente guiada a afirmações que não são realmente desejadas.

Ela deixou a sala, e Elinor não ousou ir atrás dela para discutir mais. Isso porque, presa como estava ao compromisso de manter o segredo de Lucy, não podia oferecer informações capazes de convencer Marianne; embora fosse penoso deixá-la permanecer em erro, era obrigada a se submeter a isso. Tudo o que podia esperar era que Edward não a expusesse muito, nem a si mesmo, ao tormento de dar ouvidos ao caloroso equívoco de Marianne, nem à repetição da angústia que fora aquele recente encontro... e isso ela tinha todas as razões para esperar.

XXXVI

Poucos dias depois daquele encontro, os jornais anunciavam ao mundo que a esposa do ilustríssimo. Sr. Thomas Palmer dera à luz um filho e herdeiro. Notícia de grande interesse e satisfação, pelo menos para aqueles amigos mais íntimos que já estavam sabendo.

Esse acontecimento, da maior importância para a felicidade da Sra. Jennings, foi responsável por uma temporária alteração no emprego do seu tempo, e influenciou, no mesmo grau, os compromissos de suas jovens amigas. Afinal, como desejasse estar o máximo possível na companhia de Charlotte, ia para a casa desta todas as manhãs, assim que se vestia, só regressando tarde da noite. Com isso, as Srtas. Dashwood, por convite especial dos Middleton, passavam a maior parte do dia na Conduit Street. Para o próprio conforto, teriam preferido ficar, pelo menos na parte da manhã, em casa da Srta. Jennings. Mas era algo em que não podiam insistir contra o desejo de todos. Suas horas eram, portanto, gastas com Lady Middleton e as Srtas. Steele, para as quais a sua companhia era tão pouco apreciada quanto ostensivamente requerida.

Eram inteligentes demais para serem companhias desejáveis para a primeira, e as últimas as viam com olhos invejosos, considerando-as intrusas no território delas, pois partilhavam do benefício que queriam monopolizar. Embora nada pudesse ser mais polido que o seu comportamento para com Elinor e Marianne, na realidade Lady Middleton não gostava de nenhuma das duas. Como jamais a elogiassem, e às crianças, não podia admitir que tivessem boa educação. E porque gostassem de ler, imaginava-as satíricas, talvez sem mesmo saber o real significado da palavra. Era uma crítica que estava na moda, e seu uso se fazia indiscriminadamente.

A presença das moças incomodava tanto Lady Middleton quanto Lucy. Punha em xeque a falta de ocupação de uma e o excesso de ocupações da outra. Lady Middleton ficava constrangida de nada fazer em presença delas, e a lisonja que Lucy orgulhosamente imaginara e manifestara em outras ocasiões era agora temida, com receio de que as irmãs viessem a desprezá-la por isso. Das três, a irmã de Lucy era a que menos se vexava na presença delas, e a sua amizade podia ser facilmente granjeada. Bastaria que uma delas lhe tivesse feito uma descrição completa e minuciosa do romance de Marianne com o Sr. Willoughby para que ela se sentisse amplamente recompensada pelo sacrifício de lhe ceder o melhor lugar junto à lareira. Contudo, tal aproximação não era garantida porque, embora às vezes proferisse expressões de compaixão pela irmã junto a Elinor, e de vez em quando uma soltasse uma reflexão sobre a inconstância dos galanteadores diante de Marianne, nenhum efeito produzia senão um olhar de indiferença desta última, ou de aborrecimento da primeira. Um esforço, ainda que débil, as tornaria amigas. Se ao menos lhe falassem do médico! Porém, estavam tão pouco inclinadas a isso, tanto quanto as outras, que, se Sir John jantasse em casa, ela se via obrigada a passar o dia inteiro sem qualquer referência ao assunto, exceto as que ela própria tinha a bondade de se conceder.

No entanto, todas essas ciumeiras e descontentamentos passavam inteiramente despercebidos à Sra. Jennings, que achava ótimo as moças estarem juntas. Em geral, cumprimentava todas as noites as suas jovens amigas por terem escapado durante tanto tempo à companhia de uma velha tola. Às vezes ia encontrá-las em casa de Sir John e, em outras ocasiões, na sua própria casa. Mas, fosse onde fosse, sempre chegava muito animada, cheia de satisfação e encantamento, atribuindo a excelente condição de Charlotte aos seus próprios cuidados, e ainda disposta a dar uma descrição exata e minuciosa de seu estado de saúde, que só mesmo a Srta. Steele tinha curiosidade suficiente para desejar. Uma coisa a perturbava, e desta fazia a sua lamentação diária. O Sr. Palmer mantinha a opinião comum, embora pouco paternal, do seu sexo, de que todas as crianças eram iguais. E, embora a Sra. Jennings pudesse constatar de forma plena, a cada instante, a diferença evidente entre aquela criança e qualquer outra de suas parentas de ambos os lados, não havia maneira de convencer o pai disso nem de persuadi-lo a acreditar que o seu não era exatamente igual a todos os outros bebês da mesma idade. Era, sem dúvida, difícil fazê-lo admitir a evidência de que o filho era a mais linda criança do mundo.

Chegamos agora ao relato de um infortúnio que, por volta dessa época, atingiu a Sra. John Dashwood. Aconteceu que, quando as cunhadas e a Sra. Jennings lhe fizeram a primeira visita a Harley Street, outra senhora conhecida também apareceu por lá, uma circunstância que por si só não poderia lhe causar nenhum mal. Contudo, enquanto a imaginação dos outros os levar a fazer falsos julgamentos de nossas condutas, e a tomar decisões apenas baseadas em leves aparências, nossa felicidade estará sempre, de certo modo, à mercê do acaso. No presente exemplo, a senhora que chegara por último permitiu que a sua imaginação superasse tanto a realidade como as probabilidades, que mal escutou o nome das Srtas. Dashwood e percebeu que eram irmãs do Sr. Dashwood, concluiu que estivessem hospedadas em Harley Street. Tal interpretação errônea deu lugar, um dia ou dois depois, a cartões de convite dirigidos a elas, ao irmão e à cunhada, para um sarau em sua casa. Em consequência disso, a Sra. John Dashwood foi obrigada a submeter-se não apenas à enorme inconveniência de mandar uma carruagem para buscar as Srtas. Dashwood, mas, o que era ainda pior, ao inconveniente de fingir que as tratava com atenção. E quem poderia dizer que agora não ficariam na esperança de sair com ela uma segunda vez? É bem verdade que sempre teria a opção de desapontá-las. Mas não era o suficiente. Quando as pessoas se decidem a adotar um tipo de conduta que sabem ser errada, sentem-se injuriadas quando se espera algo melhor da parte delas.

Marianne, que aos poucos havia sido levada ao hábito de sair todos os dias, a ponto de lhe ser indiferente sair ou não, preparava-se calma e mecanicamente para os compromissos todas as noites, mesmo não esperando obter distração em nenhum deles e, na maioria das vezes, só sabendo no último instante aonde a levariam.

Tornara-se tão indiferente ao que vestia e à própria aparência, que não concedia à toalete metade da consideração que a Srta. Steele lhe dispensava nos primeiros cinco minutos de cada um de seus encontros, quando estava terminada. Nada escapava à observação minuciosa dela nem à sua curiosidade em geral. Via tudo e perguntava tudo. Não descansava enquanto não soubesse o preço de todas as peças do seu vestuário. Podia dizer com maior precisão o número de vestidos que Marianne tinha do que a própria era capaz de fazê-lo, e jamais desistia de tentar descobrir quanto lhe custava por semana a lavagem das roupas e quanto ela dispunha por ano para gastos pessoais. A impertinência dessa espécie de inquisição, de um modo geral, era concluída com elogios que, embora ditos com a intenção de agradar, eram considerados por Marianne como a impertinência máxima. Pois, após fazer um exame do valor e do feitio de seu vestido, da cor de seus sapatos e do arranjo do seu penteado, tinha quase certeza de que a escutara dizer que "jurava estar vastamente elegante e ousava dizer que faria muitas conquistas."

Tais elogios foram interrompidos na presente ocasião pela chegada da carruagem do irmão, na qual estavam prontas para entrar cinco minutos após parar à porta da casa, uma pontualidade nada agradável para a cunhada. Ela as precedera na visita à casa da conhecida, e estava ali esperando por algum atraso da parte delas que pudesse resultar em alguma inconveniência para si ou para o cocheiro.

Os acontecimentos da noite não foram muito dignos de nota. A festa, como tantos outros saraus, reuniu muitas pessoas com real apreciação pelas apresentações e muitas outras sem qualquer interesse que seja. Os próprios músicos eram, como de hábito, em sua própria opinião, bem como na de seus amigos mais chegados, o melhor grupo amador de toda a Inglaterra.

Como Elinor não era grande apreciadora de música nem fingia sê-lo, não teve escrúpulos para desviar os olhos do grande pianoforte sempre que lhe aprazia. Não se deixou constranger nem mesmo pelas presenças de uma harpa e de um violoncelo, e fixou o olhar em qualquer outro objeto na sala que lhe desse mais agrado. Em um desses abrangentes olhares, notou em meio a um grupo de rapazes justamente quem? Aquele que lhe dera uma verdadeira aula sobre paliteiros na loja do Sr. Gray. Logo em seguida, surpreendeu-o olhando na direção dela enquanto conversava com familiaridade com o seu irmão. Já estava determinada a saber o seu nome através deste último, quando ambos se aproximaram dela e John Dashwood lhe apresentou o Sr. Robert Ferrars.

Ele a cumprimentou com extrema cortesia e inclinou a cabeça em uma saudação que demonstrou, com mais clareza do que as palavras poderiam fazer, que ele de fato era o janota como Lucy o descrevera. Que felicidade teria sido para ela, se o seu afeto por Edward dependesse menos dos méritos dele próprio do que do mérito de seus parentes mais próximos. Fosse assim, a mesura do irmão teria sido o golpe de misericórdia, após o comportamento mal-humorado da mãe e da irmã. Contudo, enquanto ponderava a diferença entre os dois irmãos, Elinor não achou que a vaidade e a presunção de um a predispusessem contrariamente à modéstia e ao valor do outro. O quanto eram diferentes foi demonstrado pelo próprio Robert ao longo de uma conversa de um quarto de hora de duração. Isso porque, falando sobre o irmão e lamentando a extrema grosseria que, de fato, imaginava ser o motivo que o mantinha longe do convívio social, ele, ingênua e generosamente, atribuía isso menos a qualquer deficiência natural do que ao infortúnio de uma educação particular. Ao passo que ele, embora provavelmente sem qualquer superioridade material ou natural em particular, e meramente pela vantagem do ensino público, estava perfeitamente apto, como qualquer outro cavalheiro, a navegar na sociedade.

— Eu lhe garanto — acrescentou — que não creio se tratar de outra coisa, e com frequência costumo assegurar à minha mãe, quando ela demonstra preocupação. "Minha querida mãe", costumo lhe dizer, "não deve se afligir por isso. O mal agora é irremediável, e a culpa lhe cabe inteiramente. Por que se deixou persuadir pelo meu tio, Sir Robert, contra o seu próprio julgamento, a confiar a educação de Edward a tutores particulares na fase mais crítica de sua vida? Se, ao menos, como fez comigo, o tivesse enviado para Westminister em vez de enviá-lo para o Sr. Pratt, tudo isso teria sido evitado. É assim que sempre avalio a questão, e minha mãe está plenamente convencida do seu erro".

Elinor preferiu não lhe contrariar a opinião, pois, independentemente de sua estimativa geral sobre as vantagens do ensino público, não conseguia pensar na convivência de Edward com a família do Sr. Pratt com qualquer espécie de satisfação.

— A senhorita reside em Devonshire, se muito não me engano — foi a observação seguinte —, em um chalé próximo de Dawlish, não?

Elinor corrigiu-o no tocante à localização da casa, e ele se mostrou bastante surpreso ao saber que alguém podia morar em Devonshire sem ser próximo de Dawlish. No entanto, lhe manifestou a mais franca aprovação pela escolha do tipo de residência.

— De minha parte — disse —, tenho predileção especial pelos chalés. Há tanto conforto neles, tanta elegância. E devo lhe dizer que, tivesse eu dinheiro suficiente, compraria um lote de terra nos arredores de Londres e mandaria construir um para mim, onde eu pudesse visitar a hora que quisesse. Aconselho todos que vêm a se empenhar em construção que optem por um chalé. Meu amigo, Lorde Courtland, veio pedir o meu conselho no outro dia e me mostrou três plantas de Bonomi. Eu teria de escolher a melhor. "Meu caro Courtland", eu lhe disse, na mesma hora atirando as três no fogo, "não opte por nenhuma e trate de construir um chalé." E suponho que ele vá seguir o meu conselho.

"Algumas pessoas pensam que não há conforto muito menos espaço suficiente em um chalé, mas estão enganadas. Eu, mês passado, estive no do meu amigo, Elliott, perto de Dartford. Lady Elliott queria dar um baile. 'Mas como será possível?', ela se perguntava. 'Caro Ferrars, diga-me, por favor, como poderei fazer. Não há nenhuma sala neste chalé capaz de comportar dez pares. E onde seria servida a ceia?' Na mesma hora, eu vi que não haveria a menor dificuldade na solução do problema, de modo que disse: 'Minha cara Lady Elliott, não se preocupe. Na sala de jantar caberão, facilmente, dezoito pares. As mesas de carteado poderão ser colocadas na sala de visitas. Chá e refrescos podem ficar na biblioteca. E faça servir a ceia no salão.' Lady Elliot ficou encantada com a ideia. Medimos a sala de jantar e concluímos que acomodaria exatamente dezoito pares, e tudo se ajeitou exatamente conforme minhas sugestões. Assim, como vê, basta que as pessoas saibam arranjar as coisas, para que um chalé possa proporcionar todo o conforto que se encontra em construções mais espaçosas."

Elinor só fez concordar, pois achava que ele não merecia a consideração de uma oposição racional.

Como John Dashwood não derivava mais prazer na música do que a irmã mais velha, sua atenção também estava livre para se fixar em tudo mais. Durante a noite, um pensamento lhe veio à cabeça; mais tarde, chegando em casa, comunicou à esposa em busca de aprovação. O engano da Sra. Dennison ao supor que as irmãs estivessem hospedadas em sua casa lhe sugeriu a conveniência de realmente as convidar para ficarem ali enquanto os compromissos da Sra. Jennings a obrigassem a se ausentar. A despesa seria de pouca monta, os inconvenientes ainda menos dignos de nota; e era, ao mesmo tempo, uma atenção e uma delicadeza que sua consciência indicava como requisito para o cumprimento pleno da promessa feita ao pai. A proposta pegou Fanny de surpresa.

— Não vejo como poderemos fazê-lo — disse — sem afrontarmos com isso Lady Middleton, já que passam o dia todo na casa dela. Caso contrário, eu estaria de pleno acordo com a sugestão. Sabe que estou sempre pronta a lhes dar toda a atenção que esteja ao meu alcance, como bem demonstra minha disposição de sair com elas hoje. Mas são hóspedes de Lady Middleton. Como posso lhes pedir que a abandonem?

O marido, conquanto de maneira deveras delicada, não pôde concordar com os argumentos de sua objeção.

— Elas já passaram uma semana nessas condições em Conduit Street, de modo que Lady Middleton não poderá se sentir ofendida em permitir que passem o mesmo número de dias em casa de parentes tão próximos como nós.

Fanny parou por um instante. Depois, com renovado vigor, disse:

— Meu amor, eu as convidaria de todo o coração, se isso estivesse ao meu alcance. Mas acontece que eu já havia decidido convidar as Srtas. Steele para passar alguns dias conosco. São moças muito bem-educadas e de boa índole, e penso que lhes devemos atenção, afinal o tio delas fez tanto por Edward. Poderemos convidar as suas irmãs em alguma outra oportunidade, ao passo que as Srtas. Steele tão cedo não devem voltar a Londres. Estou certa de que vai gostar delas. Na verdade, você já gosta muito delas, não é verdade? E mamãe também. E elas são as favoritas de Harry!

O Sr. Dashwood permitiu-se convencer. Viu a necessidade imediata de convidar as Srta. Steele e acalmou a consciência com a decisão de que convidaria as irmãs no ano seguinte. Todavia, ao mesmo tempo ardilosamente desconfiou que mais um ano e não haveria necessidade do convite, pois Elinor viria à cidade como a esposa do coronel Brandon, e Marianne como hóspede deles.

Fanny, satisfeita por ter escapado e orgulhosa da presença de espírito que tornara isso possível, escreveu na manhã seguinte para Lucy, convidando-a e a irmã para virem passar alguns dias em Harley Street assim que Lady Middleton as pudesse dispensar. Foi o suficiente para que Lucy ficasse realmente feliz, e com razão. A Sra. Dashwood parecia, de fato, estar operando em seu favor, acalentando todas as suas esperanças e promovendo todos os seus objetivos! Tal oportunidade de estar com Edward e a família dele era, acima de tudo, uma garantia para os seus interesses, e tal convite uma enorme satisfação para os seus sentimentos! Era uma vantagem que não deveria ser recebida com excessiva gratidão nem utilizada com demasiada pressa. E a visita à Lady Middleton, que a princípio não tinha quaisquer limites fixados, foi imediatamente abreviada, como se tivesse sido prevista para durar apenas dois dias.

Quando o convite foi mostrado para Elinor, o que ocorreu dez minutos depois de ter chegado, esta deu, pela primeira vez, uma certa credibilidade às esperanças de Lucy. Afinal, tal mostra de consideração, apoiada em conhecimento tão recente, parecia denotar que a boa vontade no tocante a ela devia-se a algo mais do que à simples má vontade para com ela mesma. E, com o tempo e a intimidade, poderia trazer tudo aquilo que Lucy desejava. Sua bajulação já levara a melhor sobre o orgulho de Lady Middleton e penetrara profundamente no duro coração do Sr. John Dashwood, efeitos que deixavam em aberto a probabilidade de outros ainda maiores.

As Srtas. Steele se mudaram para a Harley Street, e tudo o que Elinor soube da influência delas ali aumentou a sua expectativa no acontecimento. Sir John, que as visitava com frequência, lhes trazia as notícias do favoritismo de que elas estavam desfrutando, o que todos consideravam impressionante. A Sra. John Dashwood jamais se sentira tão encantada por duas moças em toda a sua vida como se mostrava por aquelas. Dera a cada uma um estojo de agulhas feito por um emigrante. Chamava Lucy pelo primeiro nome. E não se julgava capaz de deixá-las partir.

XXXVII

A Sra. Palmer já se sentia tão bem ao final de quinze dias, que sua mãe não via mais a necessidade de lhe dedicar todo o seu tempo. E, contentando-se em visitá-la uma ou duas vezes por dia, a Sra. Jennings retornou então à sua casa e aos próprios hábitos, nos quais encontrou as Srtas. Dashwood bastantes desejosas de reassumir a sua antiga participação.

Na terceira ou quarta manhã após estarem reinstaladas em Berkeley Street, a Sra. Jennings, ao voltar de sua visita habitual à Sra. Palmer, adentrou na sala de estar onde Elinor estava sozinha, com um ar de tão urgente importância, que esta se preparou para ouvir algo extraordinário. E, dando-lhe tempo apenas para conceber essa ideia, começou imediatamente a corroborá-la, dizendo:

— Bom Deus! Minha cara Srta. Dashwood! Já está sabendo das novas?

— Não, madame. O que houve?

— Algo deveras estranho! Mas vou lhe contar tudo. Quando cheguei à casa do Sr. Palmer, encontrei Charlotte agitadíssima por causa da criança, que ela acreditava estar muito mal, muito doente... Chorando, enjoadinha, cheia de bolhas. Olhei para ela e fui logo dizendo: "Ah, bom Deus, ainda bem que não passa de sarampo.". A ama disse exatamente a mesma coisa. Mas Charlotte não ficou satisfeita e mandou chamar o Dr. Donovan, que, por sorte, vinha passando pela rua e entrou direto para ver a criança, confirmando o que eu dissera, que a coisa não passava de sarampo. Com isso, Charlotte ficou mais calma. Aí, então, quando ele ia saindo, veio-me a ideia, não sei por que razão pensei naquilo, mas me veio a ideia de perguntar a ele se tudo estava bem. No que ele deu um sorriso malicioso, pigarreou, fez um ar sério e, demonstrando saber de alguma coisa importante, disse por fim com um sussurro: "Com receio de que alguma notícia desagradável chegue aos ouvidos de suas hóspedes quanto à indisposição da cunhada, penso que é melhor lhe dizer que não há motivos para alarme: acho que a Sra. Dashwood vai resistir muito bem.".

— O quê! Fanny está doente?

— Foi exatamente a minha reação, minha cara. "Meu Deus, a Sra. Dashwood está doente?", perguntei. Então eu soube de tudo e, pelo que pude entender, a coisa se resume a isto: o Sr. Edward Ferrars, o cavalheiro a respeito do qual eu costumava fazer troça com você, que, como pode ver, estou brutalmente satisfeita em saber que não havia mesmo nada, Edward Ferrars, ao que parece, estava há mais de um ano comprometido com minha prima Lucy! Quem diria, minha querida! Com exceção de Nancy, ninguém sabia de nada. Dá para acreditar? Não me surpreende que gostem um do outro, mas que pudessem manter a verdade em segredo por tanto tempo, sem que ninguém suspeitasse! Isso é que me causa admiração! Não me recordo de já tê-los visto juntos, ou tenho certeza de que teria desconfiado na mesma hora. Mas então foi tudo mantido em segredo, com receio pela Sra. Ferrars, e nem ela, nem o seu irmão nem a sua cunhada sabiam de algo sobre o caso. Até hoje de manhã. A pobre Nancy, que, como sabe, é uma criatura bem-intencionada, porém pouco reservada, deixou a coisa escapulir. "Deus!", ela pensou consigo mesma. "Eles todos gostam tanto de Lucy, que não vão se importar com isso." E então ela chegou-se para a sua cunhada, que estava a sós tecendo um tapete, mal suspeitando do que estava por vir... considerando que cinco minutos antes falara com o seu irmão que

pensava em casar Edward com a filha de um lorde qualquer, cujo nome me escapa. Deve ter uma ideia do choque que foi para o orgulho e a vaidade dela. Teve, na mesma hora, um violento ataque histérico, e os gritos foram ouvidos pelo seu irmão, que estava no quarto de vestir, no andar abaixo, pensando em escrever uma carta para o seu capataz. Ele subiu as escadas voando, então uma cena terrível se desenrolou, pois Lucy nesse ínterim havia corrido para junto delas sem sequer desconfiar do que estava ocorrendo. Pobrezinha! Chego a ter pena dela. E devo dizer que acho que foi tratada com muita crueldade, porque a sua cunhada a repreendeu com tal fúria que a pobre coitada desmaiou. Nancy caiu de joelhos, gritando violentamente enquanto o seu irmão andava de um lado para o outro sem saber o que fazer. A Sra. Dashwood declarou que elas não ficariam mais um minuto que fosse naquela casa, e seu irmão teve de se pôr de joelhos para suplicar que ela, ao menos, deixasse as moças fazerem as malas. Então ela teve uma nova crise histérica, deixando o marido tão apavorado que ele mandou chamar o Dr. Donovan, o qual encontrou a casa em polvorosa. A carruagem já estava à porta, pronta para levar as minhas pobres primas embora, e elas estavam embarcando quando ele saiu. Lucy, de acordo com ele, estava em tal condição que mal conseguia andar, e Nancy quase tão mal quanto ela. Devo lhe dizer que minha paciência com a sua cunhada se esgotou, e espero, de todo coração, que o casamento se realize, mesmo contra a vontade dela. Deus! Que choque será para o pobre Edward quando souber de tudo. Ver a noiva tratada com tanto desdém! Pois dizem que ele é apaixonado por ela, o que deve ser verdade. Não me surpreenderia se estivessem mesmo no auge da paixão! E o Dr. Donovan pensa igual. Ele e eu tivemos muito o que conversar. E foi melhor mesmo ele voltar para Harley Street, para estar por perto quando pusessem a Sra. Ferrars a par do assunto, a quem mandaram chamar logo que minhas primas deixaram a casa. Porque sua cunhada estava certa de que ela também iria ficar histérica, e, no que me diz respeito, que fique mesmo. Não tenho pena de nenhuma delas. Não compreendo como as pessoas podem fazer tanto estardalhaço por questões de dinheiro e nobreza. Não há razão alguma para que Edward e Lucy não se casem, pois estou certa de que a Sra. Ferrars pode muito bem dotar o filho. E, embora Lucy não tenha praticamente nada de seu, sabe melhor do que ninguém como tirar proveito de tudo. Garanto que, se a Sra. Ferrars lhe proporcionar umas quinhentas libras por ano, ela será capaz de manter uma aparência que nenhuma outra conseguiria nem com oitocentas. Minha nossa, como morariam bem em um chalé como o de vocês... ou um pouco maior... com duas empregadas e dois criados. E acho que eu poderia ajudá-las a conseguir uma, porque minha Betty tem uma irmã desempregada que lhes serviria perfeitamente.

Aqui a Sra. Jennings se calou e, tendo tido tempo suficiente para coordenar as suas ideias, Elinor viu-se em condições de dar a resposta e fazer os comentários que o assunto naturalmente exigiria. Estava satisfeita por perceber que não havia demonstrado qualquer interesse especial pelo caso; que a Sra. Jennings, como recentemente vinha esperando que fosse acontecer, tinha deixado de imaginá-la vinculada a Edward. E, acima de tudo, pela ausência de Marianne, Elinor sentiu-se capaz de falar sem embaraço sobre o assunto, e de dar a sua opinião sobre a conduta de cada um dos envolvidos na história.

Dificilmente poderia dizer qual a sua verdadeira expectativa quanto ao desfecho do caso, embora procurasse ardentemente afastar a possibilidade de outro final que não fosse o casamento de Edward e Lucy. O que diria e faria a Sra. Ferrars, embora não pudesse haver dúvidas quanto à sua natureza, era algo que ela estava ansiosa por saber, e mais ansiosa ainda estava para ver como Edward se conduziria na questão. Sentia muito por ele... por Lucy bem menos, e ainda lhe custou um bocado para obter esse pouco, e nada sentia pelos outros.

Como a Sra. Jennings não conseguia falar de outro assunto, Elinor logo achou necessário preparar Marianne para a sua discussão. Não havia tempo a ser perdido para desenganá-la, colocá-la em dia com a verdade e se esforçar para que ela pudesse ouvir o assunto comentado pelos outros, sem revelar qualquer constrangimento por causa da irmã, ou qualquer ressentimento contra Edward.

A missão de Elinor foi penosa... Estava prestes a dar fim ao que, no fundo, julgava ser o maior consolo da irmã... Ofereceria-lhe pormenores sobre Edward, os quais receava que pudessem arruiná-lo para sempre no conceito dela, fazendo-a se dar conta da semelhança de suas situações, o que representaria um forte choque para a fantasia dela e a faria reviver a sua decepção. Contudo, por mais desagradável que fosse a tarefa, era necessária. E Elinor, sendo assim, apressou-se em levá-la a cabo.

Longe dela querer repisar seus próprios sentimentos ou apresentar-se muito sofredora, a não ser que o autocontrole praticado desde que tivera conhecimento do compromisso de Edward pudesse insinuar a Marianne o que ela poderia ter feito. Seu relato foi claro e simples. E, embora não pudesse ser feito sem emoção, não foi acompanhado por agitação violenta ou desgosto profundo... Isso coube mais à ouvinte, pois Marianne ouviu com horror e chorou em excesso. Mesmo em seus momentos de infortúnio, Elinor é quem devia consolar os outros. E todo o conforto que poderia ser obtido pela afirmação de sua própria tranquilidade de espírito e por sua determinação em isentar Edward de qualquer culpa, menos da imprudência, foi prontamente oferecido à irmã.

Mas Marianne, por algum tempo, não quis dar crédito a nenhuma das duas coisas. Edward lhe parecia um segundo Willoughby. E, ante a admissão de Elinor quanto à sinceridade do seu amor por ele, via que a irmã não poderia estar sofrendo menos do que ela mesma! Quanto a Lucy Steele, considerava-a tão antipática, tão absolutamente incapaz de atrair um homem sensível que, a princípio, não conseguiu acreditar nem consequentemente perdoar uma antiga afeição de Edward por ela. Nem sequer admitia que isso tivesse sido natural. E Elinor não pôde convencê-la, pois só um melhor conhecimento da humanidade seria capaz de fazê-lo.

Seu relato inicial chegou apenas a aludir a existência do compromisso e a sua duração. Os sentimentos de Marianne o interromperam, pondo fim à sequência da narrativa. E, por algum tempo, tudo o que Elinor pôde fazer foi acalmar a sua inquietação, diminuir os seus receios e combater o seu ressentimento. Sua primeira pergunta, que deu ensejo a outros pormenores, foi a seguinte:

— Há quanto tempo você sabia disso, Elinor? Ele escreveu para você?

— Eu soube há quatro meses. Por ocasião de sua primeira visita a Barton Park, em novembro último, Lucy contou-me em segredo de seu compromisso com Edward.

A essas palavras, os olhos de Marianne expressaram o espanto que seus lábios não conseguiam exprimir. Após uma pausa de admiração, exclamou:

— Quatro meses! Há quatro meses que sabe disso?

Elinor confirmou.

— Como assim? Enquanto você me consolava de meu desgosto, tudo isso já se revolvia no seu coração? E eu a repreendi por ser feliz.

— Não seria conveniente que você soubesse o quanto eu estava sofrendo.

— Quatro meses! — repetiu Marianne. — Tão calma! Tão alegre! Como conseguiu suportar?

— Sentindo que cumpria o meu dever. Minha promessa a Lucy obrigava-me ao segredo. Por isso, eu devia a ela evitar fornecer qualquer indício da verdade. E tinha para com minha família e meus amigos a obrigação de não lhes causar preocupações que não estavam ao meu alcance eliminar.

Marianne parecia muito abalada.

— Várias vezes tive vontade de desiludi-las, a você e a mamãe — acrescentou Elinor —, e vez ou outra cheguei a tentá-lo... Contudo, sem trair a palavra empenhada, nunca conseguiria convencê-las.

— Quatro meses! E dizer que você o amava!

— Amava. Mas não só a ele... E, como o sossego dos outros era muito importante para mim, alegrava-me poder lhes poupar a ciência do meu sofrimento. Agora, consigo considerar e falar do assunto sem grande emoção. Não tenho mais de fazê-la sofrer por minha causa, pois posso lhe assegurar que eu mesma já não sofro com isso. Tenho muitas coisas para me oferecer apoio. Tenho consciência de não haver causado desgosto através de qualquer imprudência de minha parte, de ter suportado o máximo possível sem ter compartilhado com ninguém o meu sofrimento. Isento Edward de qualquer conduta menos condizente. Desejo-lhe muita felicidade e estou certa de que ele sempre procedeu conforme o seu dever; que, apesar de ele agora poder nutrir um pouco de arrependimento, no fim haverá de ser feliz. Não falta bom senso a Lucy, e isso é fundamental para a construção de uma coisa boa. E, no final das contas, Marianne, após todo o fascínio envolvendo a ideia e um único e constante amor, e tudo que possa ser dito a respeito da felicidade de alguém depender inteiramente de uma determinada pessoa, não corresponde... não se ajusta... não é possível que assim seja. Edward vai se casar com Lucy. Vai se casar com uma pessoa física e intelectualmente superior à média do seu sexo. O tempo e a rotina hão de ensiná-lo a esquecer que, um dia, pensou haver alguém superior a ela.

— Se esse é o seu modo de pensar... — disse Marianne. — Se a perda do que lhe é mais valioso pode ser tão facilmente compensada, sua resolução, seu autocontrole se tornam menos dignos de admiração... e tornam-se mais compreensíveis para mim.

— Eu a compreendo. Não acredita que eu já tenha, alguma vez, sentido muito. Durante quatro meses, Marianne, tive isso pesando no meu pensamento, sem dispor da liberdade de falar do assunto com quem quer que fosse. Sabendo da infelicidade que isso traria para você e para a nossa mãe quando quer que lhes fosse explicado, mas incapaz de prepará-la de qualquer maneira para o baque. A verdade foi me contada... de certa forma, fui forçada a conhecê-la... pela própria pessoa cujo afeto, anterior ao meu, arruinava todas as minhas esperanças. E, ao meu ver, ela me foi revelada com ar de triunfo. Tive, portanto, que me opor às suspeitas dessa pessoa, tentando aparentar indiferença quando, na realidade, estava muito interessada. E não foi apenas uma vez. Inúmeras vezes tive de dar ouvidos às suas esperanças e aos seus regozijos. Sentia-me sempre afastada de Edward, sem ter escutado uma única circunstância capaz de me fazer desejar menos a conexão. Nada o tornava indigno nem o declarava indiferente a mim. Tive de lutar contra a má vontade de sua irmã e a insolência de sua mãe, e tive de sofrer a punição de um amor sem nunca ter provado as suas recompensas. E tudo isso aconteceu numa época em que, como você bem sabe, não era esse o meu único desgosto. Se me acha capaz de alguma vez ter sentido, decerto deve supor que eu sofro agora. A paz de espírito que agora consigo ter para analisar o assunto, a consolação que estou desejosa por me conceder, são resultados de constantes e dolorosos esforços que não brotaram espontaneamente, que não me ocorreram desde o início para aliviar os meus sentimentos. Não, Marianne! Naquela época, se eu não estivesse sujeita ao silêncio, talvez nada me tivesse impedido, nem mesmo o respeito que devo aos meus amigos mais caros, de abertamente demonstrar que eu estava muito infeliz.

Marianne deveras se abrandou.

— Ah, Elinor! — exclamou. — Assim você me faz odiar-me para sempre. Como fui cruel! Você que foi todo o meu conforto, que suportou comigo todas as tristezas, que parecia estar sofrendo apenas por minha causa! É assim que lhe agradeço? É essa a minha única forma de lhe retribuir? Pois o seu mérito é gritante, e eu estive tentando sufocá-lo.

Os mais ternos carinhos se seguiram a essa confissão. No estado de espírito em que se encontrava, Elinor não teve dificuldade em obter dela qualquer promessa que quisesse. E, a seu pedido, Marianne prometeu que, se viesse a discutir o assunto com quem quer que fosse, jamais demonstraria qualquer amargura; que, ao encontrar-se com Lucy, não deixaria transparecer o menor ressentimento que fosse por ela. E, ao ver Edward, se o acaso viesse a reuni-los, sua habitual cordialidade em nada seria reduzida. Tratava-se de grandes concessões, mas, para reparar a injúria que sentia ter feito, Marianne estava disposta a fazer o impossível.

Ela cumpriu admiravelmente a sua promessa de ser discreta. Ouviu com plena impassibilidade tudo que a Sra. Jennings tinha a dizer sobre o assunto, sem de nada discordar, havendo até mesmo, em três ocasiões, dito:

— Sim, senhora.

Ouviu todos os elogios a Lucy simplesmente mudando-se de uma cadeira para a outra. E, quando a Sra. Jennings se referiu ao amor de Edward, isso lhe custou apenas um espasmo na garganta. Tais conquistas históricas de sua irmã fizeram que Elinor se tornasse mais forte do que nunca.

Na manhã seguinte, tiveram de sofrer uma provação ainda maior com a visita do irmão, que veio com o ar mais sombrio deste mundo falar sobre o lamentável incidente, lhes trazendo notícias da esposa.

— Suponho que já souberam — falou com grande solenidade, assim que se sentaram — da chocante descoberta que foi feita ontem, debaixo do nosso próprio teto.

Todas assentiram com a cabeça. O momento parecia grave demais para falarem.

— Sua cunhada — ele prosseguiu — sofreu terrivelmente. E também a Sra. Ferrars... Em suma, foi uma cena delicada e perturbadora. Todavia, espero que a tempestade serene sem que nenhum de nós saia por demais abatido. Pobre Fanny! Ela passou o dia inteiro tomada de histeria. Mas eu não quero alarmá-las por demais. O Dr. Donovan crê que o estado dela não inspire maiores cuidados. Ela é de constituição forte, e nada se compara à sua determinação. Suportou tudo com a fortaleza de uma santa. Diz que nunca mais há de pensar bem dos outros, o que não é de se admirar após tantas decepções, após receber tanta ingratidão de quem tratara tão bem, em quem depositara tanta confiança! Sem dúvida, foi mesmo um excesso de benevolência do seu coração que a levou a convidar essas moças para a nossa casa, julgando que fossem merecedoras de nossa atenção; que fossem boas pessoas, bem-educadas, e que pudessem ser companhias agradáveis. Do contrário, teríamos antes preferido convidar você e Marianne para ficarem conosco, enquanto a gentil Sra. Jennings aqui estivesse cuidando da filha. E sermos recompensados dessa forma! "Preferia, de todo coração", disse a pobre Fanny, com todo o seu jeitinho afetuoso, "que tivéssemos convidado as suas irmãs, a elas".

Interrompeu-se ali, para ser agradecido. Tendo isso sido feito, prosseguiu:

— O que a pobre Sra. Ferrars sofreu com a revelação de Fanny, foi algo indescritível. Enquanto planejava, com a mais sincera afeição, arranjar-lhe um partido mais conveniente, jamais poderia imaginar que, durante todo esse tempo, Edward estivesse secretamente comprometido com outra pessoa! Tal suspeita sequer teria lhe passado pela cabeça! Se suspeitava de qualquer outra ligação, não poderia ter vindo de onde viera. "Que não viria dali", disse, "eu considerava como certo". Ficou desesperada. Em conjunto, discutimos o que haveríamos de fazer, e ela por fim resolveu que mandaria chamar Edward. Ele veio. Porém, lamento ter de relatar o que se desenrolou. Tudo que a Sra. Ferrars disse, no sentido de forçá-lo a pôr fim àquele compromisso — auxiliada, como podem bem imaginar, pelos meus argumentos e pelas insistências de Fanny —, foi em vão. Dever e afeto foram desprezados. Eu jamais julgara Edward tão teimoso, tão insensível. A mãe expôs-lhe suas generosas atenções, caso ele viesse a desposar a Srta. Morton. Disse-lhe que o instalaria na propriedade de Norfolk, a qual, livre de impostos, lhe renderia cerca de mil libras por ano. Quando a discussão começou a ficar tensa, chegou a prometer que lhe daria até 1.200 libras. Contudo, caso insistisse nesse casamento degradante, veria a penúria que tal união iria provocar. Disse para ele que não contasse com nada além das duas mil libras que eram suas de direito; que não queria mais vê-lo. E que, além de não lhe conceder qualquer assistência, por mais ínfima que fosse, no caso de ele ingressar em alguma profissão com o intuito de alcançar situação melhor, faria tudo o que estivesse ao seu alcance para prejudicá-lo.

Nesse ponto, Marianne, tomada de indignação, juntou as mãos e exclamou:

— Bom Deus! Será possível?

— Bem pode imaginar, Marianne — replicou o irmão —, a obstinação necessária para resistir a argumentos como esses. Seu espanto é muito natural.

Marianne estava pronta para retrucar. Contudo, lembrando-se de suas promessas, ficou calada.

— No entanto — prosseguiu John Dashwood —, tudo isso foi invocado em vão. Edward disse muito pouco, mas, quando falou, fê-lo da maneira mais obstinada. Nada o compeliria a desfazer seu compromisso. Manter-se-ia fiel a ele, custasse o que custasse.

— Nesse caso — exclamou a Sra. Jennings com toda a sinceridade, sem conseguir calar-se por mais tempo —, agiu como um homem honesto! Peço que me desculpe, Sr. Dashwood, mas, se tivesse procedido de outra forma, eu o consideraria um patife. Tenho algum interesse no assunto, assim como o senhor, pois Lucy Steele é minha prima, e acho que não existe moça melhor do que ela, nem mais merecedora de arranjar um bom marido.

John Dashwood ficou deveras espantado. Todavia, a sua natureza era calma, avessa à provocação, e ele jamais ofenderia quem quer que fosse, principalmente alguém de muitas posses. Por isso, replicou sem qualquer ressentimento:

— De modo algum tive a intenção de tratar com desrespeito algum parente seu, madame. A Srta. Lucy Steele é, sem dúvida, uma jovem assaz merecedora. Porém, no atual caso, deve estar ciente da impossibilidade de tal ligação. Firmar compromisso em segredo com um jovem sob os cuidados do tio dela, especialmente o filho de uma mulher de tão grande fortuna como a Sra. Ferrars, é, talvez, no conjunto geral, um tanto extravagante. Em suma, não é minha intenção fazer reparos à conduta de pessoas do seu círculo de relações, Sra. Jennings. Todos nós queremos vê-la extremamente feliz, e a Sra. Ferrars se portou como qualquer outra mãe consciencíosa e boa teria se portado em tais circunstâncias. Uma atitude digna e generosa. Edward escolheu o próprio caminho, e receio que não tenha sido o melhor.

Marianne suspirou com similar apreensão, e o coração de Elinor apertou-se ante o sofrimento de Edward, que enfrentava as ameaças da mãe por uma mulher que não estava à altura de recompensá-lo.

— E, então, cavalheiro — disse a Sra. Jennings —, como tudo acabou?

— É com tristeza que eu digo, madame, da maneira mais infeliz possível. Edward foi afastado para sempre das vistas da mãe. Deixou a casa ontem mesmo. Para onde foi ou se ainda está na cidade não posso informar, pois é claro que não nos compete fazer indagações.

— Pobre rapaz. O que será dele?

— Isto é tão triste, de fato, minha senhora! E a sua é uma dúvida por demais melancólica. Nascido para uma vida tão próspera! Não posso imaginar situação mais deplorável. Com os juros de duas mil libras... como poderá uma pessoa viver? E, quando se junta a esse fato a lembrança de que, não fosse a sua loucura, em três meses estaria recebendo 2.500 libras — afinal, a Srta. Morton possui trinta mil libras —; novamente não consigo imaginar situação mais deplorável. Devemos todos lamentar por ele. Mais ainda porque está inteiramente além do nosso alcance fazer algo em seu favor.

— Pobre rapaz! — exclamou a Sra. Jennings. — Claro que seria muito bem acolhido em minha casa, onde teria de tudo. Se conseguir encontrá-lo, eu lhe direi isso. Não é certo que esteja vivendo agora às próprias custas, em hospedarias e tabernas.

O coração de Elinor lhe agradeceu por tamanha bondade para com Edward, e ela não pôde deixar de sorrir.

— Se ele ao menos estivesse disposto a fazer por si próprio o que os amigos estão prontos a fazer por ele — disse John Dashwood —, poderia agora estar em uma situação conveniente e não lhe faltaria nada; mas, assim, ninguém poderá ajudá-lo. E no seu caminho há outra dificuldade, que pode ser a pior de todas: a mãe decidiu, de modo perfeitamente compreensível, transferir imediatamente para Robert a propriedade que devia caber a Edward em condições adequadas. Eu a deixei hoje de manhã discutindo o assunto com o seu advogado.

— Ora! — disse a Sra. Jennings. — É a vingança dela. Cada pessoa tem a sua maneira de se vingar. Não creio que a minha teria sido tornar um filho independente só porque o outro me aborreceu.

Marianne levantou-se e caminhou pela sala.

— Pode haver coisa mais deprimente para o espírito de um homem — prosseguiu John —, do que ver o irmão mais novo de posse de toda a propriedade que lhe caberia? Pobre Edward! Sinto sinceramente por ele.

Após gastar mais alguns minutos no desabafo, o Sr. Dashwood deu por encerrada a sua visita. E, assegurando insistentemente às irmãs que acreditava não haver perigo real no tocante à indisposição de Fanny, e que com isso não precisavam se preocupar, partiu deixando as três damas unidas de maneira unânime quanto aos seus sentimentos referentes ao caso, pelo menos no que dizia respeito à conduta da Sra. Ferrars, dos Dashwood e de Edward.

A indignação de Marianne irrompeu tão logo ele deixou a sala. E, como tal veemência tornasse impossível qualquer reserva por parte de Elinor, e desnecessária no caso da Sra. Jennings, as três se uniram em crítica contra aquelas pessoas.

XXXVIII

A Sra. Jennings foi deveras calorosa ao elogiar a conduta de Edward, mas apenas Marianne e Elinor compreenderam o seu verdadeiro mérito. Só elas sabiam que não fora a desobediência o que o tentara, e que era pequena a consolação, além da consciência de estar fazendo a coisa certa, diante da perda de amigos e fortuna. Elinor lhe exultou a integridade, e Marianne perdoou todas as suas ofensas quando comparadas à sua punição. Mas, apesar de a descoberta pública haver restaurado a confiança entre elas ao seu devido patamar, não era um assunto em que nenhuma das duas desejasse pensar muito quando estivessem sozinhas. Por princípio, Elinor sempre evitava a questão. O caloroso encorajamento de Marianne ajudava a sedimentar ainda mais em seus pensamentos a crença no afeto continuado de Edward por ela, o qual ela preferia ignorar. E a coragem de Marianne logo a decepcionou ao tentar falar sobre um assunto que sempre a deixava mais desgostosa consigo mesma do que antes, pela comparação que naturalmente advinha entre a conduta de Elinor e a dela própria.

Ela sentiu toda a força de tal comparação. Porém, diferentemente do que a irmã estava esperando, para despertá-la do marasmo agora ela o fazia com toda a dor da constante autocensura, pois jamais fizera o esforço necessário antes. Contudo, isso só resultou na tortura da penitência, sem qualquer esperança de melhora. Seu espírito estava tão enfraquecido, que ela ainda considerava o atual esforço impossível; sendo assim, só ficava mais desanimada.

Por um ou dois dias, não souberam de nenhuma novidade do que ocorria em Haley Street ou em Bartlett's Buildings. Embora muito da situação já fosse do conhecimento delas — como a Sra. Jennings pode ter tido o seu papel em propagar tal conhecimento —, sem saber de mais, ela, assim que possível, decidiu fazer uma visita de conforto e averiguação para as primas. Apenas a inconveniência de mais visitas do que o normal, por enquanto a impedira de ir vê-las.

O terceiro dia após a descoberta dos pormenores foi um domingo tão lindo que atraiu muitas pessoas para Kensington Gardens, embora ainda fosse apenas a segunda semana de março. A Sra. Jennings e Elinor estavam entre elas. Mas, Marianne, que soubera que os Willoughby haviam voltado à cidade e tinha pavor de esbarrar com eles, optou por ficar em casa em vez de se aventurar em um local tão público.

Uma amiga da Sra. Jennings se juntou a elas pouco após terem adentrado em Kensington Gardens, e Elinor não lamentou nem um pouco que ela tivesse continuado a acompanhá-las, monopolizando assim a conversa com a Sra. Jennings, porque permitiu a ela que meditasse sem ser importunada. Nada viu dos Willoughby, nada viu de Edward. E, por algum tempo, nada viu de ninguém que, por algum motivo ou outro, pudesse vir a ser de interesse para ela. Mas, por fim, com certa surpresa, se viu abordada pela Srta. Steele, que, embora com um ar de timidez, expressou grande satisfação em vê-las. Encorajada pela gentileza da Sra. Jennings, abandonou o grupo que a acompanhava para, por algum tempo, se juntar ao delas. A Sra. Jennings, na mesma hora, sussurrou para Elinor:

— Arranque tudo o que puder dela, minha querida. Ela lhe contará qualquer coisa que perguntar. Entenda, eu não posso deixar a Sra. Clarke.

Para a sorte da curiosidade da Sra. Jennings, e a da própria Elinor, ela contaria qualquer coisa mesmo sem ser perguntada. Caso contrário, nada teria sido descoberto.

— Fico tão feliz de encontrá-la — disse a Srta. Steele, dando-lhe o braço com familiaridade —, pois o que eu mais queria no mundo era vê-la. — Em seguida, abaixou o tom de voz: — Eu suponho que a Sra. Jennings já esteja sabendo de tudo. Ela está zangada?

— Com você, creio que nem um pouco.

— Que bom. E Lady Middleton, ela está zangada?

— Não acredito que ela possa estar.

— Fico enormemente aliviada. Bom Deus! Tem sido tão difícil! Eu nunca vi Lucy tão furiosa. A princípio, ela jurou que jamais me tricotaria um gorro novo nem faria mais nada por mim novamente enquanto ela vivesse. Mas agora ela se acalmou e voltamos a ser ótimas amigas. Veja, ela fez esse laço para o meu chapéu, e ontem à noite colocou uma pluma. Pronto, agora você vai rir de mim. Mas por que eu haveria de não usar fitas cor-de-rosa? Eu não ligo se é a cor favorita do doutor. Decerto, no que me diz respeito, eu jamais teria sabido que ele gostava mais dessa do que de qualquer outra cor, se ele não tivesse dito. Meus primos têm me atormentado! Eu juro, antes deles, não saberia para qual lado olhar.

Ela se pôs a falar de um assunto sobre o qual Elinor nada tinha a dizer. Sendo assim, logo achou um modo de retornar ao primeiro.

— Ora, mas, Srta. Dashwood — falou triunfantemente —,

as pessoas podem dizer o que quiserem sobre a declaração do Sr. Ferrars de que ele não se casaria com Lucy, pois não é o que aconteceu, eu posso garantir. E é uma pena que relatos tão maliciosos sejam espalhados. Independentemente do que Lucy possa pensar a respeito, com certeza não é da conta de ninguém mais.

— Devo assegurá-la de que não ouvi nada do gênero ser sugerido — afirmou Elinor.

— Ah, não ouviu? Mas foi dito. Por mais de uma pessoa. Pois a Sra. Godby contou para a Srta. Sparks que ninguém no seu juízo perfeito poderia esperar que o Sr. Ferrars abrisse mão de uma mulher como a Srta. Morton, com uma fortuna de trinta mil libras, por Lucy Steele, que nada possuía. Eu soube pela própria Srta. Sparks. Além do mais, meu primo Richard disse que ele mesmo estava preocupado que o Sr. Ferrars fugisse. E, quando Edward não nos procurou por três dias, eu mesma não soube o que pensar, e no meu coração acreditei que Lucy daria tudo como perdido. Afinal, nós deixamos a casa do seu irmão na quarta-feira, e não soubemos nada dele na quinta, na sexta e no sábado, e não sabíamos o que havia acontecido com ele. Lucy chegou a pensar em escrever-lhe, mas não encontrou forças para fazê-lo. Contudo, esta manhã ele apareceu, justamente quando estávamos voltando da igreja para casa. E a história toda foi contada, de como na quarta-feira ele fora chamado até Harley Street, onde recebeu uma descompostura da mãe e de todos os outros, e de como declarara diante de todos eles que não amava ninguém além de Lucy, e que não teria ninguém além dela. E sobre como ele ficara preocupado com o ocorrido, e, tão logo deixou a casa da mãe, montou no cavalo e esteve vagueando pelo campo, tendo passado a quinta e a sexta-feira em uma

hospedaria com o propósito de colocar as ideias em ordem. Depois de, segundo ele, meditar sobre o assunto inúmeras vezes, achou que, não tendo agora dinheiro nem nada para chamar de seu, não seria justo obrigá-la ao compromisso, pois seria desastroso para ela desposar alguém que só tinha duas mil libras e nenhuma esperança de que a sua situação melhorasse. Caso seguisse a carreira religiosa, como às vezes considerava fazer, o melhor que poderia conseguir seria uma coadjutoria, e como haveriam de viver com isso? Não podia admitir que ela passasse por privações, por isso lhe implorava que pusesse um fim a tudo imediatamente e o deixasse arranjar-se sozinho. Ouvi-o dizer isso da forma mais franca possível. E era tudo unicamente para o bem dela, por causa dela, que ele falava em se separarem. Não por sua causa. Juro que ele jamais falou uma palavra que fosse sobre estar farto dela, ou que desejasse desposar a Srta. Morton, ou qualquer coisa do gênero. Mas claro que Lucy não deu ouvidos para esse tipo de coisa, então lhe disse... com grande carinho e amor, você sabe, e tudo aquilo... Ah, não consigo repetir esse tipo de coisa... Ela lhe disse, sem titubear, que não tinha a menor intenção de romper com ele, pois não conseguiria viver sem um mínimo que fosse em sua companhia. Por menos que Edward tivesse, Lucy gostaria de tê-lo assim mesmo, ou alguma coisa do gênero. Ele ficou terrivelmente feliz e por algum tempo discutiu o que deviam fazer; chegaram à conclusão de que ele deveria tomar a ordem imediatamente, e que aguardariam para se casar assim que ele recebesse um benefício eclesiástico. A partir daí, não pude escutar mais nada, porque minha prima me chamou, já que a Sra. Richardson estava chegando em sua carruagem para trazer uma de nós até Kensington Gardens. Fui forçada a entrar na sala e interrompê-los para perguntar a Lucy se ela gostaria de vir, mas nem passava pela cabeça dela deixar Edward sozinho, então subi correndo as escadas, calcei minhas meias e vim para cá com os Richardsons.

— Não entendi o que quis dizer com interrompê-los — falou Elinor. — Não estavam todos na mesma sala?

— Ora, francamente, todos não. Ora, Srta. Dashwood, acha mesmo que as pessoas podem amar-se com todo mundo em volta? Ah, minha nossa! Claro que deve saber muito bem... — ela riu afetadamente. — Não, eles estavam trancados na sala de estar, e ouvi tudo porque estava escutando por trás da porta.

— Como assim? — indagou Elinor. — Contou-me tudo que soube escutando atrás da porta? Lamento não ter sabido disso antes, pois certamente não teria permitido que você me contasse pormenores de uma conversa da qual você mesma não participou. Como pôde proceder de maneira tão incorreta com a sua irmã?

— Ora, não fiz nada de mais. Eu só fiquei parada à porta e escutei o que pude. Tenho certeza de que, no meu lugar, Lucy teria feito o mesmo. Afinal, um ou dois anos atrás, quando Martha Sharpe e eu compartilhávamos tantos segredos, ela nunca se fez de rogada ao se esconder no armário ou atrás de um biombo de propósito, para escutar o que falávamos.

Elinor tentou mudar de assunto, mas a Srta. Steele não se permitiria desviar por mais de um ou dois minutos do tema que predominava em seu espírito.

— Edward fala em ir muito em breve para Oxford — disse. — Mas, por ora, está alojado no número... da Pall Mall. Que mulher rabugenta a mãe dele, não concorda? E seu irmão e a sua cunhada também não foram nada gentis! Mas é claro que não falarei mal deles para você. E, para ser justa, nos mandaram de volta para casa na própria carruagem deles, que foi bem mais do que eu estava esperando. De minha parte, eu estava muito receosa de que sua cunhada pedisse de volta os estojos de agulhas com que nos presenteara um ou dois dias antes. Mas, na verdade, nada se disse no tocante a isso, e eu tive o cuidado de manter o meu bem escondido. Segundo ele disse, Edward tem os seus assuntos a tratar em Oxford. Deve passar algum tempo por lá. E, depois disso, assim que conseguir o apoio de um bispo, será ordenado. Imagino que a coadjutoria ele consiga arrumar. Bom Deus! — ela prosseguiu, rindo baixinho enquanto falava. — Daria a vida para ouvir o que meus primos dirão quando souberem disso. Vão me pedir para escrever para o doutor, para tentar convencê-lo a conseguir a coadjutoria para Edward. Estou certa de que me pedirão isso. Mas por nada neste mundo eu farei isso. “Ora!”, direi sem titubear, “não sei como podem pensar uma coisa dessas. Eu, escrever para o doutor, francamente!”.

— Bem — disse Elinor —, é um consolo estar preparada para o pior. Já tem a sua resposta preparada.

A Srta. Steele ia responder, quando a aproximação do seu grupo a levou a mudar de assunto.

— Ah, aí vêm os Richardsons. Tinha muitas coisas mais a lhe dizer, mas não posso ficar mais tempo longe deles. Eu lhe garanto que são pessoas muito finas. O marido ganha uma enormidade de dinheiro, e eles possuem o próprio coche. Não tenho tempo de falar com a Sra. Jennings sobre o assunto, mas, por favor, diga-lhe que folgo em saber que ela não está zangada conosco, assim como Lady Middleton. E, se houver algo que as obrigue a partirem, e a Sra. Jennings precisar de companhia, posso assegurar que nos sentiríamos muito satisfeitas em ficar com ela por todo o tempo que ela quisesse. Suponho que Lady Middleton não nos convidará mais. Adeus. Lamento que a Srta. Marianne não esteja aqui. Dê-lhe minhas lembranças. Ah, vejo que está usando o seu vestido de musselina de bolinhas! Pensei que tivesse receio de rasgá-lo!

Foi a preocupação que ela expressou ao partir, pois, logo após tal comentário, teve tempo apenas de dar adeus para a Sra. Jennings antes de voltar para junto dos Richardsons. E Elinor se viu de posse de conhecimentos que puderam alimentar suas reflexões durante algum tempo, embora tivesse descoberto muito pouco além do que já havia previsto e imaginado. O casamento de Edward com Lucy estava firmemente decidido, mas a data em que seria realizado parecia absolutamente incerta, como ela concluíra que aconteceria. Como imaginara, tudo dependeria da obtenção daquele benefício eclesiástico, possibilidade que, no presente, parecia deveras remota.

Assim que retornaram para a carruagem, a Sra. Jennings mostrou-se ansiosa por informações. Porém, como não estava disposta a espalhar conhecimento obtido de maneira tão imprópria, Elinor limitou-se à sucinta repetição de alguns simples pormenores que, tinha certeza, Lucy, para o seu próprio bem, teria querido que soubessem. A manutenção do compromisso e os meios que tinham sido usados para promover seu fim era tudo o que ela gostaria de divulgar, e isso provocou, por parte da Sra. Jennings, a seguinte observação natural:

— Esperam que ele consiga um benefício eclesiástico! Ai, ai, todos nós sabemos como isso vai acabar. Vão esperar um ano e, vendo que nada resulta daí, acabarão se conformando com uma coadjutoria de cinquenta libras anuais mais os rendimentos das suas duas mil libras, e o pouco que o Sr. Steele e o Sr. Pratt puderem dar para ela. Depois terão um filho por ano, que Deus os ajude! Pobrezinhos. Tenho de ver o que posso lhes dar para mobiliarem a sua casa. Francamente, duas criadas e dois empregados! Exatamente como falei no outro dia. Não, não. Vão precisar de uma empregada forte para todo o serviço. A irmã de Betty não lhes servirá agora.

Na manhã seguinte, Elinor recebeu pelo correio uma carta da própria Lucy. Esta dizia:

Bartlett's Buildings, março.

Espero que a querida Srta. Dashwood me perdoe a liberdade de escrever-lhe, mas sei que a amizade que tem por mim a deixará contente ao saber tão boas notícias minhas e de meu querido Edward, após todas as enormes provações por que temos passado recentemente. Assim, sem mais desculpas, começo por dizer que, embora tenhamos sofrido horrivelmente, estamos agora perfeitamente em paz, e tão felizes quanto deveríamos estar, com o amor que temos um pelo outro. Tivemos muitos desgostos e sofremos várias perseguições. Porém, ao mesmo tempo reconhecemos com gratidão vários amigos, e você em especial, de cuja grande bondade haverei de me lembrar para sempre, assim como Edward, a quem tudo contei. Estou certa de que você, assim como a querida Sra. Jennings, gostará de saber que ontem à tarde passei duas horas felizes na companhia dele, quando ele sequer queria ouvir falar de nossa separação, apesar de eu haver insistido com veemência, como acredito que o dever me exigia, que ele assim o fizesse em nome da prudência. E, ter-nos-íamos separado ali, imediatamente, se Edward assim o consentisse. Mas ele disse que tal jamais ocorreria; que, enquanto pudesse ter o meu afeto, não se importava com o rancor da própria mãe. É bem verdade que nossas perspectivas não são lá muito brilhantes, mas devemos esperar e acreditar no melhor. Ele muito em breve receberá ordens. E, se estiver ao seu alcance recomendá-lo a quem quer que tenha um benefício eclesiástico para conceder, estou certa de que não se esquecerá de nós. E digo o mesmo da Sra. Jennings, esperando que ela faça uma boa recomendação para Sir John ou para o Sr. Palmer, ou para qualquer outro amigo que esteja em condições de nos ajudar. A pobre Anne merecia muitas censuras pelo que fez, mas agiu com boa intenção, então não a repreendo. Espero que a Sra. Jennings não considere muito trabalho nos visitar, ao passar por aqui em uma manhã próxima. Seria muita amabilidade de sua parte, e meus primos ficarão orgulhosos de conhecê-la. O papel me obriga a concluir, solicitando-lhe que estenda a Sir John, à Lady Middleton e às queridas crianças as minhas mais gratas e respeitosas recomendações quando vier a encontrá-los, e à Srta. Marianne todo o meu apreço.

De sua amiga...

Assim que Elinor terminou a leitura, executou o que imaginava ser a verdadeira intenção da signatária, colocando a carta nas mãos da Sra. Jennings, que a leu em voz alta com muitas expressões de satisfação e louvor.

— Mas que ótimo! Como ela escreve bem. Ora, foi muito correto da parte dela deixá-lo livre do compromisso, se ele assim o desejasse. Isso é mesmo típico de Lucy. Pobrezinha! Quem me dera poder lhe arrumar um benefício eclesiástico, do fundo do coração. Ela me chama de querida Sra. Jennings, viu? Tem o melhor coração deste mundo. Juro que tem. Esta frase está muito bem escrita. Claro que vou visitá-la. Como foi atenciosa pensando em todos. Muito obrigada, minha querida, por ter me mostrado a carta. Jamais vi outra mais bonita, e diz muito em favor do coração e da inteligência de Lucy.

XXXIX

As Srtas. Dashwood agora completavam mais de dois meses em Londres, e a impaciência de Marianne para ir embora crescia a cada dia que se passava. Ela suspirava de saudades do ar puro, da liberdade, da tranquilidade do campo, e imaginava que, se algum lugar poderia lhe trazer paz de espírito, esse lugar seria Barton. Elinor estava quase tão ansiosa quanto a irmã pelo retorno, embora menos inclinada a fazê-lo imediatamente por estar ciente das dificuldades de uma viagem tão longa, algo que Marianne se recusava a sequer considerar. Contudo, ela começava a seriamente direcionar os pensamentos nesse sentido, já havendo mencionado a intenção para a gentil hospedeira, que resistiu a ela com toda a eloquência de sua boa vontade e sugeriu um plano que, embora as mantivesse longe de casa por mais uma semana ou duas, pareceu a Elinor mais aceitável do que qualquer outro. Os Palmers pretendiam regressar a Cleveland lá pelos fins de março, para o feriado da Páscoa, e a Sra. Jennings e as suas jovens amigas receberam um caloroso convite de Charlotte para que fossem com eles. Isso, por si só, não seria o suficiente para superar a cerimônia da Srta. Dashwood, mas o convite foi reforçado com tamanha e verdadeira polidez da parte do Sr. Palmer, cujas maneiras para com ela haviam sofrido uma mudança radical depois que soubera do infortúnio da irmã dela, que Elinor acabou por aceitá-lo de bom grado.

No entanto, quando contou para Marianne o que havia feito, a primeira reação dela não foi muito auspiciosa.

— Cleveland! — ela exclamou, com grande agitação. — Não, eu não posso ir para Cleveland.

— Você se esquece — disse Elinor gentilmente — de que a localização não fica... que não fica na vizinhança de...

— Mas fica em Somersetshire. Eu não posso ir a Somersetshire. Ali, onde eu fazia planos de ir... Não, Elinor, não pode esperar que eu vá para lá.

Elinor não quis argumentar a favor da conveniência de ela superar esses sentimentos. Apenas procurou opor-se a eles pela invocação de outros, dando a entender que tal viagem não passaria de um modo mais conveniente e confortável de retornarem para junto de sua querida mãe, a quem ela tanto queria ver, sendo além disso um projeto mais vantajoso do que qualquer outro, e sem implicar uma demora muito maior. De Cleveland, que ficava a alguns quilômetros de Bristol, a distância até Barton não passava de um dia, mesmo que um dia inteiro, e o criado da mãe poderia facilmente ir até lá para companha-las no retorno à casa. Como não havia razão para ficarem em Cleveland mais de uma semana, poderiam perfeitamente estar de volta à Barton em um prazo de pouco mais de três semanas. O afeto sincero de Marianne pela mãe acabou por triunfar, com pouca dificuldade, sobre os males imaginários que ela, a princípio, invocara.

A Sra. Jennings estava tão longe de se sentir cansada de suas hóspedes, que insistiu para que retornassem de Cleveland para Londres com ela. Elinor agradeceu pela atenção, mas isso não alterou seus planos. E, com a concordância da mãe sendo prontamente obtida, tudo pertinente ao retorno delas foi providenciado com o máximo de antecedência possível. E Marianne encontrou alívio contando as horas que a separavam de Barton.

— Ah, coronel, não sei o que faremos sem as Srtas. Dashwood — foi o cumprimento da Sra. Jennings para ele quando Brandon veio visitá-la, pouco depois da partida ter sido acertada. — Elas estão deveras determinadas a retornar para Barton, da casa dos Palmer. Como ficaremos desolados quando eu voltar! Bom Deus! Vamos ficar sentados aqui, bocejando como dois gatos melancólicos.

Talvez a Sra. Jennings estivesse na esperança, com esse esboço vivo do que seria o seu futuro tedioso, de provocá-lo a fazer o pedido de casamento que lhe permitiria escapar de tal prognóstico... E teve, logo em seguida, boas razões para pensar haver alcançado o seu objetivo, quando, no momento em que Elinor adiantou-se até a janela para tomar com mais precisão as medidas de uma gravura que iria copiar para a sua amiga, viu-o acompanhá-la com um olhar significativo e ali conversar com ela por vários minutos. O efeito de suas palavras sobre a jovem não pôde igualmente escapar à sua observação. Isso porque, embora a Sra. Jennings fosse honrada demais para ficar à escuta e tivesse mesmo mudado de lugar com o intuito de não ouvir, indo para junto do pianoforte onde Marianne estava tocando, não pôde deixar de notar que Elinor mudara de cor, que ouvia com inquietação e que estava demasiado atenta ao que ele dizia para que pudesse dar continuidade à tarefa com que se preocupara a princípio.

Confirmando ainda mais as suas esperanças, enquanto Marianne passava de um exercício para o outro, algumas palavras do coronel inevitavelmente alcançaram os seus ouvidos, e com elas ele parecia estar se desculpando pelo mau estado da sua casa. Isso colocou o assunto acima de qualquer dúvida. Admirava-se que ele achasse tal coisa necessária, mas supôs ser a devida etiqueta. Não conseguiu distinguir o que Elinor dissera em resposta, mas julgou pelo movimento de seus lábios que ela não considerava aquilo uma objeção muito séria... E, no seu íntimo, a Sra. Jennings a louvou por ser tão sincera. Conversaram então por alguns minutos sem que ela conseguisse captar uma sílaba que fosse, quando uma nova pausa oportuna na execução de Marianne lhe trouxe essas palavras na voz calma do coronel:

— Receio que não possa se realizar muito em breve.

Surpresa e chocada com a frase tão pouco reveladora de paixão, a Sra. Jennings estava quase a ponto de exclamar: "Bom Deus! O que o impede de fazê-lo?". Contudo, refreando o seu desejo, limitou-se à seguinte exclamação silenciosa:

— É muito estranho! Decerto não está esperando chegar à idade...

A demora da parte do coronel, no entanto, não parecia ofender nem mortificar em nada a sua bela companhia. Afinal, poucos instantes depois, encerrada a conversa, cada um se afastando em uma direção diferente no interior da sala, a Sra. Jennings ouviu claramente Elinor, em um tom de voz que demonstrava a sinceridade de suas palavras, dizer:

— Sempre lhe serei grata por isso.

A Sra. Jennings ficou encantada com a gratidão, e só se admirava de que, após ter ouvido aquela frase, o coronel conseguisse se despedir dela, como de fato imediatamente o fez, com tamanho sangue-frio, afastando-se sem lhe dar resposta! Não podia permitir que o velho amigo se mostrasse um pretendente tão desinteressado.

O que, de fato, se passara entre eles foi o seguinte.

— Eu soube — disse ele, com grande compaixão — da injustiça que o seu amigo, o Sr. Ferrars, sofreu nas mãos da família. Se bem entendi, ele foi deserdado por manter o seu compromisso com uma jovem de grandes méritos... Fui bem informado? Foi isso?

Elinor confirmou.

— A crueldade, a crueldade imprudente — replicou ele, com grande veemência — de separar, ou de tentar separar, dois jovens há muito ligados um ao outro é abominável... A Sra. Ferrars não sabe o que pode estar causando, ao que ela pode estar levando o filho. Estive com o Sr. Ferrars duas ou três vezes em Harley Street e gostei muito dele. Não é uma pessoa dada a facilmente fazer camaradagem, mas eu o conheço o suficiente para lhe desejar todo o bem e, sendo seu amigo, desejo-lhe ainda mais. Soube que ele pretende ordenar-se. Queria pedir-lhe que tivesse a bondade de dizer para ele que o benefício de Delaford, que acaba de vagar, conforme fui informado pelo correio de hoje, é dele, se o considerar digno de sua aceitação. Mas disso, nas infelizes circunstâncias em que ele agora se encontra, talvez seja tolice duvidar. Só gostaria que esse benefício lhe propiciasse maior rendimento. Embora modesto, trata-se de um reitorado. O antigo beneficiário, eu creio, não tirava mais do que duzentas libras por ano. E, embora haja possibilidade de aumento, receio que este não ocorrerá na proporção que lhe garanta um rendimento razoável. No entanto, meu prazer em oferecê-lo é imenso. Peço que me faça o favor de lhe transmitir a oferta.

O espanto de Elinor com tal incumbência dificilmente poderia ser maior, mesmo que o coronel lhe tivesse pedido a mão em casamento. O cargo, que apenas dois dias antes ela considerava impossível para Edward, agora lhe possibilitaria o casamento. E ela, dentre todas as pessoas no mundo, fora destinada a concedê-lo. Sua emoção foi tamanha, que a Sra. Jennings a atribuiu a uma causa muito diferente. Mas quaisquer sentimentos menos puros, menos agradáveis que pudessem ter intervindo naquela emoção não diminuíam a sua estima pela benevolência em geral nem a sua gratidão pela amizade em particular, que juntas tinham levado o coronel Brandon àquela ação. E tais sentimentos foram por ela fortemente sentidos e calorosamente expressados. Agradeceu-lhe de todo coração, falou dos princípios e do caráter de Edward com o louvor que ele bem merecia e prometeu desempenhar a sua missão com enorme prazer, fosse realmente o desejo do coronel conceder a alguém um encargo tão agradável. Todavia, ao mesmo tempo, não podia deixar de achar ser ele mesmo a pessoa mais apropriada para se desincumbir da missão. Em suma, não querendo dar a Edward a sensação de estar recebendo um favor seu, ela ficaria muito satisfeita se fosse poupada disso. Porém, o coronel Brandon, por motivos de igual delicadeza, parecia tão desejoso que a notícia fosse comunicada por intermédio dela, que Elinor não se opôs mais a fazê-lo. Supunha que Edward ainda estivesse em Londres e, felizmente, escutara a Srta. Steele mencionar o seu endereço. Sendo assim, poderia se incumbir de informá-lo naquele mesmo dia. Depois de tudo combinado, o coronel Brandon começou a falar de sua própria vantagem em assegurar uma vizinhança tão respeitável e agradável, e foi então que mencionou com pesar o fato de a casa ser pequena e insignificante. Um mal de que Elinor, como supôs a Sra. Jennings, fez pouco caso, pelo menos no tocante ao tamanho.

— Quanto à pequenez da casa — disse ela —, não consigo imaginar que possa ser uma inconveniência para eles, pois estará em proporção à família e aos seus rendimentos.

Nesse momento, o coronel mostrou-se surpreso ao se dar conta de que ela considerava o casamento do Sr. Ferrars como consequência imediata da oferta. Ele, porém, não acreditava ser possível que alguém com o padrão de vida de Edward se aventurasse a se estabelecer ali com família, e deixou isso claro.

— Esse reitorado poderá apenas manter o Sr. Ferrars, na condição de solteiro. Não lhe permitirá casar-se. Lamento informar que meu auxílio se encerra aí. Contudo, se graças a alguma oportunidade imprevista estiver ao meu alcance servi-lo melhor, com certeza o farei, a não ser que minha opinião sobre ele tenha se modificado muito. Na realidade, o que faço por ele agora não me parece nada, já que pouco o ajuda a avançar naquele que deve ser o seu principal e único objetivo de felicidade. Seu casamento ainda pode estar muito distante. No mínimo, eu receio que não possa se realizar muito em breve.

Tal foi a frase que, mal compreendida, tão justamente ofendeu os delicados sentimentos da Sra. Jennings. Porém, após essa narração do que realmente se passou entre o coronel Brandon e Elinor enquanto estavam postados perto da janela, a gratidão que a moça expressou quando se despediram talvez possa parecer, no conjunto geral, tão razoável e apropriada quanto se tivesse decorrido de um pedido de casamento.

XL

— Bem, Srta. Dashwood — disse a Sra. Jennings, sagazmente sorrindo, assim que o cavalheiro se retirara —, não lhe pergunto o que o coronel lhe andou dizendo, pois muito embora eu lhe jure pela minha honra que tudo fiz para não ouvir, não pude evitar de perceber o suficiente para tirar minhas conclusões. Posso lhe assegurar que jamais me senti mais satisfeita em toda a minha vida, e, de todo coração, só lhe desejo felicidade.

— Obrigada, madame — respondeu Elinor. — Realmente é motivo de felicidade para mim, e sinto-me profundamente sensibilizada pela bondade do coronel Brandon. Não há muitas pessoas que agiriam da maneira como ele fez. Poucos teriam um coração tão compassivo. Jamais me senti tão maravilhada em toda a minha vida.

— Bom Deus, minha querida, como você é modesta! Eu não fiquei nem um pouco maravilhada, porque recentemente venho pensando tanto no assunto, que para mim foi a coisa mais natural do mundo de acontecer.

— Fez o seu juízo baseando-se no conhecimento que tem da benevolência do coronel. Mas, pelo menos, a senhora não poderia prever que a oportunidade ocorreria tão cedo.

— Oportunidade! — repetiu a Sra. Jennings. — Ah, quanto a isso, quando um homem está decidido a tal coisa, mais cedo ou mais tarde sempre encontra uma oportunidade. Mais uma vez, eu lhe desejo muita felicidade, e, se algum dia houve um casal feliz no mundo, em breve haveremos de saber onde encontrá-lo.

— Suponho que a senhora vá a Delaford muito em breve — disse Elinor, forçando um sorriso.

— Não tenha dúvida de que o farei, minha querida. E, quanto à casa não ser boa, eu não sei o que o coronel quis dizer com isso, pois é uma das melhores que já vi.

— Ele mencionou que precisa de reparos.

— Ora, e de quem é a culpa? Por que ele não a conserta? Quem haveria de fazê-lo, senão ele?

Foram interrompidas pela entrada do criado, anunciando que a carruagem estava pronta, e a Sra. Jennings, preparando-se para sair imediatamente, disse:

— Que pena, minha querida, que tenha de sair antes de conversar metade do que queria! Mas espero que possamos falar à vontade à noite, pois hoje não teremos visitas. Não lhe peço que venha comigo, porque tenho certeza de que, com a cabeça inteiramente tomada por esse assunto, não há de ser boa companhia. Além disso, deve estar ansiosa para contar tudo à sua irmã.

Marianne havia deixado a sala antes do início da conversa.

— Decerto, madame, que contarei para Marianne, mas por ora não o direi a mais ninguém.

— Ah, muito bem — disse a Sra. Jennings, bastante desapontada. — Então não quer que eu conte a Lucy, pois tencionava ir até Holborn hoje.

— Não, minha senhora, por favor, nem mesmo a Lucy. Um dia de atraso não será de tamanha importância e, enquanto eu não escrever ao Sr. Ferrars, acho que não devíamos mencioná-lo a mais ninguém. Farei isso imediatamente. É vital que não se perca tempo em informá-lo, pois com certeza terá muito a fazer no tocante à sua ordenação.

Tais palavras desconcertaram a Sra. Jennings excessivamente. A princípio, não pôde entender por que o Sr. Ferrars precisava ser posto a par daquilo com tanta pressa. Contudo, alguns instantes de reflexão lhe proporcionaram uma ideia muito feliz, e ela exclamou:

— Ah! Sim! Compreendi. O Sr. Ferrars será o celebrante. Muito bem. Melhor para ele. É evidente que precisa se ordenar assim que possível. E agrada-me saber que as coisas estão tão adiantadas entre vocês. Mas, minha querida, isso não é um tanto quanto fora de propósito? Não seria melhor o próprio coronel lhe escrever? Sem dúvida, ele é a pessoa indicada.

Elinor não compreendeu muito bem o início do discurso da Sra. Jennings nem julgou necessário lhe pedir esclarecimentos. Respondeu apenas quando ela concluiu.

— O coronel Brandon é um homem tão atencioso, que prefere não anunciar pessoalmente as suas intenções ao Sr. Ferrars.

— Forçando você a fazê-lo. Bem, é uma espécie estranha de atenções! Contudo, não vou mais perturbá-la. — Vendo que Elinor se preparava para escrever, concluiu: — Sabem o que é melhor para vocês. Sendo assim, adeus, minha querida. Essa foi a melhor notícia que recebi desde que Charlotte deu à luz.

Ela fez menção de ir, mas voltou-se por um instante:

— Eu estive pensando na irmã de Betty, minha querida. Vou ficar muito contente em lhe arrumar uma boa patroa. Não sei se ela daria uma boa dama de companhia, mas é excelente criada e trabalha muito bem com a agulha. Contudo, pode pensar nisso quando tiver mais tempo.

— Com certeza, madame — replicou Elinor, sem atentar muito para o que ela estava dizendo, e mais ansiosa por se ver a sós do que para ter controle sobre o assunto.

Como haveria de começar... como iria se expressar na carta para Edward, era sua única preocupação naquele instante. As circunstâncias especiais entre eles tornavam difícil para ela o que, para qualquer outra pessoa, seria a coisa mais corriqueira do mundo. Porém, receava ser prolixa demais ou demasiadamente sucinta, e, com um ar deliberativo, sentou-se defronte ao papel, com a pena na mão, quando foi interrompida pela entrada do próprio Edward.

Ele, que havia vindo deixar o seu cartão de despedida, encontrara a Sra. Jennings à porta, a caminho da carruagem. E, após se desculpar por não poder recebê-lo pessoalmente, ela insistiu para que ele entrasse assim mesmo, pois a Srta. Dashwood estava em casa, desejosa de falar com ele mesmo a respeito de uma questão pessoal.

Em meio a sua perplexidade, Elinor estava justamente pensando que, por mais difícil que fosse expressar-se devidamente por carta, era preferível a tê-lo de fazer pessoalmente, quando o visitante entrou, obrigando-a a mais esse esforço supremo. A surpresa e o espanto ante a súbita aparição foram incomensuráveis. Não o via desde que o seu noivado viera a público, portanto, desde o momento em que ele soube que ela estava a par do assunto. E, isso, somado à ciência do que estivera ponderando e do que tinha para lhe dizer, a fez sentir-se um tanto quanto retraída por alguns minutos. Ele também parecia se sentir constrangido, e, tomados de uma profunda sensação de embaraço, ambos se sentaram. Edward não conseguia se recordar se pedira perdão pela intrusão ao adentrar na sala. Por via das dúvidas, apresentou suas escusas assim que conseguiu falar alguma coisa.

— A Sra. Jennings me disse que a senhorita desejava falar comigo — começou dizendo —, ou pelo menos assim o entendi... de outro modo, não a teria incomodado desta maneira. Embora, ao mesmo tempo, eu teria ficado deveras triste se fosse embora de Londres sem vê-la, assim como a sua irmã. Ainda mais porque tudo indica que a ausência se estenderá por algum tempo... é bem provável que eu não terei o prazer de vê-las por um bom tempo. Parto amanhã para Oxford.

— Contudo, não poderia partir sem antes receber os nossos votos de felicidade — disse Elinor, recuperando-se e decidida a dar cabo o mais rápido possível da tarefa que tanto a atemorizava —, mesmo que não os pudéssemos dar pessoalmente. A Sra. Jennings estava coberta de razão ao dizer que tenho algo de muita importância a lhe comunicar, contudo eu estava inclinada a fazê-lo por carta. Fui incumbida de uma grata missão — acrescentou, a respiração mais acelerada do que de costume ao falar. — O coronel Brandon, que aqui esteve há pouco mais de dez minutos, sabendo de sua intenção de tomar ordens, me pediu que eu lhe dissesse que é com grande satisfação que lhe oferece o benefício de Delaford, que acaba de vagar, lamentando apenas não ser mais rendoso. Permita-me cumprimentá-lo por ter um amigo tão respeitável e judicioso, e me unir a ele nos desejos de que o benefício, que é de cerca de duzentas libras por ano, possa ser mais do que uma acomodação temporária... Em suma, que lhe possibilite todos os seus projetos de felicidade.

O que Edward sentiu, nem mesmo ele foi capaz de dizer. Sendo assim, não é de se esperar que alguém o pudesse fazer por ele. Seu rosto demonstrou todo o espanto provocado pela informação que acabara de receber, mas disse apenas duas palavras:

— Coronel Brandon!

— É — prosseguiu Elinor, reunindo mais determinação agora que o pior passara —, o coronel Brandon quer que seja um testemunho de sua preocupação pelo que ocorreu recentemente... pela cruel situação em que a conduta injustificável de sua família o deixou... preocupação de que, estou certa, Marianne, eu e todos os seus amigos devem compartilhar. E, do mesmo modo, é uma prova de grande estima pelo seu caráter e de especial aprovação à sua conduta no presente caso.

— O coronel Brandon concede a mim um benefício... Será verdade?

— A falta de gentileza de seus parentes faz com que se espante ao encontrar amizade nos demais?

— Não — replicou, recompondo-se rapidamente. — Não por encontrar amizade de sua parte, pois não tenho como negar que devo tudo isso a você, à sua bondade. Eu o sinto... gostaria de expressá-lo, se pudesse, mas, como você bem sabe, não possuo o dom da oratória.

— Pois está muito enganado. Asseguro-lhe que o deve inteiramente, ou pelo menos quase inteiramente, aos seus próprios méritos e ao discernimento que o coronel Brandon teve deles. Não tive qualquer participação no caso. Nem mesmo sabia, até compreender o propósito do coronel, que o benefício estivesse vago. Nunca me ocorreu que ele pudesse ter um benefício de que pudesse dispor. Como meu amigo e amigo da família, deve, talvez... Na verdade, sei que ele tem grande prazer em dispor desse benefício em seu favor. Mas eu posso lhe jurar que não me deve nada pessoalmente.

A verdade obrigou-a a admitir uma pequena participação no ato, mas estava ao mesmo tempo tão desejosa de não aparentar ser uma benfeitora de Edward, que o reconheceu com hesitação, o que provavelmente contribuiu para fortalecer esse espírito nele. Por algum tempo ficou pensativo. Por fim, como que fazendo um grande esforço, disse:

— O coronel Brandon parece ser um homem de grande honra e valor. Sempre ouvi as melhores referências a seu respeito e sei que seu irmão o admira muitíssimo. É sem dúvida um homem sensato e porta-se como um perfeito cavalheiro.

— De fato — replicou Elinor — estou certa de que, conhecendo-o melhor, verificará a veracidade de tudo quanto dizem a seu respeito, e isso é particularmente importante, já que serão vizinhos muito próximos. Afinal, segundo eu soube, a residência paroquial fica próxima à mansão.

Edward nada respondeu. Mas, quando ela voltou a cabeça, ele lhe lançou um olhar tão sério, tão fervoroso, tão triste, que parecia desejar que a distância entre a casa paroquial e a mansão fosse muito maior.

— Ao que me consta, o coronel Brandon reside na St. James Street — disse em seguida, erguendo-se da cadeira.

Elinor lhe deu o número da casa.

— Então devo me apressar em ir até lá para lhe transmitir os meus agradecimentos, que a senhorita não me permite apresentar à sua pessoa. Para lhe assegurar de que ele fez de mim alguém... um homem excessivamente feliz.

Elinor nada fez para detê-lo, e eles se despediram. Ela desejou-lhe ardentemente os mais calorosos votos de felicidade, ansiando para que a sua situação viesse a melhorar muito em breve; e ele desejou retribuir-lhe os votos, mas sem conseguir se expressar.

"Quando o vir novamente", disse para si mesma Elinor assim que a porta se fechou, "já será o marido de Lucy".

E, ante essa "agradável" expectativa, ela se sentou para reconsiderar o passado, recordar as palavras e esforçar-se para entender os sentimentos de Edward. E, é claro, para refletir sobre o próprio desgosto.

Quando a Sra. Jennings voltou, embora tivesse vindo da casa de pessoas a quem nunca visitara antes, e de quem provavelmente teria muito a contar, seus pensamentos estavam muito mais ocupados com o segredo que tinha em seu poder do que com qualquer outra coisa, tanto que voltou imediatamente a ele assim que Elinor apareceu.

— E, então, minha querida — disse. — Mandei-o falar com você. Não fiz bem? Suponho que não tenha tido grande dificuldade. Não o achou pouco disposto a aceitar a sua proposta?

— Não, madame, isso não seria muito provável.

— Bem, e quando ele estará pronto? Pois tudo parece depender disso.

— Realmente — falou Elinor — conheço tão pouco dessa espécie de formalidades, que mal posso conjecturar quanto à ocasião ou que preparativos serão necessários, mas suponho que em dois ou três meses estará ordenado.

— Dois ou três meses? — exclamou a Sra. Jennings. — Santo Deus, minha querida, com que calma você diz isso! E o coronel Brandon vai querer esperar dois ou três meses? Deus me perdoe! Estou certa de que eu não teria paciência. E, embora tivéssemos todos enorme prazer em fazer uma amabilidade ao pobre Sr. Ferrars, não acho que valha a pena esperar dois ou três meses por ele. Estou certa de que se poderia encontrar alguém que o fizesse tão bem quanto ele. Alguém que já esteja em condições de oficiar.

— Minha cara senhora — disse Elinor —, no que pode estar pensando? Ora, o objetivo do coronel Brandon é exatamente ser útil ao Sr. Ferrars.

— Bom Deus, minha querida! Com certeza, não vai querer me persuadir de que o coronel se casa com você apenas para dar dez guinéus ao Sr. Ferrars!

O equívoco não poderia perdurar por mais tempo, e uma explicação imediatamente se tornou necessária, o que fez com que ambas se divertissem deveras no momento, sem qualquer quebra de felicidade de parte a parte. Isso porque a Sra. Jennings simplesmente trocou uma forma de satisfação por outra, sem, no entanto, pôr de lado a sua expectativa quanto à primeira.

— Sim, sim, o curato é realmente pequeno — disse ela após a sua primeira ebulição de surpresa e satisfação ter passado. — E, sem dúvida, a casa vai precisar de reformas. Mas escutar alguém pedindo desculpas por uma casa que, segundo sei, tem cinco salas no andar de baixo e, conforme me disse a governanta, consegue abrigar quinze leitos no de cima! Até mesmo para você, que já se habituou a morar no chalé de Barton, pode parecer meio ridículo. Porém, minha querida, temos de incentivar o coronel a fazer algo pela residência paroquial, tornando-a mais confortável antes de Lucy instalar-se nela.

— Mas o coronel não me parece achar que o benefício eclesiástico será suficiente para permitir que eles se casem.

— O coronel é um tolo, minha querida. Só porque tem rendimentos de duas mil libras anuais, acha que ninguém consegue se casar com menos do que isso. Escreva o que eu digo, pois, se estiver viva até lá, quero fazer uma visita ao curato de Delaford antes da festa de São Miguel. Mas, evidentemente, só irei se Lucy estiver lá.

Elinor estava de acordo com ela no tocante à probabilidade de que eles não esperassem por mais nada.

XLI

Após apresentar seus agradecimentos ao coronel Brandon, Edward foi à procura de Lucy para lhe dar as boas novas. Tal era a sua felicidade a chegar a Bartlett's Buildings, que Lucy pôde perfeitamente assegurar à Sra. Jennings, quando esta veio visitá-la na manhã seguinte para lhe apresentar suas congratulações, que jamais o vira tão satisfeito em toda a sua vida.

A felicidade que ela mesma sentia era genuína, e foi com grande satisfação que se juntou ao entusiasmo da Sra. Jennings na concretização da esperança de estarem todos juntos antes da festa de São Miguel, no curato de Delaford. Ao mesmo tempo, estava tão longe de retirar de Elinor o crédito que Edward havia lhe concedido, que falou de sua amizade por ambos com o mais grato calor, declarando que ela e Edward estavam prontos para lhe demonstrar todo o seu reconhecimento. Afinal, sabiam que ela não pouparia esforços, presentes ou futuros, para ajudá-los, sendo capaz de tudo fazer por aqueles a quem realmente prezava. Em relação ao coronel Brandon, não só estava preparada para louvá-lo como a um santo, mas estava ainda mais ansiosa para que todos lhe reconhecessem o verdadeiro valor; para que os seus dízimos fossem elevados ao máximo; e, secretamente decidida a avaliar, por si própria, tão logo estivesse em Delaford, seus empregados, sua carruagem, suas vacas e suas criações.

Agora completava cerca de uma semana desde a vinda de John Dashwood à Berkeley Street. E, como desde então não haviam tido mais notícias da indisposição de sua esposa, Elinor começou a se sentir na obrigação de lhe fazer uma visita. Era, todavia, uma obrigação que não só se opunha à sua disposição de espírito, como, também, não recebia nenhum incentivo por parte de suas companheiras. Marianne, além de já haver terminantemente se recusado a ir, fazia de tudo para evitar que a própria irmã fosse. E a Sra. Jennings, embora sua carruagem estivesse sempre à disposição de Elinor, sentia tal antipatia pela Sra. John Dashwood que nem mesmo a sua curiosidade em ver como estava a sua aparência após aquela última descoberta, tampouco seu forte desejo de afrontá-la, tomando partido de Edward, podiam superar a sua má vontade em estar novamente na sua companhia. Em consequência disso, Elinor teve de ir sozinha fazer a visita para a qual ninguém estava menos inclinada do que ela, correndo o risco de um encontro a sós com uma mulher a quem nenhuma das outras tinha tantos motivos para odiar.

A Sra. Dashwood mandou dizer que não estava. Contudo, antes que a carruagem pudesse dar meia-volta, seu marido, por acaso, apareceu saindo da casa. Ele manifestou grande prazer em encontrar Elinor e lhe disse que estava justamente indo para Berkeley Street. E, assegurando-lhe que Fanny teria muito prazer em vê-la, convidou-a a entrar.

Subiram as escadas até a sala de estar, que encontraram vazia.

— Suponho que Fanny esteja no seu próprio quarto — disse ele. — Vou até lá avisar que você está aqui, pois estou certo de que não terá a menor objeção em vê-la. Muito pelo contrário. Especialmente agora, não pode haver... Mas, seja como for, você e Marianne sempre foram as parentas preferidas. Por que Marianne também não veio?

Elinor se desculpou como pôde pela irmã.

— Não que eu lamente vê-la sozinha — o irmão replicou —, porque tenho muito a tratar com você. Essa coadjutoria do coronel Brandon. Seria possível? Ele realmente a concedeu a Edward? Soube-o ontem, por acaso, e ia justamente visitá-la com o intuito de saber algo a respeito.

— É verdade. O coronel Brandon concedeu a coadjutoria de Delaford a Edward.

— De fato? É espantoso! E nem são parentes, sequer são amigos íntimos! E agora que as coadjutorias estão alcançando um preço tão elevado! Qual o rendimento dessa?

— Cerca de duzentas libras anuais.

— Pois bem... pela concessão de um benefício desse valor, admitindo que o antigo coadjutor já estivesse velho e doente, e que ela, portanto, em breve fosse ficar vaga, ele poderia ter conseguido, eu posso lhe garantir, umas 1.400 libras. Por que não teria acertado tal questão antes da morte do antigo beneficiário? Agora, francamente, seria muito tarde para vendê-la, e um homem com o bom senso do coronel Brandon! Admira-me que tenha sido tão imprevidente no que se refere a um problema tão banal e de tão fácil resolução. Estou convencido de que há um grande grau de incoerência natural a todos os seres humanos. No entanto, suponho que o caso possa ser o seguinte: Edward ocupará a coadjutoria somente o tempo necessário até que a pessoa para quem o coronel realmente vendeu o benefício esteja em condições de assumi-lo. Sim, sim, deve ser essa a verdade, pode confiar.

Porém, Elinor o contestou com veemência, relatando que havia sido ela própria a incumbida de transmitir a Edward a oferta do coronel. E que, sendo assim, estava perfeitamente a par dos termos em que esta fora feita, dessa forma obrigando-o a submeter-se a sua autoridade.

— É realmente assombroso! — exclamou John Dashwood após escutar a irmã. — Qual poderia ser o objetivo do coronel?

— Um muito simples. O de ser útil ao Sr. Ferrars.

— Bem, seja lá quem o coronel Brandon possa ser, Edward é um homem de sorte! Contudo, peço-lhe que não mencione a questão para Fanny, pois, embora eu tenha lhe contado a verdade e ela a tenha suportado muito bem... não gostará de ouvi-la sendo muito discutida.

Elinor teve dificuldade em conter suas observações, porque Fanny deveria ficar muito satisfeita com o fato de o irmão ter adquirido um bem, sem que isso implicasse qualquer empobrecimento seu ou do seu filho.

— A Sra. Ferrars — ele acrescentou, baixando a voz a um tom condizente com a importância do assunto —, até o momento, nada sabe a esse respeito, e creio ser prudente mantê-la longe disso o maior tempo possível. Quando da celebração do casamento, receio que ela venha a saber de tudo.

— Mas para que tamanha precaução? Embora não devamos supor que a Sra. Ferrars sinta um mínimo de satisfação em saber que o filho agora tem o suficiente para sobreviver — pois isso deve estar fora de cogitação —, por que, baseado no seu comportamento recente, sentiria ela alguma coisa? Expulsou-o para sempre de suas vistas e obrigou todos aqueles sobre os quais podia exercer alguma influência a fazer o mesmo. Sem dúvida, depois de agir assim, ela não pode querer que lhe atribuamos qualquer expressão de dor ou de alegria por esse acontecimento. Não estará interessada em nada que o favoreça. Jamais seria fraca a ponto de renegar o filho e, ao mesmo tempo, manter batendo no peito o coração de mãe.

— Ah, Elinor, seu raciocínio é muito bom, mas se baseia na ignorância da natureza humana. Quando a infeliz união de Edward se concretizar, sua mãe sentirá tanto quanto se jamais o tivesse rejeitado. Portanto, qualquer circunstância capaz de acelerar esse terrível processo deve permanecer oculta para ela o máximo de tempo possível. A Sra. Ferrars jamais poderá esquecer que Edward é seu filho.

— Você me surpreende. Pensei que isso já tivesse sido abandonado da memória dela.

— Você a julga deveras mal. A Sra. Ferrars é uma das mães mais afetuosas do mundo.

Elinor ficou em silêncio.

— Pensamos agora — prosseguiu o Sr. Dashwood após uma breve pausa — em casar Robert com a Srta. Morton.

Sorrindo ante o tom grave e de decisiva importância do irmão, Elinor replicou calmamente:

— A pessoa em questão, ao que me parece, não tem qualquer poder de escolha.

— Escolha! Como assim?

— Só quero dizer que imagino, pela sua maneira de falar, que é indiferente para a Srta. Morton desposar Edward ou Robert.

— Claro, não pode haver diferença! Pois Robert agora, para todos os efeitos, será considerado o filho mais velho. Além disso, ambos são jovens e simpáticos. Não vejo no que um pode ser superior ao outro.

Elinor nada mais disse, e John permaneceu igualmente em silêncio por algum tempo. Suas reflexões terminaram assim:

— De uma coisa, minha querida irmã — disse, tomando-lhe a mão e falando quase aos sussurros —, eu posso lhe assegurar, e o farei por saber que isso deve lhe proporcionar alegria. Tenho boas razões para pensar... Na realidade, recebi da melhor autoridade... não que tenha escutado da própria Sra. Ferrars...

mas a filha o disse, e soube por ela... que, em suma, seja qual for a objeção que possa haver contra uma certa... uma certa parenta... você me entende... tal casamento teria sido muito mais do agrado dela, e não teria lhe dado nem a metade da tristeza que este deu. Fiquei imensamente satisfeito em ouvir que a Sra. Ferrars considera o assunto sob tal prisma... uma circunstância muito feliz, você sabe, para todos nós. "Não há comparação possível", disse ela. "Antes tivesse sido de dois males o menor", e estaria agora contente se pudesse conseguir o menos pior. Mas tudo isso está fora de cogitação... não deve ser considerado nem mencionado... pois certa ligação, você sabe, jamais poderia vir a ser... tudo já passou. Mas pensei que deveria lhe falar sobre o assunto, porque sabia o quanto poderia alegrá-la. Não que você tenha qualquer razão para se lamentar, minha cara Elinor. Não há dúvida de que se saiu maravilhosamente bem... tão bem quanto, senão talvez até melhor, levando tudo em consideração. Tem estado recentemente com o coronel Brandon?

Elinor já ouvira o suficiente senão para satisfazer a sua vaidade e aumentar a sua autoconfiança, pelo menos para agitar os seus nervos e lhe encher o pensamento. E sentiu-se por isso satisfeita de ter sido poupada da necessidade de responder a algo, assim como do perigo de ouvir mais alguma coisa pela entrada repentina do Sr. Robert Ferrars. Depois de alguns instantes de conversa, John Dashwood, lembrando-se de que Fanny ainda não sabia da chegada da sua irmã, deixou a sala e foi à sua procura, deixando Elinor para ampliar o seu conhecimento da pessoa de Robert. Este, por sua alegre despreocupação e pela feliz autocomplacência de seus modos, apesar de gozar da injusta divisão do amor e da generosidade de sua mãe em prejuízo do irmão banido — privilégio que ele só obtivera por sua vida esbanjadora e por força da integridade do seu

irmão —, confirmou a opinião desfavorável que Elinor tinha de seu caráter e de seus sentimentos.

Ainda não haviam completado dois minutos juntos, e ele já falava de Edward, porque também soubera da coadjutoria e estava muito curioso por saber mais a respeito do assunto. Elinor repetiu os pormenores do caso como os havia transmitido a John, e seu efeito sob Robert, embora muito diverso, não foi menos surpreendente. Riu sem moderação. A ideia de Edward tornar-se um clérigo e habitar uma pequena casa paroquial o divertia imensamente. Acrescentando a isso a imagem de Edward lendo sermões com uma sobrepeliz branca e divulgando proclamas de casamento entre John Smith e Mary Brown, Robert não conseguia conceber algo mais ridículo.

Elinor, enquanto aguardava em silêncio e com imóvel gravidade a conclusão daquele escárnio, não conseguiu evitar que seu olhar se fixasse nele com uma expressão que demonstrava todo o desprezo que ele lhe inspirava. Contudo, foi um olhar muito bem dosado, pois aliviava os seus próprios sentimentos, não dando ao jovem qualquer indicação de quais eram eles. Robert foi trazido da loucura à sensatez não por qualquer reprovação da parte dela, mas pelo próprio bom senso.

— Podemos tratar como uma pândega — ele por fim disse, recuperando-se do riso afetado que prolongara consideravelmente a genuína hilaridade do momento. — Mas, por Deus, é um assunto muito sério! O pobre Edward está arruinado para sempre. Lamento profundamente por isso, porque sei que ele é uma criatura de muito bom coração, talvez o indivíduo com as melhores intenções neste mundo. Não deve julgá-lo, Srta. Dashwood, com o pouco conhecimento que tem dele. Pobre Edward! Suas maneiras, com certeza, não são as mais afortunadas quando age espontaneamente. Contudo, como sabe, nem todos nascem com os mesmos dons... com a mesma capacidade. Pobre coitado! Vê-lo rodeado de estranhos! Por si só, já é deplorável. Mas, bom Deus, sei que é dele o melhor coração de toda a nação. Devo lhe confessar que, em toda a minha vida, jamais me senti mais chocado do que quando tudo aconteceu. Não pude acreditar. Minha mãe foi a primeira pessoa a falar do assunto, e eu, sentindo-me naquele momento chamado a agir com decisão, na mesma hora lhe disse: "Querida mãe, não sei o que a senhora pretende fazer a esse respeito, mas, quanto a mim, posso lhe assegurar que, se Edward vier a desposar aquela jovem, eu nunca mais voltarei a vê-lo". Foi o que eu disse, imediatamente. É evidente que eu me sentia extraordinariamente chocado. Pobre Edward! Perdeu-se por completo. Isolou-se para sempre de toda a sociedade decente! Mas, como eu disse de imediato à minha mãe, não fiquei nem um pouco surpreso, pois, com o seu tipo de educação, já era de se esperar. Minha pobre mãe estava, a bem dizer, frenética.

— Conhece a jovem em questão?

— Conheço. Estive com ela uma vez. Quando ela se hospedou nesta casa, ocorreu-me passar por aqui uns dez minutos e vi o suficiente dela. Uma moça bem provinciana, desprovida de estilo e elegância, e quase sem atrativos. Lembro-me muito bem dela. Exatamente a espécie de jovem que sempre achei que seria capaz de atrair Edward. Assim que minha mãe relatou o ocorrido, eu me ofereci para falar com ele em uma tentativa de dissuadi-lo do enlace. Mas já era tarde demais para fazer qualquer coisa, porque infelizmente eu não soube de nada no início, só depois que houve a ruptura, quando, como deve saber, já estava além do meu alcance interferir. Se eu tivesse sido informado apenas algumas horas antes, acho que seria muito mais provável que tivesse conseguido alguma coisa. É certo que teria apresentado o caso a Edward de maneira contundente. "Meu caro", ter-lhe-ia dito, "pense bem no que está fazendo. Vai se lançar em uma aventura terrível, tão terrível que a sua família a desaprova unanimemente". Resumindo, não posso deixar de pensar que teríamos encontrado uma saída. Porém, agora é tarde demais. Deve estar a passar necessidades, sabe, isso é certo; enormes necessidades.

Acabara de assentar tal ponto com grande ênfase, quando a entrada da Sra. John Dashwood pôs fim à conversa. Apesar de ela jamais ter tocado no assunto fora do círculo familiar, Elinor podia notar a influência dele no espírito da cunhada, pelo semblante um tanto confuso com que ela entrou e pela cordialidade que se esforçou para lhe dispensar. Até tentou demonstrar interesse quando soube que Elinor e a irmã estavam prestes a deixar a cidade, declarando que tinha muita vontade de passar mais tempo com elas... Esforço que o seu marido, que a havia acompanhado até a sala, escutando-a enamoradamente, parecia distinguir como sendo tudo o que havia de mais afetuoso e gracioso.

XLII

Outra curta visita a Harley Street — em que Elinor recebeu as congratulações do irmão porque fariam uma viagem longa, até Barton, praticamente sem despesas, e porque o coronel Brandon as acompanharia a Cleveland daí a um dia ou dois — encerrou o convívio entre irmão e irmãs em Londres. Um vago convite de Fanny para visitá-los em Norland quando por aqueles lados fossem, o que seria extremamente difícil de ocorrer, e a mais calorosa, embora menos pública, promessa de John a Elinor de que iria vê-la em Delaford muito em breve, foi tudo que faria prever a continuação desse convívio no campo.

Divertiu-a observar que todos os seus amigos pareciam decididos a mandá-la para Delaford, lugar dentre todos que ela jamais escolheria para visitar e no qual jamais desejaria residir. Afinal, não só era considerado o seu futuro lar pelo irmão e pela Sra. Jennings, mas mesmo Lucy, por ocasião da sua partida, fez-lhe um insistente convite para que fosse visitá-la.

Em princípios de abril, de manhã bem cedo, os grupos de Hanover Square e Berkeley Street partiram de suas respectivas casas para, como haviam combinado, se encontrarem na estrada. Por conveniência de Charlotte e da criança, a viagem devia levar mais de dois dias, e o Sr. Palmer, seguindo mais rapidamente com o coronel Brandon, ficou de encontrá-las em Cleveland pouco após a chegada.

Marianne, que poucas horas de alegria tivera em Londres e há muito estava ansiosa por partir, quando chegou a ocasião, não conseguiu dizer adeus à casa onde acalentara as suas últimas esperanças em relação a Willoughby, que agora, sem grande pesar, estavam extintas para sempre. Nem pôde deixar sem verter lágrimas a cidade em que Willoughby continuaria vivendo, ocupado com novos compromissos e novos planos, dos quais ela não faria parte.

A satisfação de Elinor no momento da mudança foi mais positiva. Não possuía motivos que lhe despertassem pensamentos saudosos. Não deixava para trás ninguém cuja separação definitiva lhe causasse um só momento de pesar. Estava satisfeita por se libertar da perseguição da amizade de Lucy e por estar levando a irmã de volta sem que esta tivesse voltado a ver Willoughby após o casamento dele. E esperava que alguns meses de tranquilidade em Barton pudessem restaurar em Marianne a paz de espírito, solidificando a sua própria.

A viagem transcorreu de maneira segura. O segundo dia do trajeto as levou até o amado, ou proibido, condado de Somerset, pois era assim alternadamente classificado na imaginação de Marianne. E, ao entardecer do terceiro dia, chegaram à Cleveland.

Era uma casa espaçosa e moderna, situada em uma encosta coberta de grama. Não tinha bosque, mas os locais de passeio eram consideravelmente extensos. Como qualquer outro lugar do mesmo tipo de importância, tinha uma plantação de arbusto na encosta e alamedas de árvores junto à casa rodeada por muros. Um caminho de cascalho miúdo contornava a plantação, levando à frente da residência. Havia um gramado salpicado de árvores, e a própria casa estava protegida por abetos, sorveiras e acácias. Uma espessa parede formada pelo conjunto dessas árvores, interceptada por altos choupos da Lombardia, encobria a área dos empregados.

Marianne adentrou na casa com o coração aos pulos, só de pensar que se encontrava a pouco mais de 125 quilômetros de Barton e a menos de cinquenta de Combe Magna. E, cinco minutos após ter entrado, enquanto as outras estavam ocupadas em ajudar Charlotte, que mostrava o recém-nascido para a governanta, ela saiu de novo e escapuliu pela sinuosa estrada entre os arbustos, que agora começavam a ganhar beleza, adquirindo imponência. Ali, de um templo de estilo grego, sua vista, após ter percorrido um vasto trecho da paisagem, pôde repousar contente no recorte dos morros ao longe, ao encontro do horizonte, imaginando que dali poderia avistar Combe Magna.

Tais momentos preciosos e inestimáveis confortavam-na das lágrimas de angústia por estar em Cleveland. E, enquanto contornava a casa por um circuito diferente, sentindo todo o feliz privilégio da liberdade do campo, de vaguear em livre e voluptuosa solidão, resolveu passar a maior parte do tempo em que permanecesse como hóspede dos Palmers, entregue aos prazeres desses passeios solitários.

Regressou bem a tempo de reunir-se aos demais, que estavam saindo para uma excursão pelos arredores da casa, e passaram o resto da manhã calmamente no quintal. Examinaram os brotos das trepadeiras, ouviram o jardineiro lamentar-se dos pulgões, vaguearam pela estufa — onde a perda de suas plantas favoritas, descuidadamente expostas e queimadas pelas persistentes geadas, despertou o riso de Charlotte — e visitaram o aviário, onde as desiludidas esperanças da encarregada, por causa das galinhas que fugiam do galinheiro ou eram apanhadas pelas raposas, ou por não haver vingado uma ninhada promissora. Tudo isso constituiu para Marianne novas fontes de distração.

A manhã estava bela e seca, e Marianne, com seus planos de se ocupar com os passeios, não contava com qualquer alteração do tempo durante a sua permanência em Cleveland. Por isso, foi com grande surpresa que se viu impossibilitada de sair novamente por uma chuva imprevista que caiu antes do jantar. Estava contando fazer um passeio até o templo grego e possivelmente pelo resto da propriedade, algo que uma tarde apenas fria ou úmida não a impediria de fazer. Contudo, diante da chuva forte e persistente, nem mesmo ela podia imaginar um tempo seco e agradável que lhe permitisse passear.

O grupo era pequeno e as horas passavam lentamente. A Sra. Palmer tinha a criança para cuidar, e a Sra. Jennings, a sua tapeçaria. Falaram dos amigos que tinham deixado para trás, planejaram encontros com Lady Middleton e ficaram imaginando se o Sr. Palmer e o coronel Brandon conseguiriam chegar a Reading naquela noite. Elinor, embora pouco interessada no assunto, participava da conversação; e Marianne, que tinha o dom de encontrar o caminho da biblioteca mesmo em uma casa na qual os donos procuravam evitá-la, logo estava entregue à leitura de um livro.

A Sra. Palmer fazia tudo que estivesse ao alcance do seu constante e amável bom humor para lhes proporcionar uma boa estadia. A franqueza e o calor de seus gestos mais do que compensavam a sua falta de contenção e elegância, que, por vezes, tornavam-na deficitária em matéria de polidez. Sua bondade, enfatizada por feições tão belas, era envolvente. Sua frivolidade, embora evidente, não desagradava, porquanto não era presunçosa. E Elinor poderia perdoar tudo, menos o seu riso.

Os dois cavalheiros chegaram no dia seguinte para um jantar tardio. Isso permitiu uma agradável ampliação do grupo e uma bem-vinda variedade de conversas, que uma longa manhã de chuva contínua reduzira a nível muito baixo.

Elinor, que tivera pouco contato com o Sr. Palmer e vira nessa interação restrita tão variadas maneiras de tratar com ela e a irmã, não sabia o que esperar de sua postura no seio da própria família. Achou, no entanto, que ele se comportava como um perfeito cavalheiro para com as visitas, apenas ocasionalmente se mostrando rude em relação à esposa e à sogra. Considerava-o perfeitamente capaz de se revelar uma companhia agradável. Impedia-o apenas a sua grande tendência a se sentir muito superior às pessoas em geral, como parecia acontecer no tocante à Sra. Jennings e Charlotte. No mais, seu caráter e hábito eram marcados, tanto quanto Elinor podia perceber, por características que não destoavam daquelas comuns às de seu sexo e idade. Era educado ao comer, mas pouco pontual. Orgulhoso dos filhos, embora fingisse fazer pouco-caso deles. Desperdiçava no bilhar as manhãs que deviam ser dedicadas aos negócios. Todavia, Elinor o apreciava em conjunto muito mais do que teria esperado, e no fundo não sofria por não poder gostar mais dele. Não lamentava que a consciência de seu epicurismo, de seu egoísmo e de sua vaidade a levassem a reconfortar-se com a lembrança do temperamento generoso, dos gostos simples e dos sentimentos modestos de Edward.

De Edward, ou, pelo menos, das questões do seu interesse, ela recebera notícias através do coronel Brandon, que recentemente estivera em Dorsetshire. Tratando-a como se fosse a desinteressada amiga do Sr. Ferrars e a sua bondosa confidente, o coronel lhe falou de modo vago sobre a residência paroquial de Delaford, descrevendo as suas deficiências e lhe dizendo o que ele próprio pretendia fazer para removê-las. Seu procedimento para com ela nesse particular, como aliás em todos os outros, seu evidente prazer em encontrá-la após uma ausência de dez dias, sua disposição em conversar com ela e seu respeito pela sua opinião, tudo isso poderia muito bem servir para justificar plenamente a convicção da Sra. Jennings no tocante ao seu afeto por ela. E, se Elinor não soubesse desde o início que Marianne era a sua favorita, talvez fosse o suficiente para levar ela mesma a suspeitar disso. Mas, no caso, tal ideia jamais lhe ocuparia os pensamentos, não fosse a sugestão da Sra. Jennings, e a jovem não podia deixar de acreditar que era a melhor observadora das duas. Observava os olhos dele, enquanto a Sra. Jennings prestava atenção apenas no seu comportamento. Contudo, no momento em que os olhos dele se preocupavam ansiosamente com os sentimentos de Marianne, instalava-se na cabeça e na garganta desta o início de um resfriado que, por não se exprimir em palavras, escapava inteiramente à observação da última senhora. Mas Elinor podia ver nos olhos dele os arrebatados sentimentos e o desproposital sinal de um apaixonado.

Dois agradáveis passeios vespertinos no terceiro e no quarto dia de sua estada — não apenas pelo caminho de areia batida entre os arbustos, mas por toda a extensão da propriedade, especialmente em suas partes afastadas, que eram mais silvestres do que o resto, com árvores antigas e capim alto ainda úmido, circunstâncias agravadas pela sua imprudência em manter nos pés os sapatos e as meias úmidas —, tinham presenteado Marianne com um resfriado tão violento que, apesar de tratado com pouco-caso ou negado por um ou dois dias, impôs-se finalmente, por força de seus crescentes sofrimentos, à preocupação de todos e dela própria. Choveram receitas e conselhos de todos os lados e, como de hábito, foram todos descartados. Embora febril e cansada, com dores nos músculos, tosse e garganta irritada, uma boa noite de sono deveria curá-la de tudo. E foi com dificuldade que Elinor conseguiu convencê-la, ao ir para a cama, a tomar um ou outro dos remédios mais comuns.

XLIII

Marianne levantou-se na manhã seguinte à hora de costume. A todas as indagações sobre a sua saúde respondeu que estava melhor e, tentando provar para si mesma que de fato estava, dedicou-se às suas atividades normais. Todavia, passar o dia tremendo, mesmo diante da lareira, com um livro na mão, ou deitada, exausta e lânguida no sofá, não era uma demonstração muito convincente de sua melhora. E quando, por fim, foi deitar-se mais cedo, por estar se sentindo indisposta, o coronel Brandon ficou impressionado com a calma da irmã dela. Embora lhe fizesse companhia e tratasse dela o dia todo, contra a vontade da própria Marianne, forçando-a a tomar os remédios indicados, Elinor, como a irmã, confiava na eficácia do sono, não demonstrando por isso qualquer preocupação.

Porém, uma noite febril e insone frustrou as esperanças de ambas. E, quando Marianne, após insistir em levantar-se, confessou-se impossibilitada de fazê-lo, voltando voluntariamente para a cama, Elinor logo aceitou a sugestão da Sra. Jennings, de mandar chamar o farmacêutico dos Palmer.

Este veio, examinou a paciente e, embora tivesse dado esperanças à Srta. Dashwood de que a irmã estaria restabelecida em breve, ao dizer que a sua doença tinha uma tendência inflamatória e ao permitir que a palavra "infecção" lhe deixasse os lábios, provocou um imediato alarme na Sra. Palmer por causa do bebê. A Sra. Jennings, que a princípio se inclinara a julgar a doença de Marianne mais séria do que Elinor supunha, mostrava-se agora preocupada diante do diagnóstico do Sr. Harris. E, confirmando os receios e os cuidados de Charlotte, insistiu na necessidade do imediato afastamento da criança e da mãe. O Sr. Palmer, embora encarasse as suas apreensões como infundadas, viu que a ansiedade e a urgência da esposa eram por demais grandes para poder lhes resistir. A partida então foi marcada. E, uma hora após a chegada do Sr. Harris, ela seguiu, com a criança e a babá, para a casa de uma parenta do Sr. Palmer que vivia a poucos quilômetros dali, no outro extremo de Bath. Como o marido prometera, diante da sua insistência, que iria se juntar a ela dentro de um ou dois dias, Charlotte procedeu quase com a mesma insistência junto à mãe para que esta a acompanhasse. A Sra. Jennings, no entanto, com o seu bondoso coração, que levou Elinor a gostar ainda mais dela, declarou a sua intenção de não arredar o pé de Cleveland enquanto Marianne estivesse acamada. Tentaria, com seus melhores cuidados, fazer a vez da mãe de quem havia afastado as filhas. Estava sempre com a melhor disposição, e Elinor encontrou nela uma ativa ajudante, desejosa de compartilhar todas as suas fadigas e com frequência se mostrando de grande valia pela sua maior experiência em lidar com doentes.

A pobre Marianne, abatida e lânguida pela natureza de sua enfermidade, sentindo-se terrivelmente mal, já não esperava mais se recuperar no dia seguinte. E a simples ideia de que no próximo dia seu estado pudesse piorar, tornava ainda mais dolorosa a sua indisposição. Isso porque naquele dia iriam iniciar a sua viagem de volta e, acompanhadas o tempo todo por um criado da Sra. Jennings, chegariam de surpresa à casa da mãe na tarde seguinte. O pouco que disse foi para lamentar o inevitável atraso, embora Elinor tentasse lhe elevar o espírito, fazendo-a acreditar, como ela mesma acreditava, que a demora seria deveras breve.

O dia seguinte trouxe pouca ou nenhuma alteração no estado de saúde da paciente. Com certeza, não estava melhor, mas não parecia pior. O número de pessoas na casa agora se reduzira bastante, pois, por uma questão humanitária ou de bom coração, ou simplesmente para não dar a impressão de ter sido assustado pela mulher, apesar de relutante, o Sr. Palmer enfim se deixara persuadir pelo coronel Brandon a cumprir a sua promessa de ir ao encontro dela. E, quando ele estava se preparando para partir, o próprio coronel Brandon, com uma contrariedade ainda maior, também começou a falar em ir embora. Nesse ponto, no entanto, a bondade da Sra. Jennings interpôs-se de maneira muito aceitável. Afinal, permitir que o coronel se fosse enquanto a sua amada estava tão aflita por causa da irmã seria privar ambos, ela pensou, de todo o consolo possível. E, sendo assim, alegando que a presença dele em Cleveland era necessária para ela mesma, que precisava dele para jogar cartas com ela enquanto a Srta. Dashwood estivesse fazendo companhia à irmã e tudo mais, a Sra. Jennings insistiu de maneira tão convincente na permanência do cavalheiro, que ele, no fundo do seu coração ansioso para imediatamente lhe satisfazer o pedido, sequer pôde simular uma objeção. Ainda mais que a insistência da Sra. Jennings era calorosamente secundada pelo Sr. Palmer, que parecia sentir um certo alívio em deixar ali uma pessoa capaz de assistir e aconselhar a Srta. Dashwood em caso de qualquer emergência.

Naturalmente, Marianne foi mantida na ignorância sobre todas essas providências. Não sabia que fora a causa da partida súbita dos senhores de Cleveland, apenas sete dias depois de terem chegado. Não se mostrou surpresa com a ausência da Sra. Palmer. E, como isso não parecia incomodá-la, sequer perguntou por ela.

Dois dias após a partida do Sr. Palmer, o estado de saúde de Marianne continuava sem grandes alterações. O Sr. Harris, que vinha vê-la todos os dias, ainda falava em uma rápida recuperação, e a Srta. Dashwood também se mostrava otimista. Contudo, a esperança dos demais não era, de modo algum, a mesma. A Sra. Jennings, desde o surto da enfermidade, estava convencida de que Marianne nunca haveria de recuperar-se, e o coronel Brandon, que era quem mais ouvia os seus presságios, não se encontrava em condições de resistir à sua influência. Tentava se libertar dos receios que, segundo a opinião do farmacêutico, eram absurdos. Mas aquelas muitas horas do dia em que permanecia sozinho favoreciam por demais a admissão de ideias melancólicas. E ele não conseguia afastar dos pensamentos a convicção de que nunca mais veria Marianne.

Porém, na manhã do terceiro dia, as obscuras previsões de ambos quase desapareceram, pois, quando chegou, o Sr. Harris achou a enferma visivelmente melhor. O pulso batia forte e os sintomas eram muito mais favoráveis do que na sua visita anterior. Vendo todas as suas esperanças confirmadas, Elinor exultava de contentamento. Estava satisfeita por ter, em suas cartas à mãe, expressado muito mais o próprio julgamento do que a opinião de seus amigos, dando pouca importância à indisposição que as havia retardado em Cleveland e quase fixando uma data em que Marianne estaria em condições de poder viajar.

Todavia, o dia não terminou de maneira tão auspiciosa quanto começara. Ao cair da tarde, Marianne voltou a piorar, ficando febril, agitada e se tornando mais indisposta do que antes. A irmã, no entanto, continuava otimista, querendo atribuir a mudança simplesmente à fadiga de ela ter permanecido sentada enquanto lhe faziam a cama. E, administrando-lhe cuidadosamente as poções receitadas, viu-a com satisfação mergulhar em um sono profundo, do qual esperava os mais benéficos efeitos. O sono, embora não tivesse sido tão tranquilo quanto Elinor desejava, teve uma duração considerável. Ansiosa por observar ela mesma os seus resultados, resolveu velar-lhe o sono durante todo o tempo. A Sra. Jennings, não notando qualquer mudança no estado da paciente, foi excepcionalmente cedo para a cama. Sua criada, que era uma das principais enfermeiras, descansava na sala da governanta, e Elinor ficou a sós com Marianne.

O repouso de Marianne foi se tornando cada vez mais agitado, e a irmã, que observava com ininterrupta atenção suas constantes mudanças de posição e ouvia os frequentes e ininteligíveis sons de queixa que lhe saíam dos lábios, desejou despertá-la daquela dolorosa letargia. Nesse momento, Marianne, subitamente despertada por algum ruído acidental na casa, começou a gritar, dominada pelo ardor febril:

— Mamãe está vindo?

— Ainda não — respondeu a outra, escondendo o seu horror e ajudando Marianne a deitar-se de novo —, mas espero que em breve esteja aqui. Como sabe, é uma longa distância daqui a Barton.

— Mas ela não deve vir por Londres — exclamou Marianne, tomada de aflição. —Não hei de vê-la se ela vier por lá.

Alarmada, Elinor percebeu que ela não estava em seu estado normal e, enquanto tentava acalmá-la, ansiosamente tomou-lhe o pulso. Estava mais fraco e mais rápido do que nunca! Como Marianne continuava a falar nervosamente sobre a mãe, tal era o seu pânico que ela decidiu chamar imediatamente o Sr. Harris e enviar um portador a Barton para buscá-la. Aconselhar-se com o coronel Brandon sobre a melhor maneira de levar a efeito a última medida foi um pensamento que logo se seguiu à resolução. E, tão logo chamou a criada para tomar o seu lugar junto à irmã, correu para a sala de estar, onde sabia que normalmente poderia encontrá-lo, mesmo em horas mais avançadas do que o atual momento.

Não havia tempo para hesitações. Seus receios e dificuldades foram imediatamente apresentados ao cavalheiro. Quanto aos receios, ele não teve coragem nem confiança para tentar dissipá-los e escutou-os com tristeza e desânimo; mas as dificuldades foram instantaneamente contornadas, porque, com uma prontidão que parecia à altura da ocasião e com tudo já arquitetado na sua mente, ofereceu-se ele próprio para ser o mensageiro que traria a Sra. Dashwood. Elinor não apresentou objeções que não pudessem ser facilmente vencidas. Agradeceu-lhe com palavras breves porém cálidas e, enquanto o coronel despachava o criado com uma urgente mensagem ao Sr. Harris e uma ordem para que fossem preparados imediatamente os cavalos da diligência, ela escreveu algumas linhas à mãe.

Sentiu enorme satisfação pelo conforto de um amigo como o coronel Brandon ou de tal companhia para a mãe. Era um companheiro cujo discernimento a guiaria, cujo auxílio lhe traria alívio e cuja amizade haveria de confortá-la! Tanto quanto fosse possível, sua presença, sua educação, sua assistência serviriam para reduzir o choque que um chamado de tal natureza poderia provocar.

Ele, no entanto, fossem quais fossem os seus sentimentos, agia com a firmeza de um espírito tranquilo, tomando todas as providências com a maior celeridade possível e calculando com exatidão a hora em que deveriam aguardar o seu regresso. Nem um só minuto foi perdido com mais delongas. Os cavalos chegaram antes mesmo do previsto, e o coronel Brandon teve apenas tempo de apertar a mão de Elinor com um ar solene e de pronunciar algumas palavras em tom tão baixo que mal chegaram aos ouvidos da moça, antes de se precipitar na direção da carruagem. Era então por volta de meia-noite, e ela retornou para os aposentos da irmã, onde ficou aguardando o farmacêutico, para depois velá-la pelo resto da noite. Foi um sofrimento quase igual para ambas. Hora após hora, Marianne esteve insone em dor e delírio, e Elinor, na mais cruel das ansiedades, enquanto aguardavam o Sr. Harris. Sentindo crescer as suas apreensões, Elinor agora pagava pelo excesso de confiança que, a princípio, demonstrara. A criada que lhe fazia companhia, pois Elinor não consentira que chamassem a Sra. Jennings, só fazia torturá-la ainda mais com suas referências à opinião que a patroa sempre tivera do caso.

Os pensamentos de Marianne ainda se fixavam incoerentemente na mãe. Toda vez que ela mencionava seu nome, provocava um aperto no pobre coração de Elinor, que, censurando-se por haver menosprezado a doença durante tantos dias, desejando desesperadamente alguma melhora imediata, pensava que em breve qualquer alívio fosse em vão, que tudo fora demasiadamente protelado, e imaginava a pobre mãe chegando tarde demais para ver a sua adorada filha, ou para se deparar com ela ainda consciente.

Estava a ponto de mandar chamar de novo o Sr. Harris — ou, se ele não pudesse vir, outro auxílio qualquer —, quando este chegou, pouco antes das cinco. Contudo, seu diagnóstico, em parte, veio compensar a demora, pois, apesar de reconhecer uma inesperada e desagradável alteração no estado da paciente, não admitiu haver perigo real. E falou com tamanha confiança do alívio que um novo método de tratamento deveria proporcionar, que, embora em menor grau, empolgou Elinor. Prometeu voltar dentro de três ou quatro horas, e deixou a paciente e a ansiosa acompanhante mais tranquilas do que as havia encontrado.

Grandemente preocupada e com reprovações por Elinor não a ter chamado em seu auxílio, a Sra. Jennings ouviu na manhã seguinte o relato do que se passara. Suas apreensões iniciais, agora com mais razão aumentadas, não lhe deixavam dúvidas quanto ao caso. E, embora tentasse consolar Elinor, sua convicção no tocante ao perigo que a irmã corria não lhe permitia oferecer o conforto da esperança. Seu coração estava, de fato, pesaroso. O rápido declínio e a morte prematura de uma moça tão jovem e bela quanto Marianne deveriam comover até mesmo a mais distante das pessoas. A compaixão da Sra. Jennings tinha outros motivos. Marianne fizera companhia a ela durante três meses e ainda estava sob seus cuidados, e era do conhecimento de todos que tinha sofrido e fora assaz infeliz. Também a sensibilizava a preocupação da irmã, a sua favorita. E quando a Sra. Jennings imaginava que Marianne devia, provavelmente, representar para a Sra. Dashwood o que Charlotte era para ela mesma, sua simpatia para com o sofrimento daquela senhora era deveras sincera.

O Sr. Harris foi pontual na sua segunda visita... que serviu para dissipar as esperanças que a primeira havia produzido. Seus remédios falharam. A febre não cedera. E Marianne, ligeiramente mais calma, tão diferente de como costumava ser, permanecia em um pesado estupor. Elinor, dando-se conta de todos os receios dela e adivinhando ainda mais, sugeriu escutarem outra opinião. O farmacêutico julgou isso desnecessário. Ainda tinha algo a tentar, de cujo êxito estava quase tão confiante quanto estivera da última vez, e sua visita foi concluída com encorajadoras promessas que alcançaram os ouvidos da Srta. Dashwood, mas não o seu coração. Ela estava calma, exceto quando pensava na mãe, mas permanecia quase sem esperanças. E prosseguiu nesse estado até a noite, sem praticamente se afastar do leito da irmã, com o pensamento a vaguear de uma imagem de dor à outra. A conversa com a Sra. Jennings lhe oprimira ao máximo o espírito, pois a senhora mais velha não hesitava em atribuir a gravidade e o perigo da enfermidade às muitas semanas de indisposição prévia que a decepção amorosa de Marianne lhe provocara. Elinor não teve como negar a sensatez da noção, o que lhe trouxe novos motivos de sofrimento.

À tarde, no entanto, ela começou a pressentir... embora com cautela, com receio de desapontar-se, o que por algum tempo a manteve em silêncio, mesmo com a sua amiga... a imaginar, a sonhar ter percebido uma ligeira melhora no pulso da irmã. Parou, observou e examinou-a diversas vezes e, por fim, com uma agitação mais difícil de ser ocultada sob a calma aparente do que toda a angústia anterior, aventurou-se a comunicar à amiga as suas esperanças. A Sra. Jennings, embora forçada pelo exame a admitir uma melhora temporária, tentou impedir que a sua jovem amiga se deixasse levar pela convicção de sua continuidade. E Elinor, considerando todas as razões de sua desconfiança, disse para si mesma que não devia estar esperançosa. Mas era tarde demais. A esperança já havia tomado conta dela. Sentindo toda a sua ansiosa palpitação, ela inclinou-se sobre a irmã para observar... nem mesmo sabia o quê. Meia hora passou-se, e os sintomas favoráveis ainda persistiam. Outros mais surgiram para confirmar os primeiros. Sua respiração, a pele, os lábios, tudo indicava a Elinor sinais de melhora, e Marianne fixou nela um olhar consciente, embora ainda debilitado. Ansiedade e esperança oprimiam-se agora com igual peso e não lhe deram um momento de tranquilidade até a chegada do Sr. Harris, às quatro da tarde, quando as certezas deste e suas felicitações pela recuperação da irmã, que ultrapassava a sua expectativa, lhe trouxeram confiança, conforto e lágrimas de alegria.

Marianne estava, sob todos os aspectos, visivelmente melhor, e o Sr. Harris a declarou fora de perigo. A Sra. Jennings, talvez satisfeita por haver encontrado em seu alarme anterior a justificação parcial de suas previsões, permitiu-se confiar no julgamento do farmacêutico e admitiu, com sincera alegria e em seguida com inequívoco otimismo, a probabilidade de uma total recuperação.

Elinor não podia exteriorizar o seu contentamento. Sua alegria era de outra espécie, não dava lugar senão a um regozijo íntimo. Imaginar Marianne recuperada para a vida, para a saúde, para os amigos e para a mãe extremosa era um pensamento que enchia o seu coração de sensações de delicado conforto e o expandia em fervorosa gratidão, mas não a levava a demonstrações exteriores de alegria nem palavras ou sorrisos. No seu íntimo, no entanto, era tudo satisfação, forte e silenciosa.

Ela continuava à cabeceira da irmã, com pequenos intervalos durante a tarde, lhe acalmando todos os temores, lhe satisfazendo todas as indagações de seu espírito enfraquecido, lhe concedendo todo o apoio e observando cada olhar seu, cada respiração. A possibilidade de uma recaída às vezes lhe ocorria para lembrar-lhe do que era a sua ansiedade, mas todas as suas dúvidas se apagaram quando viu, em sua observação frequente e minuciosa, que os sintomas de recuperação continuavam e que, às seis da tarde, Marianne mergulhava em um sono tranquilo, pesado e, sob todos os aspectos, reconfortante.

Aproximava-se a hora em que o coronel Brandon deveria chegar. Às dez da noite ou não muito depois disso, conforme esperava, a mãe seria aliviada da terrível ansiedade em que devia estar agora, viajando ao encontro delas. O coronel também! Igualmente merecedor da mesma piedade! Ah, como era lento o passar do tempo que ainda os mantinha na ignorância!

Às sete horas, deixando Marianne ainda suavemente adormecida, foi fazer companhia à Sra. Jennings na sala de visitas para tomar o chá. Pouco havia se alimentado de manhã, devido aos receios, e ao jantar, com as esperanças de recuperação. Por isso, aquela pequena refeição lhe pareceu particularmente bem-vinda, graças ao sentimento de satisfação que trazia em si. Terminado o chá, a Sra. Jennings tentou convencê-la a descansar um pouco antes da chegada da mãe, permitindo-lhe tomar o seu lugar à cabeceira de Marianne. Mas Elinor não experimentava qualquer sensação de fadiga. Não tinha disposição para dormir naquele instante nem se afastaria da irmã desnecessariamente. Por isso, a Sra. Jennings, acompanhando-a ao andar superior, até o quarto da doente, depois de se certificar de que tudo continuava bem, deixou-a novamente entregue aos seus pensamentos e foi para o seu quarto, escrever cartas e repousar um pouco.

A noite estava fria e tempestuosa. O vento assoviava ao redor da casa e a chuva batia contra as vidraças, mas Elinor, com a sua felicidade interior, não reparava nisso. Marianne dormia, mesmo com as rajadas, e os visitantes teriam uma rica recompensa aos percalços da viagem.

O relógio bateu oito horas. Se tivessem sido dez pancadas, Elinor estaria certa de ter ouvido, naquele momento, os sons da carruagem se aproximando da casa. E tão forte foi a sua convicção de realmente os haver escutado, apesar da quase impossibilidade de já estarem chegando, que se dirigiu ao quarto de vestir ao lado e abriu uma fresta na janela para se convencer da verdade. Na mesma hora constatou que seus ouvidos não a haviam enganado. O brilho trêmulo das lanternas de uma carruagem estava à vista. Diante da claridade incerta, ela pensou discernir duas parelhas de cavalos, e isso, embora denunciasse a excessiva apreensão de sua pobre mãe, explicava em parte a inesperada rapidez.

Nunca em sua vida teve tanta dificuldade em manter a calma quanto naquele momento. A sensação de que a mãe devia estar

sofrendo, quando a carruagem parou à porta... suas dúvidas... seus receios... talvez o seu desespero! E do que ela tinha para dizer! Com tais pressentimentos, era impossível estar calma. Tudo o que precisava fazer era apressar-se. Após certificar-se de que a criada da Sra. Jennings estava junto de Marianne, pôs-se a correr escada abaixo.

O burburinho no vestíbulo, assim que ela cruzou o saguão interno, lhe assegurou de que já estavam no interior da casa. Correu para a sala de estar e, ao adentrá-la, deparou-se apenas com Willoughby.

XLIV

Elinor recuou horrorizada ao vê-lo e, obedecendo ao primeiro impulso do coração, voltou-se imediatamente para deixar a sala. Sua mão ainda estava na maçaneta quando o gesto foi interrompido pelo avanço de Willoughby, que, em um tom mais de comando do que de súplica, disse:

— Srta. Dashwood, por meia hora apenas... dez minutos que sejam... eu lhe rogo para que fique.

— Não, cavalheiro — replicou com firmeza —, eu não ficarei. O senhor nada pode ter a tratar comigo. Suponho que os criados tenham se esquecido de lhe avisar que o Sr. Palmer não está em casa.

— Se tivessem me dito — foi a resposta veemente — que o Sr. Palmer e todas as pessoas de sua família tinham ido para o inferno, não teriam conseguido me afastar desta porta. O assunto que me traz é para ser tratado com a senhorita apenas.

— Comigo? — ela falou, no auge do seu espanto. — Nesse caso eu lhe peço que seja rápido, cavalheiro, e... se possível... menos veemente.

— Sente-se, e eu farei o possível.

Sem saber o que fazer, ela hesitou. Ocorreu-lhe a possibilidade de o coronel Brandon chegar e encontrá-lo ali. Todavia, prometera ouvi-lo e, assim como a sua honra, sua curiosidade pesava na balança. No entanto, após um momento de reflexão, concluiu que a prudência exigia presteza e que a sua aquiescência seria a melhor maneira de obtê-la, então caminhou silenciosamente em direção à mesa e sentou-se. Willoughby ocupou a cadeira em frente, e, por meio minuto, nenhum dos dois disse uma só palavra.

— Peço-lhe que seja rápido, cavalheiro — disse Elinor, tomada de impaciência. — Não tenho tempo a perder.

Ele estava sentado em uma atitude de profunda meditação e não pareceu ouvi-la.

— Sua irmã — disse, abruptamente, um momento depois — está fora de perigo. Eu soube pelo criado. Deus seja louvado! Mas é verdade? É realmente verdade?

Elinor se recusou a falar. Ele repetiu a pergunta com intensidade ainda maior.

— Pelo amor de Deus, diga-me, ela está fora de perigo, não está?

— Esperamos que sim.

Ele ergueu-se e circulou pela sala.

— Se eu tivesse sabido meia hora antes... Mas, já que estou aqui — falou com vivacidade forçada, enquanto retornava para o seu lugar —, o que significa isso? Que importância tem? Por uma vez que seja, Srta. Dashwood... talvez a última, alegremo-nos! Estou com disposição para alegria... Diga-me com sinceridade — um rubor se espalhando por suas faces —, considera-me um patife ou um tolo?

Elinor olhou para ele com mais espanto do que nunca. Começou a pensar que estivesse embriagado. A estranheza daquela visita, de seus modos, não seria de outra forma compreensível. E, sob tal impressão, levantou-se imediatamente, dizendo.

— Sr. Willoughby, aconselho-o a voltar a Combe. Não disponho de tempo para permanecer aqui com o senhor. Seja lá qual for o assunto que queira tratar comigo, amanhã conseguirá expô-lo melhor.

— Eu compreendo — replicou ele, com um sorriso expressivo e uma voz perfeitamente calma. — É verdade, estou deveras embriagado. Uma caneca de cerveja com uma fatia de carne, em uma taberna em Marlborough, foram o suficiente para me transtornar.

— Em Marlborough! — exclamou Elinor, compreendendo cada vez mais onde ele queria chegar.

— Sim, saí de Londres hoje, às oito da manhã, e os únicos dez minutos que passei fora de minha carruagem desde então foram para fazer um pequeno lanche em Marlborough.

A firmeza de seus gestos e a limpidez de seus olhos, enquanto falava, convenceram Elinor de que, fosse qual fosse a loucura imperdoável que o trouxera até Cleveland, não era a embriaguez. Após um momento de reflexão, disse:

— Sr. Willoughby, o senhor deve se sentir como eu, de fato, me sinto... Depois de tudo o que se passou... a sua vinda aqui, desta maneira, forçando-me a ouvi-lo, exige uma explicação muito especial. O que pretende com isso?

— Pretendo — ele disse, com um tom enérgico e sério — fazer com que me deteste um pouco menos do que agora. Pretendo apresentar-lhe alguma forma de explicação, alguma espécie de desculpa pelo que houve no passado, abrir-lhe inteiramente o meu coração e convencê-la de que, embora eu tenha sido sempre um estúpido, jamais fui um patife, e assim obter alguma forma de perdão por parte de Ma... de sua irmã.

— Esse é o motivo real de sua vinda?

— Juro-lhe que sim — foi a sua resposta, dita com uma vivacidade que trouxe à lembrança de Elinor aquele antigo Willoughby, e que, a despeito de si próprio, lhe pareceu sincera.

— Se isso é tudo, pode sentir-se satisfeito, pois Marianne já... ela há muito o perdoou.

— Já? — ele exclamou, no mesmo tom fervoroso. — Nesse caso, o fez antes do tempo. Mas há de perdoar-me novamente, e agora, com motivos mais razoáveis. Pode ouvir-me, então?

Elinor assentiu com a cabeça.

— Não sei — disse ele, após uma pausa em que ela se manteve na expectativa, e ele em meditação — como viu o meu comportamento para com a sua irmã, e que diabólicos motivos terá me imputado... Dificilmente poderá pensar bem de mim, mas vale a pena tentar, e lhe contarei tudo. Quando passei a frequentar a sua casa, não tinha outra intenção, não tinha outras perspectivas no relacionamento com vocês senão passar algumas horas agradáveis enquanto tivesse de permanecer em Devonshire, mais prazerosas do que as que passara das outras vezes. A personalidade encantadora de sua irmã não podia deixar de atrair-me, e a sua afinidade comigo, desde o princípio, era única... É espantoso, quando paro para pensar no que ela era e no que foi tudo aquilo, que o meu coração tivesse conseguido ser tão insensível! Mas devo confessar que, de início, minha vaidade foi levada às alturas. Sem me importar com a felicidade dela, pensando apenas no meu próprio prazer, dando vazão a sentimentos aos quais sempre tivera o hábito de entregar-me, tratei de, com todos os meios ao meu alcance, tornar-me agradável a ela, sem qualquer intenção de corresponder ao seu afeto.

Nesse ponto, a Srta. Dashwood, encarando-o com o mais atroz desprezo, interrompeu-o dizendo:

— Não vale a pena continuar com o seu relato, Sr. Willoughby, nem eu continuar a lhe dar ouvidos. Depois de um preâmbulo desses, tudo mais é inútil. Não me faça sofrer sendo obrigada a continuar ouvindo-o.

— Insisto que ouça a história toda — replicou. — Minha fortuna nunca foi grande e sempre fui gastador, dando-me ao hábito de me associar a pessoas com rendimentos maiores do que os meus. Desde a maioridade, ou mesmo antes, cada ano que se passava eu ia acumulando dívidas na esperança de que a morte de minha prima idosa, a Sra. Smith, me libertasse delas. Contudo, como fosse tal evento incerto e provavelmente remoto, durante algum tempo considerei refazer a minha situação desposando uma mulher de dinheiro. Prender-me à sua irmã, portanto, não era algo que eu pudesse cogitar... E, com um espírito mesquinho, egoísta e cruel... que nenhum olhar de indignação ou desprezo, nem mesmo o seu, Srta. Dashwood, poderia reprovar suficientemente... eu tentava lhe cativar o afeto sem jamais pensar em retribuí-lo... Porém, que uma coisa seja dita em meu favor: mesmo nesse execrável egoísmo, eu não fazia ideia da extensão da ferida que provocava, pois eu não sabia então o que era o amor. Será que algum dia eu soube? Posso duvidar disso porque, se tivesse realmente amado, poderia sacrificar meus sentimentos à vaidade, à avareza? Ou, o que é pior, teria sacrificado os dela? Mas o certo é que o fiz. Para evitar uma relativa pobreza, de cujos horrores o seu afeto e a sua companhia me teriam compensado, eu consegui, elevando-me à riqueza, perder tudo aquilo que a tornaria uma benção.

— Então — disse Elinor, pouco reconfortada — acreditou-se alguma vez preso a ela?

— Ter resistido a tais atrativos, me mostrado insensível a tais ternuras! Haveria no mundo homem capaz disso? Sim, vi-me aos poucos sinceramente me apaixonando por ela. E as horas mais felizes de minha vida foram as que passei ao lado dela, quando sentia minhas intenções inteiramente honestas e meus sentimentos mais puros. Mesmo então, embora firmemente determinado a corresponder ao seu afeto, eu me permitia, o mais incorretamente possível, protelar dia após dia o momento de fazê-lo, por não me sentir inclinado a comprometer-me enquanto estivesse naquela situação embaraçosa. Não tentarei aqui ser razoável nem a impedirei de fazer considerações sobre o absurdo, e pior que o absurdo, sobre meus escrúpulos de empenhar a palavra quando minha honra já estava comprometida. O futuro provou a tolice das minhas artimanhas, tornando-me desprezível e desgraçado para sempre. Contudo, minha resolução foi afinal tomada e, assim que pudesse ficar a sós com ela, eu estava disposto a justificar as atenções que invariavelmente lhe concedera e abertamente lhe assegurar uma afeição que tanto me custava ostentar. Todavia, nesse ínterim... no espaço de poucas horas que transcorreram antes que eu tivesse a oportunidade de lhe falar a sós... ocorreu uma circunstância, uma infeliz circunstância que veio arruinar toda a minha resolução e, com ela, todo o meu conforto. Deu-se uma descoberta... — nesse ponto, ele parou e olhou para o chão. — A Sra. Smith, não sei como, foi informada — acredito que por algum parente afastado, cujo interesse era privar-me de sua proteção — de um caso, uma ligação... Mas não preciso alongar-me em explicações — acrescentou, olhando para ela com a fisionomia mais carregada e um olhar inquiridor —, pois através de seu amigo íntimo provavelmente já soube de toda a história.

— Já — respondeu Elinor, igualmente corando e fechando mais uma vez o seu coração a qualquer simpatia por ele —, já conheço toda a história. E confesso não conseguir ver como o senhor poderá se eximir de qualquer culpa nesse caso terrível.

— Não se esqueça de quem fez o relato — disse Willoughby. — Poderia, por acaso, ser imparcial? Reconheço que a sua situação e o seu caráter deviam ter sido respeitados por mim. Não pretendo justificar-me; mas, ao mesmo tempo, não quero deixá-la supor que nada tenho a alegar em meu favor... que, pelo fato de ter sido magoada, ela fosse irrepreensível; e, porque fui um libertino, ela devia ser santa. Se a violência de suas paixões, a fraqueza de sua compreensão... Não pretendo, no entanto, defender-me. Sua afeição por mim merecia melhor tratamento, e eu frequentemente me recordo com grande remorso e ternura que, por breve tempo, foi capaz de suscitar em mim alguma retribuição. Quisera... quisera de todo coração que isso jamais tivesse acontecido. Não magoei apenas ela, mas igualmente alguém cujo afeto por mim, se posso dizê-lo, não era certamente menor do que o dela. E cujo espírito... ah, era infinitamente superior!

— Sua indiferença, contudo, perante aquela infortunada jovem... devo dizê-lo, por mais desagradável que seja para mim a discussão deste assunto... sua indiferença não é desculpa para o fato de tê-la abandonado cruelmente. Não se julgue perdoado — por uma fraqueza qualquer, por uma falta de compreensão natural da parte dela — de sua evidente e irresponsável crueldade. Deve saber perfeitamente que, enquanto permanecia em Devonshire à procura de novas aventuras, sempre alegre e feliz, a pobrezinha estava reduzida à mais extrema penúria.

— Mas posso lhe jurar que eu não sabia — ele ardorosamente replicou. Não me recordo de ter me esquecido de lhe dar o meu endereço. E o bom senso deveria ter lhe dito como me encontrar.

— Muito bem, cavalheiro, e o que disse a Sra. Smith?

— Imediatamente me acusou do delito, e pode imaginar qual não foi a minha confusão. A retidão de sua vida, a rigidez de seus princípios, sua ignorância do mundo... tudo estava contra mim. Eu não podia negar o caso em si, e eram vãos todos os meus esforços para minorá-los. Acho que ela estava predisposta a duvidar da moralidade da minha conduta em geral e, além disso, descontente com a escassa atenção, com a reduzida porção do tempo que eu lhe dedicava durante aquela visita. Em suma, tudo acabou com um rompimento de relações. Havia um único meio pelo qual eu poderia me salvar. No auge de sua moralidade, a boa mulher que ela era se ofereceu a perdoar o meu passado, contanto que eu me casasse com Eliza. Isso não podia ser... e fui formalmente afastado de seus favores e de sua casa. A noite que se sucedeu a tais acontecimentos — eu deveria partir na manhã seguinte —, passei deliberando sobre qual deveria ser a minha conduta futura. A luta foi árdua... mas foi por demais breve. Minha afeição por Marianne, minha total convicção de seu apego por mim... foi tudo insuficiente para superar o pavor da pobreza ou para levar-me a abandonar as falsas ideias da necessidade de riqueza que eu estava naturalmente inclinado a acatar, e que a sociedade rica que eu frequentava só fazia engrandecer. Tinha motivos para crer na anuência da minha esposa ao pedido de casamento, se eu optasse por fazê-lo, e acabei por convencer-me de que nada mais me restava como medida de prudência. Contudo, uma cena dolorosa me aguardava antes que eu pudesse partir de Devonshire. Eu estava comprometido a jantar na sua casa naquela mesma noite. Era necessária alguma espécie de desculpa para a quebra do compromisso. Se deveria fazê-lo por escrito ou pessoalmente, foi um ponto que muito debati comigo. Ver Marianne, eu senti, haveria de ser terrível, e cheguei mesmo a duvidar de que, se a visse novamente, seria capaz de manter minha resolução. Contudo, no tocante a isso, subestimei a minha própria magnanimidade, como provam os fatos. Afinal, fui, vi-la, fi-la infeliz e deixei-a infeliz... além de deixá-la com a esperança de nunca mais tornar a vê-la.

— Por que a visita, Sr. Willoughby? — disse Elinor, em tom de reprovação. — Um simples bilhete teria se dado a tal propósito. Por que achou necessário ir pessoalmente?

— Foi a necessidade do meu próprio orgulho. Não podia suportar a ideia de partir deixando-as, ou ao restante dos vizinhos, na suspeita de que algo tivesse ocorrido entre mim e a Sra. Smith... e por isso resolvi passar pelo chalé no caminho de Honiton. Todavia, o encontro com a sua irmã foi realmente penoso. E, para piorar a situação, encontrei-a sozinha. Tinham ido todos não sei bem aonde. Na noite anterior, eu a havia deixado tão completamente, tão firmemente decidido a proceder com ela de maneira correta! Poucas horas teriam bastado para reuni-la a mim para sempre. E me lembro de como estava feliz, como estava animado ao seguir do chalé para Allenham, satisfeito comigo mesmo, alegre com todo mundo! Mas, naquela última entrevista de nossa amizade, aproximei-me dela com uma sensação de culpa que quase me privou de toda a capacidade de dissimulação. Sua dor, seu desapontamento, sua profunda tristeza quando eu lhe informei que tinha de partir imediatamente de Devonshire... jamais os esquecerei... assim como a fé, a confiança que depositava em mim! Ah, Deus! Que patife desapiedado eu fui!

Ficaram ambos em silêncio por alguns segundos. Elinor foi a primeira a falar.

— Disse-lhe que voltaria em breve?

— Não sei o que eu lhe disse — ele replicou, impacientemente —; menos do que deveria ter dito, tendo em vista o passado e, decerto muito mais do que seria justificável, o futuro. Não posso pensar nisso... não quero... Depois, sua querida mãe torturou-me ainda mais com toda a bondade e confiança de seu coração. Graças aos Céus que isso me torturou! Sentia-me miserável. Não pode imaginar, Srta. Dashwood, o conforto que me causa relembrar a minha própria desgraça. Tenho tantas razões para me reprovar pela estupidez e pela pérfida loucura de meu coração, que todos os meus sofrimentos passados são agora apenas triunfo e exaltação para mim. Bem, parti deixando tudo aquilo que amava e fui para junto daqueles que, na melhor das hipóteses, me eram indiferentes. Minha viagem para Londres, em que eu próprio conduzi os cavalos, foi por demais tediosa, sem ninguém com quem falar... a sós com meus pensamentos bastantes dolorosos. Quando olhava para frente, quanto otimismo! Mas, quando olhava para trás, para Barton, que imagem lancinante! Ah, foi uma viagem maldita!

Ele se interrompeu.

— Muito bem, cavalheiro — falou Elinor, que, embora lamentando pelo homem, ficava cada vez mais impaciente pela sua partida. — E isso é tudo?

— Tudo? Não... Esquece-se do que se passou na cidade? Da carta infame? Marianne não lhe mostrou?

— Mostrou. Também vi todos os bilhetes enviados.

— Quando a primeira carta dela me chegou às mãos, o que foi de imediato, pois eu estava em Londres o tempo todo, o que senti foi... não pode ser expresso em palavras. De um modo muito simples, talvez simples demais para despertar qualquer emoção, meus sentimentos foram deveras... deveras dolorosos. Cada frase, cada palavra era — usando uma metáfora vulgar que, se sua querida escritora estivesse aqui, não permitiria — uma punhalada no meu coração. Saber que Marianne estava em Londres... para usar a mesma linguagem... era um raio. Raios e punhaladas! Que crítica haveria de me fazer, estivesse ela aqui! Seu gosto, suas opiniões... creio conhecê-los melhor do que os meus próprios... E são-me, decerto, muito mais queridos.

O coração de Elinor, que no curso dessa extraordinária conversação passara por várias fases, agora se enternecia de novo... Porém, sentiu que era seu dever esconder as emoções do seu visitante, como vinha fazendo.

— Isso não está certo, Sr. Willoughby. Não se esqueça de que é casado. Relate apenas o que na sua consciência achar ser necessário que eu ouça.

— O bilhete de Marianne — assegurando-me de que eu ainda lhe era tão querido quanto antes e que, apesar de todas as semanas passadas afastados, ela permanecia fiel aos seus sentimentos e mais confiante do que nunca nos meus — despertou remorsos em mim. Eu disse despertou porque o tempo e Londres, os negócios e as distrações, a vida desregrada, haviam de certa forma os adormecido, e eu estava me tornando um patife insensível, imaginando-me indiferente a ela e insistindo em acreditar que também ela devia estar indiferente a mim. Considerando as nossas passadas relações como um assunto vago e sem grande importância, dando de ombros para me provar que era assim e silenciando todas as censuras, eu superava todos os escrúpulos dizendo-me secretamente, vez por outra: "Ficarei imensamente satisfeito se souber que ela se casou bem". Mas aquela carta me levou a me conhecer melhor. Senti que Marianne me era infinitamente mais cara do que qualquer outra mulher no mundo, e que eu a usara de maneira infame. Mas tudo já estava encaminhado para o meu casamento com a Srta. Grey. Impossível voltar atrás. Tudo o que eu poderia fazer era evitá-las. Deixei Marianne sem resposta, tencionando com isso me poupar de novas atenções dela, e por um bom tempo permaneci firmemente decidido a não visitá-las em Berkeley Street. Mas, por fim, achando melhor fingir uma amizade distante, sem maiores consequências, fiquei à espera, certa manhã, de que saíssem todas para deixar em sua casa o meu cartão.

— Viu-nos sair de casa?

— Isso mesmo. Ficaria surpresa ao saber quantas vezes eu as observei, quantas vezes estive a ponto de encontrá-las. Quantas vezes tive de entrar em uma loja para impedir que me vissem ao ver a carruagem da Sra. Jennings se aproximando! Hospedado como estava na Bond Street, dificilmente houve um dia em que não visse uma ou outra de longe. E só mesmo a constante vigília de minha parte, um desejo invariável de me manter longe da vista, pôde nos separar por tanto tempo. Evitava o mais possível os Middleton, assim como quaisquer outros conhecidos ou amigos comuns. Contudo, sem prever que ele já estaria em Londres, acho que esbarrei com Sir John logo no dia em que ele chegou, ou seja, na data seguinte à minha visita à casa da Sra. Jennings. Convidou-me para uma festa, um baile que daria em sua casa naquela mesma noite. Mesmo que, para me convencer, ele não tivesse dito que ambas estariam presentes, eu decerto teria descoberto e não teria me aventurado a ir. Na manhã seguinte, recebi outro bilhete curto de Marianne... ainda apaixonada, aberta, sincera e confiante, tudo o que podia tornar minha conduta ainda mais odiosa. Não pude lhe responder. Tentei... mas não consegui esboçar uma frase que fosse. Porém, creio que pensei nela todos os momentos do dia. Se é capaz de sentir piedade de mim, Srta. Dashwood, apiede-se da situação em que eu estava. Com o coração e a mente cheios de ternura por sua irmã, fui forçado a representar o papel de feliz amante de outra mulher! Essas três ou quatro semanas foram as piores de todas. Bem, como sabe, acabamos por nos encontrar... e que triste figura eu fiz! Que noite de agonia foi aquela! Marianne, bela como um anjo, chamando-me Willoughby em tal tom! Ah, Deus! Estendendo a mão para mim, pedindo-me uma explicação, com aqueles olhos fascinantes fixos em mim com expressiva solicitude! E, por outro lado, Sophia, enciumada como o próprio diabo, observando tudo o que... Bem, isso não tem importância. Tudo já passou. Ah, que noite! Fugi dali tão logo pude, mas não antes de ver a face querida de Marianne, pálida como a morte. Aquela foi a última vez em que a vi... a última imagem que tive dela. Foi uma visão terrível! Contudo, quando hoje pensei que ela estivesse realmente à morte, foi uma espécie de conforto para mim saber que conhecia a exata aparência que ela teria para os últimos que haviam de vê-la com vida. Ela esteve diante dos meus olhos, constantemente diante de mim durante todo o tempo da viagem, com o mesmo olhar e a mesma palidez.

Sucedeu-se uma breve pausa de mútua reflexão. Willoughby a interrompeu, levantando-se primeiro.

— Bom, devo apressar-me em partir. Sua irmã está bem, de fato, inteiramente fora de perigo?

— Estamos seguras de que sim.

— Sua mãe, também! Tão afeiçoada à Marianne.

— Mas a carta, Sr. Willoughby, sua própria carta. Nada tem a dizer a respeito dela?

— Sim, sim, isso em particular. Como sabe, sua irmã escreveu-me novamente na manhã seguinte. Já sabe o que ela disse. Eu estava na casa dos Ellisons, tomando o café da manhã quando a carta chegou, acompanhada de outras que me tinham sido enviadas de minha pousada. Aconteceu que Sophia a viu antes de mim... E seu formato, a elegância do papel, a caligrafia, enfim, tudo imediatamente lhe despertou suspeitas. Tinham chegado ao seu conhecimento vagas insinuações sobre o meu romance com uma jovem de Devonshire, e o que pudera observar na noite anterior lhe dera a saber de quem se tratava, o que a tornou mais ciumenta do que nunca. Afetando aquele ar de brincadeira que só é delicioso na mulher amada, abriu imediatamente a carta e leu o seu conteúdo. Pagou caro pela própria imprudência. Leu algo que a deixou infeliz. Tal infelicidade eu poderia ter suportado, mas sua cólera... sua maldade... precisavam ser de toda forma aplacadas. E, em suma... o que achou do estilo epistolar de minha esposa? Delicado... terno... verdadeiramente feminino, não concorda?

— Sua esposa? A carta foi escrita com a sua letra.

— Verdade, mas de meu ali só houve o mérito de haver copiado servilmente as frases sob as quais me envergonhei de assinar o meu nome. O original foi escrito por ela... seus nobres pensamentos, sua própria finura de estilo. Mas o que eu poderia fazer? Estávamos noivos, em vias de nos casar, a data quase marcada... Porém, falo como um tolo. Preparativos... o dia! Para falar sinceramente, o seu dinheiro me era necessário e, em uma situação como a minha, tudo devia ser feito para evitar um rompimento. Além do mais, o que significaria para o meu caráter, na opinião de Marianne e de seus amigos, a linguagem na qual minha resposta era expressada? Deveria ter apenas um fim em vista. Competia a mim declarar-me um patife, e pouca diferença havia se o fizesse com uma vênia ou com um insulto. "Estou arruinado para sempre no seu conceito", dizia para mim mesmo, "afastado para sempre do convívio deles. Se já me consideram um sujeito inescrupuloso, esta carta os levará a me julgarem um canalha". Tais eram os meus pensamentos enquanto, com uma espécie de calma desesperada, copiava as palavras de minha mulher e separava-me das últimas relíquias que guardara de Marianne. Seus três bilhetes, por azar, estavam todos em minha carteira, pois de outra forma eu teria negado a sua existência e os preservaria para sempre. Fui obrigado a devolvê-los sem ao menos poder beijá-los. E a mecha de cabelo... esta também sempre trazia comigo na carteira, que foi então vasculhada por minha mulher com a mais cativante virulência... A amada, a querida madeixa de Marianne... tudo, todas as suas recordações me foram roubadas.

— Não tem por que se queixar, Sr. Willoughby. Seu comportamento foi assaz reprovável — falou Elinor; sua voz, contra a sua vontade, traía uma emoção compadecida. — Não tem o direito de falar desse modo nem da Sra. Willoughby nem de minha irmã. O senhor fez a sua própria escolha. Ninguém o forçou a isso. Sua mulher, no mínimo, tem direito à sua cortesia, ao seu respeito. Deve ser-lhe afeiçoada, caso contrário não o teria desposado. Tratá-la com grosseria, falar a seu respeito com menosprezo, não serve de compensação para Marianne... nem, eu suponho, possa representar um alívio para a sua consciência.

— Não me fale de minha mulher — exigiu ele com um pesado suspiro. — Ela não é merecedora da sua compaixão. Sabia perfeitamente que eu não lhe tinha afeição, quando nos casamos. Bem, assim que desposamos, viemos para Combe Magna a fim de sermos felizes e, em seguida, regressamos à cidade para nos divertirmos. E agora sente pena de mim, Srta. Dashwood? Ou lhe contei tudo isso em vão? Seria eu agora menos culpado diante dos seus olhos? Minhas intenções nem sempre foram más. Consegui em parte explicar a minha culpa?

— Certamente conseguiu atenuar um pouco... pouca coisa. Provou-se, no todo, menos culpado do que eu supunha. Provou que o seu coração foi menos cruel, muito menos perverso. Porém, o mal que já causou, eu não sei como poderia ter sido maior.

— Quando sua irmã se recuperar, contará para ela o que eu lhe disse? Para que eu possa também ser menos culpado na opinião dela, como fui na sua? Disse que ela já me havia perdoado.

Permita-me imaginar que um melhor conhecimento do meu coração e dos meus atuais sentimentos obterá dela um perdão mais espontâneo, mais natural, mais doce, menos majestoso. Fale-me de minha desgraça, de meu arrependimento... Diga-lhe que meu coração jamais foi inconstante e, se quiser, diga-lhe que neste momento ela me é mais cara do que nunca.

— Eu contarei a ela o que achar necessário para servir como justificativa. Mas ainda não explicou a razão particular para ter vindo aqui nem como ficou sabendo da doença.

— Ontem à noite, no *foyer* do Drury Lane, eu me deparei com Sir John Middleton, que, ao me ver, dirigiu-me a palavra pela primeira vez nos últimos dois meses. O fato de haver me cortado de suas relações desde o meu casamento era algo que eu via sem qualquer surpresa ou ressentimento. No entanto, sua alma bem-intencionada, franca e tola, repleta de indignação contra mim e de preocupação com a sua irmã, não pôde resistir à tentação de dizer-me o que achava ser necessário, embora talvez não fizesse ideia do quanto isso me humilharia tão terrivelmente. Portanto, o mais abruptamente que pôde, disse-me que Marianne Dashwood estava morrendo de uma febre infecciosa em Cleveland... Uma carta que ele recebera da Sra. Jennings naquela manhã o informara de que ela corria perigo de vida... que os Palmer já haviam partido daqui etc. Fiquei chocado demais para continuar me passando por insensível, mesmo para o pouco perspicaz Sir John. Seu coração mostrou-se comovido ao ver que o meu sofria, e muito de sua má vontade desapareceu; tanto que, ao nos despedirmos, quase chegou a me apertar a mão, enquanto lembrava a velha promessa de me dar um cão perdigueiro. O que senti ao saber que a sua irmã estava morrendo, e morrendo convicta de que eu era o maior patife na face da terra, desprezando-me, odiando-me em seus últimos momentos... Pois como eu poderia lhe contar sobre as terríveis intenções que teriam me sido imputadas? Uma pessoa, eu estava certo, seria capaz de representar com justiça... O que eu senti foi terrível! Tomei imediatamente uma decisão e, às oito da manhã do dia de hoje, já estava na minha carruagem. E agora sabe de tudo.

Elinor não respondeu. Seus pensamentos estavam silenciosamente voltados para o estrago irreparável que a independência precoce e os consequentes hábitos de ociosidade, dissipação e luxo podiam causar na mente, no caráter e na felicidade de um homem que reunia todos os predicados de beleza e inteligência, somados a uma disposição naturalmente aberta e sincera e a um temperamento sensível e afetuoso. O mundo o tornara extravagante e vaidoso. Extravagância e vaidade o tornaram egoísta e frio. A vaidade, que o fizera buscar o seu próprio triunfo culposo à custa de outrem, acabara por envolvê-lo em uma afeição verdadeira, que a extravagância, ou pelo menos a sua consequência — a necessidade —, tinham-no obrigado a sacrificar. Cada tendência para o comportamento desonroso conduzia-o igualmente ao castigo. Aquela ligação, de que se desvencilhara contra a honra, contra os sentimentos, contra todo o interesse próprio, agora lhe ocupava os pensamentos. A causa pela qual, sem o menor escrúpulo, ele provocara enorme sofrimento à sua irmã, revelava-se agora para ele uma fonte de incalculável infelicidade.

Ao cabo de alguns segundos, Elinor foi chamada à realidade por Willoughby, que, despertando de uma divagação semelhante, ao menos igualmente dolorosa, se dispôs a sair e disse:

— Não adianta mais ficar. Devo partir.

— Volta para Londres?

— Não... vou para Combe Magna. Tenho assuntos a tratar ali. De lá, sigo para Londres em um ou dois dias. Adeus.

Ele lhe estendeu a mão, que Elinor não pôde recusar. Willoughby apertou a dela com afeição.

— E agora tem um conceito um pouco melhor a meu respeito? — ele perguntou, soltando-lhe a mão e se apoiando de encontro à lareira, como que se esquecendo de partir.

Elinor assegurou-lhe que sim. Que o perdoava, que tinha pena dele e que lhe desejava felicidade. E acrescentou mais alguns amáveis conselhos no tocante à melhor maneira de obtê-la. A resposta dele não foi lá muito animadora.

— Quanto a isso — disse —, devo arrastar-me pelo mundo como melhor puder. A felicidade conjugal está fora de cogitação. Contudo, se eu tiver o direito de pensar que a senhorita e as pessoas de sua família têm algum interesse pela minha sorte e pelas minhas realizações, isso pode ser o meio... pode pôr-me de sobreaviso... ou, pelos menos, há de ser algo por que valerá a pena viver. Decerto que Marianne estará perdida para sempre. Mas, se por qualquer sorte abençoada, alguma vez eu voltar a me encontrar em liberdade...

Elinor o interrompeu com uma censura.

— Bem — retornou ele —, mais uma vez, adeus. Partirei agora e viverei aterrorizado por um acontecimento.

— O que quer dizer com isso?

— O casamento de sua irmã.

— Está muito enganado. Ela não poderia estar mais perdida para o senhor do que está agora!

— Mas será ganha por outro. E se este for exatamente aquele, dentre todos, que menos suporto... Mas não ficarei aqui para perder toda a sua compadecida boa vontade, demonstrando-lhe que a pessoa a quem mais ofendi é a que menos posso perdoar. Adeus! Deus a abençoe!

E, com essas palavras, deixou a sala quase correndo.

XLV

Por algum tempo após a partida dele, e até quando o som de sua carruagem já deixara de se ouvir, Elinor permaneceu estática, tomada por um turbilhão de ideias — divergentes entre si, mas cujo resultado comum era a tristeza — que a levaram a se esquecer da irmã.

Willoughby, a quem meia hora antes ainda abominava como o mais indigno dos homens, apesar de seus erros, conseguiu lhe despertar uma certa compaixão pelos sofrimentos que haviam se revertido sobre ele. E, agora que o via definitivamente afastado da família dela, sentia por ele uma espécie de ternura e pena que se devia, como ela própria admitia, mais a seus intentos do que à consideração que ele, de fato, merecia. Sentia que a influência dele sobre o seu espírito era aumentada por circunstâncias que, na verdade, nada deviam significar para ela: sua pessoa, seus modos francos e vivos, que realmente não constituíam mérito algum, e aquela paixão ainda viva por Marianne, que sequer era inocente. Mas ela sabia estar ainda bem longe, bem longe de sentir desvanecer-se essa influência.

Quando ela, por fim, retornou para junto de Marianne, que nada sabia, foi para encontrá-la recém-desperta, recuperada, tal como estava esperando, devido ao sono longo e agradável. Elinor sentiu o coração transbordar. O passado, o presente, o futuro, a visita de Willoughby, a recuperação de Marianne, a expectativa da chegada da mãe, tudo a lançava numa confusão de humores que impedia qualquer indício de fadiga e só a faziam temerosa de trair-se diante da irmã. Contudo, só por pouco tempo esse receio a perturbou, pois, meia hora depois da partida de Willoughby, foi novamente chamada ao andar de baixo pelo som de outra carruagem. Desejosa de poupar a mãe de qualquer momento desnecessário de ansiosa angústia, correu imediatamente para o vestíbulo e alcançou a porta exatamente a tempo de ampará-la quando ia entrando.

A Sra. Dashwood, em quem o terror — cada vez maior à medida que ela se aproximava da casa — havia produzido a convicção de que Marianne já havia morrido, não teve voz para perguntar por ela, nem mesmo para falar a Elinor. Mas esta, sem esperar cumprimentos nem perguntas, deu-lhe imediatamente a alegre notícia. E a mãe, recebendo-a com todo o seu habitual entusiasmo, ficou em um instante mais tomada de felicidade do que estivera antes, de lágrimas. Amparada pela filha e pelo companheiro de viagem, foi conduzida à sala de estar vertendo lágrimas de alegria. Embora ainda incapaz de falar, abraçava Elinor inúmeras vezes, voltando-se ocasionalmente para o coronel Brandon para lhe apertar a mão com um olhar que exprimia, ao mesmo tempo, sua gratidão e a sua certeza de estar compartilhando com ele a alegria daquele momento. Todavia, ele a compartilhava em um silêncio ainda maior do que o dela.

Assim que se recuperou, o primeiro desejo da Sra. Dashwood foi ver Marianne. Dois minutos depois, estava na companhia da sua amada filha, que se lhe tornara ainda mais cara pela ausência, pela infelicidade e pelo perigo que correra. O prazer de Elinor ao constatar o que cada uma sentia nesse encontro só era frustrado pela apreensão de estarem roubando Marianne de um sono mais duradouro. Contudo, podia a Sra. Dashwood estar calma, podia ser prudente quando a vida da filha estivera em jogo? E Marianne, satisfeita por ver a mãe ao seu lado, consciente de estar fraca demais para se entregar à conversa, submeteu-se docilmente ao silêncio e ao descanso que lhe recomendavam todas os cuidadores ao seu redor. A Sra. Dashwood haveria de lhe sentar à cabeceira durante toda a noite, e Elinor, atendendo à insistência da mãe, foi se deitar. Todavia, o repouso que uma noite em claro e muitas horas da mais exaustiva ansiedade pareciam tornar necessário foi impedido pela agitação do espírito. Willoughby, o pobre Willoughby, como ela agora se permitia chamá-lo, estava continuamente no seu pensamento. Preferia não ter lhe escutado a justificação, e agora censurava-se por tê-lo julgado tão asperamente. Sua promessa de relatar tudo à irmã também era uma tarefa muito espinhosa. Temia sua execução, temia os efeitos que poderia exercer sobre Marianne. Perguntava-se se, após tal explicação, ela seria capaz de encontrar a felicidade com outro. E, por um instante, desejou que Willoughby enviuvasse. Depois, lembrando-se do coronel Brandon, reprovou-se, sentindo que os sofrimentos dele e a sua constância eram muito maiores do que os do seu rival, que merecia sua irmã como recompensa. E desejou tudo, menos a morte da Sra. Willoughby.

O choque da mensagem que o coronel Brandon levara a Barton foi muito atenuado pelo anterior alarme da Sra. Dashwood, pois tão grande era a sua apreensão com Marianne que já estava decidida a partir para Cleveland naquele mesmo dia, sem esperar por maiores notícias. Teria empreendido viagem antes mesmo da chegada do coronel, se os Careys, que eram esperados a qualquer momento, já tivessem chegado para levar Margaret, pois a mãe não estava propensa a permitir que a filha caçula a acompanhasse a um lugar onde havia um perigo de contágio.

Marianne continuou melhorando dia após dia, e a radiante efusão interior e exterior da Sra. Dashwood demonstrava, como repetidamente dizia, ser ela uma das mulheres mais felizes no mundo. Elinor não podia ouvir essa declaração nem testemunhar suas provas sem às vezes se perguntar se a mãe ainda se lembrava de Edward. Mas a Sra. Dashwood, confiando no atenuado relato que Elinor lhe enviara de seu próprio desapontamento, era levada pela exuberância de sua alegria ao pensar somente naquilo que a pudesse aumentar. Marianne lhe fora restituída de um perigo para o qual a havia arrastado — como agora começava a perceber — o seu próprio julgamento apressado, que encorajara aquela infeliz paixão por Willoughby. Ademais, tinha, além da recuperação, outra fonte de alegria de que Elinor não suspeitava, mas da qual veio logo a participar assim que tiveram ensejo de uma conversa particular.

— Enfim estamos sozinhas, minha filha. Você ainda não sabe de toda a razão da minha felicidade. O coronel Brandon gosta de Marianne. Foi ele quem me contou.

A filha, sentindo-se ora contente, ora penalizada, ora surpresa, ora não, escutava-a atenta, em silêncio.

— Você é tão diferente de mim, Elinor! Não sei como pode manter essa atitude. Se me fosse dado sonhar com alguma felicidade para a nossa família, esta seria ver o coronel Brandon casado com uma de minhas filhas. Mas creio que Marianne será mais feliz com ele do que você.

Elinor sentiu-se tentada a perguntar para a mãe por que ela pensava assim, porquanto sabia que nenhuma de suas razões estaria fundamentada em considerações imparciais sobre a idade, o caráter ou os sentimentos delas. Mas a mãe sempre se deixava levar pela imaginação em qualquer assunto do seu interesse. Por isso, em vez de lhe fazer a indagação, deixou a questão passar com um sorriso.

— Ele abriu-me o coração ontem, enquanto viajávamos para cá. Tudo veio à baila por acaso, sem premeditação. Como você pode bem imaginar, eu não conseguia falar de outra coisa senão de minha filha. Ele, por sua vez, não conseguia disfarçar a sua aflição. Percebi que era tão intensa quanto a minha. E ele, talvez achando que a simples amizade, do modo como o mundo anda, não justificaria uma simpatia tão intensa, ou talvez até sem pensar em nada, como eu imagino, dando vazão a sentimentos irresistíveis, confessou-me a sua constante, terna e sincera afeição por Marianne. Amou-a, minha querida Elinor, desde o primeiro instante em que a viu.

Ali Elinor reconheceu não a linguagem nem as declarações do coronel Brandon, mas os floreios naturais da sonhadora imaginação de sua mãe, que idealizava ao seu bel-prazer tudo quanto lhe agradava.

— Sua preocupação com ela — que ultrapassa infinitamente tudo que Willoughby sentia, ou fingia sentir, por mais cálida, mais sincera e mais constante, seja lá como a quisermos classificar — permaneceu incólume, apesar de ele ter conhecimento da infeliz afeição anterior de Marianne por aquele jovem sem valor! E isso sem vaidade, sem estar fomentando qualquer esperança... dizendo que gostaria de vê-la feliz com outro... Que espírito nobre! Que franqueza, que sinceridade! Ninguém pode se enganar a respeito dele.

— O caráter do coronel Brandon — disse Elinor —, como sendo o de um homem extraordinário, já é por todos conhecido.

— Ah, sei que é — replicou a mãe com seriedade —, pois do contrário eu seria a última pessoa a estimular essa afeição, ou mesmo a estar satisfeita com ela. Mas a sua atitude de vir a mim da forma como veio, com uma firme e solícita amizade, é o bastante para provar ser ele um homem de grande valor.

— Seu caráter, no entanto, não repousa em um único ato de bondade, para o qual sua afeição por Marianne, deixando de lado o sentido humanitário, o impeliria. Há muito que ele é intimamente conhecido da Sra. Jennings e dos Middleton. Eles o querem muito bem e o respeitam ainda mais. Mesmo o conhecimento pessoal que tenho dele, embora recentemente adquirido, é deveras considerável. E tanto valor e estima eu lhe dedico que, se Marianne puder ser feliz com ele, assim como a senhora, estarei pronta para considerar essa união como a maior benção que poderia cair sobre nós. Qual foi a sua resposta? A senhora lhe deu alguma esperança?

— Ah, minha querida, naquele momento não havia como falar em esperança, nem para ele nem para mim. Marianne poderia estar, naquele mesmo instante, morrendo... Mas ele não estava à procura de promessas ou de estímulos. Tratou-se de uma confidência involuntária, do conforto de um amigo... não do pedido a uma mãe. Contudo, passado um instante, eu disse... pois, a princípio, fiquei bastante embaraçada... que, se ela vivesse, como meu coração dizia que aconteceria, minha maior felicidade haveria de ser a concretização daquele casamento. E, desde a nossa chegada, desde que nos certificamos desse milagre maravilhoso, venho lhe repetindo isso com o maior empenho, lhe oferecendo todo o encorajamento que me é possível conceder. O tempo, um breve espaço de tempo, há de se encarregar de tudo, eu lhe disse. O coração de Marianne não há de ficar eternamente preso a um homem como Willoughby. Os méritos do próprio coronel haverão de conquistá-la.

— A julgar pelo ânimo do coronel Brandon, no entanto, a senhora não conseguiu torná-lo muito otimista.

— Não... Ele acha que o amor de Marianne está enraizado demais para que se modifique, senão ao cabo de muito tempo. E, mesmo admitindo que o coração dela volte a se sentir livre, custa-lhe muito acreditar que, com tal diferença de idade e de inclinações, possa um dia conquistá-la. Nisso, no entanto, está muito enganado. A diferença de idades, no caso, é até mesmo vantajosa, pois torna o seu caráter e os seus princípios mais sólidos. E, quanto às preferências, estou perfeitamente convencida de que é exatamente a pessoa capaz de fazer a sua irmã feliz. Sua pessoa, suas maneiras, também. Tudo a seu favor. Minha parcialidade não me cega. É claro que não tem a beleza de Willoughby. Contudo, ao mesmo tempo há algo de muito mais agradável no seu semblante. Se você bem lembra, sempre vi algo no olhar de Willoughby que nunca consegui gostar.

Elinor não se lembrava, mas a mãe, sem esperar pelo seu assentimento, prosseguiu:

— E os seus modos, os modos do coronel Brandon são muito mais agradáveis para mim do que os de Willoughby jamais foram, além de serem de uma espécie que cativarão mais solidamente Marianne, eu tenho certeza. Sua gentileza, sua atenção espontânea para com os outros, sua simplicidade máscula e sem afetações estão muito mais de acordo com as suas verdadeiras afinidades, do que a vivacidade muitas vezes forçada e não raramente inoportuna do outro. Estou bastante segura de que, mesmo que Willoughby fosse tão gentil quanto na verdade se revelou patife, ainda assim Marianne não seria mais feliz com ele do que o será com o coronel Brandon.

Fez uma pausa. Sua filha não podia concordar inteiramente com ela, mas sua argumentação não foi escutada, de modo que não se sentiu ofendida.

— Em Delaford, Marianne estará a uma pequena distância de mim — acrescentou a Sra. Dashwood. — Mesmo que eu permaneça em Barton. E, com toda a probabilidade, pois eu soube que se trata de um povoado de boas proporções, então há de haver ali perto algum chalé ou casa pequena que nos servirá tão bem quanto a que hoje ocupamos.

Pobre Elinor! Ali estava um novo projeto para levá-la a Delaford! Mas tinha um espírito obstinado.

— E também a sua fortuna! Pois, você sabe, na minha idade todo mundo começa a se preocupar com isso. E, embora eu não saiba nem queira saber em quanto monta, estou certa de que deve ser assaz significativa.

Naquele momento foram interrompidas pela entrada de uma terceira pessoa, e Elinor se retirou para pensar e para desejar êxito ao amigo, embora, ao fazer isso, sentiu um aperto no coração por causa de Willoughby.

XLVI

A doença de Marianne, embora de caráter debilitante, não durara o suficiente a ponto de tornar lenta a recuperação. E, graças à sua juventude, à sua força natural e à presença da mãe completando o quadro, a convalescença se fez rapidamente, permitindo-lhe, no quarto dia após a chegada desta última, deslocar-se para o quarto de vestir da Sra. Palmer. Uma vez ali, por sua própria vontade, porque estava ansiosa para lhe expressar o seu reconhecimento por ter ido em busca da mãe, Marianne convidou o coronel Brandon para visitá-la.

Tal foi a emoção do cavalheiro ao entrar no quarto, ao lhe ver a fisionomia alterada, ao receber a pálida mão que ela lhe estendeu, que, na opinião de Elinor, parecia brotar de algo mais do que de sua afeição por Marianne ou da consciência de que os demais estariam a par disso. Elinor logo percebeu, no seu olhar melancólico ou na variação do colorido do seu rosto, ao fitar a sua irmã, a provável lembrança de muitas cenas tristes do passado, que lhe eram trazidas à mente pela semelhança entre Marianne e Eliza — já mencionada por ele e agora reforçada pelas olheiras, pela palidez doentia, pela posição reclinada devido à fraqueza e pelo caloroso agradecimento por um importante favor.

A Sra. Dashwood não estava menos atenta do que a filha ao que se passava. Todavia, com o espírito influenciado por ideias diversas e consequentemente à espera de efeitos muito variados, nada viu no comportamento do coronel senão o que decorria das mais simples e evidentes emoções, enquanto nos atos e nas palavras de Marianne estava certa de ver algo mais do que apenas a gratidão já expressada.

Ao cabo de dois ou três dias, com Marianne demonstrando sensível melhora a cada doze horas, a Sra. Dashwood, para fazer a vontade da filha e a dela mesma, começou a falar em regressar para Barton. De suas medidas dependia as dos dois outros amigos. A Sra. Jennings jamais poderia deixar Cleveland enquanto as Dashwood ali estivessem, e o coronel Brandon foi convencido, por manifestação unânime, a considerar que sua permanência ali tivesse a mesma duração, pois era igualmente indispensável. A pedido deste, no que foi acompanhado pela Sra. Jennings, a Sra. Dashwood acabou aceitando o convite para usar a carruagem dele para o seu regresso à casa a fim de proporcionar melhor acomodação à filha doente. E o coronel, por sua vez, atendendo ao convite conjunto da Sra. Dashwood e da Sra. Jennings, cuja bondade a tornava zelosa e hospitaleira tanto para os outros quanto para si própria, concordou com prazer em ir recuperar a sua carruagem em uma próxima visita que faria ao chalé, dentro de poucas semanas.

O dia da partida e da separação enfim chegou. Marianne, após demoradamente se despedir da Sra. Jennings, com a gratidão, o respeito e a simpatia que pareciam brotar do fundo de seu coração, devido ao reconhecimento particular de sua antiga falta de atenção para com a boa senhora, disse adeus ao coronel Brandon. Este, com a cordialidade de um verdadeiro amigo, atenciosamente ajudou-a a subir à carruagem, parecendo ansioso para que ela ocupasse ao menos metade do espaço interno desta. Sra. Dashwood e Elinor entraram em seguida, e os outros ficaram ali a conversar sobre as viajantes, já sentindo a solidão, até que a Sra. Jennings retornou à sua cadeira, contentando-se com as bisbilhotices da criada sobre a perda das jovens amigas. Imediatamente após a partida das damas, o coronel Brandon seguiu a caminho de Delaford.

As Dashwood já estavam há dois dias na estrada, e Marianne suportava os inconvenientes da jornada sem fadiga excessiva. Tudo que a mais zelosa afeição, os mais solícitos cuidados podiam fazer para lhe tornar a viagem mais confortável, era executado pelas atenciosas companheiras, cada qual encontrando recompensa na sua melhora física e na calma de seu espírito. Para Elinor, era particularmente gratificante vê-la gozar de tranquilidade. Ela, que a acompanhara semana após semana em constante sofrimento, oprimida por uma angústia que não tinha coragem de exprimir nem força para ocultar, agora a via, com uma satisfação que ninguém mais poderia igualmente partilhar, em uma aparente paz de espírito que, fosse como ela esperava, o resultado de uma séria reflexão, poderia com certeza conduzi-la ao contentamento e à felicidade.

De fato, ao se aproximarem de Barton, adentrando num cenário onde cada trecho da paisagem, cada árvore, evocava alguma lembrança especial ou dolorosa, ela ficou em silêncio e contemplativa; e, virando o rosto de modo a evitar os olhares das outras, ficou a olhar atentamente através da janela. Elinor não teve como estranhar o fato nem censurá-la por ele. E, ao ajudá-la a descer da carruagem e notar que Marianne estivera chorando, pensou que se tratava de uma emoção assaz natural para lhe despertar qualquer sentimento menos terno do que a piedade, e considerou a irmã digna de louvor por sua discrição. Em todo o seu comportamento subsequente, notou a intenção de um espírito que despertava para agir racionalmente. Afinal, tão logo adentrou na intimidade da sala de estar, Marianne percorreu o recinto com um olhar de resoluta firmeza, como se estivesse determinada a para sempre se acostumar com a visão de cada objeto que pudesse estar associado à lembrança de Willoughby. Falou pouco, mas todas as suas frases foram alegres. E, embora, por vezes deixasse escapar um suspiro, este jamais ocorria sem a atenuação de um sorriso logo em seguida. Após o jantar, tentou exercitar-se ao piano. Contudo, ao abrir o instrumento, a primeira música sobre a qual seus olhos recaíram foi uma ópera com que Willoughby a presenteara, contendo alguns de seus duetos preferidos e trazendo na capa o seu próprio nome escrito com a letra dele. Aquela não serviria. Marianne sacudiu a cabeça e colocou de lado a partitura. Após executar algumas escalas, queixou-se de fraqueza nos dedos e voltou a fechar o instrumento; declarou, porém, que no futuro haveria de praticar muito.

A manhã seguinte não trouxe qualquer abatimento aos agradáveis sintomas. Pelo contrário, agora com o corpo e o espírito igualmente fortalecidos pelo descanso, Marianne demonstrava mais disposição, antegozando o prazer do retorno de Margaret e falando da querida unidade familiar que em breve se veria restaurada, com seus interesses comuns e a alegre companhia sendo a única felicidade que valesse a pena ser desejada.

— Quando o tempo se firmar e eu tiver recuperado as minhas forças — disse ela —, faremos longos passeios juntas, todos os dias. Caminharemos até aquela fazenda ao sopé do morro para ver como estão as crianças. Depois iremos até as novas plantações de sir John, em Barton Cross e em Abbeyland. Iremos também às velhas ruínas do priorado e tentaremos descobrir as suas fundações, até onde nos disseram que elas antes chegavam. Sei que seremos muito felizes. Sei também que o verão passa depressa. Por isso, pretendo me levantar sempre antes das seis e, dessa hora até o jantar, dividirei todos os meus momentos entre a música e a leitura. Tenho feito planos e estou decidida a me dedicar seriamente aos estudos. Já conheço suficientemente bem a nossa biblioteca para saber que ali só há leituras para passar o tempo. Todavia, em Barton Park há muitos livros dignos de serem lidos, e sei que há outros mais recentes que poderei obter emprestados do coronel Brandon. Lendo apenas seis horas por dia, obterei, no intervalo de doze meses, boa parte da instrução que sei me faltar agora.

Elinor a parabenizou por aquele plano de tão nobres intenções. Todavia, sorriu ao ver que a mesma imaginação exultante que a levava a um extremo de lânguida indolência e descontentamento egoísta, trabalhava agora na preparação de um projeto de tal racionalidade e de tal virtuosa disciplina. Mas o seu sorriso se transformou em um suspiro ante a lembrança de que ela ainda não cumprira o que prometera a Willoughby. Temia que sua comunicação pudesse novamente perturbar o espírito de Marianne e arruinar, pelo menos durante certo tempo, aquele belo projeto de laboriosa tranquilidade. Desejosa, pois, de adiar o momento fatal, decidiu aguardar até que a saúde da irmã estivesse plenamente consolidada para lhe comunicar qualquer coisa. Mas tal resolução foi tomada apenas para não ser respeitada.

Marianne permaneceu dois ou três dias em casa, esperando que o tempo se firmasse o suficiente para que uma convalescente pudesse se arriscar a sair. Por fim, veio uma manhã bela e esplêndida, capaz de tentar os desejos da filha e inspirar confiança na mãe. E Marianne, apoiando-se no braço de Elinor, foi autorizada a passear, até onde pudesse fazê-lo sem se cansar, na trilha diante da casa.

As irmãs seguiram a passo vagaroso, como exigia a fraqueza de Marianne, em um exercício que ela não tentava desde que caíra doente. E, mal tinham se afastado um pouco da frente da casa, de onde podiam ter uma visão completa do morro, quando, fixando o olhar nele, Marianne calmamente disse:

— Ali, exatamente ali — apontou para uma saliência do morro —, foi onde eu caí e encontrei Willoughby pela primeira vez. — Seu tom de voz ficou mais baixo ao lhe dizer o nome, porém, revigorando-se imediatamente, acrescentou: — Estou contente por poder olhar para lá sem grande mágoa! Será que podemos falar sobre esse assunto, Elinor? — perguntou com certa hesitação. — Ou não seria certo? Acho que posso falar disso agora, como eu sempre quis.

Elinor ternamente a convidou para abrir-se consigo.

— Quanto ao desgosto — disse Marianne —, já passou, pelo menos no que diz respeito a ele. Não tenho a intenção de lhe falar do que foram os meus sentimentos por ele, mas, sim, de quais são eles agora. Presentemente, se houvesse algo que me pudesse satisfazer, seria poder saber que nem sempre fingiu para mim, que nem sempre quis me enganar... mas, acima de tudo, de que ele nunca foi tão mau quanto inúmeras vezes me levaram a imaginá-lo os meus receios, desde que eu soube da história daquela pobre moça.

Ela se calou. Elinor, recebendo de bom grado aquelas palavras, retrucou:

— Se pudesse ter tal certeza, acha que isso a confortaria?

— Acho. Minha paz de espírito depende duplamente disso, afinal, não é apenas horrível suspeitar que uma pessoa que significou tanto para mim seja capaz de tais sentimentos... mas... que opinião devo ter de mim mesma? Em uma situação como essa, poderia apenas me expor à mais vergonhosa e descuidada afeição...

— Nesse caso — perguntou a irmã —, como explica o comportamento dele?

— Eu diria que foi... Como ficaria feliz se pudesse apenas considerá-lo volúvel, assaz volúvel!

Elinor nada mais falou. Debatia consigo mesma a conveniência de imediatamente dar início ao seu relato, ou adiá-lo até que Marianne estivesse melhor de saúde. Durante alguns instantes, prosseguiram a caminhada em silêncio.

— Não estou querendo o bem dele — disse Marianne, por fim, com um suspiro —, quando desejo que as reflexões interiores dele sejam tão desagradáveis quanto as minhas. Ele sofrerá bastante com elas.

— Compara a sua conduta com a dele?

— Não. Comparo-a com a que deveria ter sido a minha, ou seja, comparo-a com a sua, cara irmã.

— As nossas situações comportam muitas diferenças.

— As diferenças estão nas nossas condutas. Não queira, estimada irmã, deixar que sua bondade defenda o que a sua razão deve censurar. Minha doença fez-me pensar. Deu-me tempo e calma para uma reflexão mais séria. Muito antes de estar em condições de falar, já era perfeitamente capaz de refletir. Analisei o passado. Vi no meu comportamento, desde o momento em que o conhecemos, no outono passado, apenas uma série de imprudências para comigo mesma e uma falta de generosidade para com os demais. Vi que meus próprios sentimentos prepararam meus sofrimentos, e que minha falta de coragem quase me levou ao túmulo. Minha enfermidade, logo percebi, foi totalmente provocada por mim mesma, por tal negligência para com a minha saúde, que mesmo naquela ocasião sentia estar errada. Se eu tivesse morrido... seria uma autodestruição. Só conheci a extensão do perigo depois de ter passado por ele, mas, com os sentimentos que essas reflexões me deram, admirei-me de minha recuperação... admirava-me de que minha ânsia de viver para ter tempo de arrepender-me diante de Deus e de vocês todas não me tivesse matado de vez. Tivesse eu morrido... em que terrível tristeza havia de deixá-la, Elinor, a você que foi a minha enfermeira, minha amiga, minha irmã extremosa! Você que presenciou o irritante egoísmo dos meus últimos tempos, que teve a oportunidade de conhecer todos os queixumes do meu coração! Como eu teria vivido na sua lembrança! Mamãe também! Como haveria de consolá-la? Não sou capaz de expressar meu próprio desdém por mim mesma. Sempre que volto o olhar para o passado, vejo que negligenciei algum dever ou relevei alguma falha. Pareço ter ofendido a todos. Retribuí a bondade, a constante bondade da Sra. Jennings, apenas com ingrato desprezo. Fui insolente e injusta com os Middleton, os Palmer, as Steele e todos os nossos amigos em comum. Sempre tive o coração endurecido para os seus méritos e uma irritabilidade para com as suas atenções. A John, a Fanny... sim, mesmo a eles, por pouco que mereçam... concedi ainda menos do que devia. Mas você... acima de todos, mesmo de nossa mãe... você foi maltratada por mim. Eu, somente eu, sabia dos sofrimentos que lhe torturavam o coração. No entanto, que influência isso teve sobre mim? Nenhuma compaixão que pudesse beneficiá-la, nem a mim mesma. Seu exemplo estava diante de mim, mas de que me adiantou? Tive mais consideração com você, preocupei-me mais por sua causa? Imitei a sua indulgência ou a aliviei do seu fardo, participando de alguma forma do cumprimento dos deveres sociais ou do exercício da gratidão particular que você, dali por diante, teve de assumir sozinha? Não! Nem mesmo quando eu soube que você era infeliz, me entreguei mais às obrigações de amizade do que quando a supunha afortunada. Dificilmente permitia que a dor existisse para os outros, só admitindo o meu próprio sofrimento, lamentando aquele que mentira para o meu coração e me abandonara, e a deixando, você que me cobria de afeição sem limites, entregue ao próprio desconsolo.

Terminou aqui o rápido fluir de palavras que vinham do seu coração arrependido. E Elinor, impaciente para acalmá-la, embora sincera demais para adulações, estendeu-lhe instantaneamente o apreço e a confiança que a franqueza e a contrição da irmã fizeram por merecer. Marianne lhe comprimiu as mãos e replicou:

— Você é boa demais. O futuro será a minha provação. Já estabeleci os meus planos e, se for capaz de segui-los... meus sentimentos serão governados pelo meu caráter fortalecido. Não mais irão constituir preocupação para os outros nem tortura para mim. Viverei exclusivamente para a minha família. Daqui por diante, você, Margaret e mamãe serão todo o meu mundo. Todas as minhas afeições lhe serão destinadas. De junto de vocês, de nossa casa, nunca mais terei o desejo de me afastar. E, se me der com outros, será apenas para demonstrar a humildade do meu espírito, que o meu coração está reabilitado e que posso exercer os mais insignificantes deveres da vida social com delicadeza e paciência. E, quanto a Willoughby... afirmar que em breve, ou algum dia, hei de esquecê-lo seria inútil. As recordações que dele tenho não poderão ser apagadas por nenhuma modificação de circunstâncias ou opiniões. Todavia, serão domadas, refreadas pela religião, pela razão, pela atividade constante. — Após uma pausa, ela acrescentou, em voz baixa: — Se ao menos eu pudesse saber o que lhe vai no coração, tudo seria mais fácil para mim.

Elinor — que já há algum tempo vinha analisando a propriedade ou impropriedade de se arriscar a lhe fazer logo a sua narração, sem que se sentisse mais próxima da decisão do que de princípio ao escutar aquilo —, dando-se conta de que pela reflexão nada resolvera, mas que a resolução poderia acertar tudo, viu-se logo a expor fatos conhecidos.

Como esperava, conseguiu lhe contar tudo com cuidado.

Preparou a ansiosa ouvinte com as necessárias precauções. Relatou de maneira singela e honesta os pontos principais em que Willoughby fundamentava a sua defesa. Fez justiça ao seu arrependimento e atenuou apenas os seus protestos de imorredoura afeição. Marianne não disse uma só palavra. Ela estremeceu, os olhos fixos no chão e os lábios ficando mais lívidos do que até mesmo a doença os deixara. Milhares de perguntas brotavam do seu coração, mas ela não ousou proferir uma sequer. Sorvia cada sílaba com sofreguidão, e a sua mão, independentemente do seu controle, apertava ansiosamente a da sua irmã, enquanto lágrimas rolavam por sua face.

Elinor, temendo que ela estivesse exausta, conduziu-a em direção à casa. E, à medida que se aproximavam do chalé, facilmente imaginando a grande extensão de sua curiosidade, embora ela se abstivesse de perguntas, não falou de outra coisa senão de Willoughby e da conversa que haviam tido. Foi cuidadosamente precisa em cada pormenor de suas palavras e expressões, contanto que tais pormenores pudessem ser revelados com segurança. Assim que entraram em casa, Marianne, com um beijo de gratidão, só conseguiu articular um "Conte para mamãe" em meio às lágrimas, e, deixando a irmã, subiu lentamente as escadas. Elinor não iria perturbar uma solidão tão compreensível como a que a irmã agora buscava, e, prevendo ansiosamente os seus resultados, decidida a reviver novamente o assunto caso Marianne não conseguisse fazê-lo, entrou na sala de estar para cumprir com a sua obrigação final.

XLVII

A Sra. Dashwood não ouviu sem emoção a defesa de seu antigo favorito. Alegrou-se por vê-lo isento de parte da culpa que lhe era imputada... sentiu pena dele... desejou que fosse feliz. Contudo, os sentimentos do passado não podiam ser revividos. Nada poderia fazer com que ele voltasse com fé inabalável, um caráter impoluto, para Marianne. Nada poderia apagar o conhecimento do que ela havia sofrido por causa dele, nem o isentar de culpa por causa dele para com Eliza. Nada poderia, pois, devolvê-lo à sua antiga estima nem prejudicar os interesses do coronel Brandon.

Tivesse a Sra. Dashwood, como Elinor, escutado a história diretamente de Willoughby, tivesse ela presenciado a sua amargura e estado sob a influência de seu olhar e de seus gestos, sua compaixão provavelmente teria sido maior. Contudo, não estava ao alcance de Elinor nem era o seu desejo despertar em outrem, com uma versão pormenorizada, os sentimentos que a princípio vira brotar em si. A reflexão emprestara calma ao seu julgamento, desapaixonando a suja opinião sobre o abandono de Willoughby. Sendo assim, queria apenas dizer a verdade e deixar claros certos fatos do seu caráter sem qualquer embelezamento de ternura que pudesse dar asas à imaginação.

À noite, quando estavam as três juntas, Marianne voltou voluntariamente a falar dele. Mas não sem um certo esforço, como demonstravam a contínua e inquieta preocupação em que estivera mergulhada já há algum tempo, a cor mais intensa da face e a voz muito pouco segura.

— Quero garantir a ambas — disse — que enxergo tudo... como desejam que eu enxergue.

A Sra. Dashwood a teria interrompido de imediato se Elinor, que queria realmente escutar a opinião imparcial da irmã, não tivesse lhe feito um sinal ansioso, reconduzindo-a ao silêncio. Marianne lentamente prosseguiu:

— Senti grande alívio com o que Elinor me contou essa manhã, pois ouvi justamente o que eu queria ouvir. — Por alguns instantes, sua voz falhou. Contudo, logo se recobrando, acrescentou com uma calma ainda maior do que antes: — Estou agora inteiramente satisfeita e não desejo que haja qualquer mudança. Jamais poderia ter sido feliz com ele após saber, como mais cedo ou mais tarde fatalmente haveria de acontecer, tudo que hoje sei a seu respeito. Não poderia manter a minha fé, a minha estima por ele. Nada conseguiria afastar aquela imagem dos meus sentimentos.

— Eu sei, eu bem sei — exclamou a mãe. — Ser feliz com um homem de vida libertina! Como alguém que destruiu de maneira tão torpe a paz de nosso amigo mais caro e do melhor dos homens! Não... minha filha Marianne não tem um coração capaz de sentir felicidade com tal homem! Sua consciência, sua sensível consciência, haveria de se ressentir da falta de consciência de seu marido.

Marianne suspirou e repetiu.

— Não desejo qualquer mudança.

— Você encara o assunto exatamente como uma pessoa compreensiva e inteligente haveria de fazê-lo — disse Elinor. — E ouso dizer que percebe tão bem quanto eu, não apenas em relação a esta, mas a muitas outras circunstâncias, a razão pela qual, estou convencida, o seu casamento com ele a teria envolvido em muitos problemas e decepções, nos quais você seria escassamente apoiada por uma afeição muito menos segura da parte dele. Se tivesse desposado Willoughby, sempre seria pobre. Seu caráter perdulário é reconhecido até mesmo por ele próprio, e toda a sua conduta demonstra que "abnegação" é uma palavra que ele dificilmente compreenderia. As exigências dele, aliadas à sua inexperiência de um tipo de vida de padrões modestos, trariam a você aflições que decerto não seriam menos dolorosas por serem completamente desconhecidas e impensáveis antes. O seu sentido de honra e honestidade tê-la-ia conduzido, bem sei, quando desse conta da sua situação, a tentar toda a economia que lhe parecesse possível. E, enquanto a frugalidade atingisse apenas o seu próprio conforto, talvez a continuasse praticando, ainda que sofrendo com ela. Mas, por outro lado, como seria diminuto o seu isolado sacrifício para deter a ruína já iniciada antes mesmo do seu casamento! Além disso, se tentasse, embora de modo racional, reduzir os gastos perdulários dele, não seria de recear que, em vez de vencer os sentimentos egoístas que os consentiram, você veria diminuída a sua própria influência sobre o coração dele, fazendo-o lamentar a união que o lançou em tais dificuldades?

Os lábios de Marianne tremiam, e ela repetiu a palavra "egoísta" em um tom que parecia perguntar: "Acha mesmo que ele é egoísta?".

— Todo o seu comportamento — replicou Elinor —, do início ao fim desse caso, esteve fundamentado no egoísmo. Foi o egoísmo que o fez a princípio brincar com o seu afeto. Em seguida, quando ele próprio se sentia preso, o egoísmo fê-lo adiar a sua confissão e, por fim, o levou para longe de Barton. Seu próprio prazer e bem-estar foram, a todo momento, seus principais determinantes.

— É verdade. Minha felicidade jamais foi objetivo dele.

— Agora — prosseguiu Elinor — ele lamenta o que fez. E por quê? Porque descobriu que isso não lhe convinha. Isso não o fez feliz. Suas circunstâncias estão agora desembaraçadas... não sofre com isso. Acha apenas que se casou com uma mulher de temperamento menos afetuoso do que o seu, Marianne. Mas pode-se concluir daí que, caso tivesse se casado com você, ele seria mais feliz? Os inconvenientes seriam de outra natureza. Nesse caso, teria sofrido dificuldades financeiras que, por terem desaparecido, não mais o atormentam. Teria tido uma mulher cujo temperamento não lhe daria razões de queixa, mas sempre estaria necessitado... sempre pobre. E, provavelmente, em breve aprenderia a considerar uma propriedade sem dívidas e uma boa renda muito mais importantes para a felicidade doméstica do que o mero temperamento da esposa.

— Não tenho a menor dúvida a esse respeito — disse Marianne — e nada tenho a lamentar... nada a não ser a minha própria insensatez.

— Diga antes a imprudência de sua mãe, minha filha — interveio a Sra. Dashwood. Ela deve ser responsabilizada.

Marianne não a deixou prosseguir. E Elinor, satisfeita por ver que cada uma delas reconhecia seu próprio erro, procurou evitar considerações sobre o passado que pudessem esmorecer o ânimo da irmã. Recorreu então ao primeiro assunto, continuando em seguida:

— Penso que podemos extrair uma conclusão justa de toda essa história: que todas as dificuldades de Willoughby provieram de sua primeira ofensa contra a virtude, na maneira como agiu em relação a Eliza Williams. Tal crime foi a origem de todos os outros menores e de todos os seus desgostos presentes.

Sensibilizada, Marianne concordou com a conclusão. E a mãe foi levada, por essa observação, à enumeração dos méritos do coronel Brandon e dos agravos que sofrera, fazendo-o de modo tão caloroso como só a combinação da amizade com os planos poderia ditar. A filha, no entanto, não parecia ter escutado metade daquelas razões.

Como esperava, Elinor reparou, nos dois ou três dias seguintes, que Marianne não continuava a recuperar as forças como dantes. Mas, enquanto mantivesse a sua resolução e continuasse a tentar mostrar-se alegre e satisfeita, era possível esperar que a obra do tempo se encarregasse de lhe devolver a saúde.

Margaret retornou, e a família se viu novamente reunida na calma habitual da sua casa. E, se as irmãs não se entregavam mais aos seus costumeiros estudos com a mesma intensidade com que o faziam quando da sua chegada em Barton, pelo menos planejavam retomá-los vigorosamente no futuro.

Elinor estava cada vez mais impaciente por notícias de Edward. Nada soubera dele desde que haviam deixado Londres, nada de novo sobre os seus planos, nem mesmo qual era o seu endereço atual. Ela trocara cartas com o irmão John por conta da enfermidade de Marianne e, na primeira carta que este lhe escrevera, havia a frase: "Não sabemos do nosso pobre Edward nem podemos indagar a respeito de assunto tão proibido, mas supomos que ele esteja em Oxford". Foi tudo quanto soube dele por correspondência, pois seu nome nem sequer fora mencionado nas cartas subsequentes. Contudo, não estava condenada a ficar muito tempo na ignorância dos acontecimentos.

O criado da casa fora enviado a Exeter em uma incumbência.

E, enquanto servia à mesa, satisfazendo às perguntas de sua patroa relacionadas ao recado que levara, deixou escapar propositadamente esta comunicação.

— Creio que a senhora já sabe que o Sr. Ferrars se casou.

Marianne estremeceu violentamente e, voltando o olhar na direção de Elinor, notou que ela empalidecera, reclinando-se na cadeira como se estivesse se sentindo mal. A Sra. Dashwood, cujos olhos, enquanto respondia às perguntas do criado, tinham intuitivamente tomado a mesma direção, ficou aflita ao perceber, no semblante de Elinor, o quanto ela realmente sofria. E, no momento seguinte, igualmente preocupada com a situação de Marianne, não sabia a qual das filhas deveria conceder maior atenção.

O criado, notando apenas que uma das moças não se sentia bem, teve o cuidado de chamar uma das criadas, que, com a assistência da Sra. Dashwood, a levou para o quarto. A essa altura,

Marianne já estava bastante melhor, e a mãe, deixando-a aos cuidados da criada e de Margaret, voltou para junto de Elinor. Esta, embora ainda muito perturbada, já havia recuperado o uso da razão e das palavras o bastante para inquirir Thomas, que era a sua única fonte de notícias. A Sra. Dashwood tomou imediatamente essa incumbência a seu cargo. E Elinor teve satisfação de ouvir as notícias sem ter de se dar ao trabalho de pedi-las.

— Thomas, quem lhe disse que o Sr. Ferrars havia se casado?

— Eu próprio vi o Sr. Ferrars hoje de manhã em Exeter, madame, e também a mulher dele, a Srta. Steele. Estavam em uma carruagem à porta da hospedaria de New London quando fui levar um recado de Sally, de Barton Park, para o irmão dela, que é um dos postilhões de lá. Quando ia passando pela carruagem, olhei para cima e vi imediatamente a mais nova das Srtas. Steele. Então tirei o chapéu e foi aí que ela me reconheceu e me chamou, perguntou pela senhora e pelas moças, especialmente pela Srta. Marianne, e pediu-me que lhes transmitisse seus cumprimentos, dela e do Sr. Ferrars, dizendo que lamentavam muito não terem podido passar por aqui para vê-las, pois estavam com grande pressa de seguir viagem, e continuariam por mais um pouco. Disse ainda que, logo que voltassem, com certeza viriam vê-las.

— Mas ela lhe disse que tinham se casado, Thomas?

— Sim, minha senhora. Ela sorriu quando a tratei por Srta. Steele, e disse que tinha mudado de nome ao vir para cá. Ela sempre foi uma pessoa muito afável, gostava muito de conversar, e também muito educada, de modo que tomei a liberdade de lhe dar parabéns.

— O Sr. Ferrars estava na carruagem com ela?

— Estava, madame. Cheguei a vê-lo sentado no seu interior, mas ele não me viu. Também nunca foi pessoa de muita conversa.

O coração de Elinor pôde compreender facilmente a razão pela qual ele não se inclinara na portinhola, e a Sra. Dashwood provavelmente chegou à mesma conclusão.

— Havia mais alguém na carruagem?

— Não, madame, apenas os dois.

— Sabe de onde estavam vindo?

— Diretamente de Londres, como a Srta. Lucy... melhor dizendo, como a Sra. Ferrars me disse.

— E se dirigiam mais para o Oeste?

— Sim, madame, mas sem se demorar por lá. Em breve, estarão de volta e certamente devem passar por aqui para visitá-las.

A Sra. Dashwood olhou para a filha, mas Elinor estava certa de que não viriam. Percebera que tudo aquilo era um recado de Lucy, e estava muito confiante de que Edward jamais se aproximaria delas. Em tom de voz baixo, comentou com a mãe que provavelmente estavam se dirigindo à casa do Sr. Pratt, perto de Plymouth.

As informações de Thomas pareciam ter se esgotado. Elinor, no entanto, dava mostras de querer saber mais.

— Viu-os partindo antes de vir embora?

— Não, madame. Os cavalos estavam sendo atrelados, mas não pude esperar. Tive receios de me atrasar.

— E a Sra. Ferrars parecia bem-disposta?

— Sim, madame. Ela afirmou estar muito bem. Quanto a mim, sempre a achei uma jovem deveras elegante. E ela me parecia assaz feliz.

A Sra. Dashwood não conseguiu pensar em outra pergunta, e Thomas foi dispensado levando consigo a toalha da mesa de jantar. Marianne já havia mandado avisar que não iria comer mais nada, e o apetite de Elinor e da Sra. Dashwood também havia sumido. Já Margaret, apesar de ambas as irmãs andarem com seus problemas e com motivos para inapetência, podia se considerar deveras feliz por não ser obrigada a dispensar o jantar.

Depois de servidos a sobremesa e o vinho, a Sra. Dashwood e Elinor ficaram a sós. Permaneceram um bom tempo em silêncio, cada qual entregue aos próprios pensamentos. A Sra. Dashwood receava fazer qualquer comentário e não se arriscava a consolações. Constatava que errara ao confiar na representação que Elinor oferecera de si mesma, e concluiu que tudo fora expressamente abrandado, na ocasião, para não a fazer sentir-se ainda mais infeliz, sofrendo como deveria estar por causa de Marianne. Percebeu que fora levada pelo cuidado, pela consideração de sua filha, a julgar aquela afeição — que antes ela tão bem compreendia — muito menor do que era na realidade, ou do que os fatos agora se encarregavam de provar. Lamentava que, sob essa convicção, tivesse sido injusta, desatenta, quase mesmo cruel com a sua Elinor. A aflição de Marianne, por ser mais evidente, mais óbvia, terminou por monopolizar a sua ternura, permitindo que ela se esquecesse de que em Elinor tinha uma filha que sofria tanto quanto a outra, embora sem tanta exacerbação e com maior coragem.

XLVIII

Elinor agora entendia a diferença entre a expectativa de um acontecimento desagradável, por mais certo que a mente possa considerá-lo, e a certeza da própria realidade. Percebia então que, a despeito de si mesma, sempre nutrira a esperança, enquanto Edward permanecesse solteiro, de que algo haveria de ocorrer para impedir seu casamento com Lucy. Que alguma resolução dele próprio, alguma mediação de amigos, alguma oportunidade mais interessante ou algum partido mais cobiçável viesse a interessar a noiva. Enfim, que algo haveria de surgir para prover a felicidade de todos. Contudo, agora Edward estava casado, e Elinor punia o seu coração pela vaidade oculta, que tornava tão maior a dor da notícia.

Que ele se casasse tão repentinamente — antes de, como ela imaginava, ordenar-se e, consequentemente, estar na posse do benefício —, era algo que a surpreendia um pouco. Mas logo admitiu a probabilidade de que Lucy, no seu cuidado de se autoprover, na sua pressa de agarrá-lo, estivesse disposta a correr todos os riscos, menos o da demora. Estavam unidos, haviam se casado em Londres e agora iam para a casa do tio dela. O que Edward não deveria estar sentindo por se saber a poucos quilômetros de Barton, ao ver o criado da Sra. Dashwood e ouvir a mensagem que Lucy transmitia a este!

Em breve, conforme supunha, estariam instalados em Delaford. Delaford, o lugar pelo qual todos conspiravam para lhe despertar o interesse, que ela ansiava por conhecer e, ao mesmo tempo, procurava evitar. Conseguia vê-los na sua casa paroquial. Via Lucy ativamente administrando a casa, combinando o desejo de uma aparência elegante ao máximo de sobriedade, envergonhada de que pudessem desconfiar de metade das suas práticas econômicas, com cada pensamento buscando avançar os próprios interesses, cortejando os favores do coronel Brandon, da Sra. Jennings e de todos os seus amigos ricos. Em Edward... não sabia o que ver, nem como desejava vê-lo... feliz ou infeliz... nada lhe agradava. Sacudia a cabeça cada vez que pensava nele.

Elinor alimentava a esperança de que alguém de seu círculo de relações em Londres pudesse lhe escrever para comunicar o evento e suprir outros pormenores, mas os dias se passavam sem que chegasse uma carta, uma notícia sequer. Se bem que não sabia a quem censurar, achava que todos os amigos estavam em falta com ela. Eram todos descuidados ou indolentes.

— Quando é que a senhora vai escrever ao coronel Brandon, mamãe? — foi a pergunta que brotou de seu espírito, impaciente por saber de alguma coisa.

— Escrevi-lhe na semana passada, minha querida, e prefiro vê-lo a receber carta dele. Insisti em que viesse visitar-nos, e não ficaria surpresa se ele aparecesse por aqui um dia desses.

Já era algo, algo que podia esperar. O coronel Brandon tinha que ter informações sobre o assunto.

Mal acabara de pensar nisso quando a figura de um homem a cavalo atraiu a sua atenção para a janela. Parou à porta. O cavalheiro que chegava era o coronel Brandon. Agora iria saber de tudo... e tremia de emoção e expectativa. Mas... não era o coronel Brandon... não tinha o seu aspecto... nem a sua altura. Se fosse possível, seria capaz de jurar que era Edward. Olhou de novo. O cavalheiro havia desmontado. Não podia estar enganada... era, de fato, Edward. Ela afastou-se da janela e caiu em uma cadeira.

"Vem da casa do sr. Pratt propositadamente para nos ver. Preciso manter-me calma. Hei de dominar-me."

Em um instante percebeu que as outras também já se haviam dado conta do engano. Viu que a mãe e Marianne mudavam de cor, viu-as olharem na sua direção, murmurando algo entre si. Daria tudo para poder falar... e fazê-las compreender que esperava que elas não demonstrassem nem frieza nem reservas no tratamento para com ele... mas nada conseguiu dizer, e foi obrigada a deixá-las proceder segundo a sua própria discrição.

Nem uma sílaba foi proferida. Todas esperaram em silêncio pela chegada do visitante. Ouviram seus passos no cascalho da entrada. Em um instante ele chegava à porta, passava pelo vestíbulo e já estava em sua presença.

Seu aspecto, ao entrar, não era muito agradável nem mesmo para Elinor. Tinha o rosto pálido, estava agitado, parecia recear a maneira como seria recebido, ciente de não merecer muitas gentilezas. A Sra. Dashwood, contudo, julgando poder interpretar os desejos da filha, por quem agora desejava ser guiada em tudo, cumprimentou-o com um ar de forçada gentileza e lhe estendeu a mão, felicitando-o.

Corando, Edward murmurou uma resposta ininteligível. Os lábios de Elinor moviam-se ao mesmo tempo que os da mãe, e, quando chegou seu momento de atuar, desejou também ter-lhe dado um aperto de mão. Mas era tarde demais e, com um semblante de forçada complacência, ela sentou-se de novo e falou sobre o tempo.

Para ocultar a própria tristeza, Marianne afastara-se o máximo possível deles. E Margaret, compreendendo apenas em parte o que se passava, mas achando importante manter uma atitude digna, foi sentar-se tão distante quanto possível, conservando-se em estrito silêncio.

Quando Elinor terminou de regozijar-se pelo tempo seco que fazia, um desconfortável silêncio tomou conta do recinto. Sentindo-se na obrigação de indagar-lhe sobre a esposa, a Sra. Dashwood deu fim a ele perguntando como estava a Sra. Ferrars. De maneira apressada, Edward respondeu que ela estava bem.

Novo silêncio.

Elinor, resolvendo aventurar-se, embora receosa do som da própria voz, indagou:

— A Sra. Ferrars ficou em Longstaple?

— Em Longstaple! — replicou ele com um ar de surpresa. — Não, minha mãe continua em Londres.

— Minha intenção — falou Elinor, pegando um trabalho manual de cima da mesa — foi perguntar pela Sra. Edward Ferrars.

Ela não ousou erguer os olhos... mas Marianne e a mãe olharam para ele. Edward voltou a enrubescer. Parecia perplexo, indeciso e, após alguma hesitação, disse:

— Talvez esteja se referindo ao meu irmão... talvez queira dizer a Sra. Robert Ferrars.

— A Sra. Robert Ferrars! — repetiram a mãe e Marianne em um tom de extrema admiração.

E, embora Elinor não conseguisse falar, seus olhos também estavam fixos nele com a mais impaciente admiração. O jovem cavalheiro ergueu-se da cadeira, caminhou até a janela, aparentemente sem saber o que fazer, pegou uma tesoura que ali estava e, estragando o fio da tesoura e o seu estojo ao usá-la para cortar o segundo item, disse apressadamente:

— Talvez não saibam... pode ser que não tenham recebido a notícia de que meu irmão acaba de se casar com... a mais nova das... com a Srta. Lucy Steele.

Suas palavras despertaram um espanto indescritível em todas elas, menos em Elinor, que, com a cabeça inclinada sobre o trabalho de mão, se encontrava em tal estado de nervosismo que quase não conseguia saber onde estava.

— É verdade — prosseguiu ele. — Casaram-se na semana passada e estão agora em Dawlish.

Elinor não conseguiu mais suportar ficar ali. Quase saiu correndo da sala e, assim que a porta se fechou, irrompeu em lágrimas de alegria que ela, a princípio, julgou que não fossem mais parar. Edward, que até então estivera olhando para todos os lados, menos para ela, a viu precipitar-se porta afora, e talvez tivesse notado... ou mesmo ouvido a sua emoção, pois imediatamente em seguida caiu em uma espécie de devaneio do qual nem os comentários, as indagações ou as afetuosas atenções da Sra. Dashwood conseguiam tirá-lo. E, por fim, sem dizer uma única palavra, abandonou a sala e saiu caminhando na direção do povoado... deixando-as na maior perplexidade e espanto com aquela extraordinária mudança de sua situação, tão maravilhosa e repentina. Uma perplexidade que elas não tinham meios de atenuar, senão através das próprias conjecturas.

XLIX

Embora as circunstâncias da liberação pudessem parecer inexplicáveis a toda a família, a verdade no entanto é que Edward estava livre, e com que fim iria utilizar tal liberdade era algo que todos podiam prever. Pois, havendo experimentado as bênçãos de um compromisso imprudente, contraído sem o consentimento da mãe, como já fizera ao longo de mais de quatro anos, nada mais poderia se esperar dele, ante a falha do primeiro, do que a imediata contração de outro.

O objetivo de sua ida à Barton fora, na realidade, muito simples. Queria apenas pedir a Elinor que se cassasse com ele. E, considerando que ele não era de todo inexperiente em questões dessa natureza, pode parecer estranho que tivesse se mostrado tão embaraçado no presente caso, como de fato ocorreu, tão necessitado de estímulos e de ar puro.

Como Edward se decidira a tomar a resolução assim que a oportunidade surgisse, a maneira com que se expressou na ocasião e a forma pela qual foi recebido é algo que dispensa ser minuciosamente contado. Basta dizer que, quando foram se sentar à mesa, por volta das quatro horas, ou seja, três horas após a sua chegada, ele já havia conseguido a mão da dama e o consentimento da mãe dela, e não só professava o arrebatamento dos apaixonados, mas, ainda, para ser fiel à razão e à verdade, se considerava o mais feliz dos homens. Sua situação realmente era superior à de um homem normalmente feliz. Tinha mais do que o triunfo normal do amor correspondido para fazer transbordar o seu coração e elevar o seu espírito. Fora libertado sem nenhuma quebra de fé de sua parte, de um labirinto que era a razão de seu prolongado desgosto, de uma mulher de quem, há muito, já havia deixado de amar. Ao mesmo tempo, encontrara enorme segurança com outra, na qual devia ter pensado, quase com desespero, tão logo começou a desejá-la. Saíra, não da dúvida ou da expectativa, mas da amargura para a felicidade, e essa mudança era abertamente exibida com uma autêntica, transbordante e agradecida alegria que seus amigos jamais haviam nele testemunhado.

Seu coração agora estava aberto para Elinor; todas as suas fraquezas e seus erros, confessados; e seu primeiro afeto juvenil por Lucy, tratado com toda a filosófica dignidade dos 24 anos de idade.

— Foi uma inclinação tola e impensada de minha parte — disse ele —, consequência de minha ignorância da vida... e da ociosidade em que vivia. Se mamãe tivesse me dado uma profissão qualquer aos 18 anos, quando finalizei os meus estudos com o Sr. Pratt, penso que — não, tenho certeza — tal fato jamais teria ocorrido. Afinal, embora tenha saído de Longstaple levando comigo o que pensava ser, à época, uma pronunciada inclinação pela sobrinha do meu preceptor, se eu tivesse algum objetivo, algum interesse que pudesse ocupar o meu tempo e manter-me longe dela por alguns meses, em breve teria ultrapassado essa paixão imaginária, especialmente pelo convívio social que eu devia ter cultivado naquela ocasião. Mas, em vez de algo com que me ocupar, em vez de ter uma profissão escolhida por ela ou que eu próprio tivesse tido o direito de escolher, voltei para a casa de minha mãe para fazer absolutamente nada. E, durante um ano inteiro, não tive nem mesmo as ocupações regulares que teria se pertencesse a uma universidade, pois só entrei em Oxford aos 19 anos. Nada tendo, pois, com que me ocupar, só me restavam as fantasias do amor. E, como minha mãe não me tornava a casa acolhedora sob qualquer aspecto, e eu não encontrasse um companheiro ou amigo em meu irmão, além de não gostar de fazer novas amizades, não era de se estranhar que fosse com frequência a Longstaple, onde me sentia em casa e onde sempre tinha a certeza de ser bem acolhido. Foi por isso que ali passei a maior parte de meu tempo dos 18 aos 19 anos. Lucy me parecia representar tudo o que havia de mais delicado e agradável. Era, além disso, bonita... Ou pelo menos era o que eu achava, porque, conhecendo pouquíssimas outras mulheres, não podia fazer comparações nem enxergar os seus defeitos. Levando tudo isso em conta, por mais tolo que possa parecer tal compromisso, por mais inconsequente, como desde então demonstrou ser, não me parece no entanto que tenha sido um procedimento estranho ou indesculpável.

A alteração que se processara, havia poucas horas, no espírito e na felicidade das Dashwood era tal, tão intensa, que certamente seria uma satisfação para elas passar a noite acordadas. A Sra. Dashwood, feliz demais para poder estar calma, não sabia bem como amar suficientemente Edward nem como louvar Elinor com a devida intensidade, como demonstrar o próprio contentamento por vê-lo livre de um compromisso sem ferir a ética; tampouco sabia como conseguiria deixá-los conversar a sós, sem restrições, e partilhar ao mesmo tempo, como era a sua vontade, da companhia e da conversa deles.

Apenas com lágrimas Marianne conseguiu exprimir a sua felicidade. Comparações haveriam de ocorrer, mágoas haviam de surgir, mas sua alegria, embora tão sincera quanto o amor que tinha pela irmã, era de uma espécie que não lhe insuflava o ânimo nem as palavras.

Quanto a Elinor... como descrever os sentimentos dela? A partir do instante em que soube do casamento de Lucy com outro, que Edward estava livre, até o momento em que ele concretizou as esperanças que ela tanto acalentara, passou por toda uma pletora de sentimentos, menos pela tranquilidade. Todavia, quando o primeiro momento transcorreu e ela percebeu que todas as dúvidas, todas as preocupações haviam sido removidas, comparou a sua situação atual com o que havia sido anteriormente. Viu-o libertar-se com dignidade do seu antigo compromisso, viu-o aproveitar-se imediatamente dessa liberdade para declarar-lhe o seu amor, um afeto tão terno e constante como bem o imaginara ser. Estava oprimida, tomada de felicidade. E, mesmo a mente humana tendo a predisposição de facilmente se familiarizar com qualquer mudança para melhor, lhe foram necessárias várias horas para apaziguar o espírito e para dar ao seu coração algum grau de tranquilidade.

Edward foi hospedado no chalé por pelo menos uma semana. Afinal, independentemente das outras obrigações que o reclamassem, lhe era impossível dispensar os encantos da companhia de Elinor. Apesar disso, o período foi insuficiente para que ele lhe dissesse metade do que desejava sobre o passado, o presente e o futuro, pois, ainda que poucas horas de intensa atividade passadas em permanente conversação bastassem para despachar mais assuntos do que poderia haver em comum entre duas criaturas racionais, o tempo dos apaixonados é diferente. Entre eles nenhum assunto tem fim, nenhuma comunicação é definitivamente feita sem que seja repetida pelo menos vinte vezes.

O casamento de Lucy, previsivelmente fonte de inesgotável assunto para todos, constituiu, como era de se esperar, um dos primeiros pontos de discussão do futuro casal. E o conhecimento específico que Elinor dispunha de cada um dos cônjuges lhe pareceu, sob todos os aspectos, um fato extraordinário rodeado de circunstâncias espantosas, como jamais conhecera igual. O que poderia tê-los levado a uma união? E que tipo de atração fizera Robert desposar uma jovem de cuja beleza ele mesmo falara sem o menor entusiasmo, uma jovem comprometida com o seu próprio irmão e por quem este já fora expulso de casa? Tudo isso estava além do seu entendimento. Para o seu coração, era uma ocorrência maravilhosa. Para a sua imaginação, chegava a ser ridícula. Contudo, para a sua razão e o seu julgamento, era um perfeito enigma.

Edward podia apenas tentar explicar, supondo que, talvez, em um primeiro encontro ao acaso, a vaidade de um tenha sido alimentada pela adulação do outro, o que gradativamente tenha levado a todo o resto. Elinor lembrava-se do que Robert lhe dissera em Harley Street; do que, na sua opinião, teria feito se pudesse intervir a tempo nos assuntos do irmão. Ela contou para Edward.

— É mesmo algo típico de Robert — foi o seu comentário inicial. Em seguida, acrescentou: — E deve ter surgido na sua mente desde o primeiro instante em que a conheceu. Quanto a Lucy, a princípio deve ter apenas procurado obter os bons ofícios dele em meu favor. Outras intenções devem ter surgido depois.

Há quanto tempo o segredo existia entre eles, no entanto, era algo que Edward e Elinor tinham dificuldade em determinar. Isso porque em Oxford, onde permaneceu por livre escolha desde que deixara Londres, só teve notícias dela através de suas próprias cartas, e estas, da primeira à última, não foram menos frequentes nem menos afetuosas do que de costume. Por isso, não lhe ocorrera a menor suspeita que pudesse tê-lo advertido do que ocorreria em seguida. E, quando tudo veio à tona, em uma carta da própria Lucy, ele permaneceu por algum tempo, como supunha, meio estupefato entre a dúvida, o horror e a alegria daquele rompimento, daquela libertação. Edward deu a carta a Elinor para que a lesse.

Caro senhor,

Tendo a certeza de que há muito perdi o seu afeto, julguei-me no direito de ofertar o meu a outro, na certeza de que serei mais feliz com ele do que julgava poder vir a sê-lo em sua companhia. Recuso-me a aceitar a mão de alguém cujo coração já pertence a outra. Desejo-lhe sinceramente que seja feliz em sua escolha, e não será culpa minha se não conseguirmos manter no futuro uma amizade compatível com os laços de família que nos unirão. Posso dizer, do fundo do coração, que não lhe voto nenhuma animosidade, e estou certa de que há de ser bastante generoso para não nos desejar qualquer mal. Seu irmão conquistou toda a minha atenção, e como não pudéssemos viver um sem o outro, acabamos de sair do altar e estamos a caminho de Dawlish, onde passaremos algumas semanas nesse lugar que o seu irmão sempre teve grande curiosidade de conhecer. Antes, porém, julguei ser meu dever importuná-lo com essas poucas linhas e subscrever-me,

Sua sincera amiga e cunhada, que lhe deseja a felicidade,

Lucy Ferrars

P.S: queimei todas as suas cartas e desejo lhe devolver o seu retrato na primeira oportunidade. Peço-lhe que destrua igualmente minhas missivas... mas não me oponho a que guarde a minha mecha de cabelo.

Elinor leu e a devolveu sem qualquer comentário.

— Não peço a sua opinião quanto ao estilo — disse Edward. — Por nada neste mundo eu lhe mostraria uma de suas antigas cartas. Para uma cunhada já é bastante ruim, mas para uma esposa! Como eu me envergonhava da maneira como ela escrevia! E creio poder afirmar que, desde os primeiros meses de nosso absurdo... romance, esta foi a única carta dela recebida cujo conteúdo contrabalança as deficiências do estilo.

— Seja como for — disse Elinor, após uma pausa —, o fato é que estão casados. E sua mãe recebeu uma punição condizente. A independência que ela proporcionou a Robert, embora feita em detrimento da sua, concedeu-lhe o poder de fazer a sua própria escolha. O resultado foi subornar um filho com mil libras por ano para que este viesse a fazer o mesmo que o levara a deserdar o outro, que apenas o tentara. Creio que ela não ficará menos ofendida por Robert ter desposado Lucy do que teria ficado no seu caso.

— Deve ficar ainda mais ofendida, pois Robert sempre foi o seu predileto. Há de ficar muito mais ofendida e, por isso mesmo, há de perdoá-lo mais depressa.

Edward não sabia em que pé andavam as coisas entre os membros da sua família, pois não tentara ainda qualquer comunicação com eles. Deixara Oxford apenas 24 horas após haver recebido a carta de Lucy e, tendo como único objetivo seguir o caminho mais curto para Barton, não tivera tempo suficiente para estabelecer um plano de conduta que não estivesse intimamente ligado a esse objetivo. Nada podia fazer antes de se assegurar do seu destino com Elinor. Pode-se imaginar a celeridade com que corria rumo a esse destino. A despeito dos ciúmes que ocasionalmente sentira do coronel Brandon, apesar da modéstia de seus recursos pecuniários e da pouca confiança nos seus próprios méritos, não podia, no entanto, esperar uma recepção muito fria. O importante era chegar e dizer o que disse, e o fez da maneira correta. O que poderia dizer do assunto doze meses depois é algo que ficaria entregue à imaginação dos maridos e das mulheres.

Que Lucy tentara maliciosamente enganá-la no recado trazido por Thomas, estava evidente para Elinor. E o próprio Edward, agora completamente esclarecido no tocante às manifestações de seu caráter, não tinha escrúpulos de acreditá-la capaz das maiores vilanias. Apesar de há muito os seus olhos estarem assaz abertos, mesmo antes de conhecer Elinor, para a sua ignorância e para a falta de liberdade de suas opiniões, que ele havia igualmente imputado à falta de instrução, até a chegada desta última carta sempre a achara uma jovem alegre, de bom coração e inteiramente devotada a ele. Fora essa persuasão e nada mais que o havia impedido de pôr um fim ao compromisso que, muito antes de sua descoberta ter lhe irritado a mãe, vinha sendo uma contínua fonte de desassossego e desgosto para ele.

— Julguei o meu dever — disse ele —, independentemente de meus sentimentos, dar-lhe a opção de continuarmos ou não com o compromisso quando fui deserdado por minha mãe e fiquei, aparentemente, sem amigos no mundo que pudessem me valer. Em tal situação, onde nada havia que parecesse tentar a avareza ou a vaidade de uma criatura humana, quando ela tão calorosa e vivamente insistiu em compartilhar do meu destino, fosse este qual fosse, como eu poderia supor que não estivesse sendo guiada pela mais desinteressada das afeições? E mesmo agora não posso compreender o que a motivou a agir, ou que imaginária vantagem poderia haver para ela estar ligada a um homem pelo qual não tinha a menor consideração, que tinha apenas duas mil libras para chamar de suas no mundo. Ela não podia prever que o coronel Brandon fosse me dar um benefício.

— Não, mas ela podia supor que algo iria ocorrer em seu favor, que a sua família cederia com o tempo. E, de qualquer modo, ela nada perdeu em manter o compromisso, pois provou que isso não limitava os seus desejos nem as suas ações. O compromisso era certamente respeitável e provavelmente lhe dava prestígio junto a suas amizades. Se nada mais vantajoso ocorresse, seria melhor para ela casar-se com você do que permanecer solteira.

Edward, é claro, imediatamente se convenceu de que nada podia ser mais natural do que a conduta de Lucy, nem mais evidente do que o seu objetivo.

Elinor repreendeu-o severamente, como as damas sempre fazem quando a imprudência as galanteia, por ter passado tanto tempo com elas em Norland depois de se aperceber de sua própria inconstância.

— Procedeu mal, muito mal, não há dúvida — disse ela. — Porque, sem falar nas minhas próprias convicções, as nossas relações levavam a imaginar e a esperar algo que, dada a sua situação, nunca poderia acontecer.

Edward pôde apenas invocar a ignorância do próprio coração, assim como uma confiança enganadora na força do seu compromisso.

— Eu fui ingênuo a ponto de acreditar que, estando a minha palavra comprometida com outra, não haveria perigo em permanecer na sua companhia. E que a consciência de meu compromisso era para manter o meu coração tão seguro e sagrado quanto a minha honra. Sentia que a admirava, Elinor, mas dizia a mim mesmo que era apenas por amizade. Contudo, ao começar a fazer comparações entre você e Lucy, não sei a que ponto fui chegar. Depois disso, suponho, procedi mal permanecendo por mais tempo em Sussex, e os argumentos que invocara para tal permanência baseavam-se no seguinte raciocínio: "O risco é apenas meu. Não farei mal a ninguém, além de a mim mesmo".

Elinor sorriu e sacudiu a cabeça.

Edward soube com prazer que a visita do coronel Brandon estava sendo aguardada no chalé, pois não só queria conhecê-lo melhor, mas desejava ainda a oportunidade de mostrar que não se melindrara com a sua oferta do benefício em Delaford.

— Porque até hoje — disse —, com os agradecimentos tão pouco efusivos que lhe estendi na ocasião, ele deve pensar que jamais lhe perdoarei a oferta.

Agora percebia com espanto que jamais estivera no local. Tão pouco fora o seu interesse pelo assunto, que devia todo o seu conhecimento da casa, do jardim, das terras e das rendas a Elinor. Ela escutara com tal atenção o relato do coronel, que agora dominava plenamente o assunto.

Após isso, apenas uma questão permanecia indecisa entre eles, uma única dificuldade a ser superada. Tinham-se unido por afeição mútua, com a calorosa aprovação de seus verdadeiros amigos, e o íntimo conhecimento que tinham um do outro parecia lhes assegurar a felicidade. Mas precisavam, sem dúvida, de meios para viver. Edward tinha duas mil libras, e Elinor mil, as quais, somadas ao rendimento do benefício de Delaford, eram tudo que tinham de seu, pois parecia inteiramente impossível que a Sra. Dashwood pudesse lhes adiantar algo. E nenhum deles estava tão cegamente apaixonado a ponto de admitir que, com 350 libras anuais, poderiam levar uma vida confortável.

Edward não abandonara de todo as suas esperanças no tocante a uma modificação favorável da atitude da mãe em relação a ele, e confiava nela para equilibrar a sua situação econômica. Mas Elinor não tinha tanta confiança nisso, afinal, Edward continuava impossibilitado de desposar a Srta. Morton e escolhera a ela, que na opinião da Sra. Ferrars, na maneira "elogiosa" como se expressara, constituía apenas um mal menor do que Lucy Steele, e ela temia que a atitude de Robert servisse apenas para beneficiar Fanny.

Cerca de quatro dias após a chegada de Edward, o coronel Brandon apareceu para completar a satisfação da Sra. Dashwood e para lhe dar a importância de ter, pela primeira vez desde que se mudara para Barton, mais visitas do que a casa comportava. Edward manteve os privilégios de primeiro convidado, e o coronel se deslocava todas as noites para as suas antigas acomodações em Barton Park. De lá regressava, no entanto, todas as manhãs, ainda a tempo de interromper o *tête-à-tête* matinal dos noivos.

Após ter permanecido três semanas em Delaford, onde, pelo menos à noite, pouco tinha a fazer senão pensar na desproporção entre os 36 e os 17 anos de idade, o coronel retornou para Barton em tal estado de espírito que foram necessários todos os incentivos do olhar de Marianne, toda a gentileza de sua recepção e todos os estímulos das palavras da mãe dela para deixá-lo mais alegre. No entanto, em meio a tais amigos e diante de tais amabilidades, pareceu reanimar-se. Ainda não estava sabendo do casamento de Lucy nem de nada do que estava se passando, sendo assim, as primeiras horas de sua visita foram dedicadas a ouvir os acontecimentos e a admirar-se com eles. Tudo lhe foi relatado pela Sra. Dashwood, e o coronel encontrou novos motivos para alegrar-se com o que fizera em relação ao Sr. Ferrars, já que isso, na realidade, promovia a felicidade de Elinor.

Seria desnecessário dizer que, ao aprofundarem o seu conhecimento mútuo, os dois cavalheiros souberam conquistar a simpatia um do outro, como não poderia deixar de ser. A semelhança de opiniões no que dizia respeito aos bons princípios e ao bom senso, nas maneiras de ser e nos modos de pensar já seria suficiente para uni-los por laços de amizade, sem outras razões, mas o fato de gostarem de duas irmãs, de duas irmãs que se adoravam, tornou inevitável e imediata aquela simpatia mútua, que de outra forma teria exigido os efeitos do tempo e dos critérios para se solidificar.

As cartas vindas de Londres, que alguns dias antes teriam feito os nervos de Elinor se retorcerem, eram agora lidas com menos emoção e mais prazer. A Sra. Jennings escrevera contando a impressionante história e expressando a sua sincera indignação contra a leviandade da jovem namoradeira, e transbordando de compaixão pelo pobre Sr. Edward, que, estava certa, andava louco por aquela vil criatura e deveria agora estar em Oxford com o coração despedaçado. "Creio", continuava ela, "que nada foi feito de maneira tão astuta, pois, dois dias antes, Lucy passou um bom tempo aqui conversando comigo. Ninguém suspeitava de absolutamente nada, nem mesmo Nancy, a pobrezinha, que veio ter comigo corando no dia seguinte, morrendo de medo da reação da Sra. Ferrars e sem saber como ir a Plymouth, pois Lucy, ao que parece, lhe pedira todo o seu dinheiro emprestado antes de se casar, com o fim evidente de fingir aparências, e a pobre Nancy se viu sem nada. Com pena dela, eu lhe emprestei cinco guinéus, que a levariam até Exeter, onde pretendia ficar três ou quatro semanas na companhia da Sra. Burgess, na esperança, eu lhe disse, de encontrar novamente o doutor. E devo dizer que a má vontade de Lucy de não a levar com eles na carruagem foi o pior de tudo. Pobre Edward! Não me sai da cabeça! Acho que vocês deviam convidá-lo para ir a Barton, a fim de que Marianne possa consolá-lo".

As preocupações de John Dashwood eram mais solenes. Achava a Sra. Ferrars a mais infeliz das mulheres... a pobre Fanny havia sofrido as agonias da sensibilidade... e ele considerava a sobrevivência de cada uma delas, após tal golpe, algo miraculoso.

A ofensa de Robert era imperdoável, mas a de Lucy era infinitamente pior. A Sra. Ferrars nunca mais queria ouvir falar de qualquer um deles. E, mesmo que mais tarde pudesse ser levada a perdoar o filho, a mulher deste jamais seria reconhecida por ela como nora nem lhe seria permitido aparecer em sua presença. O segredo com que tudo fora conduzido entre eles era visto como agravante do crime, pois, se alguém da família tivesse a menor suspeita do caso, teriam sido tomadas medidas adequadas para impedir o casamento. E John pedia a Elinor que se juntasse a ele para lamentar que o casamento de Edward e Lucy não tivesse se realizado, pois acabara sendo um meio de espelhar ainda mais a desgraça na família. E continuava assim:

"A Sra. Ferrars ainda não voltou a mencionar o nome de Edward, o que não nos surpreende. Contudo, para a nossa incredulidade, nem uma palavra nos veio dele em um momento como este. Talvez se mantenha em silêncio com receio de nos ofender. Sendo assim, vou lhe escrever em Oxford para dizer que a irmã dele e eu achamos que uma carta respeitosa e submissa da parte dele — endereçada a Fanny, que por sua vez a mostraria à mãe — poderia resolver o problema. Afinal, todos sabemos da ternura do coração da Sra. Ferrars, cujo único desejo é estar em bons termos com os filhos."

Tal parágrafo tinha alguma importância para os planos futuros de Edward e para a sua forma de agir. Levou-o a decidir pela reconciliação, embora não da maneira como o cunhado e a irmã haviam imaginado.

— "Uma carta respeitosa e submissa" — repetiu Edward. — Querem que eu peça perdão à minha mãe pela ingratidão de Robert para com ela e pela sua falta de honradez para comigo? Não posso me mostrar submisso. Não hei de humilhar-me nem de me arrepender pelo que se passou! Acabei por ser muito feliz, mas isso não interessa. Não, não vejo por que compete a mim me submeter.

— Decerto pode lhe pedir perdão — sugeriu Elinor — por tê-la ofendido. E, por ora, acho que devia mesmo demonstrar certa preocupação por ter contraído um compromisso, provocando a ira de sua mãe.

Ele concordou com a possibilidade.

— E, quando ela o tiver perdoado, talvez um pouco de humildade seja recomendado para lhe participar um segundo compromisso que, aos olhos dela, deve ser tão imprudente quanto o primeiro.

Edward não tinha com o que discordar, mas, ainda assim, resistiu à ideia de uma carta respeitosa e submissa. Por isso, para tornar as coisas mais fáceis para si mesmo, declarando-se mais propenso a fazer pequenas concessões orais do que por escrito, ficou resolvido que, em vez de escrever para Fanny, ele iria a Londres e pediria pessoalmente os bons ofícios da mãe em seu favor.

— E, se realmente estiverem interessados — falou Marianne, recuperando o seu candor — em promover a reconciliação, passarei a considerar John e Fanny não inteiramente destituídos de méritos.

Depois de uma visita de três ou quatro dias da parte do coronel Brandon, os dois cavalheiros deixaram Barton juntos. Seguiram diretamente para Delaford, a fim de que Edward conhecesse pessoalmente sua futura moradia e pudesse ajudar o seu benfeitor e amigo a decidir sobre os arranjos necessários. De lá, após uma ou duas noites, Edward seguiria jornada até Londres.

L

Após a devida resistência da Sra. Ferrars, apenas suficientemente violenta e firme para preservá-la da acusação que sempre pareceu recear, a de ser amável em demasia, Edward foi levado à sua presença e novamente declarado como seu filho.

Recentemente, a família dela andava por demais oscilante. Durante muitos anos de sua vida tivera dois filhos, mas o crime e o afastamento de Edward, poucas semanas antes, haviam lhe roubado um deles. Um afastamento semelhante, imposto a Robert, deixara-a por algum tempo sem ambos. Agora, pela ressureição de Edward, voltara a ter um.

Porém, a despeito de lhe ter sido permitido viver outra vez, Edward não sentia segura a continuidade de sua existência enquanto não revelasse à mãe o seu atual noivado. Afinal, a divulgação de tal ocorrência, conforme receava, poderia implicar uma reviravolta da situação, provocando um novo afastamento. Sendo assim, foi com apreensiva cautela que a revelou, e a Sra. Ferrars ouviu tudo com inesperada calma. A princípio, a mãe tentou sensatamente dissuadi-lo de desposar a Srta. Dashwood, usando todos os argumentos ao seu alcance. Disse-lhe que encontraria na Srta. Morton uma moça de melhor posição social e fortuna, reforçando o argumento com a observação de que ela era a filha de um nobre com trinta mil libras, enquanto a Srta. Dashwood era apenas a filha de uma viúva que não tinha mais do que três mil. Mas, quando se deu conta de que, embora admitindo a justeza de sua argumentação, ele não se mostrava de modo algum inclinado a ceder, a Sra. Ferrars julgou mais acertado, por sua experiência prévia, conformar-se. E, por isso, após demorada conversa, capaz de satisfazer a própria dignidade e de servir para afastar qualquer suspeita de boa vontade de sua parte, acabou por consentir a união de Edward e Elinor.

O que estaria disposta a fazer para aumentar-lhes os rendimentos era um ponto a ser considerado. E aqui parecia evidente que, embora Edward fosse agora o seu único filho, não era de modo algum o mais velho. Isso porque, enquanto Robert foi inevitavelmente contemplado com mil libras por ano, nenhuma objeção fora feita quanto ao fato de Edward tomar ordens para obter, no máximo, duzentas e cinquenta. Também nada foi prometido, para o presente ou o futuro, além das dez mil libras que já haviam sido dadas à Fanny.

No entanto, isso era tudo quanto Edward e Elinor desejavam, e muito mais do que haviam esperado. A própria Sra. Ferrars, em meio às suas confusas desculpas, parecia ser a única pessoa surpresa por não ter dado mais.

Com uma renda suficiente para as suas despesas, precisavam apenas esperar que Edward tomasse posse do benefício, e que a presteza do coronel Brandon, ativamente empenhado em proporcionar boas acomodações a Elinor, concluísse as obras de acabamento da casa. E, após esperarem algum tempo pela sua conclusão, após passarem, como de hábito, por mil e um desapontamentos e atrasos, pelas inexplicáveis procrastinações dos operários, Elinor, como de costume, ignorou a sua primeira determinação de não se casar enquanto tudo não estivesse providenciado, e a cerimônia realizou-se na igreja de Barton nos princípios do outono.

Passaram o primeiro mês de casados em companhia de seu amigo em Mansion House, de onde podiam supervisionar os trabalhos do presbitério e dirigir as obras no próprio local. Podiam escolher os papéis das paredes, planejar a disposição dos jardins, etc. As profecias da Sra. Jennings, embora um tanto quanto embaralhadas, acabaram por se cumprir, pois ela viera visitar Edward e a esposa na residência paroquial por ocasião da festa de São Miguel, e encontrou em Elinor e seu marido, como realmente acreditava, um dos casais mais felizes do mundo. Na realidade, eles nada mais podiam desejar, com exceção do casamento de Marianne com o coronel Brandon, além de uma pastagem melhor para as suas vacas.

Logo que se instalaram, foram visitados por quase todos os amigos e parentes. A Sra. Ferrars veio inspecionar a felicidade que quase se envergonhava de haver autorizado, e mesmo os Dashwood se deram aos gastos de uma viagem de Sussex só para lhes fazer uma visita.

— Não posso dizer que eu esteja desapontado, minha

querida irmã — disse John quando, certa manhã, passeavam juntos diante dos portões de Delaford House. — Isso seria dizer demasiado, pois, na verdade, você foi uma das jovens mais afortunadas do mundo. Mas confesso que eu gostaria que o coronel Brandon fosse meu cunhado. Sua propriedade aqui, as terras, a casa, tudo está tão respeitável e em condições excelentes! E os bosques... Nunca vi essa espécie de madeira em Dorsetshire, como a encontrada em Delaford Hanger! E, embora eu ache que Marianne não seja a pessoa ideal para atraí-lo, penso que seria de todo conveniente que vocês a tenham aqui com frequência, pois o coronel Brandon parece ser uma pessoa muito caseira, e ninguém pode prever o que há de acontecer. Afinal, quando as pessoas estão sempre juntas e veem apenas umas às outras... Além do mais, estará sempre ao seu alcance tirar daí alguma vantagem e coisa e tal. Em suma, pode dar uma chance para ela, se é que me entende.

Apesar de a Sra. Ferrars ter vindo visitá-los e sempre os tratar com uma fingida afeição maternal, nunca foram insultados por seu verdadeiro favor e sua preferência. Isso era reservado à loucura de Robert e à esperteza da mulher, e eles o conseguiram em poucos meses. A sagacidade egoísta desta última, que havia, a princípio, colocado Robert em apuros, era agora o principal instrumento de sua libertação. Pois a respeitosa humildade dela, suas assíduas atenções e intermináveis lisonjas, tão logo lhe foi dada uma pequena oportunidade, reconciliaram a Sra. Ferrars com a escolha do filho, restabelecendo-o completamente em suas boas graças.

Todo o comportamento de Lucy no assunto e a prosperidade com que foi coroada pode servir como exemplo encorajador do que consegue um ardente e incessante trabalho de atenção em seu próprio interesse, mesmo que este venha a ser aparentemente obstruído. Pode proporcionar todas as vantagens da fortuna, sem outro sacrifício senão o do tempo e da consciência. Quando Robert a conheceu e foi visitá-la em Bartlett's Buildings, tinha por objetivo resolver o caso do irmão. Simplesmente desejava persuadi-la a romper o compromisso. E, não havendo maiores dificuldades, exceto pela afeição entre ambos, esperava que uma ou duas entrevistas dessem conta do assunto. Contudo, nesse ponto, e apenas nesse ponto, estava errado, pois, embora Lucy logo lhe desse provas de que sua eloquência haveria de convencê-la a tempo, uma visita a mais, uma outra conversa, era sempre estimulada para obter tal confirmação. Surgia sempre alguma dúvida no seu espírito quando se apartavam, que só podia ser sanada com outra meia hora de palestra com ele. Por tal artifício, sua continuada presença foi assegurada, e o resto seguiu-se naturalmente. Em vez de falarem de Edward, gradualmente passaram a falar apenas de Robert, assunto sobre o qual ele sempre tinha mais a dizer do que qualquer outro, e pelo qual muito em breve ela demonstrou um interesse quase igual ao dele. Em suma, tornou-se rapidamente claro para ambos que ele suplantara o irmão na preferência dela. Orgulhoso de sua conquista, por ter passado a perna em Edward e mais ainda por terem se casado sem o consentimento da mãe, passaram alguns felizes meses em Dawlish, onde ela tinha muitas amizades e parentes, e onde ele concebeu projetos para vários chalés magníficos. De lá retornaram a Londres, onde obtiveram o perdão da Sra. Ferrars pelo simples expediente de pedi-lo, um procedimento instigado por Lucy. O perdão, a princípio, como era de se esperar, se estendia apenas a Robert. E Lucy, que não tendo deveres para com a mãe dele, não podia, portanto, ter transgredido nenhum, permaneceu ainda algumas semanas sem ser perdoada. Mas sua perseverança numa humildade de conduta e de bilhetes, nos quais se condenava pela rebeldia de Robert e agradecia pela maneira pouco amável com que era tratada, granjeara-lhe a altiva atenção da sogra. Esta, vencida por sua graciosidade, logo a conduziu, por degraus sucessivos, ao mais alto grau de afeição e influência. Lucy tornou-se tão necessária à Sra. Ferrars quanto Robert ou Fanny. E, conquanto Edward jamais tivesse sido cordialmente perdoado por ter tido a intenção de se casar com ela, e Elinor, embora superior pela fortuna e pelo berço, fosse tida como intrusa, a outra foi reconhecida como a sua nora favorita. Foram morar em Londres, recebiam todo o generoso auxílio da Sra. Ferrars e mantinham as melhores relações de amizade com os Dashwood. E, deixando de lado os ciúmes e as diferenças que sempre subsistiram entre Fanny e Lucy, nos quais os maridos naturalmente tomavam parte, bem como os frequentes desentendimentos domésticos entre Robert e Lucy, nada podia exceder a harmonia em que todos viviam.

O que fizera Edward para perder os direitos de filho primogênito era algo que devia ter intrigado muita gente, e o que Robert fizera para obtê-los deve ter intrigado ainda mais. Contudo, era um arranjo justificável em seus efeitos, senão em suas causas. Afinal, nada transparecia no estilo de vida de Robert, nem em suas palavras, que pudesse revelar alguma queixa no tocante à extensão de suas rendas, ou quanto ao fato de haver deixado tão pouco ao irmão. E, quanto a Edward, a julgar pelo assíduo cumprimento de seus deveres em todos os aspectos, ou pelo seu afeto cada vez maior pela esposa e pela sua casa, e pela regular jovialidade de seu espírito, poder-se-ia supor que não estivesse menos contente com a sua sorte, nem menos desejoso de qualquer modificação em seu destino.

O casamento de Elinor afastou-a o menos possível do convívio de sua família, sem no entanto tornar o chalé de Barton inteiramente inútil, embora a mãe e as irmãs passassem mais da metade do tempo em sua companhia. A Sra. Dashwood equilibrava-se entre a discrição e o prazer na frequência de suas visitas a Delaford, pois seu desejo de unir Marianne ao coronel Brandon era ligeiramente menos intenso, embora deveras mais liberal, do que aquele expressado por John. Esse era agora o seu sonho dourado. A companhia da filha era-lhe tão preciosa que só abriria mão dela em favor de seu querido amigo. Ver Marianne instalada na mansão era igualmente o desejo de Edward e Elinor. Todos ponderavam as tristezas do coronel e suas próprias obrigações, e Marianne, pelo consenso geral, seria a recompensa de tudo.

Em meio à conspiração de todos, conhecendo intimamente a bondade do coronel, convencida de sua profunda dedicação por ela, que há muito já era bem visível para todos e agora se manifestava nela, o que poderia então fazer?

Marianne Dashwood havia nascido para um extraordinário destino. Nascera para descobrir a falsidade de suas próprias opiniões e para contrariar, pela sua conduta, suas máximas favoritas. Nascera para superar uma afeição que aparecera em sua vida já aos 17 anos e, sem a ajuda de outro sofrimento senão de uma forte estima e uma viva amizade, voluntariamente dar a mão a outro! E esse outro, um homem que sofrera não menos do que ela por causa de uma afeição anterior, e a quem, dois anos antes, ela havia considerado velho demais para casar-se, e que ainda buscava a salvaguarda constitucional de um colete de flanela.

Mas assim foi. Em vez de se sacrificar a uma paixão inesquecível, sacrifício que no passado ela se vangloriava de ser incapaz de fazer, em vez de permanecer para sempre ao lado da mãe, encontrando prazer unicamente na solidão e nos estudos, como depois, em seu mais calmo e sóbrio julgamento, decidira, encontrou-se, aos 19 anos de idade, inclinada a novos afetos, encarregada de novos deveres, colocada em um novo lar para ser a esposa, a mãe de uma família e a benfeitora de um povoado.

O coronel Brandon estava agora tão feliz quanto seus mais caros amigos desejavam que fosse. Encontrara em Marianne consolo para as suas amarguras passadas. Seus cuidados e a sua companhia fizeram reviver a animação em seu espírito e a alegria em seu coração. E Marianne encontrava a sua própria felicidade promovendo a dele, coisa de que tinham certeza os seus amigos e que deleitava os mais observadores. Marianne não sabia amar pela metade, e todo o seu coração veio, com o tempo, a devotar-se ao marido como outrora se devotara a Willoughby.

Willoughby recebeu a notícia do casamento de Marianne com um aperto no coração. E sua punição foi logo em seguida tornada completa pelo perdão voluntário da Sra. Smith, fundamentado no casamento dele com uma mulher de caráter, o que lhe dava razões para acreditar que, se ele tivesse procedido de maneira honrosa para com Marianne, poderia ter sido ao mesmo tempo rico e feliz. O arrependimento por sua má conduta, que assim lhe trouxe o próprio castigo, era sincero, e disso não podemos duvidar... nem de que pensava sempre no coronel Brandon com inveja, e em Marianne com saudade. Mas nem por isso podemos supor que ele tenha permanecido para sempre inconsolável, que tenha se afastado do convívio social, passado a viver sempre amuado nem morrido de paixão, pois, na realidade, nada disso aconteceu. Viveu de forma intensa e frequentemente com grande satisfação. Sua mulher nem sempre lhe era desagradável nem a casa sempre sem atrativos. E, em sua criação de cavalos e de cães, na prática de esportes de toda espécie, ele encontrou um grau razoável de felicidade conjugal.

Para Marianne, no entanto, apesar da indelicadeza de Willoughby de sobreviver à sua perda, conservou sempre aquela afeição marcante que o levava a se interessar por tudo que lhe dizia respeito, tornando-a seu modelo secreto de perfeição feminina, e muitas beldades futuras ele haveria de desprezar ao compará-las com a Sra. Brandon.

A Sra. Dashwood foi suficientemente cautelosa para se manter no chalé, sem tentar se mudar para Delaford. E, para a felicidade de Sir John e da Sra. Jennings quando se viram sem Marianne, Margaret já alcançava idade suficiente para dançar, e não de toda imprópria para ter um namorado.

Entre Barton e Delaford, havia aquela comunicação constante que os fortes laços familiares com certeza proporcionariam. E, entre os méritos e a felicidade de Elinor e Marianne, considere ainda o fato de que, morando muito próximas uma da outra, conseguiram viver sem desavenças entre si e sem causar desentendimento entre os seus maridos.

O único retrato oficial de Jane Austen é uma aquarela feita pela sua irmã Cassandra Austen, em 1810, quando Jane tinha trinta e cinco anos.

A autora. Jane Austen nasceu no dia 16 de dezembro de 1775, no condado inglês de Hampshire, e morreu em 1817, com 41 anos, de causas desconhecidas. Muitos acreditam que tenha sido pela doença de Addison, um problema de insuficiência hormonal nas glândulas adrenais, ou de linfoma de Hodgkin. Alguns até acreditam, com base em nova evidência, que possa ter sido envenenada. Fato é que Jane Austen não foi conhecida devidamente por seus romances quando estava viva, alcançando a fama apenas depois de sua morte. Publicou algumas noveletas curtas, cerca de seis romances, e o sétimo estava sendo escrito quando faleceu. Após *Orgulho e Preconceito*, as obras mais famosas de Austen são *Razão e Sensibilidade*, *Emma* e *Persuasão*.